Le Salève
de A à Z

Du même auteur :

HISTOIRES ET LÉGENDES AU PAYS DU VUACHE
(2004). Éditions SIAV (épuisé)

HISTOIRES ET LÉGENDES AU PAYS DU SALÈVE
(2006). Éditions La Salévienne/Maison du Salève (épuisé)

HISTOIRE DE LA COMMUNE DE VERS
(2012). Éditions La Salévienne

LE SALÈVE. SES HISTOIRES, SES LÉGENDES
(2012). Éditions Slatkine

CONTES ET LÉGENDES DU VUACHE
(2015). Éditions SIAV

LE SALÈVE, DES HISTOIRES ET DES HOMMES
(2015). Éditions Slatkine

LE SALÈVE ET SON CHEMIN DE FER À CREMAILLERE
Avec Gérard Lepère (2018). Éditions La Salévienne

LE SALÈVE, UNE MONTAGNE D'HISTOIRES
(2021). Éditions Patrimoines du Dauphiné Libéré

Dominique Ernst

Le Salève de A à Z

Dictionnaire d'une montagne modeste et géniale

Éditions Slatkine
GENÈVE
2021

Les Éditions Slatkine bénéficient d'un soutien
de l'Office fédéral de la culture pour les années 2021-2024.

www.slatkine.com

ISBN 978-2-8321-1067-6

À Agnès,
qui adore détester le Salève…

Le mot de l'auteur

Cher lecteur,

Voici un drôle de massif, situé en Haute-Savoie, mais surnommé « la montagne des Genevois » ! Dominant la Cité de Calvin, le Salève aurait dû être genevois, mais des raisons politico-religieuses en ont décidé autrement. Cela dit, un Genevois pointe le bout de son nez presque derrière chaque histoire « salévienne » !

Modeste, avec ses 1379 mètres aux Pitons, le Salève fait pourtant partie du club restreint des montagnes qui comptent en matière d'alpinisme. C'est ce massif qui a fait entrer le verbe « varapper » dans le dictionnaire. C'est aussi d'ici que sont parties les grandes épopées de l'alpinisme. Avec de Saussure, initiateur puis conquérant du Mont-Blanc en 1787, et Raymond Lambert, l'homme qui a ouvert la voie vers le sommet de l'Everest en 1952.

Aménagé durant six siècles par les moines de la chartreuse de Pomier (1170-1793), le Salève sera également une terre prisée des célébrités. Le shah de Perse, le roi du Siam, Verdi, le président des États-Unis Ulysses Grant, Wagner, Lénine, Liszt, Sissi l'impératrice, et bien d'autres ; ils n'ont pas résisté à l'attrait de cette singulière montagne située à deux pas de Genève.

Visité par des dizaines d'écrivains, le Salève fut détesté par Stendhal (qui voulait le faire sauter), Andersen ou Frédéric Dard (« une très sotte montagnette en forme de pâté en croûte »). Mais heureusement, Victor Hugo, Lamartine, Théophile Gautier et nombre d'autres ont pris sa défense, tandis que Mary Shelley envoya la créature du Dr Frankenstein escalader ses falaises.

Le Salève sera aussi le terrain d'expérimentations multiples et de premières mondiales. Premier chemin de fer électrique à crémaillère (1892), première société de secours en montagne (1897), premier vol libre international (1920), entre autres. Le train, puis le téléphérique, ont aussi permis un formidable développement touristique du Salève, notamment à la Belle Époque, avec une offre hôtelière allant de la modeste pension de famille au palace.

Massif parmi les plus étudiés au monde, comme l'a relevé l'historien Paul Guichonnet, le Salève méritait bien son dictionnaire ! C'est chose faite. J'espère que vous prendrez autant de plaisir à lire cet ouvrage que j'en ai eu à l'écrire. Et sachez que ce dictionnaire « amoureux » est sans doute le livre le plus complet jamais écrit sur ce cher Salève, montagne modeste et géniale.

Dominique Ernst

A

Abris-sous-blocs

Longtemps, une partie du Salève a été enserrée par des milliers de tonnes de glace. Les glaciers du Rhône et de l'Arve ont tutoyé ses sommets, sortes de monstres glacés de près d'un kilomètre de hauteur, avançant sur le cours du fleuve jusqu'à Lyon. Puis, environ 16 000 ans avant Jésus-Christ, à la fin de la glaciation de Würm, un réchauffement climatique (ça vous rappelle quelque chose...) a fait lentement fondre cette glace. Avec le retrait de ces glaciers, des pans entiers de falaise du secteur du Pas-de-l'Échelle se sont effondrés au pied de la montagne.

Cet éboulement, qui peut sembler anodin, sera pourtant à l'origine des premières traces de la présence d'hommes préhistoriques dans notre région. En effet, vers 15 000 avant Jésus-Christ, à la suite du retrait des glaciers, la végétation recolonise la plaine du Genevois et les abords du Léman. Qui dit flore dit bientôt faune, avec l'arrivée des rennes, des chevaux ou des bisons, pour ne citer que les plus gros des animaux de retour sur les terres du Genevois. La présence de ce gibier est une aubaine pour ces chasseurs-cueilleurs que sont nos ancêtres les *homo sapiens*. Suivant à la trace leur « garde-manger », ils ne vont pas tarder à s'installer sur ces terres entre Salève et Léman.

Dans leurs recherches d'un abri pour s'établir au cœur de cette région riche en gibier, nos lointains ancêtres découvrent alors ces gigantesques éboulis au pied du Salève. Dans leur chute, ces gros blocs de calcaire tombés les uns sur les autres ont formé de nombreuses et vastes cavités. C'est dans ces grottes artificielles, baptisées au XIXe siècle « abris-sous-blocs de Veyrier-Étrembières » par ses découvreurs, que vont s'installer nos *homo sapiens* (voir **Magdaléniens**).

Académie de Corbaz

Fondée en 1848 sur un chaos de rochers situé sur les hauteurs du hameau de Corbaz (commune de Collonges-sous-Salève) par deux Genevois, le peintre Joseph Hornung et l'avocat et écrivain Jules Vuy (voir **Vuy, Petit-Senn...**), l'Académie de Corbaz était une sorte d'institution artistique et champêtre d'amoureux des beaux-arts et de la littérature. Une fois par semaine aux beaux jours, sous la présidence de Jules Vuy, se rassemblaient en ces lieux des artistes, des écrivains, des étudiants, des poètes et des amateurs d'art, essentiellement genevois, pour des séances culturelles improvisées au milieu de la belle nature du Salève.

Sans doute plus doué pour la peinture que pour la poésie, Joseph Hornung y déclama ces vers lors d'une séance mémorable : « Ô Salève, ô montagne, à ton nom seul je vois / Tes hameaux ou riants, ou tristes, ou sauvages ! / Mornex, qui sur tes pieds tapit ses verts ombrages, Monnetier dans sa gorge où se bercent des bois, / La Croisette égarée en sa sphère d'orages ! »

Des années après la dissolution de cette singulière académie, en 1890, Jules Vuy résumait ainsi l'activité de cette société poétique dont l'existence fut sans doute assez brève : « Sur cet éboulement rocheux, l'Académie entendait des lectures, des chants, des communications présentant un caractère élevé, des conversations ayant le même caractère, elle se distinguait par sa familiarité affable, par son sans-façon et son sans-gêne ; ses séances avaient toujours lieu dans la matinée, au milieu de cette pittoresque nature. »

Parmi les membres connus de cette association, outre Vuy et Hornung, nous pouvons citer l'écrivain Louis Bachelard (auteur de trois romans, *Le Chasseur gris*, *Le Château de Collonges* et *L'Ermitage de Corbaz*, se déroulant vers 1780 au Salève) ou les poètes John Petit-Senn et Marc Monnier. Ce dernier, qui regretta de quitter l'académie pour aller suivre des études à Naples, y présenta en avant-première, au mois d'août 1849, quelques scènes de sa tragédie inspirée de Guillaume Tell.

Accidents aériens

Longtemps, les montagnes ont représenté un obstacle majeur pour l'aviation. Car, avant de disposer des équipements très performants qui équipent les avions aujourd'hui (voir **Système anticollision**), les massifs ont été la cause d'un grand nombre d'accidents. De par sa situation à proximité de l'aéroport de Genève, le Salève n'a pas échappé à cette fatalité. Grâce à un minutieux travail de recherche mené par un spécialiste à la fois du Salève et de l'aviation (voir **Lepère**), nous savons que la Montagne des Genevois a été le théâtre d'au moins cinq accidents aériens mortels.

Le premier de ces accidents a eu lieu le 5 novembre 1938. En fin d'après-midi, un de Havilland DH-82 Tiger Moth s'écrase sur le Grand-Salève, près du hameau de La Croisette. Parti de Cointrin, l'avion de l'Aéro-club suisse avait survolé une première fois les alpages lorsqu'il fut pris dans un tourbillon de vent. L'appareil s'est alors écrasé à proximité de l'Auberge des Crêts. Le passager est mort sur le coup tandis que le pilote, grièvement blessé, est décédé à l'hôpital cantonal de Genève. À la suite de cette tragédie, la mère du pilote a créé le Fonds Courvoisier, destiné à aider financièrement les jeunes élèves pilotes peu fortunés.

Le 7 novembre 1955, deux Mistral de l'armée française décollent de la base d'Orange pour une opération de calibration d'une station radar mobile, installée près des rochers de Faverges, sur les crêtes du Salève. Les avions de chasse volent à 700 mètres au-dessus du massif lorsque l'un des appareils perd son réservoir supplémentaire situé au bout de l'aile droite. Déséquilibré, l'avion part alors en vrille avant de s'écraser dans le secteur de Grange-Passey. Une stèle en mémoire du pilote décédé, le sergent Marc Bouhiron, 22 ans, a été érigée par la commune de Monnetier-Mornex à l'orée du bois de la Grande-Montagne.

Le 2 février 1969, un avion Marchetti Super-20 s'écrase à 200 mètres environ du château des Avenières, sur les hauts de Cruseilles. L'appareil, qui reliait Marseille à Genève, a vraisemblablement explosé en vol, tuant ses deux occupants, un couple d'industriels domicilié à Cluses.

Le 3 janvier 1974, vers 15 h 30, un avion de tourisme Piper Cherokee décolle de Cointrin pour rejoindre Valence. Il se perd dans le brouillard et percute une paroi de rocher dans le secteur du Coin (Collonges-sous-Salève). Les deux occupants sont décédés sur le coup.

Enfin, le dernier accident aérien à ce jour au Salève a eu lieu le 25 mars 2004, en soirée. L'avion, un Piper Saratoga PA-32 revenait de Pise (Italie) et devait atterrir à Annemasse. Outre le pilote, il transportait quatre passagers. Lors de son virage au-dessus de Genève, de nuit et avec des conditions météorologiques dégradées, l'avion a percuté la crête du Salève, entre le trou de la Tine et la ferme des Crêts, à 1 270 mètres d'altitude. L'accident a fait trois morts et deux blessés graves.

Affiches

Sujet apprécié des peintres, le Salève fut également représenté sur des affiches, essentiellement réalisées pour promouvoir son célèbre petit train (voir **Chemin de fer du Salève**). L'une de ces premières affiches est réalisée en 1894 par Auguste Viollier, peintre et dessinateur genevois à la carrière internationale. Sous le pseudonyme de Godefroy, l'artiste mêle habilement les paysages du Salève et de Genève pour bien marquer la proximité du train avec la ville du bout du lac. Cette thématique sera une constante pour tous les documents publicitaires de ce chemin de fer, où la frontière est gommée tandis que la proximité du massif avec Genève est toujours mise en avant (« Chemin de fer électrique du Salève près Genève », « Salève sur Genève », « Salève-Genève »).

De 1894 à la fin des années 1920, ces affiches seront principalement réalisées par des illustrateurs anonymes d'ateliers de graphistes ou d'imprimeurs genevois, mais quelques dessinateurs plus connus s'attelleront à l'exercice. Parmi ceux-ci, le peintre genevois François Gos ou son collègue italien Carlo Pellegrini. Cet artiste transalpin réputé reste l'un des grands illustrateurs européens des sports d'hiver, avec notamment de célèbres affiches pour des stations comme Gstaad, Adelboden ou Cortina d'Ampezzo. Pour le chemin de fer du Salève, s'affranchissant allègrement de la réalité, Carlo Pellegrini n'hésite pas à déplacer le Mont-Blanc, qu'il installe artistiquement sur la rive droite du lac Léman !

Quant à François Gos, artiste genevois aux multiples talents (peinture, dessin, sculpture, écriture), il signe en 1927 une affiche singulière faisant la part belle à un Salève hivernal (voir **Sports d'hiver**). Résolument originale dans la disposition des éléments, son œuvre montre des skieurs et des lugeurs près de la gare d'arrivée des Treize-Arbres, avec au centre du dessin une automotrice rouge dominée par sa majesté le Mont-Blanc.

Allobroges

Il y a sur le sommet du Petit-Salève les vestiges d'un oppidum allobroge. Signalé en 1864 par le Savoyard Louis Revon, conservateur du Musée d'Annecy, ce « camp des Allobroges » date probablement du second âge du fer (entre 450 et 25 ans avant Jésus-Christ), selon l'historien Paul Guichonnet. Établi à 899 mètres d'altitude, cet oppidum a été installé

Le camp des Allobroges du Petit-Salève vu du ciel, photo prise depuis une aile-delta en 1988 par Henning Deluz.

sur un petit plateau entouré au nord, au sud et à l'ouest par des rochers escarpés. À l'est, la pente douce était défendue par un fossé, longé par un mur réalisé avec des moellons de calcaire taillés, de 30 à 50 centimètres de longueur, placés entre des blocs erratiques.

Ce site fortifié aurait été construit dans le cadre d'un système d'alerte et de défense mis en place pour faire face à une invasion romaine ou à des incursions guerrières venues du nord (Cimbres, Teutons). Des vestiges de ces oppidums existent au Vuache (Sainte-Victoire), sur le Mont-de Musièges, sur La Mandallaz ou au Châtelard-de-Néplier (Allonzier-la-Caille). Au Salève, on trouve également des traces d'un oppidum sur le plateau de l'Ours, au-dessus de Bossey, où subsistent quelques parties d'une muraille à gros blocs.

La présence des Allobroges – un nom signifiant « venus d'ailleurs » – est attestée dès 350 avant Jésus-Christ entre le Rhône à l'ouest, l'Isère au sud, les Alpes à l'est et le lac Léman au nord, avec la ville de Vienne pour capitale. Ce peuple contrôlait une partie de l'axe rhodanien, ce qui lui conférait une place de choix dans le commerce européen. Vaincus par les légions romaines en 121 avant Jésus-Christ, les Allobroges voient leur territoire incorporé à la province romaine de la Narbonnaise. Devenus gallo-romains, ils s'intégreront avec profit dans l'empire, faisant de leur région l'une des plus prospères de la province de la Narbonnaise. Vers la fin de l'empire romain, au IVe siècle, le vieux pays allobroge prend pour nom Sapaudia (le Pays des sapins). Ce toponyme évoluera en Sabaudia, puis en Savogia, et enfin en Savoie.

Alpages

Contrairement à d'autres massifs du secteur, comme le Vuache ou les Voirons, dont les hauteurs sont presque intégralement recouvertes de forêts, le Salève a la particularité de voir une partie importante de son espace sommital occupé par des alpages. L'origine de ces prairies est incertaine, mais elle est probablement liée à l'activité agricole déployée durant plusieurs siècles par les moines de la chartreuse de Pomier (1170-1793).

Si la surface d'alpages au Salève a fluctué au cours de l'histoire, la Montagne des Genevois compte aujourd'hui 39 unités pastorales accueillant plus de 1 500 bêtes, dont 1 230 bovins. Ces alpages couvrent une surface de 1 013 hectares, répartie sur 10 communes. Les prairies appartiennent à 463 propriétaires différents, dont la moitié est suisse, tout comme une bonne partie des bêtes estivant sur le massif.

Éléments importants de la biodiversité du Salève, ces alpages hébergent aussi une grande variété de races bovines. De l'alpage des Crêts à celui du Plan, soit une solide balade traversant le plateau sommital du Grand-Salève, le randonneur aura ainsi la chance de croiser les très locales abondances, mais aussi des brunes des Alpes typiquement helvètes, des limousines, des salers ou des montbéliardes. Sans oublier les belles aubracs et leurs yeux de biches.

Depuis 2011 et la création de l'Association foncière pastorale (AFP), les alpagistes du Salève bénéficient d'un soutien financier important apporté par le Conseil départemental de la Haute-Savoie (voir **Protection**). Ce dernier est d'ailleurs propriétaire des alpages du plan du Salève et des Convers (88 hectares), labélisés « espaces naturels sensibles » départementaux.

Grâce à l'AFP, présidée par un élu local français, avec comme vice-président un alpagiste genevois, la pérennité de ces espaces pastoraux est assurée, avec le souci d'une cohabitation maîtrisée entre randonneurs et troupeaux. Sur l'ensemble du site, les prairies, les clôtures et les portillons de passage sont bien entretenus ; les chalets et les captages d'eau, rénovés, tout comme les chemins d'accès. Le sommet du Salève conserve ainsi ses grands espaces dégagés qui font son charme et offrent de somptueux points de vue sur Genève et le Léman d'un côté et sur la chaîne des Alpes et le Mont-Blanc de l'autre.

Amiel Henri-Frédéric

Écrivain et philosophe, le Genevois Henri-Frédéric Amiel (1821-1881) est passé à la postérité grâce à son journal intime de 16 847 pages, partiellement puis entièrement publié après sa mort. L'édition d'une partie de ce manuscrit – 500 pages ! – en 1882 fit sensation, notamment grâce à la manière très claire dont la pensée de l'auteur y est développée, à la sincérité de son introspection et à sa vision découragée de l'existence. Un style et un postulat qui influencèrent nombre d'écrivains de la fin du XIXe siècle, dont Léon Tolstoï. Amiel est également l'auteur qui a introduit vers 1860 dans les langues française et anglaise le terme « inconscient », au sens de ce qui est non conscient.

Bien qu'il ait beaucoup voyagé et étudié dans toute l'Europe, il semble que c'est au Salève que ce professeur titulaire d'une chaire de philosophie à l'Université de Genève ait trouvé son « île promise ». Séjournant régulièrement à Mornex, il décrit ainsi ce charmant village en avril 1865 : « Il y a dans ce paysage une sorte de douceur nuancée et de grâce attiédie, et déjà j'éprouve un certain bien-être, je goûte la joie de la contemplation… Ici plus de résistance, de négation, de blâme ; tout est affirmatif ; on se sent en harmonie avec la nature. »

Quelques années plus tôt, en juillet 1850, Amiel emmène quelques amis genevois en balade sur le Salève. Le groupe traverse Mornex, que l'écrivain évoque ainsi : « Mornex, ô toi, village plein d'ânes sellés et d'ânesses aux mamelles salutaires, asile des poitrines délicates et des longues tristesses, que fis-tu pour nous ? Tu offris un bosquet délicieux à ces dames, tandis que ces messieurs couraient la chance d'être dévorés. Car il est un homme redouté à Mornex, un solitaire misanthrope, un ogre, dit-on, qui n'a autour de lui dans sa baraque que des couleuvres, des vipères, deux violons et une belle collection de pipes. Mais l'anthropophage était souffrant ; un chien hydrophobe [enragé] lui avait donné des rêves pénibles. »

Décidément sous le charme de ce coin de Salève où séjournèrent également Richard Wagner et John Ruskin, Amiel éprouve à Mornex un enthousiasme peu courant dans son œuvre, comme en témoigne cet autre extrait de son journal : « Mornex – matinée enivrante de beauté, fraîche comme un cœur de seize ans et couronnée de fleurs comme une fiancée. La poésie de la jeunesse, de l'innocence et de l'amour m'a inondé l'âme. »

Amoudruz Georges

Tout à la fois entrepreneur, ethnologue, spéléologue, explorateur ou naturaliste, le Genevois Georges Amoudruz (1900-1975) fait partie de ces personnages intimement liés à l'histoire du Salève. Diplômé de l'École des arts et métiers de Genève en 1919, cet ingénieur fait ses premières armes professionnelles à Grenoble. De retour dans la Cité de Calvin en 1922, il reprend la direction de l'entreprise de vidange hydraulique fondée par son père, à laquelle il insuffle un nouvel essor. Cet amoureux de la nature doté d'une grande curiosité scientifique s'intéresse à de nombreux domaines, géologie, préhistoire, ethnologie, etc. Tout en poursuivant ses activités professionnelles, il fonde en 1930 à Genève le Club des boueux, à l'origine en 1938 de la Société suisse de spéléologie, dont il sera le premier président.

Dès les années 1920, le Salève devient son terrain de jeu favori. Après une solide initiation à l'escalade, Georges Amoudruz va s'intéresser au Salève souterrain (voir **Collin**). À cette époque, si certaines cavités de ce massif riche d'une centaine de grottes sont connues, l'ensemble n'a guère été exploré. Associant science et aventure, il va avec ses amis spéléologues entreprendre la conquête systématique des profondeurs du massif. Perfectionnant le matériel existant et initiant les expéditions en groupe, il va ainsi explorer et cartographier pendant des années la plupart des grottes du Salève. Mais il est également très actif à la surface. Enfilant sa casquette d'ethnologue, il arpente avec assiduité les villages et les fermes de la montagne pour recueillir, auprès des anciens, témoignages et objets sur les pratiques du Salève d'autrefois.

Doté d'une grande énergie, Georges Amoudruz ira ensuite étendre ses recherches spéléologiques et ethnologiques à toute la Haute-Savoie et à bien d'autres contrées. Amateur éclairé, méthodique et passionné, il va ainsi réunir en quarante ans de recherches une collection exceptionnelle de 8 000 objets et de 6 000 livres en lien avec les arts et traditions populaires des Alpes. Légué au Musée d'ethnographie de Genève (MEG), cet exceptionnel et très documenté fonds Amoudruz est toujours aujourd'hui l'un des joyaux de cette institution. Il a fait l'objet dans les années 1970 d'une étude importante menée par Bernard Crettaz, l'un des conservateurs du MEG.

Andersen Hans-Christian

Monument de la littérature scandinave, bien qu'il n'ait été que tardivement reconnu dans son pays natal, le Danemark, Hans-Christian Andersen (1805-1875) est l'auteur de contes mondialement célèbres comme *Le Vilain Petit Canard* (qu'il considérait comme une métaphore de sa propre vie), *La Bergère et le Ramoneur*, *La Petite Sirène* ou *La Petite Fille aux allumettes*. Celui qui a fait la fortune des studios Disney avec *La Reine des neiges* fut aussi un grand voyageur qui séjourna régulièrement dans plusieurs pays d'Europe. À l'instar de son « voisin de pages », Henri-Frédéric Amiel, Andersen n'était pas vraiment un joyeux drille, il avait même une vision assez pessimiste des choses et des gens, comme on peut le constater à la lecture de ses récits de voyages.

À titre d'exemple, voici quelques observations tirées de ses séjours en Suisse. Du centre de Lausanne, il écrit : « rues étroites et répugnantes [...] interminables escaliers de bois ». Pour lui, Neuchâtel est une ville « affreusement tranquille » ; et Bienne, « insignifiante ». À Sion, Andersen trouve la cité « romantique », mais il est choqué par d'« hideuses bonnes femmes crétines ». À Bellinzone, il indique : « J'ai bu une limonade si répugnante que je fus sur le point de défaillir. » Enfin, à Genève, il trouve le lac d'« un vert glauque », l'Arve « boueuse » et le Rhône « tumultueux ».

De Genève justement, Hans-Christian Andersen part le lundi 20 août 1860 se promener à pied sur le Salève. « Je suis allé tout seul dans la montagne. Elle paraissait proche, mais en fait elle était très éloignée ; je m'étais muni de poires, traversai quelques villages et passai devant un moulin romantique près de l'Arve. Je faillis rebrousser chemin, ne pouvant trouver de sentier après avoir longtemps grimpé au petit bonheur. Finalement, je me retrouvai sur le bon chemin ; devant moi marchait un valet de ferme à la mine patibulaire. »

Toujours aussi bienveillant, Andersen poursuit son récit : « Un peu plus tard, j'ai trouvé les ruines d'un château fort (voir **Château de l'Ermitage**), et quand je suis arrivé à mi-hauteur il y avait encore moins à voir qu'à Genève. J'ai trouvé un village [Monnetier] où plusieurs voyageurs anglais prenaient leur déjeuner. Je me suis couché dans l'herbe et j'ai regardé les montagnes qui s'élevaient devant moi, cachées dans les nuages. Il y avait une folle qui se promenait avec des épis de blé et des fleurs dans son chapeau. En descendant, j'avais une vue magnifique sur le lac Léman jusqu'à Genève. Il était deux heures lorsque je suis rentré. Que j'étais fatigué ! »

Âneries

Très attachés à leurs ânes, les habitants de Monnetier n'appréciaient pas qu'ils soient maltraités par les touristes (voir **Ânes**). Un groupe de jeunes Helvètes en fit l'amère expérience au printemps 1878. Cette histoire, relatée dans le *Journal de Genève*, commence un dimanche, avec une bande de jeunes gens, « employés dans une maison de commerce de notre ville et pour la plupart étrangers au canton de Genève », partis en balade sur les sentiers du Salève. La petite troupe arrive bientôt à Monnetier, où un copieux déjeuner leur est servi à l'Hôtel de la Reconnaissance, tenu par Eugène Perréard.

Au milieu de l'après-midi, le patron de l'hôtel raccompagne une partie des jeunes gens jusqu'à Étrembières. Les autres, une dizaine, traînent dans le village, puis décident d'organiser une course en ânes pour rejoindre à leur tour Étrembières. « Bientôt, à la suite de traitements que n'aurait pas approuvés la Société protectrice des animaux, infligés par des membres de la cavalcade aux quadrupèdes qui leur avait été loués, il s'engagea une querelle, puis une véritable rixe entre ces jeunes gens et les propriétaires des ânes ; les uns se servant de leurs cannes, tandis que les autres s'étaient armés de bâtons et de cailloux. »

La situation dégénère rapidement, car des habitants de Monnetier, alertés par le bruit de la rixe, prennent fait et cause pour les âniers. Une course-poursuite s'engage alors, et les jeunes confédérés n'ont d'autre issue que de se réfugier à l'Hôtel de la Reconnaissance, dont la façade est aussitôt bombardée de cailloux. Arrivés sur place, le maire et son adjoint tentent de calmer les esprits. Mal leur en prit, car la foule était dans un tel état de fureur qu'ils devinrent à leur tour la cible des lanceurs de cailloux, tout comme Mme Perréard, blessée à la tête par une pierre. Plusieurs des jeunes excursionnistes ont également été blessés, ils ont dû être ramenés à Genève en diligence.

Ânes

Avant l'arrivée du chemin de fer au Salève, certains paysans du massif utilisaient des ânes et des mulets pour transporter des marchandises, mais aussi pour promener les citadins sur les chemins de la montagne. L'arrivée de ce petit train (voir **Chemin de fer du Salève**), en 1892, va doper cette activité et offrir un revenu complémentaire aux paysans du secteur. Depuis Monnetier ou le terminus des Treize-Arbres, ces ânes vont vite devenir le moyen de transport favori des excursionnistes pour gravir sans fatigue les sentiers et rejoindre les plus beaux points de vue du massif. Toutes les grandes familles de Monnetier, les Ducimetière, les Bain, les Broccard, les Vidonne, les Descombes ou les Rophille, étaient engagées dans cette rentable activité équestre.

La quantité exacte d'ânes sur le Salève est mal connue. Mais il semble que le village de Monnetier abrita une bonne trentaine d'ânes à louer jusqu'à la Première Guerre mondiale. Quelques noms de ces « sômes de Monnetier » sont restés dans la mémoire : *Grison, Grisette, Bill, Le Terrible, Dragon, Sultan, Le Zouki* ou *Le Gris*. Certains ânes partaient même de la carrière d'Étrembières, tandis que d'autres montaient le ravitaillement de Monnetier-Église aux restaurants des Treize-Arbres, « avant le premier train du matin afin d'avoir quelque chose de frais pour les premiers touristes ».

Les ânesses étaient également utilisées pour leur lait, qui se vendait à bon prix et servait de fortifiant après une maladie ou pour soigner la tuberculose. Le lait était livré aux hôtels de Monnetier, mais des ânesses étaient également descendues à Genève par les Rophille en empruntant le sentier du Pas-de-l'Échelle.

Anneaux du Déluge

C'est l'un des plus grands mystères de l'histoire des Alpes. D'après des textes anciens et des témoignages recueillis par des ethnologues au début du XXe siècle, il existait en différents lieux des Alpes, en général sur les hauteurs de falaises inaccessibles, des anneaux de bronze ou de fer, dont la taille pouvait atteindre 60 centimètres de diamètre. L'ethnologue Arnold Van Gennep, grand spécialiste des légendes rurales et des traditions populaires, a effectué dans les années 1950 des recherches sur ces mystérieux anneaux. Il a ainsi répertorié en Haute-Savoie un certain nombre de boucles dont la présence semble être attestée par des témoins qu'il a personnellement rencontrés.

Au XIXe siècle, des anneaux situés sur les hauteurs de Bellevaux, Saint-Cergues, Bonneville, Magland ou Meillerie étaient encore visibles. Les plus célèbres d'entre eux se trouvaient sur les parois d'une montagne dominant le village de Montmin, dans le massif des Bornes. Selon la légende, ces anneaux auraient servi à amarrer rien de moins que l'arche de Noé elle-même et son formidable cortège d'animaux ! Le nom d'anneaux du Déluge trouve d'ailleurs son origine dans la légende de Montmin.

Au Salève, d'anciens témoignages font aussi état de la présence d'anneaux du Déluge dans le massif. Deux de ces anneaux étaient notamment visibles jusqu'en 1905 au-dessus du lieu-dit Chavardon, sur les hauteurs du Coin. Un autre était scellé sur une paroi du massif non loin de l'entrée de la grotte d'Archamps. En 1852, Louis Corajod, menuisier à Monnetier, évoque son enfance avec Émile Vuarnet, membre de l'Académie chablaisienne. Il raconte : « Lorsque j'étais enfant, nous allions, plusieurs gamins de Monnetier, courir dans la montagne ; nous suivions une fois une sorte de trottoir d'un mètre de largeur tout le long de rochers à pic ; à un endroit le trottoir finissait, alors on voyait à une cinquantaine de mètres, pendus à la paroi à pic et surplombante, trois anneaux espacés l'un de l'autre, mais inaccessibles. »

Arbres remarquables

Le Salève est un massif riche en arbres remarquables. Que ce soit par leur âge, leur taille ou leur histoire. Depuis 2015, le SMS (voir **Syndicat mixte du Salève**), en collaboration avec le passionné Tristan Meudic, a entrepris de réaliser un inventaire des arbres remarquables du massif. Alimenté par des recherches sur le terrain et par la contribution des internautes, ce recensement est aujourd'hui accessible sur internet.

Le grand public peut ainsi y découvrir près de 200 arbres répertoriés. Si cet inventaire semble insuffisamment sélectif, il permet en tout cas de voir en images (et avec des informations) ces arbres rares du Salève, classés selon différents niveaux d'intérêt (communal, départemental et national). Dans cette collection, trois arbres méritent un classement national : un érable à feuilles d'obier situé sur les hauts de Bossey, un peuplier noir près de la maison du Salève (Présilly) et un hêtre (fayard, en patois savoyard) majestueux trônant dans les bois du Mont-Sion (Présilly).

Mais d'autres arbres remarquables sont à découvrir sur le massif. Il y a, par exemple, le chêne d'Archamps (voir **Grognards *vs* Autrichiens**) ou cet alignement monumental de tilleuls et de hêtres vers le chalet des Convers. Non loin de là, sur l'alpage de La Thuile, un érable sycomore de très belle taille émerge d'une haie touffue. Tous ces arbres ont probablement été plantés par les moines de la chartreuse de Pomier il y a plusieurs siècles.

L'alpage de l'Iselet est également intéressant par la présence de tilleuls majestueux situés près de la grange de ce vaste espace. Parmi les autres arbres d'intérêt départemental sur le massif, ces spécialistes ont répertorié un orme de montagne, un sapin blanc, des sorbiers des oiseleurs, des tilleuls, des saules, un alisier blanc ou plusieurs fayards, arbres emblématiques du Salève s'il en est.

D'un bois nettement plus littéraire, il y a aussi le noyer d'un célèbre écrivain et philosophe genevois (voir **Rousseau**). Et, pour conclure cette notice boisée, il nous faut également évoquer Saint Blaise et les bois de La Chenaz, qui abritaient autrefois la résidence des mystérieux dieux Wogan. Si ces divinités s'en sont allées, il est, paraît-il, facile de retrouver encore aujourd'hui leur territoire, car en son centre trône un gigantesque sapin à sept troncs dont les branches sont tellement longues et nombreuses qu'elles forment à elles seules une sorte de petite forêt partant d'un même pied !

Art paléolithique

Saviez-vous que c'est au Salève que fut découvert l'art paléolithique ? Sur le site des actuelles carrières du Pas-de-l'Échelle, de 1833 à 1880, des archéologues genevois vont exhumer de ce désert minéral exploité par les carriers des milliers d'objets préhistoriques (voir **Magdaléniens**). Ces vestiges peuvent se classer en trois catégories : les silex taillés, les ossements, mais surtout, une découverte de portée mondiale, une exceptionnelle collection d'éléments osseux travaillés. Les premières trouvailles sont l'œuvre de quatre notables genevois, le Dr François-Issac Mayor, le pasteur Louis Taillefer, Ellie Wartmann et William de Luc, bientôt rejoints dans leur quête par Alphonse Favre, François Thioly, Hippolyte-Jean Gosse ou Burckhardt Reber.

En 1868, François Thioly (1831-1911), tout à la fois chirurgien-dentiste, homme politique, alpiniste et archéologue, loue au carrier Jean Fenouillet un emplacement repéré par son collègue et ami le géologue Alphonse Favre. Il entreprend des travaux de déblaiement et pénètre sous trois gros blocs formant un espace vide, abri dont il lève un rapide croquis. Pionnier

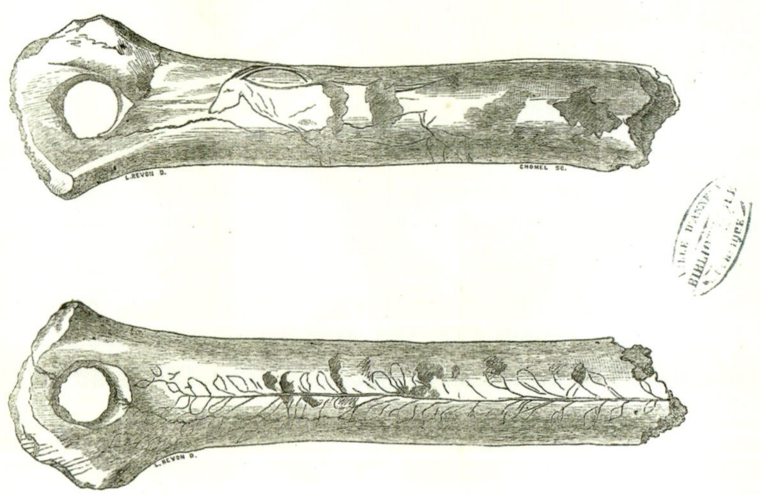

OS PERFORÉ ET ORNÉ DE DESSIN TROUVÉ DANS UNE CAVERNE AU MONT SALÈVE.

d'une approche scientifique des fouilles – même si elles restent sommaires selon les critères actuels – Thioly va recueillir sur ce site 4 000 à 5 000 silex, des objets en bois de renne, des pointes de sagaies ou des aiguilles à chas. Il va surtout découvrir un magnifique bâton perforé en bois de renne présentant sur une face « un animal herbivore dont la tête est armée de cornes rejetées en arrière » (sans doute un bouquetin), et sur l'autre « un rameau de fougère ».

François Thioly va ainsi entrer dans l'histoire mondiale de l'archéologie préhistorique, car sa trouvaille est une première en Europe et dans le monde. Ce bois de renne décoré sera à l'origine de la découverte de l'art paléolithique, qui démontre que l'homme préhistorique n'avait pas que des besoins primaires (boire, manger, chasser, se reproduire, etc.), mais qu'il pouvait aussi être porté par des préoccupations esthétiques et artistiques. Plus tard, d'autres découvertes majeures, comme les peintures rupestres des grottes d'Altamira (1879, Espagne), de Lascaux (1940, France) ou de la grotte Chauvet (1994, France) confirmeront cette hypothèse, mais c'est au Salève que l'art paléolithique a été découvert !

Les carrières du Pas-de-l'Échelle, qui ont permis ces découvertes fantastiques, seront également fatales à ce site préhistorique. En moins d'un siècle, et malgré l'opposition de plusieurs sommités genevoises, dont Burkhard Reber qui tenta en vain de faire classer le site en 1879, la zone des abris-sous-blocs sera complètement exploitée, entraînant la disparition totale du gisement archéologique de Veyrier-Étrembières.

Auberges, buvettes, cafés…

Nombre de cafés, d'auberges et de restaurants bien connus du Salève sont évoqués dans ces pages. Souvent liés à des histoires étonnantes – un observatoire ou une chartreuse devenus restaurants, ou, à l'inverse, une auberge transformée en centre bouddhiste –, ces établissements ne sont qu'une petite partie des dizaines de restaurants, d'estaminets et autres bistrots ayant (plus ou moins) prospéré grâce au tourisme, sur et autour du massif.

Les plus originaux de ces établissements étaient sans conteste ces improbables buvettes éphémères apparaissant à la belle saison aux débouchés d'itinéraires de randonnées fréquentés. Construites de bout de planches et de branchages, ces cabanes appréciées des marcheurs assoiffés ont disparu depuis longtemps, mais certaines d'entre elles, comme la buvette de la Grande-Gorge ou celle des Épédies, ont été en leur temps immortalisées sur des cartes postales. Dans un genre différent, il y avait aussi les fermes d'alpages ouvrant un petit débit de boissons dans un coin du bâtiment (Beulet, Crêts, Cheney, La Thuile, etc.), manière astucieuse d'augmenter un peu ses revenus tout en écoulant quelques produits fermiers.

Il y avait enfin les établissements plus spécialement destinés aux touristes « automobiles ». Situés à proximité des routes, ces cafés-restaurants ont connu un âge d'or durant les Trente Glorieuses, avant de péricliter et de disparaître à partir des années 1980. Symbole de cette époque révolue, le Restaurant de la Grotte du Diable, naguère prospère et célébré pour ses délicieuses tartes aux myrtilles, n'est plus aujourd'hui qu'un bâtiment en ruine et abandonné, ravagé il y a quelques années par des raveurs surexcités.

Azaña Manuel

Quel lien étrange peut donc unir Manuel Azaña, dernier président de la République espagnole de 1936, et le Salève ? La Genève internationale, bien sûr ! Nous sommes en janvier 1939, avec la chute de la Catalogne, l'armée du général Franco prend un peu plus l'avantage dans la terrible guerre civile qui ravage l'Espagne. Face à cette situation, le président Azaña est contraint à l'exil. Après avoir franchi les Pyrénées, il rejoint Perpignan, puis Collonges-sous-Salève le 6 février 1939.

Un choix qui ne doit rien au hasard, car Azaña compte bien utiliser la tribune de la Société des Nations, à Genève, pour plaider une fois de plus la cause de son gouvernement légitimement élu face aux putschistes de Franco soutenus militairement par l'aviation fasciste germano-italienne. À Collonges, il est logé à La Prasle, belle demeure mise à sa disposition par son ami l'ethnologue français Marcel Griaule (1898-1956).

Ce dernier, qui avait acquis La Prasle dans les années 1920, fut responsable de la mission Dakar-Djibouti (1931-1933), expédition fondatrice de l'ethnologie française de terrain. Précurseur, Marcel Griaule milite pour que l'art africain soit étudié sous l'angle du lien avec les populations locales et non au travers d'une vision colonialiste du bel objet. Cet ethnologue fut aussi un homme engagé contre le fascisme. En 1935, il est appelé par le négus d'Éthiopie afin d'aider celui-ci à défendre son pays envahi par l'Italie fasciste. C'est au pied du Salève qu'il va rédiger le discours que le « Roi des rois » prononce en juin 1936 à la tribune de la Société des Nations. En 1976, le chanteur Bob Marley a transformé ce fameux discours du négus en une chanson intitulée *War*. Marcel Griaule est ainsi devenu à son insu le parolier d'un tube planétaire !

Quant à Manuel Azaña, il n'interviendra finalement pas à la Société des Nations. Compte tenu de la situation désespérée des troupes républicaines, il décide de démissionner de son poste. L'annonce officielle en est faite le 28 février 1939 à Collonges, devant un parterre de journalistes internationaux. Redevenu simple citoyen, il suit de près la tragique situation de son pays, mais partage aussi des échanges littéraires avec Paul Tapponnier, historien et maire de Collonges. À l'entrée en guerre de la France, il quitte Collonges, le 4 décembre 1939, et rejoint Montauban (Tarn-et-Garonne), où il décédera le 3 novembre 1940.

À noter que la belle table en marqueterie sur laquelle Manuel Azaña rédigea sa lettre de démission a quitté en juillet 2019 le pied du Salève pour rejoindre Madrid. En effet, lors d'une cérémonie officielle, Luc Franzoni (voir **De Beaumont**), petit-fils de Marcel Griaule, a offert cette table « historique » au gouvernement espagnol. Le premier ministre, Pedro Sanchez, a d'ailleurs officiellement indiqué qu'il souhaitait qu'elle trouve une place de choix à Madrid, peut-être aux Cortes, le Parlement espagnol, où elle pourrait symboliquement représenter un lien entre la IIe République (1931-1939) et l'actuelle monarchie.

B

Baleine endormie (une)

De par son aspect singulier, le Salève a été affublé de surnoms étonnants, principalement par des écrivains genevois. Le plus célèbre et le plus classique est bien sûr la Montagne des Genevois qui résume bien la proximité et l'attachement qu'ont les habitants de la Cité de Calvin pour ce massif situé en terre française. Mais d'autres sobriquets ont été attribués au fil du temps à ce cher Salève.

Dans ce florilège non exhaustif, nous trouvons « une montagne posée sur l'horizon comme un presse-papiers » (Marcel Rosset), « un dromadaire accroupi » (Jean-Claude Fontanet), « une baleine rocheuse endormie » (Henri Tanner) ou « un millefeuille dont la crème verte est buissonnante » (Jean-Claude Mayor). Plus vachard, le romancier Frédéric Dard, père du célèbre détective San Antonio et citoyen de Genève durant quelques années, ne portait visiblement pas le Salève dans son cœur. Il résumait le massif d'une phrase : « Cette très sotte montagnette en forme de pâté en croûte » !

Dans son livre *Le Salève*, publié en 1924, le journaliste René-Louis Piachaud utilise volontiers la métaphore animalière pour qualifier la forme de la Montagne des Genevois : « Vu de Jussy, c'est un énorme baleineau pressé contre une baleine plus énorme encore, le Petit et le Grand-Salève dorment, immobiles, dans cette vaste mer où voguent les nuages ; vu de Confignon, le double Salève, c'est un grand saurien assommé, la nuque est rompue au vallon de Monnetier, trois fois, du Pas-de-l'Échelle à La Croisette, son flanc monstrueux est horriblement défoncé et la dépouille géante, inerte et souple, repose au bas du ciel. »

Blocs erratiques

Comment se fait-il que l'on trouve des rochers de granite ou de gneiss sur le Salève, montagne entièrement formée de calcaire ? Voici une question qui a fait réfléchir nombre de savants pendant des siècles. Jusqu'au milieu du XVIIIe siècle, la théorie la plus communément admise est celle selon laquelle les eaux du Déluge de la Bible auraient transporté ces blocs erratiques ! L'affaire fait aussi beaucoup phosphorer le savant genevois Horace-Bénédict de Saussure, qui reste perplexe face à ce mystère : « Les granites ne se forment pas dans la terre comme des truffes et ne croissent pas comme des sapins sur les roches calcaires ! »

Celui qui parcourt les Alpes depuis 1798 imaginera alors une théorie intéressante, mais fausse, avec l'idée que ces rochers auraient été déplacés par de gigantesques crues provoquées par la rupture de lacs de montagne. La bonne réponse viendra finalement du bon sens de paysans savoyards ou valaisans, qui ont fait le lien avec ces rochers de montagne posés en plaine et les glaciers qui les avaient transportés. Quelques savants anglais et helvètes s'empareront alors de cette théorie et résoudront ainsi le mystère au début du XIXe siècle.

Mais revenons à notre Salève. Il y a quarante mille ans, la plaine du Genevois était entièrement recouverte par les gigantesques glaciers du Rhône et de l'Arve, dont les sommets, culminant à plus de 900 mètres, affleuraient les crêtes du Jura, du Salève et du Vuache. La fonte progressive de ces glaciers a laissé sur le sol des dépôts importants de moraine (amas de débris rocheux) qui ont modelé certains paysages du Genevois. La barre du Mont-Sion, qui marque l'entrée de la plaine du Genevois côté Annecy, est par exemple d'origine morainique.

Au cours de leur existence, ces glaciers ont aussi transporté des centaines de milliers de blocs erratiques, gros morceaux de rocher arrachés aux Alpes. Quand ces glaciers ont fondu, il y a quinze mille ans, ces blocs erratiques, généralement des granites et parfois des gneiss, sont tombés sur le sol. La plupart de ces granites ont été exploités au XIXe siècle pour servir de pierres de taille destinées à la construction d'escaliers, de trottoirs, de fenêtres ou de pressoirs. Si la plupart des blocs situés en plaine ont ainsi disparu, ceux « posés » sur les flancs des montagnes (Jura, Vuache, Salève) ont en partie échappé à la destruction. En partie seulement, car n'ayant plus de matière première sous la main en plaine les tailleurs de pierres ont commencé à exploiter les blocs erratiques situés sur le Salève.

On recensait ainsi plus de 1 200 blocs erratiques sur le Petit-Salève en 1826, alors qu'il en reste environ 400 aujourd'hui. Dès 1867, le géologue genevois Alphonse Favre milite publiquement pour que l'on conserve ce patrimoine géologique exceptionnel datant des ères glaciaires. En 1877, il fait graver un grand « F. » sur les plus remarquables de ces blocs afin de les protéger de la destruction ; 120 blocs seront ainsi gravés entre Chamonix et Genève. Aujourd'hui, bien qu'une bonne partie de ces blocs erratiques aient disparu, il en reste tout de même quelques centaines sur le Salève, dont quelques très beaux spécimens, parfois marqué d'un « F. », comme la Plate (Archamps), les deux pierres à Trottet, la pierre à Tasson ou celles situées sur la partie sommitale, près de la Petite-Gorge.

Et, pour visualiser au XXIe siècle ce paysage de glace d'il y a cinquante mille ans, rien de plus facile… Il suffit pour cela de monter sur les hauteurs du Salève en hiver, quand un beau soleil brille au-dessus de la mer de brouillard recouvrant la plaine. De l'Observatoire ou des Pitons, vous aurez alors la chance de découvrir du dessus cette masse brumeuse offrant un panorama assez proche de l'aspect que devait avoir le glacier du Rhône lorsqu'il occupait tout l'espace entre Salève et Jura.

Bobsleigh

Sport moderne, le bobsleigh a été inventé par des touristes anglais dans la station suisse de Saint-Moritz (Grisons) vers 1870. Le nom de l'engin à l'origine de ce sport découle d'ailleurs directement de l'anglais, puisque *bob* signifie « osciller » et *sleigh* désigne un traîneau, une luge. Le bobsleigh, tout comme la luge et le ski (voir **Sports d'hiver**), a été rendu populaire au Salève dès la fin du XIXe siècle, en partie grâce au chemin de fer à crémaillère (1892-1935) qui fut un remonte-pente idéal pour mener sur les hauteurs enneigées de la montagne ces lourds engins.

Dès 1907, la Société des Sports d'Hiver au Salève (SSHS), fondée par les hôteliers du massif, organise des courses de bobsleigh sur une impressionnante piste de plusieurs kilomètres reliant, sur l'actuelle route, Les Treize-Arbres (le terminus du train) au village de Monnetier. Ces « coupes du Salève » organisées durant quelques dimanches d'hiver chaque année connaîtront un énorme succès, avec des centaines de spectateurs massés sur les bords de la piste pour voir descendre ces lourds engins à plus de 70 kilomètres/heure. Les équipes viennent principalement de clubs genevois,

mais des particuliers fabriquent aussi leurs propres bobsleighs. Parmi ceux-ci, le Veyrite Aloys Weber, tenancier du restaurant La Guingette à Vessy, et constructeur du Bob Weber (photo), un monstre de 420 kilos piloté par cinq hommes, avec lequel il remporta la Coupe du Salève en février 1924.

Bois-Salève

Singulière histoire que celle de Bois-Salève, vaste propriété située au pied du massif, en face de la douane de Veyrier. Au XIVe siècle, l'endroit abrite la maison forte de Symond, qui commande le sentier du Pas-de-l'Échelle, principal chemin d'accès à Monnetier et au Salève. Propriété successive de nobles locaux (Villette, Fresnoy, Portes, Fléchère), Bois-Salève est racheté en 1835 par le peintre genevois François Diday. L'artiste revend en 1847 la propriété aux Fidèles Compagnes de Jésus, une congrégation de religieuses enseignantes.

Chassées de Carouge en 1875 à cause de nouvelles lois anticléricales, les sœurs vont faire bâtir, grâce à une généreuse donatrice d'origine russe, une vaste demeure de trois étages au cœur de Bois-Salève. Les religieuses feront également déménager pierre par pierre leur chapelle située à Carouge pour la « remonter » au pied du Salève. Ironie de l'histoire, la loi de séparation des Églises et de l'État votée en 1905 par le Parlement français va contraindre les Fidèles Compagnes de Jésus à quitter Bois-Salève pour regagner une Suisse devenue plus tolérante en la matière.

En 1917, le Comité britannique de la Croix-Rouge rachète cette propriété idéalement située à deux pas de la frontière suisse pour la transformer en un vaste hôpital pouvant accueillir 350 patients. Principalement financé par le gouvernement néo-zélandais, l'hôpital de Bois-Salève soigne des familles de réfugiés français ayant fui les zones de combats. À la fin de l'année 1919, l'hôpital est fermé, et la Croix-Rouge française cède la vaste propriété aux Œuvres de Paris, qui transforment l'endroit en un préventorium pour « les enfants chétifs de la capitale et des régions dévastées par la guerre ».

En 1934, Bois-Salève devient la propriété de la Protection mutuelle et accueille des cheminots en convalescence, puis des enfants de cheminots durant la Seconde Guerre mondiale. Le 31 mai 1944, des soldats allemands amènent à Bois-Salève la résistante Marianne Cohn avec un groupe de 32 enfants et adolescents juifs qui voulaient gagner la Suisse. Durant quelques heures, les soldats étant partis, il était possible de tenter le passage de la frontière, distante de 200 mètres seulement. Entre crainte et hésitation, l'opération n'est finalement pas tentée, et les Allemands reviennent en nombre à deux heures du matin pour arrêter tout le monde.

Transférés au Pax, à Annemasse, les enfants seront finalement libérés grâce à l'intervention du maire, Jean Deffaugt. Marianne Cohn sera assassinée par la Gestapo avec cinq autres résistants le 8 juillet 1944. En 1957, la SNCF devient propriétaire de Bois-Salève et transforme l'endroit en centre de vacances pour les enfants et les retraités de la compagnie. Vendus en 2004, les bâtiments accueillent aujourd'hui des appartements de grand standing, et la commune d'Étrembières a acquis une partie de la propriété pour la transformer en parc public.

Bonaparte (Marie), des Piccard, un Hodler, le roi et la reine d'Italie…

Situées au hameau de Bourg-d'en-Haut, entre Collonges et le Coin, l'ancestrale demeure de la famille de Beaumont-Franzoni et la propriété aujourd'hui disparue de La Prasle (voir **Azãna**) ont reçu au fil des siècles des invités de marque. À commencer par l'ancienne propriétaire des lieux, la Genevoise

Élisabeth Baulacre (1613-1693), qui fut l'une des premières femmes à diriger une entreprise privée en Europe. Spécialisée dans la fabrication de fils d'or et d'argent, sa société employait 1 200 personnes à Genève. Deuxième fortune de la ville, elle acquiert à Collonges en 1677 la propriété Villard, des nobles retournés à la paysannerie, et va grandement développer ce domaine.

Maison de banquiers et de négociants, mais aussi d'artistes (voir **de Beaumont**), cette demeure de caractère va accueillir en 1788 le Vaudois Louis-Auguste Brun, dit « Brun de Versoix » (1758-1815), peintre à la cour de Louis XVI et auteur de plusieurs portraits de la reine Marie-Antoinette. Un petit siècle plus tard, c'est Ferdinand Hodler (1853-1918), figure tutélaire de la peinture helvète et proche de cette famille d'artistes, qui fréquente le domaine et réalisera plusieurs toiles du Bas-Salève (voir **Corot).** Dans un genre plus musical, il y a Félix Mendelssohn (1809-1847), compositeur majeur de l'ère romantique, qui aurait joué quelques mélodies sur le pianoforte que la famille Franzoni possède toujours, lors d'une mémorable soirée.

Disciple de Sigmund Freud, princesse de Grèce et du Danemark, Marie Bonaparte (1882-1962) était également une habituée de la demeure du Bourg-d'en-Haut. Cette arrière-petite-nièce de Napoléon, qui a introduit

Auguste Piccard (au centre), le savant suisse qui a servi de modèle à Hergé pour créer le professeur Tournesol, a souvent séjourné dans la grande maison du Bourg-d'en-Haut.

la psychanalyse en France et a permis à Freud d'échapper aux nazis autrichiens, a même dédicacé plusieurs de ses ouvrages au grand ethnologue Marcel Griaule, le propriétaire de La Prasle. Au rayon des têtes couronnées, notons également les séjours fréquents d'Umberto et de Marie-José, éphémères souverains d'Italie, chez les Franzoni.

Plus scientifiques, Auguste Piccard (1884-1962), connu pour avoir réalisé en 1931 le premier vol stratosphérique en ballon et pour avoir inspiré à Hergé la physionomie du professeur Tournesol, et son fils Jacques, auteur d'un record de plongée en profondeur avec le bathyscaphe (3 150 mètres en 1953), ont aussi régulièrement visité la famille Franzoni. Auguste a même réparé le chauffage central de la grande maison du Bourg-d'en-Haut !

Bonhomme (le)

Dominant le cirque des Étournelles, dans un ensemble de falaises au-dessus du hameau du Coin (Collonges-sous-Salève), le Bonhomme est, avec la Sorcière ou le Sphinx, l'un des rochers emblématiques du massif et fut longtemps le symbole des varappeurs du Salève ! Très prisé des grimpeurs depuis les débuts de l'escalade sur la Montagne des Genevois, en 1862, cet empilement de rochers rectangulaires posé à la pointe d'une falaise est aussi l'un des sujets favoris des éditeurs de cartes postales du début du XXe siècle, surtout si quelques audacieux montagnards prennent la pose sur la tête du Bonhomme !

Bonzanigo et Fleur-de-Lys

Assurément l'une des grandes dynasties d'hôteliers du Salève (voir **Trottet**), les Bonzanigo ont joué un rôle important dans la vie touristique de Monnetier-Mornex. Tout commence en 1838 lorsque le Tessinois Bernard Bonzanigo (1807-1874) quitte Genève pour reprendre l'Hôtel de la Belle-Saison, dans l'ancien château de Mornex. Dans le même village, cet entrepreneur fait bâtir en 1840 la Pension Belle-Vue, qu'il rebaptise bientôt Hôtel de la Terrasse.

Son fils, Auguste (1851-1921), va le seconder, puis diriger les hôtels « les Glycines » et « la Terrasse » tandis que son épouse, répondant au joli nom d'Eugénie Fleur-de-Lys, exploite l'Hôtel-pension de Savoie. Le couple va prendre un peu d'altitude en quittant Mornex pour rejoindre Monnetier, où Auguste fait construire en 1890 un établissement de premier rang (voir **Grand-Hôtel Bellevue**). Actionnaire de la Compagnie du chemin de fer du Salève, essentielle à la prospérité de son affaire, Auguste fut aussi l'un des fondateurs du syndicat d'initiative de Monnetier-Mornex.

La troisième génération des Bonzanigo au Salève sera représentée par Georges (1883-1952) et Yvonne (1890-1969). Doté d'une grande énergie comme son père, Georges succédera à Auguste à la tête du Grand-Hôtel Bellevue et du syndicat d'initiative. Il sera aussi extrêmement actif lors des campagnes en faveur de la Petite Zone, du maintien du funiculaire, de l'essor touristique de la commune, de la réalisation d'un réseau d'adduction d'eau potable ou de la construction d'un établissement de jeux (voir **Casino**) sur les pentes du Petit-Salève.

Bouddha

Tout à la fois catholique (chartreuse de Pomier, églises, oratoires, croix de mission), protestant (villa Emmanuel, temple de Mornex, campus adventiste de Collonges), voire multireligieux et ésotérique (l'étonnante chapelle d'Assan Dina au château des Avenières), le Salève est aussi bouddhiste depuis 2011 et la création du Shedrub Choekhor Ling, monastère tibétain installé dans le bâtiment de l'ancien Restaurant de la Table-d'Orientation, chalet construit dans les années 1920 à proximité de… la table d'orientation du Salève (voir **Delessert**).

Le monastère a été inauguré par sa sainteté le 14e dalaï-lama en personne, qui lui a attribué un nom signifiant « le jardin de la roue du Dharma pour l'enseignement et la pratique ». Offrant une vue imprenable sur Genève et le Léman, ce centre accueille dans sa salle de méditation et sa bibliothèque stages et séminaires, cours de philosophie bouddhiste, de méditation ou de yoga thérapeutique. Doté d'une dizaine de chambres, le bâtiment abrite aussi une boutique proposant de l'artisanat bouddhiste et tibétain, ainsi que des livres et des bijoux.

En juillet 2019, ce monastère s'est doté d'un stoupa, monument symbolisant l'esprit éveillé de Bouddha. D'une hauteur de 7 mètres pour une largeur de 4 mètres sur 4, ce « stoupa de la Descente des cieux » a été construit en huit mois et contient en son cœur des reliques saintes de plusieurs dalaï-lamas, des perles sacrées, des offrandes ou les œuvres complètes de Bouddha en tibétain, soit en tout une tonne de documents et d'objets divers.

Déjà connu comme une montagne à l'énergie positive (voir **Maillart**, **Trou de la Tine**), le Salève devrait tirer profit de la création de ce stoupa, car il représente « la source de l'énergie de l'amour et de la compassion, tout en protégeant les environs d'influences négatives et en contribuant à l'harmonie universelle ».

Braillard Maurice

Architecte, urbaniste et homme politique, le Genevois Maurice Braillard (1879-1965) est l'auteur d'une œuvre considérable aux multiples facettes. Animé par un projet social, homme de vision conceptualisant à partir du dessin, il réalise ses projets les plus novateurs durant les années 1920 et 1930.

Sa première œuvre marquante est l'école et la mairie d'Onex (1909). Il construit ensuite à Ugine, en Savoie, une usine, un phalanstère et un ensemble de maisons (1910) qui affirment son caractère d'architecte « régionaliste » soucieux des détails. À Genève, il a réalisé les écoles de Bernex (1909) et d'Avully (1912), les immeubles-squares de Montchoisy (1929), le plan de la cité-jardin de Vieusseux (1929), la Maison Ronde (1928), classée monument historique ou le garage des Nations (1936).

Mais Maurice Braillard est aussi et surtout l'architecte qui a dessiné les gares de départ et d'arrivée du téléphérique du Salève, en 1931. C'est d'une contrainte technique – la géologie du sol ne permettait pas un ancrage classique des piliers de la gare d'arrivée – que naîtra le superbe projet architectural qu'il dessine et conçoit. Ces nouvelles exigences en matière de portabilité (ancrage plus en arrière sur le massif) donneront l'idée à l'architecte d'un bâtiment en béton brut d'une belle longueur et fier de ses structures, posé tel un phare visible depuis Genève sur les crêtes du Salève.

Le projet initial est superbe et ambitieux, avec un hôtel de luxe massif de plusieurs étages jouant le rôle de contrepoids à l'arrière de la gare d'arrivée, cette dernière étant surmontée en couronne d'un restaurant panoramique de 200 couverts. Mais, faute d'investissements suffisants, l'hôtel ne sera pas construit, et la partie restaurant du bâtiment de la gare d'arrivée ne sera jamais terminée ni exploitée. Heureusement, la rénovation de la gare d'arrivée

Dessin de la gare d'arrivée du téléphérique du Salève réalisé par Maurice Braillard. Fondation Braillard Architectes (FBA 01.56.283)

du téléphérique (2022) devrait permettre à l'édifice de voir enfin réaliser le restaurant panoramique prévu par l'architecte genevois en 1931.

Maurice Braillard fut aussi conseiller d'État socialiste du canton de Genève en charge des travaux publics (1933-1936). Décédé en 1965, il a donné son nom à une rue de la ville et il est enterré au cimetière des Rois.

Brancard Lardy

Le Dr Edmond Lardy fut l'un des pionniers du secours en montagne (voir **Société des sauveteurs volontaires du Salève**), mais il est également l'inventeur du premier brancard spécialement conçu pour transporter un blessé en montagne. Ayant depuis 1897 participé à plusieurs sauvetages, le Dr Lardy expliquait la situation sans prendre de pincettes : « Les morts, on les ramène dans des sacs ; les blessés, on les descend comme on peut, généralement couchés et ligotés sur une échelle, ce qui n'est de loin pas idéal pour les douleurs et les blessures. »

En 1905, avec le concours de la section genevoise de la Croix-Rouge suisse et de la Société militaire sanitaire suisse, le médecin met au point un traîneau-brancard assez léger (22 kilos), fait de tubes en acier et d'une toile tendue, sur lequel le blessé est solidement attaché avec des courroies, sa tête étant protégée des chutes de pierres par trois plaques en tôle. « La toile, le cadre et les patins donnent au brancard une élasticité que l'on peut presque qualifier d'agréable », dira le docteur à propos de son brancard, conçu en deux parties pour être transporté facilement par les secouristes.

Fabriqué dès 1908 à Genève par la société Demaurex, cet équipement révolutionnaire – encore une première au Salève ! – permettait notamment de descendre un blessé avec une corde le long d'une falaise. Il va rapidement faire ses preuves sur le massif, avant d'être adopté par les secouristes en montagne du monde entier. Amélioré par l'adjonction possible de skis ou d'une roue, le brancard Lardy va ainsi être utilisé jusqu'à l'invention du traîneau-brancard Mariner, en 1948.

Breughel l'Ancien

Tout le monde connaît le peintre Pieter Breughel (1525-1569) dit Breughel l'Ancien, l'un des maîtres de l'école flamande. En 1552, cet artiste quitte les Pays-Bas pour un voyage en Italie. Selon la légende, c'est au cours de ce périple, en passant au pied du Salève, qu'il aurait vu de la fenêtre de sa diligence un paysage champêtre remarquable qui allait marquer son esprit. Et c'est cette vue depuis les hauteurs de la campagne d'Archamps, avec le lac Léman en arrière-plan, qu'aurait restituée le maître flamand lorsqu'il a peint son célèbre tableau *Les Moissonneurs*.

Brouillard

Hier encore plus qu'aujourd'hui, grimper au Salève en hiver, quand la Cité de Calvin est noyée dans le brouillard, était un acte salutaire. À pied, c'était certes difficile ; en diligence, déjà plus facile ; et, avec le mythique chemin de fer (1892-1935), ce devait être assez génial ! Imaginez-vous dans une automotrice fendant la brume épaisse et glacée, avant de déboucher dans un paysage de neige éclairé par un ciel bleu et un beau soleil ! Sans nul doute un souvenir inoubliable pour des générations de Genevois.

À l'époque des diligences, François Coppée (1842-1908), poète français très populaire au XIXe siècle, dont le classicisme était moqué par Verlaine et Rimbaud, a évoqué le brouillard genevois et le soleil du Salève mieux que personne. Lors d'un séjour à Genève, l'écrivain rédige un joli texte intitulé *Nuages*, où il détaille d'abord sa vision de la ville et de l'austère Calvin.

« C'est en hiver, sous un ciel triste et sombre, que la Rome calviniste prend sa véritable physionomie, et ce n'est pas la connaître que de l'avoir rapidement visitée dans la belle saison, comme font les touristes. C'est alors qu'il faut grimper dans les rues noires et humides de la ville haute. Sans avoir beaucoup d'imagination, on peut se figurer qu'on va voir paraître Calvin lui-même, en robe et en bonnet noirs, serrant une grosse bible à fermoirs sous son bras décharné, et marmonnant, dans sa barbe en pointe, quelque malédiction contre les libertins et les hérétiques. »

Un matin, très déprimé – « Je constatai, dès mon réveil, à travers les carreaux de ma fenêtre, une atmosphère de désespoir et de suicide, un abominable brouillard qui sentait la suie et qui pénétrait jusque dans les appartements » –, Coppée se voit proposer par son ami d'aller… prendre le soleil ! Incrédule, le voilà parti en diligence pour les hauteurs du Salève. « Nous roulâmes pendant assez longtemps, d'abord au trot, puis au pas, n'ayant conscience de la montée que par l'effort des chevaux, qu'on sent si bien du fond d'une voiture. Quand la nôtre fit halte, nous mîmes pied à terre, en plein nuage. Le froid pinçait ferme. À dix pas devant soi, l'on ne voyait rien. »

La montée se poursuit à pied, dans un décor longtemps glacial et opaque. « Puis la brume devint moins épaisse, le but se rapprochait. Enfin, des cimes de sapins surgirent de la brume, et, au-dessus de notre tête, se répandit une lumière d'un bleu tendre et exquis. C'était le ciel. Nous étions au-dessus du nuage. Je pourrais vivre cent ans sans oublier la joie, l'enchantement, l'ivresse qui m'envahirent et me pénétrèrent alors devant le merveilleux spectacle. »

François Coppée livre ensuite une jolie description de la vue qu'offre le Salève en hiver. « Nous nous trouvions à la pointe d'une sorte de promontoire, et, de toutes parts, s'étendait devant nos yeux un golfe immense, couleur de lait, qui était le nuage que nous venions de traverser et au fond duquel il y avait Genève et son lac. Parfois, une mouette du Léman surgissait brusquement du brumeux abîme, volait, pendant une minute ou deux, puis rentrait dans le nuage avec un cri aigu, comme pour railler les habitants de la grande ville qui rampaient au fond du gouffre. » Un bon siècle plus tard, cette sensation d'émerveillement saisit toujours le citadin monté au Salève par temps de brouillard !

Bruni-Sarkozy Carla

Au commencement, il y a Carlo Borini, né pauvre en 1833 dans un petit village piémontais près du lac d'Orta. Devenu manœuvre dans le bâtiment à 10 ans, le jeune Carlo apprend les métiers de maçon et de tailleur de pierres sur le tas. Franchissant les Alpes à pied en 1852, il travaille en Valais, puis à Genève, enfin en Savoie et à Collonges-sous-Salève en 1856, où il devient contremaître. Il a 29 ans quand il se met à son compte en 1862. Si son français est approximatif, Carlo Borini est visiblement doué, car son entreprise décroche de nombreux mandats dans la région, et notamment le chantier de construction de l'imposant viaduc du chemin de fer sur le très encaissé torrent du Viaison (frontière entre les communes de Monnetier-Mornex et Reignier), de 1872 à 1874.

En juillet 1874, Carlo Borini fait venir un photographe de Genève pour réaliser un cliché de l'ouvrage achevé. Il envoie par courrier cette photographie au président de la République, le maréchal Mac-Mahon, accompagnée d'une lettre qu'il a lui-même rédigée : « Grace à l'ecelante administration du Departement de la Haute-Savoie, un pont colossal a été jeté sur un ravin profond et pittoresque à Viaison, canton de Reignier, Haute-Savoie. Cet euvre d'art, qui est à la foi un bien fait et un ornement de la contrée, est aujourd'hui terminé. Les habitants de la contrée, ainsi que les nombreux auriers qui ont pris part au travail, tenent à vous en exprimer directement leur reconnaissance et il on pancé qu'il vous serait sagreable d'avoir une idée de l'euvre acomple et ils on fait exécuté la photographie ci encluse qu'ils se permettent, Maréchal, de vous offrire en témoignage de sentiment de respet et de devvuement qui les animent à votre egard. »

L'inauguration officielle de ce superbe ouvrage d'art en pierre de taille a lieu le 2 août 1874, avec un banquet de 350 couverts, présidé par le baron de la Soudière, sous-préfet de l'arrondissement de Saint-Julien-en-Genevois. Le pont est décoré par des arcs de triomphe fleuris et par de nombreux drapeaux, français, mais aussi savoyards et italiens. Après les discours officiels, le curé Jolivet bénit l'ouvrage. À la fin du banquet, joli coup de théâtre avec l'arrivée du facteur qui remet un pli cacheté au maire de Reignier, François-Joseph Montgellaz. Ce dernier lit à voix haute la missive, qui n'est autre que la réponse du président de la République au courrier envoyé par Borini, avec ses félicitations et ses remerciements pour la réalisation de cet ouvrage « qui participe au développement de l'activité et à la prospérité nationale ».

Grâce à l'excellente « carte de visite » que constitue la construction de ce viaduc, l'entreprise Borini va dans les années suivantes réaliser de nombreux ouvrages (ponts, routes, bâtiments) dans la région. À la fin de sa vie, Carlo Borini regagne son Piémont natal, où il a gardé des attaches et fait construire une belle maison. Transférée à Turin, l'entreprise Borini poursuivra un développement prospère et existe toujours aujourd'hui.

Et Carlo Borini est également l'ancêtre direct de Carla Bruni ! En effet, l'un de ses fils, Pietro, a épousé en 1889 une fille de Monnetier, Albertine Renand. Et Pietro et Albertine ne sont autres que les arrière-grands-parents maternels de Carla Bruni-Sarkozy, qui a donc un peu de sang du Salève dans ses veines ! Invitée à une journée dédiée à son ancêtre Carlo Borini en 2010 à Monnetier, l'ex-première dame de France avait envoyé à la mairie un courrier, avec en-tête officiel du Palais de l'Élysée, pour s'excuser ne de pouvoir être présente à cette manifestation dédiée à sa famille.

Bureau de la montagne du Salève

Ils sont une petite dizaine, tous des professionnels diplômés, à s'être regroupés au sein du Bureau de la montagne du Salève. Créée dans les années 2000, cette structure qui a son siège à la Maison du Salève propose toute l'année des activités sportives, de loisirs ou de découvertes sur le Salève, mais également sur d'autres sites en Haute-Savoie.

Si leur « cœur de cible » reste la randonnée, le VTT, la marche nordique ou les animations ludiques pour les enfants, ces spécialistes organisent aussi des activités plus originales, comme des balades avec des ânes, des promenades en calèche, des randonnées aquatiques et du canyoning, de l'alpinisme et de l'escalade sur glace, des sorties dédiées à la découverte de la faune et de la flore ou des stages en pleine nature, déclinés en versions cueillette, « survie », cuisine, veillée au coin du feu ou yoga. Ce bureau est également réputé auprès des enfants pour des fêtes d'anniversaire toujours originales, organisées dans une grotte, en jouant aux trappeurs, avec une chasse au trésor, sur le dos d'un âne ou en mode « *survival in the wild* ».

Burgondes

Peuple originaire de la mer Baltique ayant migré jusqu'au Rhin, les Burgondes font alliance avec les Romains en l'an 370 après Jésus-Christ. Mais, un jour, ils ont la mauvaise idée de tenter de conquérir la Gaule belgique, s'attirant ainsi les foudres de l'Empire romain et essuyant une défaite cuisante. Le général romain Aetius déplace alors les survivants burgondes sur les rives du lac Léman. Bénéficiant d'un traité avec Rome qui leur accorde, en 443, le statut de confédérés et l'ancien pays allobroge de la Sapaudia. Ce territoire, dont le nom signifie « pays des sapins » et donnera plus tard naissance au mot « Savoie », comprenait l'actuelle Haute-Savoie, une partie de l'Ain et la région de Genève. Les Burgondes font d'ailleurs de la ville du bout du lac la capitale du premier royaume de Bourgogne dont la surface va rapidement s'étendre.

Quant au lien entre les Burgondes et le Salève, il est essentiellement minéral. Sur les crêtes du massif, les Burgondes développent dès le Ve siècle des exploitations du minerai de fer contenu dans des roches sidérolithiques de surface de la montagne. Les secteurs des Rochers-de-Faverges, ainsi que les alpages des Convers et du Plan, sont le théâtre de petites exploitations locales, où l'on fait fondre la roche ferreuse dans des bas fourneaux. Dans ces sortes de fours faits avec de grosses pierres, c'est du charbon de bois qui chauffe la roche ferreuse introduite vers le bas du fourneau par une cheminée. Les températures élevées et le monoxyde de carbone provoquaient alors la réduction des oxydes de fer, réaction chimique permettant de former le métal ferreux utilisé ensuite pour forger des armes et des outils. Cette exploitation va se poursuivre jusqu'au VIe siècle, avant d'être abandonnée, puis de renaître au XIIe siècle avec l'installation de la chartreuse de Pomier au pied du Salève, en l'an 1170.

Il est probable qu'une partie du défrichement des crêtes du Salève, qui a donné naissance aux alpages que nous connaissons aujourd'hui, est due à l'utilisation du charbon de bois pour cette exploitation artisanale des roches ferreuses. Quinze siècles après cette époque, il est assez émouvant, pour qui sait lire les paysages, de découvrir sur les alpages ces petites collines artificielles faites de milliers de scories issues des bas fourneaux burgondes ou chartreux. Dans ces tas de scories, entre roche et métal, il y a des amalgames sculptés par le feu qui ont souvent des formes étonnantes. La plupart des mares du Salève ont aussi pour origine l'extraction des roches ferreuses brûlées dans les bas fourneaux.

En 1867, le Genevois Albert Naville publie une première étude documentée sur la production médiévale de fer sur le Salève. Plus récemment, dans le cadre d'un travail universitaire franco-suisse, Alain Mélo et Sébastien Perret ont mené en 2015 une nouvelle étude sur le terrain, avec des résultats intéressants présentés en 2017 (voir **Colloques**). Notons enfin que l'archéologue genevois Burkhard Reber a découvert en 1892 plusieurs tombes burgondes au pied du Salève, non loin du site préhistorique des abris-sous-blocs de Veyrier-Étrembières, au lieu-dit Les Berlies.

C

Campus adventiste du Salève

C'est en 1921 que fut créé le séminaire de Collonges-sous-Salève par l'Église des adventistes du Septième Jour, d'obédience protestante. L'histoire des adventistes commence au XIXe siècle aux États-Unis. Étudiant les prophéties bibliques, ces chrétiens baptistes en sont arrivés à la conclusion que Jésus-Christ reviendrait sur terre en l'an 1844. La prophétie ne s'est finalement pas réalisée, mais une nouvelle Église protestante était née, qui compte aujourd'hui 17 millions de fidèles. Quant à l'histoire du Campus adventiste du Salève, elle débute en 1920, lors d'un congrès à Genève, où les responsables de cette église s'étaient mis à la recherche d'une vaste propriété en France, en vue d'y établir une école missionnaire supérieure.

Construit en 1910, le Grand-Hôtel du Parc deviendra en 1921 le premier bâtiment du Campus adventiste du Salève.

La suite nous est relatée par un article du journal *Le Messager* (organe mensuel des ouvriers et des églises de l'Union latine) du 15 juillet 1921 : « Au bout de quelques mois de recherches infructueuses, nous étions découragés, lorsque l'une de nos sœurs de Paris nous envoya une annonce qu'elle avait lue dans un journal. On y disait que, dans une localité proche de Genève, un bel hôtel meublé serait vendu aux enchères dans quelques jours. Quelques-uns d'entre nous s'y rendirent aussitôt, et l'impression étant des plus favorables, nous avons télégraphié aux membres du comité de l'Union de nous rejoindre de suite. Ceci se passait le jeudi et la vente aux enchères devait avoir lieu le lundi suivant. Ce jour-là, nous étions sur place et nous avons soigneusement visité l'hôtel et la propriété en question. La propriété adjacente, comprenant aussi un hôtel, étant de même à vendre, nous l'avons examinée, et il fut décidé à l'unanimité d'acquérir ces deux propriétés ainsi que le terrain avoisinant. »

Ce bâtiment n'était autre que le Grand-Hôtel du Parc, un bel établissement des hauts de Collonges-sous-Salève, inauguré en 1910. « Renommé par sa vue idéale, son air pur et sa cuisine soignée », disait sa publicité, cet hôtel a connu une belle fréquentation durant une dizaine d'années avant de péricliter. Depuis 1921, ce Campus adventiste du Salève situé à proximité des falaises du massif a bien grandi. Aujourd'hui, l'établissement regroupe une faculté de théologie, un institut de français langue étrangère, un institut en relation d'aide chrétienne, ainsi qu'une école primaire et secondaire. Le campus compte également 4 centres de recherche et accueille chaque année 450 élèves et étudiants, représentant une trentaine de nationalités différentes, encadrés par 80 professionnels.

Carrières (les)

Elles font (malheureusement) partie de notre paysage depuis près de deux cents ans. L'exploitation des carrières du Salève, sur ce site du Pas-de-l'Échelle où des pans entiers de falaise s'étaient effondrés (voir **Abris-sous-blocs**), a commencé dans les années 1830. Au fil des décennies et du développement des moyens techniques, elle est montée en puissance pour compter dans les années 1930 une centaine d'ouvriers. Si ces carrières ont permis la découverte – mais elles seront aussi à l'origine de sa destruction –, d'un site préhistorique exceptionnel (voir **Art paléolithique**), elles ont progressivement ravagé ce flanc de Salève tourné vers Genève. Mais, au-delà d'un aspect paysager, ces carrières sont utiles. Du fait de leur proximité avec les chantiers de Genève et de sa couronne française, elles évitent que des centaines de camions n'envahissent nos routes pour amener de plus loin les matériaux nécessaires aux nombreuses constructions qui fleurissent sur notre territoire franco-suisse.

Les protestations contre cette affreuse verrue sur le Salève ne datent d'ailleurs pas d'hier. En 1911, à la suite d'un énorme coup de mine dans les carrières de Balme, le délégué pour la Haute-Savoie de la Société des paysages de France avait protesté contre ces déprédations. La même année, après qu'une nouvelle explosion a fait descendre plus de 18 000 mètres carrés de rochers, causant la mort d'un ouvrier et de deux chevaux, c'est cette fois le représentant de la Ligue d'esthétique pour la protection des sites alpestres qui écrit au préfet de la Haute-Savoie pour le prier de « prendre les mesures utiles pour faire cesser ces exploitations, poursuivre le classement de ce pittoresque paysage du Salève, conformément à la loi du 20 avril 1910 et, par le reboisement, masquer les parties ravagées ». Un siècle plus tard, nous ne pouvons que constater que sa démarche ne semble guère avoir été couronnée de succès !

Mais, contrairement à ce que pensent beaucoup de gens, l'avenir de ces carrières est scellé. En 2003, les deux entreprises regroupées sous la bannière « Carrières du Salève » – les sociétés Chavaz et Descombes – ont en effet obtenu une nouvelle et ultime concession de trente ans, assortie de conditions d'exploitation très strictes et d'une réhabilitation progressive du site qui devrait avoir retrouvé son aspect « naturel » en 2033. À cette époque, il ne restera en principe plus qu'une petite base d'exploitation de granulats au pied du massif, invisible dans le paysage, et un Salève qui aura enfin retrouvé toute sa splendeur.

Casino

Au début des années 1930, le président du Syndicat d'initiative du Salève (voir **Bonzanigo**) souhaite avec son équipe favoriser l'installation d'un casino sur le massif afin d'assurer la pérennité d'une activité touristique mise à mal par la disparition annoncée du chemin de fer du Salève. Depuis 1877 (et jusqu'en 1993), les jeux de hasard étant interdits en Suisse, l'opportunité d'installer un casino à proximité de la frontière helvétique a bien été comprise par des villes comme Évian (1912) ou Divonne (1954). S'inscrivant dans cette logique aux perspectives lucratives, le projet de casino de Monnetier trouve rapidement des investisseurs. Ces derniers, principalement genevois, ont à leur tête un financier alors très en vue à Paris, Alexandre Stavisky.

En 1933, 32 hectares de terrain sont achetés sur l'éperon du Petit-Salève, juste au-dessus de Monnetier, et des géomètres balisent le tracé de la future voie qui desservira le complexe du casino. Tout va pour le mieux dans le meilleur des mondes, les propriétaires de ces terrains broussailleux et sans intérêt ont fait une bonne affaire tandis que le maire, porté par de belles perspectives de développement, entame des démarches auprès de la préfecture pour faire classer la commune en station climatique. Mais c'est à ce moment-là que va éclater « l'affaire Stavisky », car « le beau Sacha », comme on le surnomme à Paris, est en fait un escroc de haut vol pratiquant avec talent le système de Ponzi (montage financier frauduleux consistant à rémunérer les investissements des clients avec les fonds amenés par les nouveaux entrants).

Le scandale est énorme et éclabousse même le gouvernement dirigé par Camille Chautemps, originaire de Valleiry, qui doit démissionner. Stavisky disparaît dans la nature, avant d'être retrouvé, « suicidé », dans un chalet à Chamonix. À cette occasion, *Le Canard enchaîné* titra avec son talent habituel : « Stavisky s'est suicidé d'une balle tirée à 3 mètres. Voilà ce que c'est que d'avoir le bras long ! » Cette affaire sera bien sûr fatale au projet de casino du Salève. Soixante ans plus tard, la commune rachètera les terrains aux descendants des actionnaires et classera le site, remarquable de biodiversité, aujourd'hui préservé grâce à un arrêté préfectoral de protection de biotope.

Castres Édouard

Saviez-vous qu'un peintre suisse dont les toiles sont vues chaque année par plus de 40 000 visiteurs repose à l'ombre du Salève, dans le petit cimetière d'Étrembières ? Cet homme, c'est Édouard Castres (1838-1902), né à Genève et dont la tombe a été honorée en 2015 par le Comité international de la Croix-Rouge. Son histoire singulière commence par des études aux beaux-arts de Genève, avant de gagner Paris pour se perfectionner. Mais un évènement historique va bouleverser son destin. Nous sommes à l'été 1870, et Napoléon III, sûr de sa supériorité militaire, déclare la guerre à la Prusse. Mauvaise idée, car les Français vont aller à la catastrophe, avec une humiliante capitulation le 2 septembre 1870, à Sedan. Devant un tel désastre, Édouard Castres se sent pousser des ailes d'humanitaire, à l'instar de son compatriote Henry Dunant, qui vient de fonder la Croix-Rouge. Achetant une voiture à cheval et un stock de médicaments, il part à la rencontre de l'armée de l'Est en déroute, commandée par le général Bourbaki.

La signature de la Convention des Verrières, en février 1871, permet à ces militaires français de pénétrer en Suisse, avec l'obligation d'y déposer leurs armes. Ils sont accueillis par les ambulances de la Croix-Rouge. Parmi les secouristes, Édouard Crastes, stupéfait par la vision de ces colonnes de soldats hagards avançant dans un froid glacial sur des chemins enneigés. De ses croquis naîtront plusieurs tableaux, dont *Une ambulance internationale par un temps de neige* (1872), qui fait apparaître pour la première fois l'emblème de la Croix-Rouge sur un théâtre militaire.

Dans les années qui suivent, Castres peint des toiles très diverses et expose au Salon de Paris, où son travail est apprécié. Il va réaliser son œuvre majeure en 1881, après cinq ans de travaux préparatoires. Cette œuvre, c'est le Panorama Bourbaki, fresque de 112 mètres de long commandée par l'entrepreneur genevois Benjamin Henneberg et exposée sur la rotonde circulaire d'un bâtiment spécialement construit par l'architecte Jacques-Élysée Goss, à Plainpalais. Réalisé en cinq mois avec l'aide d'une douzaine de jeunes peintres, dont Ferdinand Hodler, ce panorama connaîtra un grand succès jusqu'en 1889. Il sera ensuite transféré à Lucerne, où il est encore aujourd'hui admiré par 40 000 visiteurs chaque année.

Édouard Castres s'était installé en 1877 dans une maison au bord de l'Arve, où le Salève et les paysages avoisinants seront la source d'inspiration de nombreux tableaux. Selon sa volonté, il sera enterré au cimetière d'Étrembières, où une plaque rappelle qu'Édouard Castres fut le premier peintre officiel du Comité international de la Croix-Rouge.

Chalet de La Thuile

C'est l'un des plus beaux endroits du Salève, avec en prime un somptueux panorama sur Genève et le Léman. Grâce aux recherches de Jean-Louis Sartre, éternel amoureux de ce coin du massif et membre érudit de la société d'histoire La Salévienne, le riche passé du domaine de La Thuile nous est bien connu. Il est probable que ces terres firent partie de la donation faite en 1190 par Jean de Menthon, seigneur de Beaumont (voir **Chartreuse de Pomier**). Devenu alpage, ce site disposant d'une source – une rareté au Salève – est bientôt doté d'un ensemble de fermes.

Quelques siècles plus tard, en 1792, la Révolution française arrive en Savoie et sonne le glas de la chartreuse de Pomier. Les biens sont confisqués et vendus aux plus offrants. Claude-François Bastian, notaire de Frangy, se porte acquéreur de nombreux biens nationaux, dont l'alpage de La Thuile. Ses enfants le vendront à Jean-Antoine et Virginie Brand en 1884. Volontaire, le couple va agrandir et rénover les bâtiments, tout en modernisant l'exploitation. Avec leur fils Maurice, leur fille Marguerite et son mari, Raymond Jacquet, les Brand vont faire de La Thuile une exploitation agricole dynamique, doublée d'une ferme-auberge qui régale les nombreux randonneurs genevois en balade sur le Salève. Ils installent aussi une sorte de téléphérique sommaire pour descendre avec une benne suspendue à un câble le lait des vaches à Beaumont.

À cette époque, le chalet de La Thuile fait partie des musts du Salève, comme le relevait *Le Journal de Genève* en mars 1962, à l'occasion d'un article sur la mort de Raymond Jacquet. « De Beaumont, trois quarts d'heure suffisent pour atteindre ce belvédère. L'accueil de la ferme-restaurant est toujours amical et généreux ; le vin et les fromages savoyards bénéfiques. Mais que dire du café au lait, de la soupe aux légumes, de la charcuterie tirée d'une cave taillée à même la montagne, des tartes aux framboises, du silence de la nuit dans les chambres aux lits larges et profonds… »

À ce bel hommage, il convient d'ajouter les mots de Jean-Louis Sartre : « Les deux dernières générations d'exploitants savaient attirer du monde à La Thuile, par exemple en trayant une vache en public ou en organisant un bal du dimanche après-midi prisé par la jeunesse. La réputation de leur cuisine attirait les amateurs… On cite souvent un fameux poulet à la crème et aux champignons. Et Raymond Jacquet sortait volontiers son violon. » L'affaire fonctionne bien jusqu'au début des années 1960, mais Raymond, Maurice et Marguerite disparus, La Thuile perd son âme et son animation pour devenir un simple alpage où vit un berger, Jean Rey, qui restera vingt-neuf ans en ces lieux.

En 1982, la commune de Beaumont rachète la propriété et réhabilite l'alpage et les bâtiments. Ceux-ci sont utilisés occasionnellement, notamment l'été, où 70 génisses pâturent sur l'alpage de 35 hectares, mais sans berger permanent. La Thuile est également le siège de l'association Montagne & Découverte et le lieu d'une jolie fête champêtre organisée chaque année en juillet par la municipalité. Apprécié des randonneurs, l'endroit voit passer bon an, mal an, quelque 5 000 à 6 000 marcheurs.

Chambord

Saviez-vous que, parmi les cerfs et les biches peuplant le Salève, certains de ces cervidés sont peut-être issus des prestigieuses chasses privées du président de la République française, situées dans la forêt du château de Chambord (Loir-et-Cher) ? Une histoire qui remonte à janvier 1957, avec la formation d'un groupement rassemblant les différentes sociétés de chasse des communes du massif.

Ayant de bons contacts avec des responsables de la Fédération française de chasse, ils ont obtenu de recevoir 8 cerfs et quelques biches en provenance directe des chasses présidentielles, à Chambord. On ne sait pas si les cerfs avaient pour patronymes *François Ier* ou *Louis XIV*, mais ce qui est sûr c'est qu'ils sont arrivés en avril 1957 par le train à la gare d'Annemasse. Emmenés en camion sur le Salève, ils ont été relâchés en bordure de l'alpage de l'Iselet, sous les yeux d'une cinquantaine de nemrods ravis.

Chamois

Si le chamois était présent au Salève depuis l'époque préhistorique, l'animal a par la suite disparu du massif. Son retour est récent et paradoxalement lié à une page héroïque de l'histoire de la Résistance française lors de la Seconde Guerre mondiale. En mars 1944, les maquisards français regroupés sur le plateau des Glières sont attaqués par l'armée allemande. Le plateau et les montagnes voisines sont alors pilonnés par l'artillerie allemande, ce qui a pour effet de faire fuir une bonne partie de la faune, dont de nombreux chamois.

Quelques-uns d'entre eux vont alors traverser le plateau des Bornes pour trouver refuge sur le Grand-Salève, où ils vont s'installer sur son versant abrupt et rocheux du nord-ouest. Formée d'une dizaine d'individus à son arrivée, cette colonie a depuis bien prospéré sur la montagne et compte aujourd'hui une population stable d'une centaine d'animaux.

La carte postale illustrant ce texte, éditée en 1905, est donc une image truquée ! Nous la devons au photographe Gédéon Regard (1871-1918), du village de Malchamps (Feigères). Sur ce document rare, notre homme a ajouté un chamois, sans doute photographié dans les Alpes, sur le rocher de la Sorcière, qui trône aux Grands-Pitons, sur le sommet du Salève (1 379 mètres).

Chapuis Alfred

Longtemps resté anonyme, le « funambule du Salève » en équilibre sur des câbles de téléphérique que l'on voit sur quelques cartes postales anciennes a été identifié il y a quelques années par l'auteur de ces lignes. Cet homme agile portant moustache se nomme Alfred Chapuis. Préparateur à l'Université de Genève, cet alpiniste expérimenté fut l'un des membres fondateurs du club d'escalade L'Edelweiss et l'auteur de plusieurs ascensions du Mont-Blanc.

On ne sait pas d'où lui est venue cette idée saugrenue, mais en mai 1903 Alfred Chapuis descend à quatre reprises sur le câble de 700 mètres reliant le chalet de La Thuile à Beaumont. Durant l'une de ces descentes, il aurait même, « à la hauteur de plus de cinquante mètres, chanté une chanson des Alpes, sous les applaudissements des spectateurs ». En 1904, il a réédité le même exploit sur le câble des carrières du Salève. Il aurait effectué 23 descentes sur ce câble !

Chartreuse de Pomier

C'est un fait historique peu connu, mais les paysages du Salève d'aujourd'hui doivent beaucoup à la chartreuse de Pomier, institution propriétaire durant six siècles d'une bonne partie du massif. La chartreuse de Pomier a été fondée en 1170, grâce à une donation de Guillaume Ier, comte de Genève et de Vaud. Cette donation comprenait un vaste espace formé de forêts, de pâturages et de terres incultes, situé principalement sur le piémont du Salève. Au cours des siècles et des nombreuses donations faites par les nobles locaux, ce territoire va s'agrandir sur le Salève, mais aussi dans toute la région.

Cet ordre tire son nom du massif de la Grande-Chartreuse, près de Grenoble, où fut fondé en 1084 un premier monastère par saint Bruno, un moine allemand, et ses six compagnons. Toutes les chartreuses sont bâties sur le même modèle architectural. Celle de Pomier – un nom qui vient du

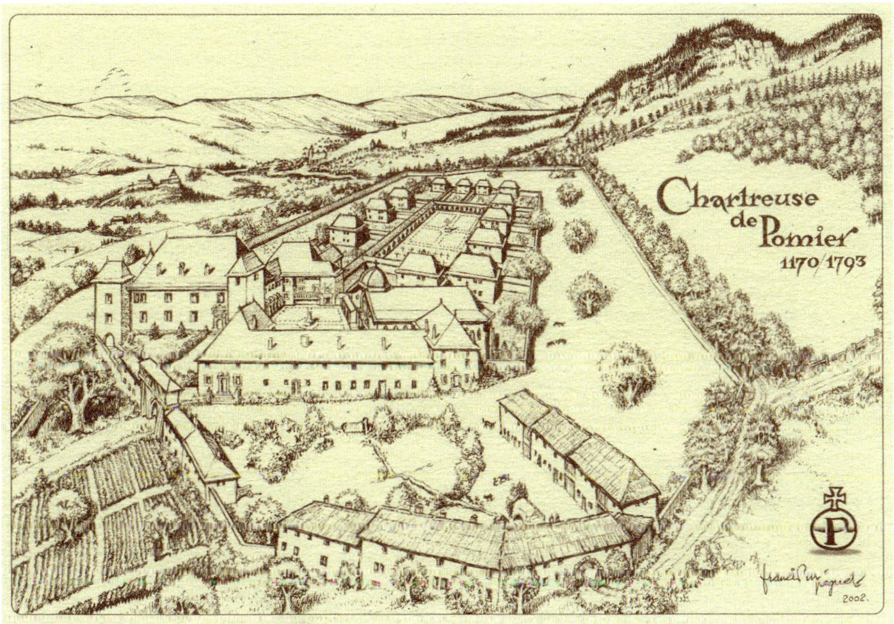

latin *pro murus,* « en dehors des murs » – comprenait une église, 3 chapelles, 12 cellules pour les moines et 1 grand cloître. Si les chartreux se consacraient principalement à la prière, d'autres moines (voir **Convers**) avaient la charge des travaux manuels. Ce sont eux, aidés de paysans, qui ont défriché de nombreuses terres, construisant fermes et domaines agricoles sur le Salève et ailleurs. Maîtrisant les techniques du feu et de l'eau (moulins, forges, extraction du fer, etc.), la communauté possédait aussi des maisons et des moulins à Genève.

Durant six siècles, 91 prieurs se sont succédé à la tête de l'abbaye qui a reçu des visiteurs illustres, tels l'empereur du Saint-Empire romain germanique Charles IV ou le roi de Piémont-Sardaigne Victor-Amédée II. À l'heure où la Révolution française atteint notre région, en 1792, Genève et la Savoie sont annexées à la République. Un an plus tard, la chartreuse de Pomier est déclarée bien national. Le couvent est alors pillé, les objets de valeurs sont saisis, volés, vendus (voir **Trésors**), la chapelle et les tombes sont détruites tandis que les terres appartenant aux chartreux sont confisquées et revendues.

Les cloches de l'église Notre-Dame de Pomier seront transportées à Carouge, où l'une d'elles sonne encore aujourd'hui les heures, dans le clocher de l'église Sainte-Croix, sur la place du marché. Durant cette période, les livres et les manuscrits de la très riche bibliothèque de l'abbaye sont brûlés en un sinistre feu de joie devant le petit cloître. Cet autodafé fait disparaître à tout jamais une collection inestimable de documents concernant six siècles d'histoire de notre territoire.

Abandonnée durant cent ans, la chartreuse abritera ensuite une manufacture d'indiennes (étoffes), puis une faïencerie et enfin une brasserie. En 1894, Jérémie Girod rachète le domaine (voir **Fromages**), sauve le bâtiment principal de la ruine et l'aménage en hôtel-restaurant doté d'une quarantaine de chambres. L'édifice deviendra un établissement réputé, avant d'être superbement restauré dans les années 1990 par le propriétaire actuel, Claude Girod. Cet endroit unique accueille désormais des séminaires, des mariages et des évènements culturels ou festifs.

Pour se convaincre du rôle essentiel joué par l'abbaye dans l'aménagement du Salève, nous pouvons nous appuyer sur une étude réalisée par Claude Mégevand (voir **Salévienne**), qui a montré que plus de 150 toponymes de la région (alpages, lieu-dits, hameaux, fermes, chemins, etc.) ont un nom en lien direct avec cette longue présence des chartreux de Pomier sur le massif.

Charvan

Sous d'autres contrées, on les appelle korrigans, « leprechauns », « farfadets » ou « follatons ». Mais, au pays du Salève, ils ont pour nom « charvan », un mot de patois à rapprocher du terme français « servant ». Ces charvans étaient de drôles de petits êtres, sortes d'esprits domestiques hantant les fermes de la région depuis la nuit des temps. Les témoignages recueillis auprès des paysans au début du XXe siècle par des folkloristes montrent que ces personnages pouvaient être très utiles à celui qui savait comment les apprivoiser. Les bergers, par exemple, connaissent la manière de s'en faire de précieux auxiliaires. À la fin du repas, ils laissent sur la table quelques cerneaux de noix et un bout de fromage. Dans la nuit, le ou les charvans de la ferme sortaient alors de leur cachette pour venir grignoter ces restes. Et, ravis d'être aussi bien traités, ils rendaient des services appréciés, comme balayer l'étable ou peigner la crinière des chevaux.

Dans un texte publié en 1864, un instituteur d'Ésery nommé Girode donne une sorte de mode d'emploi pour amadouer ces lutins alpestres : « Ici, la croyance aux esprits malfaisants et bienfaisants est encore très répandue et les traditions relatives à l'existence des lutins, farfadets et autres charvans sont encore vivaces. Aussi, dans plus d'une maison, on entend toutes les nuits ces esprits, gardiens vigilants du bétail. Si l'on prend soin de leur plaire, de leur procurer toutes les choses nécessaires, on est assuré que tout prospérera dans la maison.

» Mais si par malheur on vient à leur déplaire, si leur amour-propre se trouve froissé, alors, tout est perdu pour le propriétaire, tout est en désordre : une malédiction semble être jetée sur tout ce qui touche de loin ou de près au cultivateur chez lequel se trouvent ces esprits irrités, et, pour obtenir leurs bonnes grâces, pour les apaiser d'une manière complète, il faut les choyer, les aduler, leur procurer plus que le nécessaire, et heureux, mille fois heureux, celui qui a pu rentrer en grâce avec le charvan ! »

Et, pour évoquer le sale caractère de ces personnages fantastiques, voici deux récits ayant pour cadre des chalets d'estivage au Salève. On raconte ainsi que le charvan du chalet du Plan, au-dessus de Vovray-en-Bornes, avait pour habitude de nettoyer les boilles à lait. Un service que le berger appréciait à sa juste mesure et récompensait régulièrement par des offrandes de nourriture. Mais un jour ce berger eut la mauvaise idée d'entrer à l'improviste dans l'écurie pour remercier le petit lutin. Rouge de colère, ce charvan particulièrement susceptible laissa tomber boilles et ustensiles dans un fracas épouvantable avant de disparaître à tout jamais !

Dans un autre chalet d'alpage, celui du Vouarger, les charvans – ils étaient trois – rossaient les vaches mauvaises laitières et étrillaient soigneusement celles à la production abondante. Mais, là non plus, les bergers n'osaient pas intervenir, de peur de les vexer. Ces mêmes hommes furent un soir les témoins d'une étrange apparition. C'était à l'automne, quelques jours avant que le troupeau ne regagne la plaine. Installés dans le chalet, les bergers discutaient devant un bon feu de cheminée lorsqu'une créature effrayante surgit au milieu des flammes ! L'étrange personnage, totalement immobile, fixa de ses yeux rouges les trois hommes pétrifiés. Affolés, les pâtres sortirent en courant de la maison et passèrent la nuit dehors. De retour au matin, ils constatèrent avec soulagement que la créature avait disparu sans laisser aucune trace dans le chalet.

Chasse à l'homme

La chose est peu connue, mais en 1446 le Salève fut le théâtre d'une tentative d'assassinat qui allait faire du bruit jusqu'à la cour du roi de France ! Cette histoire commence en février 1434, avec le fastueux mariage (six jours de banquet !) du duc de Savoie, Louis Ier, avec la belle Anne de Chypre, au château de Chambéry. C'est cette princesse qui a d'ailleurs amené dans ses bagages le cépage altesse, à l'origine de la roussette, célèbre vin blanc sec de Savoie. Quant à Louis Ier, arrivé sur le trône presque par accident, il manque de caractère et s'intéresse plus à la poésie qu'à la politique. Une situation convenant bien à son épouse, qui prend rapidement en main les affaires du duché.

C'est dans ce contexte que commence « l'affaire du Salève ». En août 1446, Jean de Compey, grand bailli du Genevois, et par ailleurs amant préféré de la duchesse Anne, est chargé par le duc de Savoie d'organiser une chasse au faucon sur ses terres de Mornay (Mornex), où trône son château du Salève. Détesté par nombre de seigneurs de la noblesse savoyarde pour sa morgue et son comportement, Compey ne sait pas qu'un vaste complot se trame contre lui. En ce 29 août 1446, c'est sous une chaleur accablante que toute la haute noblesse du duché, et quelques invités prestigieux, comme Annabelle Stuart, la fille du roi d'Écosse, se retrouve sur le Salève pour participer à cette partie de chasse.

Après quelques heures de chasse, Compey, fatigué, entre pour se rafraîchir dans la maison d'un de ses vassaux. Il est presque aussitôt rejoint par les seigneurs Claude de Menthon, Jacques de Montbel, Jacques de Challant et Guillaume de Luyrieux. Ces derniers lui proposent de passer par la forêt pour regagner le château. Mais Compey, ayant compris ce qui se trame, saura avec adresse les précéder au rendez-vous. À leur arrivée, il ne manque pas de les accueillir par d'humiliants sarcasmes, se croyant protégé par la présence du duc et de la duchesse. Les nobles, exaspérés par ces provocations, se jettent sur Jean de Compey et le transpercent de leurs épées, avant de prendre la fuite à cheval pour rejoindre la frontière française.

Néanmoins, Jean de Compey est un homme coriace : transporté agonisant à son château, il passera plusieurs jours entre la vie et la mort avant de finalement guérir de ses blessures. L'affaire fait évidemment grand bruit dans toutes les cours d'Europe, et le duc de Savoie ordonne le bannissement des seigneurs félons et la confiscation de leurs biens. Alors qu'il se remet doucement de ses blessures, Jean de Compey est amer, car il sait que le duc de Savoie n'a pas mis beaucoup d'enthousiasme à punir ses ennemis. Il décide alors de se venger en faisant tuer par ses sbires certains nobles de la cour qu'il juge complices de ce traquenard.

Réfugiés en France, les bannis estiment eux avoir agi pour le bien de la Savoie et réclament les bons offices du roi de France, Charles VII. Le souverain prend fait et cause pour les bannis et entame des négociations avec le duché de Savoie. Sous la pression de Jean de Compey et de la duchesse Anne, le duc se montre ferme et confirme le bannissement. Mais le roi de France se fâche et menace de lever une armée pour envahir la Savoie ! Pragmatique, Louis Ier signe alors le document rétablissant les bannis dans leurs droits. De retour chez eux en 1455, ils participent à une grande cérémonie de réconciliation à la cour de Chambéry, en présence de Jean de Compey.

Mais la vengeance est un plat qui se mange froid : quatre jours après la cérémonie, Compey assassine de ses propres mains Pierre de Menthon, le père de l'un de ses quatre assaillants ! D'autres règlements de comptes suivront, avec notamment Philibert de Compey, fils de Jean, qui trucide en 1479 Bernard de Menthon, le chambellan du duc de Savoie. Le crime de trop pour le souverain, qui fait confisquer les biens de la maison de Compey et condamne à mort le seigneur. Ce dernier échappera de justesse à la sentence en s'exilant. À son propos, le comte Amédée de Foras, auteur de l'armorial et nobiliaire de Savoie, aura cette sentence définitive : « Le seul qu'il faudrait pouvoir effacer de notre histoire » !

Château des Avenières

L'étonnant et mystérieux château des Avenières trône depuis 1913 sur les pentes du Salève. L'histoire de ce château de conte de fées digne de Walt Disney commence en 1904, quand Mary Wallace Shillito découvre avec sa compagne Marcelle Senard, sur les hauteurs de Cruseilles, le panorama somptueux s'offrant à ses yeux. En un instant, cette riche héritière américaine décide que c'est ici qu'elle fera bâtir le sanctuaire qu'elle veut dédier à Violet, sa chère sœur cadette décédée de la fièvre typhoïde en 1901 à Cannes.

L'édification du bâtiment démarre en 1907. Un chantier de six ans complexe et difficile, car le site n'a pas de route d'accès, tout juste un chemin rural sur lequel les lourdes pierres de Bourgogne nécessaires à la construction seront amenées depuis la gare de Saint-Julien-en-Genevois sur des chars tirés par des bœufs. Quand elles ne sont pas sur place pour superviser les travaux, Mary et Marcelle hantent les boutiques des antiquaires parisiens et rassemblent une impressionnante collection de meubles rares destinés au futur château. Mary profite aussi de ses séjours dans la capitale pour fréquenter des cercles dédiés aux sciences occultes. C'est dans ce milieu qu'elle rencontre un mystérieux personnage, tout à la fois ingénieur, égyptologue et passionné d'astronomie et d'astrologie (voir **Dina**).

Achevé en 1913, le château des Avenières devient rapidement un haut lieu du féminisme intellectuel et accueille dans ses salons des personnalités excentriques et richissimes de l'époque telles que Mabel Dodge Luhan, Natalie Clifford Barney ou l'écrivaine Pauline Tarn.

Assan Dina fait aussi partie des habitués des Avenières. Il semble que Mary Wallace Shillito soit tombée sous le charme de ce singulier personnage, qu'elle épouse le 22 janvier 1914 à Paris. Les « jeunes » mariés sont respectivement âgés de 43 et 36 ans.

En totale communion intellectuelle, Assan et Mary filent le parfait amour dans leur château qui, malgré son architecture passéiste, est à la pointe du progrès avec son éclairage à l'électricité, son téléphone, son poste de TSF et ses automobiles qui stationnent dans la cour.

Le couple s'implique aussi dans la vie locale. Très généreuse, Mary fait régulièrement distribuer des colis aux familles nécessiteuses des cantons de Cruseilles et de Saint-Julien-en-Genevois. Durant la Première Guerre mondiale, elle fera aussi parvenir des colis aux soldats de la commune de Cruseilles mobilisés sur le front.

L'installation de ce château de conte de fées sur les hauteurs de Cruseilles est une aubaine pour toute la commune, car une bonne partie de la population travaille, de près ou de loin, pour le domaine des Avenières. Il faut fournir du personnel de maison, des artisans, mais aussi entretenir les jardins, s'occuper de la forêt, aménager les chemins. Bref, il faut mettre la nature au diapason des lumineuses idées du couple Dina-Wallace, dans lequel les rôles sont bien répartis : Assan imagine les projets, et Mary les finance. Après avoir redessiné le jardin à la française, Dina transforme la chapelle du château en un espace ouvert sur les spiritualités du monde.

L'ingénieur décide bientôt de faire construire un observatoire avec un télescope géant sur le Salève. Le projet suscite l'intérêt des milieux scientifiques français, impressionnés par les moyens financiers mis en œuvre. Après moult péripéties, l'affaire échoue, précipitant la disgrâce de Dina, qui décédera de façon mystérieuse en 1928 lors d'un voyage avec son épouse sur un paquebot au large de Suez (voir **Dina**).

Remariée avec Ernest Britt, un pianiste qui ne tardera pas à dilapider son héritage, Mary Wallace Shillito vend le château des Avenières en 1936, avant de divorcer en 1937. Elle décédera des suites d'une crise cardiaque survenue le 22 septembre 1938 sur le tarmac de l'aéroport de Cointrin, à Genève. Elle était âgée de 60 ans.

Le chateau est acheté par un notaire de Chambéry, Victor Guillermin. Six mois plus tard, il réalise une belle plus-value en dispersant le mobilier et les œuvres d'art rassemblés par Mary Wallace Shillito lors d'une vente aux enchères. Dans la foulée, il vend le château à une société civile immobilière, qui le transforme en un centre d'accueil de la Croix-Rouge. Durant la Seconde Guerre mondiale, l'édifice abritera des enfants juifs en route vers la Suisse (voir **Mendes France**). Le château des Avenières devient ensuite un établissement scolaire réputé (voir **Mesrine**) dirigé par les oratoriens du collège de Juilly (Seine-et-Marne). Cette congrégation loue puis achète la propriété, avant de la revendre en 1972 à Georges Duvernay, prospère négociant en vin, de Cruseilles, qui réalise là un rêve d'enfance.

À son décès en 1980, les Avenières deviennent la propriété d'un architecte suisse (voir **Hausermann**), qui sauve sans doute le bâtiment en rénovant entièrement les toitures. Souhaitant faire construire un vaste golf et un domaine immobilier sur 72 000 mètres carrés dans les bois autour du château, ce promoteur s'attire les foudres d'une vingtaine d'associations de chasseurs et d'écologistes, qui vont faire capoter son projet.

En 1994, la propriété est rachetée par un industriel, François Odin, dont la demeure est située à proximité du site. Dans le cadre d'un projet cohérent mariant patrimoine, écologie et économie, cette famille a, depuis, rendu tout son lustre à cet édifice devenu un hôtel-restaurant de qualité.

Château de l'Ermitage

Posé à flanc de falaise au bout du vallon de Monnetier, l'ancien hôtel-restaurant du château de l'Ermitage trône avec majesté sur la plaine du Genevois. Mais avant de devenir un hôtel au XIXe siècle, l'endroit abritait autrefois un petit château rectangulaire flanqué de 4 tours carrées (voir **Ermites**). Cette forteresse avait été édifiée au début du XVIe siècle par François Prosper de Genève-Lullin. Propriété des ducs de Savoie, ce château bien visible depuis la plaine fut jugé suffisamment menaçant par les Genevois pour qu'ils décident de l'attaquer. Le 31 octobre 1589, le capitaine Guignet et sa troupe prennent le château de l'Ermitage, avant de le démolir en partie et d'y mettre le feu.

Ces ruines resteront en l'état pendant près de trois siècles. Dans les années 1770, le pionnier de l'alpinisme genevois Marc-Théodore Bourrit séjourna quelque temps dans l'unique pièce encore habitable, quoique très délabrée, des ruines du château. Il logeait là pour profiter en permanence de la vue magnifique « sur le lac, sur les cantons de Vaud et de Genève, sur une partie de la Savoie et de la France ». Beaucoup de pierres de l'édifice seront ensuite utilisées par les villageois pour construire des maisons à Monnetier, tandis que les vestiges du château deviennent un but de promenade apprécié des touristes et des peintres du dimanche.

De ces ruines, deux témoignages anciens nous sont parvenus. « Tous ceux qui sont sensibles aux beaux points de vue sont curieux de monter au moins jusqu'à Monetier. On va visiter les ruines du château de l'Ermitage, situé au bord du rocher, dans une des plus belles situations du monde », détaille un illustre savant (voir **De Saussure**). Moins célèbre, un collégien genevois décrit ainsi le site en 1806 : « Je vis le château ruiné où il y avait encore une chambre avec cinq ou six poutres. Il y avait à la porte un écriteau où l'on pouvait lire : ne jetez point de pierres en bas de ce rocher, car un botaniste en a eu la cuisse cassée. »

En 1855, Auguste Bovet et Alfred de Mandrot achètent les ruines du château et les terrains de l'Ermitage. Sur les restes du donjon féodal, ils édifient un manoir flanqué de tourelles qui deviendra un hôtel-pension avec une vue imprenable sur Genève et le lac Léman. Parmi les curiosités de l'édifice, notons la tour carrée sud portant sur une pierre ancienne l'inscription en latin de la devise des chartreux : « *Nasci, Pati, Mori* » (naître, souffrir, mourir).

Les travaux de construction de cet hôtel furent le théâtre de découvertes intéressantes et parfois mystérieuses, relatées en son temps par le *Journal de Genève*. Dans les sous-sols du château, des ouvriers ont ainsi trouvé 6 squelettes, tous alignés dans la même direction, la tête au nord. Une femme, 2 enfants et 3 hommes, dont un géant de près de 2 mètres. « On a recueilli les os du géant et on les a donnés au Musée d'Art et d'Histoire de Genève. Aux archéologues maintenant de déterminer, si c'est possible, ce qu'était cette singulière sépulture », détaille le journal, sans que l'on en sache plus aujourd'hui.

Après M. M. Bovet et de Mandrot, l'hôtel-restaurant du château de Monnetier eut pour propriétaire Joseph Dupraz, dont la fille, Francine, épousera Charles Porta. Ce dernier, ancien boxeur chilien et grand ami des sportifs, fit édifier en 1927 dans le parc de l'hôtel un tennis, qui se transformait en patinoire l'hiver. En 1930, il fait creuser dans ce même parc la première piscine du Salève. Quant au livre d'or de cet établissement de grand standing, il s'ornait de la signature de clients prestigieux comme Victor Hugo, le maréchal Joffre ou les premiers ministres anglais Naville Chamberlain et Arthur Balfour.

À l'instar d'un autre édifice autrefois prestigieux de Monnetier, le Grand-Hôtel Bellevue, squatté et détruit par un incendie en 2001, le château de l'Ermitage est passé très près de la destruction à la fin du XXe siècle. Saccagé et lui aussi squatté, il a finalement été racheté par un entrepreneur de la région qui a réalisé une luxueuse rénovation du bâtiment et de ses annexes.

Château de Montfort

Posé sur un éperon rocheux dominant l'ancien chemin allant d'Archamps à Beaumont, le château de Montfort a été bâti au XIIIe siècle sur le territoire de la commune d'Archamps. Situé à 872 mètres d'altitude, sur les contreforts du Salève, cet édifice appartenait à la famille de Montfort. Ces derniers étaient gonfaloniers (porte-bannière) des comtes de Genève, une haute charge. Dans le traité de paix d'Aix (les Bains), signé le 10 décembre 1293 entre les comtes de Savoie et ceux de Genève, il est stipulé que tous Savoyards capturés à Nyon et emprisonnés dans les geôles de Montfort doivent être libérés.

Au fil des siècles, le château de Montfort, qui faisait partie d'une ligne de défense composée de trois autres forteresses, Ogny, Poëpe et Villard, passera dans le giron savoyard avec les familles de Compey, puis de Menthon. La forteresse sera détruite en 1580, lors des guerres incessantes entre Genève et la Savoie. Véritable nid d'aigle, ce petit château se présentait sous la forme d'un triangle de murailles de 40 mètres de côté. Sur un premier replat regardant la plaine, il y avait une cour avec des bâtiments d'habitation et des communs. À l'arrière, sur une seconde terrasse plus petite et en forme d'éperon, s'élevait la tour principale, carrée, qui commandait l'entrée et le chemin d'accès.

Plus de cinq cents ans après sa destruction, le château de Montfort conserve quelques ruines intéressantes. Noyés dans la forêt et envahis par d'impressionnants fayards, ces vestiges se composent principalement de pans de murs encore bien visibles.

Châteaux d'Étrembières

Devenu aujourd'hui une exploitation agricole, le château d'Étrembières ou « château Haut » se présentait sous la forme d'une enceinte de

21 x 28 mètres de côté, flanquée aux angles de 4 tours rondes, dont 3 subsistent encore aujourd'hui. Située au pied du Salève, sur une colline dominant le chef-lieu, cette forteresse aurait été bâtie à la fin du XIIIe siècle par les chevaliers d'Étrembières, cités dès 1201 comme vassaux des comtes de Genève.

Vers 1320, le château devient possession de la famille de Compey, mais à la suite de l'assassinat de Bernard de Menthon par Philibert de Compey, en 1479 (voir **Chasse à l'homme**), les biens de cette famille sont confisqués. Devenu propriété de Marin de Montchenu en 1539, le château est rendu à la famille de Compey en 1526. Las ! un autre Philibert de Compey assassine à Genève un chanoine fribourgeois, entraînant une nouvelle confiscation, avant que cet édifice ne soit donné en fief en 1559 à François Prosper de Genève-Lullin par le duc de Savoie Emmanuel-Philibert.

En 1589 le château est pris et brûlé par les Genevois, qui tuent son gouverneur. Comme toutes les places savoyardes importantes aux abords de Genève, il est rapidement remis en état de défense. Le duc de Savoie Charles-Emmanuel y fait étape au soir du 11 décembre 1602, espérant assister à la victoire de ses troupes parties à l'assaut de la Cité de Calvin. Hélas pour lui, la fameuse nuit de l'Escalade tournera à l'avantage des Genevois. Quand le comte Charles d'Albigny, commandant de ses troupes, vient lui annoncer la défaite, le duc aura cette parole historique : « Vous m'avez fait faire là une belle cacade ! »

En 1606, Clémence de Genève-Lullin, n'ayant pas eu d'enfant de son mariage avec Bernard IV de Menthon, lègue le château d'Étrembières à l'hôpital d'Annecy, qui est devenu aujourd'hui propriété de la famille d'agriculteurs qui exploitent ses terres. C'est dans ce château que l'ingénieur genevois Jean-Daniel Colladon procédera en 1857 aux premiers essais de sa machine perforatrice à air comprimé. Pionnier dans ce domaine, Colladon verra ses procédés utilisés pour le percement des tunnels du Mont-Cenis et du Gothard.

À noter qu'un deuxième château, de taille plus importante et bâti au XIVe siècle, se situait non loin de celui d'Étrembières, vers la source et le moulin des Eaux-Belles. Propriété des sires de Faucigny, ce château des Terreaux (puis de Châtillon) contrôlait la route du pied du Salève et le bac sur l'Arve. Il sera ensuite propriété de différentes familles, avant d'appartenir aux seigneurs de La Fléchère, venus de Bellegarde. Devenu comte de Veyrier en 1770, Pierre-Claude de La Fléchère abandonne ce château, qui va progressivement tomber en ruine, pour s'en faire construire un neuf sur ses nouvelles terres.

Chemin de fer aérien

Moins connu que le téléphérique du Salève, un autre transport par câble reliait autrefois le village de La Croisette (1 170 mètres) à un hameau de la commune d'Archamps, Vovray (640 mètres). Grâce au travail de recherche menée par un passionné d'histoire locale, Michel Brand, nous savons que l'étude du projet démarra en 1911, et l'installation fut officiellement inaugurée le 30 août 1913. Construit par les Ateliers de la Galochère, à Grenoble, ce téléphérique sommaire arrivait à La Croisette en contrebas de l'actuel foyer de ski de fond.

Dotée de deux câbles porteurs et d'un câble tracteur actionnant 2 bennes, une montante et une descendante qui se croisaient au milieu du parcours, ce « chemin de fer aérien » était porté par une douzaine de pylônes dont le plus haut culminait à 20 mètres de hauteur. Un moteur Félix 4 cylindres à essence, puis par la suite un moteur électrique, assurait la traction du câble depuis la station de Vovray. La durée du trajet était d'une quinzaine de minutes, et les charges maximums autorisées avaient été fixées à 300 kilos pour la montée et à 500 kilos pour la descente. Deux navettes, matin et soir, partaient à heure fixe et assuraient notamment le transport du lait des 6 producteurs de La Croisette.

En été, les rotations étaient plus fréquentes, car il fallait aussi descendre le lait produit par les alpagistes genevois dont les bêtes estivaient sur le massif. Mais le câble servait également à « faire les courses » des habitants de La Croisette. Il arrivait aussi que des paysans descendent jusqu'à la plaine avec un veau par ce téléphérique plutôt rustique ! Un dénommé Émile Sallaz, surnommé « le Suisse », avait même la fâcheuse habitude de sauter dans la benne en cours de trajet pour monter ou descendre du Salève, ce qui était formellement interdit.

Durant son exploitation, de 1913 à 1953, le « câble de La Croisette » fut hélas le théâtre d'un terrible accident. Le 22 octobre 1930, Lucette Dusonchet, âgée de 2 ans, était montée dans la benne au moment du départ de la station de Vovray. La pauvre petite fille, sans doute terrorisée ou bousculée lors du passage des pylônes, tomba dans le vide et fut retrouvée morte par les sauveteurs. Malgré la construction de plusieurs routes pour desservir le Salève, ce « chemin de fer aérien » fonctionnera jusqu'en 1953.

Chemin de fer du Salève

C'est grâce aux recherches d'un passionné (voir **Lepère**) que nous connaissons aujourd'hui en détail l'histoire du chemin de fer électrique et à crémaillère du Salève, qui commence dans la seconde moitié du XIXe siècle. À cette époque, les somptueux points de vue du massif sur Genève, le Léman ou les Alpes ne sont guère accessibles au commun des mortels. Diable ! c'est que ces superbes paysages se méritent ! Pour accéder aux hauteurs du massif, il faut compter trois bonnes heures de marche.

Du côté de Genève, des entrepreneurs se disent alors que, si l'on trouvait un moyen de transport pour permettre à M. et Mme Tout-le-Monde de venir découvrir ce site magnifique, il y aurait là un formidable marché à conquérir ! Divers projets sont étudiés (voir **Trois projets de chemin de fer**), mais les choses sérieuses commencent en juin 1888. Cette année-là, les Genevois Alfred de Meuron et Hermann Cuénod obtiennent du Conseil général de la Haute-Savoie une concession pour construire un chemin de fer électrique reliant Étrembières au lieu-dit Les Treize-Arbres, sur les hauteurs du Grand-Salève. Cette voie de chemin de fer d'une longueur de 5,7 kilomètres passera par les villages de Mornex et de Monnetier tandis qu'un second tronçon de 3 kilomètres, reliant Veyrier à

Chemin de fer électrique du Salève-Les Treize-Arbres

Monnetier, est également notifié dans la concession et sera réalisé ultérieurement.

Comme souvent dans les projets ayant trait au Salève, la réalisation et le financement sont assurés par des Genevois qui constituent, en septembre 1890 à Annemasse, la Société Anonyme des Chemins de Fer du Salève, dont le capital s'élève à 1 100 000 francs français, financé à 68 % par des banques helvétiques. D'un point de vue technologique, le canton de Genève et la Suisse sont également bien représentés, car les systèmes électriques seront conçus par l'ingénieur genevois René Thury et réalisés par les Ateliers de Sécheron, tandis que les automotrices seront construites par la Société Industrielle Suisse, basée à Neuhausen, dans le canton de Schaffhouse. Les rails, en acier et d'un poids de 15 kilos/mètre, seront eux livrés par les Forges et Aciéries du Nord, à Valenciennes.

Pour alimenter en électricité ce chemin de fer, la compagnie fait construire une usine au bord de l'Arve, à Arthaz, où une chute d'eau alimente 2 turbines, couplées à des dynamos Thury. Le courant, d'une tension de 500 à 800 volts, était ensuite transmis à la gare centrale de Monnetier-Mairie par une ligne aérienne de 1 800 mètres.

À l'instar de la ligne de tramway Saint-Julien-en-Genevois-Genève, qui fut réalisée en seulement six mois en 1889, les travaux de construction de la première ligne du chemin de fer électrique du Salève seront également rapides. Entre le premier coup de pioche et l'ouverture de la ligne Étrembières-Monnetier-Les Treize-Arbres, en décembre 1892, le chantier n'aura duré que vingt-huit mois, un délai plutôt court pour des travaux sur un terrain accidenté et pentu avec la réalisation de nombreux ponts.

Dès son ouverture, ce chemin de fer électrique et à crémaillère, qui est une première mondiale, rencontre le succès. La fréquentation de la ligne atteint son maximum en 1912, avec 87 000 usagers transportés. Le trajet jusqu'aux Treize-Arbres dure une heure, avec une vitesse oscillant entre 5,4 et 10,8 kilomètres/heure. L'aller-retour, d'Étrembières ou de Veyrier aux Treize-Arbres, coûte 5 francs français (8 francs en première classe).

L'exploitation des deux lignes du chemin de fer du Salève connaît une évolution favorable durant une vingtaine d'années, avant une stagnation de la fréquentation puis un inexorable déclin de cette dernière. Dans un monde en pleine mutation, l'évolution des moyens de locomotion, puis la Première Guerre mondiale, va porter un rude coup au chemin de fer du Salève. De 1914 à 1918, la frontière entre Genève et la France est fermée, ce qui n'arrange pas les affaires de la Société Anonyme des Chemins de Fer du Salève.

Après-guerre, les affaires reprennent en partie, mais des problèmes financiers demeurent. Les investissements nécessaires à une modernisation de la ligne ne sont pas réalisés. En 1928, la fréquentation n'est plus que de 62 039 voyageurs par an. Le coup de grâce viendra en 1932, avec la mise en place simultanée d'une nouvelle route pour gagner le sommet de la montagne et du téléphérique du Salève, dont certains promoteurs sont également administrateurs de la société du train électrique. L'un des initiateurs du téléphérique, Auguste Fournier, propose l'établissement d'un billet conjoint comprenant la montée en téléphérique et la descente en train (ou l'inverse). Mais cette idée, qui aurait peut-être donné un second souffle au train du Salève, est finalement abandonnée.

Moderne et novateur à ces débuts, ce petit train est devenu vétuste. Ses employés sont démotivés, et les temps de parcours paraissent désormais très longs dans un monde où tout s'accélère. Cette même année, pour tenter de survivre, la compagnie remet l'exploitation aux employés. Ces derniers mettent en place une coopérative, ce qui permet de diminuer légèrement les coûts.

Mais l'affaire est entendue. La fréquentation continue de baisser et, en 1935, une assemblée générale extraordinaire des actionnaires du chemin de fer du Salève prononce la dissolution de la société. Le courant électrique est rétabli en 1936 pour permettre la démolition du réseau. Du sommet à la base, rails, traverses et crémaillères sont descendus sur des wagons tirés par les automotrices pour être récupérés par un ferrailleur (voir **Rails mortels**).

Chinoises

De par sa proximité avec Genève et sa faible altitude (1 379 mètres), la plupart des gens imaginent que le Salève est un massif tranquille et sans danger. En réalité, il est l'une des montagnes les plus accidentogènes de Haute-Savoie, avec chaque année des accidents de randonnée, parfois mortels. La très cosmopolite Genève et un accès facile par le téléphérique font aussi de cette montagne un espace très fréquenté par une clientèle internationale. Il n'est donc pas étonnant que, le 30 octobre 2018, trois étudiantes chinoises se soient perdues dans un Salève nimbé de brouillard.

Leur sauvetage, insolite, fut en partie l'œuvre de Guy Servage, un chasseur de 75 ans. « Il y a une dizaine d'années, j'ai agrafé des affichettes rouges sur des arbres au départ de certains sentiers pour qu'on m'appelle par téléphone en cas de découverte d'animaux sauvages morts ou blessés », expliquait ce dernier aux journalistes. Complètement perdues et paniquées, les trois jeunes femmes sont tombées sur une de ces affichettes et ont appelé Guy Servage. Problème, il ne parle pas anglais. Mais il a réussi à les calmer avant de faire suivre l'appel aux pompiers. Les étudiantes ont finalement été localisées et secourues vers 22 heures par une patrouille pédestre du peloton de gendarmerie de haute montagne d'Annecy, la météo ayant rendu impossible toute intervention héliportée.

Cinéma

Le Salève n'est pas à proprement parler une terre de cinéma, on s'en doute… Cependant, ses paysages et ses infrastructures (falaises, château des Avenières, téléphérique) ont parfois servi de décor à des longs-métrages documentaires ou de fiction. Cette liste de films « saléviens », qui n'est sans doute pas exhaustive, commence en 1922 avec un court-métrage de Jean Lozeron intitulé *La Grande Arête* (voir **Scie**). Le même Lozeron, associé au réalisateur Jean Brocher, tourne en 1925 *Les Grimpeurs du Salève*, documentaire faisant partie des films pionniers du cinéma suisse. Dans la même veine d'escalade, notons aussi *Sentes et rocs au Salève*, d'André Kern (voir **Lambert**) en 1958, *Son Altesse*, d'Eugen Beck (1973, des alpinistes s'entraînent au Salève avant de gravir la face nord de l'Eiger) et *Passion d'ouverture* de Yannick Boissenot (2014, film sur l'alpiniste Michel Piola).

Au rayon des films de fiction, le château des Avenières a, semble-t-il, beaucoup plu au réalisateur Pascal Thomas, car il y a en partie tourné *Mon petit doigt m'a dit* (2004) et *Associés contre le crime* (2012), deux opus de sa trilogie consacrée aux enquêtes de Prudence et Bélisaire Beresford, d'après les romans d'Agatha Christie. Le savoureux couple de détectives de ces films est interprété par Catherine Frot et André Dussolier, par ailleurs natif d'Annecy et écolier à Cruseilles. Parmi les autres films ayant (en partie) pour cadre le Salève, citons *Crime à l'altimètre*, de José Giovanni, avec Rufus (1996), *Le Clan*, de Gaël Morel, avec Nicolas Cazalé et Aure Atika (2004), ou *Park*, d'Arnaud des Pallières, avec Jean-Marc Barr et Géraldine Chaplin (2006).

Club alpin suisse

Fondé en 1863, le Club alpin suisse (CAS) était à l'époque un fort symbole de l'identité helvétique. Aussi, lorsque, en 1869, la toute jeune section genevoise du CAS est choisie pour accueillir l'assemblée générale du club, les organisateurs vont mettre les petits plats dans les grands ! Invités durant trois jours dans la Cité de Calvin, les délégués venus de toute la Suisse sont accueillis le samedi 28 août 1869 au Bâtiment électoral, surnommé localement la « boîte à gifles », avant de dîner dans la belle demeure du conseiller d'État Michel Chauvet, président de la section genevoise du CAS.

Le 29 août, les délégués visitent les musées genevois et le jardin botanique, avant de tenir leur assemblée générale dans la salle du Grand Conseil de l'Hôtel de Ville. Et, le 30 août, 103 ascensionnistes âgés de 19 à 70 ans s'élancent à l'assaut du Salève ! Après un départ à 5 heures du matin depuis la place Neuve, les voici qui gravissent, étendard du CAS en tête, la montagne par le difficile sentier de la Grande-Gorge. Ils rejoignent ensuite Grange-Gaby, où ils sont accueillis par le philosophe des lieux (voir **Naville**). Étendus sur les pelouses en savourant produits de la ferme et vins des coteaux de Mornex, les randonneurs reprennent des forces avant de poursuivre leur périple.

Aux Treize-Arbres, ils sont rejoints par une cinquantaine de retardataires, montés par le sentier du Pas-de-l'Échelle. Le long ruban de voyageurs, « dont les chants, essentiellement germaniques, annoncent clairement qu'il n'y a là ni voix qui tombe, ni ardeur qui s'éteint ! », arrive bientôt à Monnetier et à l'Hôtel de la Reconnaissance (voir **Incendie**), où de grandes tables ont été installées dans la cour tandis que les voiles de barques du Léman font office de parasols. Alors que d'autres bandes de convives surgissent d'on ne sait où, le banquet commence, piloté avec efficacité par la famille Chappuis et son personnel.

Au fil de l'après-midi, ravis par la qualité et l'abondance des mets et des boissons, les excursionnistes portent moult toasts aux organisateurs genevois, le délégué de Glaris allant même jusqu'à proclamer que « la Suisse sans Genève, ce n'est plus la Suisse ! » En fin de journée, les randonneurs redescendent de la montagne par Mornex et font un crochet vers Ésery, au pied du Salève, pour admirer la pierre de Beauregard, imposant bloc erratique de granite récemment offert à la section genevoise du CAS par le propriétaire des lieux. Ils rejoignent ensuite Étrembières, où une noria de véhicules hippomobiles va ramener tout ce petit monde à Genève.

Club alpin suisse (section genevoise)

De par sa proximité avec le Salève, l'histoire de la section genevoise du Club alpin suisse se confond souvent avec celle du massif. Fondée le 21 février 1865, soit deux ans après la création du CAS, par 14 passionnés de montagne – dont 2 illustres « saléviens », Alphonse Favre et François Thioly –, cette section va grandement contribuer à faire du Salève la Montagne des Genevois. D'ailleurs, la première course de cette nouvelle structure, le 14 mai 1865, mènera 27 de ses membres sur les chemins du Salève pour rallier Monnetier.

Et, question randonnée, c'est du sérieux, comme nous le montre cette sortie organisée le mercredi 5 juin 1878. À 5 heures du matin, les clubistes se retrouvent sur la place Neuve, au cœur de Genève, pour embarquer dans l'omnibus hippomobile. Il est 6 h 45 lorsqu'ils arrivent au Châble, où un solide petit déjeuner les attend dans un café du village. Sustenté, le groupe « attaque » le Salève par la chartreuse de Pomier, direction Saint-Blaise, pour rejoindre ensuite la pointe du Plan. Il est 10 h 30 lorsqu'ils arrivent aux Pitons, le sommet du massif, avant de poursuivre l'excursion par les crêtes, vers La Croisette, puis Les Treize-Arbres. La petite troupe rejoint ensuite le village de Monnetier, où un dîner est prévu à l'Hôtel de la Reconnaissance. Quant au retour vers Genève, il s'effectue à pied, dans la soirée.

Dès 1868, cette section prend en charge l'entretien du sentier de la Grande-Gorge, aménagé en 1854 par des montagnards genevois. Les clubistes s'occuperont aussi d'entretenir les sentiers des Beulets et de la crête du Petit-Salève. En 1905, la « Genevoise », comme la surnomment ses membres, va réaliser un nouvel itinéraire, reliant le hameau du Coin au village de La Croisette (voir **Orjobet**) grâce à une souscription publique. Après cent ans d'entretien, elle a officiellement remis ce sentier d'Orjobet au Syndicat mixte du Salève, collectivité française en charge des quelque 250 kilomètres de chemins balisés du massif.

Fréquentées dès la fin du XIXe siècle par de nombreux grimpeurs affiliés au CAS, les falaises du Salève vont aussi devenir un remarquable terrain d'entraînement pour des alpinistes qui brilleront ensuite dans les Alpes ou l'Himalaya. La « Genevoise » est également partie prenante de la mythique expédition suisse de l'Everest au printemps 1952. La plupart des membres de cette aventure qui ouvrira la voie vers le sommet du Toit du monde étaient d'ailleurs rattachés à cette section (voir **Lambert**).

Forte aujourd'hui de 3 000 membres, la « Genevoise » a fêté ses 150 ans d'existence en 2015. Si elle propose chaque année plus de 400 courses en montagne dans les Alpes et ailleurs, le Salève garde une place particulière dans le cœur de ses adhérents. D'ailleurs, sur les 7 cabanes que possède cette section, il y en a bien sûr une, le très joli chalet du Pré-Berger, située sur la Montagne des Genevois ! Le CAS est également propriétaire d'un superbe bloc erratique en granite sur le Salève (voir **Trottet**).

Cognacq-Jay

La célèbre formule « à vous, Cognacq-Jay, à vous, les studios ! », prononcées durant des décennies par les journalistes de la télévision française du temps où les studios de l'ORTF (Office de radiodiffusion-télévision française) étaient installés au numéro 13 de la rue Cognacq-Jay, ne saurait nous faire oublier l'origine de ce patronyme singulier. Ernest Cognacq (1839-1928) et Marie-Louise Jaÿ (1838-1925) sont les fondateurs en 1870 de La Samaritaine, le plus important des grands magasins parisiens. L'homme de la mer – Ernest Cognacq était natif de l'île de Ré – avait épousé la fille de la montagne, Marie-Louise Jaÿ, originaire de Samoëns. Cette dernière, une fois leur fortune faite, n'oubliera pas son village de Haute-Savoie. En 1905, elle fait réaliser près de Samoëns un jardin botanique alpin, la Jaÿsina, sur un terrain escarpé où elle faisait paître ses chèvres lorsqu'elle était enfant.

Après la Première Guerre mondiale, en 1926, la Fondation Cognacq-Jay, d'utilité sociale, rachète à Monnetier l'Hôtel de la Reconnaissance (voir **Incendie**) et le transforme en une maison de repos pour les jeunes filles employées des magasins La Samaritaine, à Paris. Cette « villa Marie-Louise Cognacq-Jay » est dirigée par des religieuses. En octobre 1930, un orphelinat destiné à accueillir des « fillettes » de Haute-Savoie est aménagé par le neveu de feue Mme Cognacq-Jaÿ, dans un nouveau bâtiment construit près de la villa, sur un terrain appartenant à la fondation.

Décédée en 1925, Marie-Louise Jaÿ n'a pas pu voir la construction de ces bâtiments. Mais c'est elle qui avait choisi le site de Monnetier et qui a personnellement financé cette maison de repos et cet orphelinat pour jeunes filles, avec le produit de la vente aux enchères de ses dentelles, fourrures et bijoux.

À la suite de la signature d'une convention avec le département de la Haute-Savoie en 1976, l'orphelinat devient une « Maison d'enfants à caractère social », puis un centre d'accueil pour personnes handicapées psychiques en 1990, avant de se transformer en un « centre de convalescence active à orientation gériatrique mixte de proximité », en 2004. La fondation Cognacq-Jay a fait réaliser une rénovation complète et un agrandissement des deux bâtiments en 2014.

Cohen Albert

Poète et écrivain, Albert Cohen est né en 1895 sur l'île grecque de Corfou. Sa famille s'installe en 1900 à Marseille, où il aura comme camarade de lycée un certain Marcel Pagnol. En 1914, il quitte Marseille pour Genève, où il s'inscrit à la faculté de droit. Licencié, il devient citoyen suisse en 1919 et publie en 1921 son premier ouvrage, *Paroles juives*. En 1925, il prend la direction de *La Revue juive*, à Paris, qui compte parmi son comité de rédaction Alfred Einstein ou Sigmund Freud, avant de devenir fonctionnaire au Bureau international du travail.

En 1930, il publie *Solal*, premier volume d'un cycle qu'il poursuit avec *Mangeclous* (1938). En 1944, il est conseiller juridique au Comité intergouvernemental pour les réfugiés. C'est là qu'il élabore en 1946 l'accord international sur le statut et la protection des réfugiés. De retour à Genève en 1947, il est nommé directeur d'une des institutions spécialisées des Nations unies. Albert Cohen est décédé le 17 octobre 1981, il est enterré au cimetière israélite de Veyrier.

Genevois d'adoption, Albert Cohen se devait d'utiliser le Salève comme territoire romanesque de l'un de ses romans. Ce sera le cas avec *Mangeclous*, où Saltiel et ses compères s'offrent une escapade au sommet de la Montagne des Genevois. Bien loin de la douce mélancolie de *Belle du Seigneur* (1968), cette joyeuse farce montre que même une balade au Salève demande un minimum de préparation…

« Après avoir fait des emplettes à Genève telles que nul alpiniste au monde n'en fit jamais, ils prirent le funiculaire, le téléphérique ne leur ayant pas plu (Que diable ! si au moins on avait mis un grand filet sous la cabine comme pour les acrobates du Cirque O folies et imprudences chrétiennes). Mais, une fois le petit train en marche, ils tremblèrent en leurs os à l'idée que les dents du funiculaire pouvaient se casser. Aussi descendirent-ils à

Monnetier. Ils pensèrent tout d'abord à louer des ânes qui les conduiraient jusqu'au sommet. Mais ils changèrent d'avis. En somme, ce Monnetier était huit cents mètres au-dessus de la mer. C'était bien assez ! Au cours du change cela ferait au moins quatre mille mètres à Céphalonie ! »

Le groupe arrive ensuite à l'Hôtel de Savoie, à Monnetier, où Saltiel donne son point de vue sur cette randonnée : « La montagne a deux inconvénients qui sont l'altitude et les pierres. » Quant à la conclusion de cette excursion au Salève, elle revient à Mangeclous : « Les hommes sont faits pour vivre en hommes et non dans la nature comme les serpents. Regagnons donc la plaine ! » Il est probable qu'Albert Cohen a lui-même emprunté le train puis le téléphérique du Salève et fréquenté l'Hôtel de Savoie avant de rédiger son ouvrage.

Collin André, Agnès

Les personnages qui comptent au Salève n'appartiennent pas tous au passé. Leurs voisins ne le savent sans doute pas, mais André et Agnès Collin, couple habitant Monnetier depuis quelques décennies, ont écrit

une partie de la légende du Salève souterrain. Depuis l'an 2000 et en une quinzaine d'années, ces deux spéléologues ont beaucoup fait évoluer les connaissances sur les galeries qui parcourent le sous-sol du massif. Ils n'ont pas été seuls dans cette aventure, car c'est en équipe, avec des spéléos suisses et français, qu'ils ont mené leurs investigations. Mais les Collin, par leur enthousiasme et leur persévérance, ont été les moteurs de cette épopée dans les entrailles de la montagne.

Avant les explorations menées par ce couple, les connaissances sur les galeries du massif dataient des années 1960 (voir **Amoudruz**). Il y a par exemple la grotte des Crânes. Dans cette cavité située au pied des falaises de Beaumont et qui doit son nom à des ossements de petits animaux retrouvés dans son entrée, le Club des Boueux de Genève avait découvert 245 mètres de galeries. En 2012, après plusieurs années d'exploration et de désensablage de galeries obstruées, les Collin et leurs camarades genevois emmenés par Gérald Favre ont mis à jour un réseau de salles, de tunnels, de puits et de cheminées de plus de 2,5 kilomètres de longueur ! L'une de ces cheminées arrive même à une dizaine de mètres sous la surface du Salève, à proximité de la ferme de La Thuile.

À Monnetier, André et Agnès Collin habitent à 200 mètres du plus célèbre gouffre du Salève (voir **Gouffre de Bellevue**). Également exploré par les Boueux de Genève dans les années 1950, ce gouffre de Bellevue pouvait se résumer à une « petite » succession de trois puits, soit 90 mètres de profondeur. Mais l'acharné André Collin n'avait aucun doute sur le fait que ce gouffre devait être beaucoup plus profond. Le 2 mars 2008, après de multiples tentatives, notre spéléologue de 65 ans a mis à jour une probable porte d'entrée vers la mythique rivière souterraine (voir **Impluvium**) qui traverse le massif dans ses profondeurs et alimente le captage de la station des Eaux-Belles, à Étrembières. Dans les semaines et les mois qui suivent, portés par un bel enthousiasme, des spéléos suisses et français emmenés par les Collin vont découvrir et explorer un réseau qui mesure à ce jour 1,6 kilomètre.

Collins Phil

Saviez-vous que c'est sur le Salève, dans un lieu à l'histoire étonnante (voir **Château des Avenières**), que Phil Collins a enregistré en 1996 son album *Dance Into the Light* ? Domicilié non loin de Nyon à la suite de son mariage avec Orianne Cevey, en 1999, le légendaire batteur de Genesis avait ses habitudes aux Avenières, un établissement haut de gamme à l'ambiance unique, également fréquenté par le groupe Indochine ou Gilberto Gil. La star anglaise séjournera près de deux mois dans ce coin de Salève pour enregistrer cet album.

Nicolas Odin, le propriétaire des lieux, conserve un souvenir ému de l'arrivée de Phil Collins aux Avenières : « On l'attendait pour un enregistrement de plusieurs semaines. Phil Collins est entré dans le hall de l'hôtel et, sans un mot, il est allé directement s'asseoir au piano de la réception et a commencé à jouer. Je me tenais sans bouger dans un coin. Un moment extraordinaire. » Lors de la sortie de cet album, Phil Collins annoncera officiellement qu'il quitte le groupe Genesis, dont il était membre depuis vingt-cinq ans.

Colloques

Si le Salève est le paradis des randonneurs et des pique-niqueurs, il est aussi une montagne qui a toujours intéressé les scientifiques de tous ordres, principalement genevois. Il fut ainsi le sujet d'un premier colloque, organisé en 1987 au Muséum d'histoire naturelle par la Société de physique et d'histoire naturelle de Genève. Son objectif était de proposer une synthèse des nombreux savoirs accumulés par des scientifiques sur ce massif durant plus de deux siècles.

Trente ans plus tard, en novembre 2017, sous l'égide du Syndicat mixte du Salève et de la Haute École du paysage, d'ingénierie et d'architecture (HÉPIA), représentés par Pierre Cusin et Patrice Prunier, un nouveau colloque était organisé, cette fois au pied du Salève, dans les superbes caves voûtées de la chartreuse de Pomier.

Intitulé « Le Salève, trente ans de préservation », ce colloque piloté par un comité scientifique de haut vol a permis à une assemblée studieuse d'assister à 22 communications et à un débat final, présentés par de brillants intervenants, tant genevois que français. Ces communications, disponibles dans un bel ouvrage de quelque 200 pages, concernant la géologie, la préhistoire, l'histoire, le patrimoine, les écosystèmes montagnards, la végétation ou la faune, ont ainsi balayé cent cinquante millions d'années d'histoire(s) du Salève.

Commissaire égaré

Étonnant fait divers, en novembre 1960, avec une mobilisation policière franco-suisse sans doute inégalée dans la région ! Tout commence avec le genevois Henri Jacquemoud, commissaire de police de 63 ans parti se balader un dimanche au Salève. L'homme n'étant pas rentré dans la soirée, sa femme s'inquiète et appelle un ami, M. Weber, chef de la sûreté genevoise, qui a la bonne idée d'habiter à Veyrier, au pied du massif. Ce dernier retrouve rapidement la voiture de Jacquemoud près des carrières du Pas-de-l'Échelle, mais elle est vide ! L'alerte est aussitôt donnée.

Côté suisse, une escouade de policiers en civil monte en voiture sur le massif et lance des patrouilles vers différents chemins. Côté français, M. Raspail, commissaire principal à Annemasse, envoie ses hommes quadriller la montagne tandis que le capitaine Tissot, chef de la gendarmerie de Saint-Julien, expédie une caravane de militaires et d'alpinistes sur d'autres chemins. Vers 3 heures du matin, les dizaines de policiers, gendarmes et montagnards mobilisés suspendent les opérations de recherche.

Mais, en descendant du massif par la Petite-Gorge, l'une des patrouilles entend de faibles cris dans la nuit. Le commissaire Jacquemoud est alors localisé au fond d'une combe, entre deux vires, ne pouvant plus ni monter ni descendre. Sain et sauf, le policier avait sagement attendu les secours « en faisant des exercices de gymnastique suédoise », précisa le *Journal de Genève*, car il faisait tout de même -5 degrés lors de cette nuit de novembre au Salève !

Contrebande

Le Salève, montagne riche en grottes et en sentiers discrets à proximité de la frontière suisse, fut longtemps un terrain de jeu idéal pour les contrebandiers. Profitant des différences d'impositions douanières entre Genève et le royaume de Piémont-Sardaigne, nombre de malandrins ont utilisé le massif pour se livrer à de lucratifs trafics de marchandises entre les deux territoires. Localement, les principaux trafics concernaient le tabac, le sucre et le café, des produits fortement taxés en Savoie. D'autres denrées, dont des étoffes, transitaient par Genève et la Savoie avant d'être revendues clandestinement en France, à la frontière du Guiers, par des bandes de contrebandiers, dont celle du célèbre Louis Mandrin.

La contrebande a parfois causé des décès sur le Salève, à cause de chutes sur des sentiers discrets mais vertigineux, ou de la neige, avec des pauvres hères retrouvés morts de froid dans le massif, un ballot de tabac ou de sucre posé à côté d'eux. L'une des cavernes les plus connues en matière de contrebande était la grotte de la Grande-Gorge, idéalement située dans un endroit peu fréquenté du massif, mais à proximité de la frontière, Bossey ayant fait partie du canton de Genève jusqu'au traité de Turin de 1754. Selon la légende, Louis Mandrin y aurait même séjourné, une nuit ou deux, durant l'été 1753.

Si les témoignages sur la contrebande sont assez rares, chose logique pour une activité par essence discrète, il existe néanmoins quelques documents relatant ces pratiques courantes dans la région jusqu'au rattachement de la Savoie à la France, en 1860. Ainsi, un procès-verbal de comparution de trois contrebandiers devant le vice-intendant de la province de Carouge relate une arrestation rocambolesque survenue en 1820 sur un sentier du Salève. L'histoire concerne un dénommé Jean Coquet, contrebandier notoire habitant Beaumont, contacté pour transporter des marchandises de Landecy (Genève) à Saint-Martin-Bellevue (commune entre Cruseilles et Annecy).

Coquet recrute une douzaine d'hommes, et la petite troupe lourdement chargée de ballots de tabac se met en route dans la soirée du 30 mars 1820. De Landecy, les contrebandiers marchent en silence sur le sentier menant à la ferme de La Thuile, d'où ils pourront gagner Cruseilles par le massif, pour rejoindre ensuite Saint-Martin-Bellevue. Mais les choses se gâtent au lieu-dit La Grande-Paroi, lorsqu'ils sont surpris par des douaniers en embuscade. Dans la confusion générale, les trafiquants s'enfuient dans toutes les directions, certains laissant leurs ballots sur place et d'autres les emportant, tandis que les gabelous réussissent à capturer quatre hommes.

La suite des évènements est évoquée dans le procès-verbal dressé par les douaniers : « Les prisonniers étaient gardés depuis cinq minutes environ jusqu'au moment d'une altercation, Jean-Claude Pellarin parvint à s'évader, à travers les broussailles à la faveur de la nuit. Il est ensuite revenu avec des hommes armés pour intimider les préposés et leur enlever les ballots. Un d'entre eux ayant tiré un coup de fusil, tandis que les autres assaillirent les préposés à coups de pierres, les contrebandiers ne se sont retirés qu'à suite de la vigoureuse résistance des douaniers. » Le document n'indique pas la teneur de la sentence, mais il précise que trois contrebandiers ont été condamnés, Jacques Duchâble, Jean et Martin Coquet.

Convers

Les moines convers (converses pour les moniales) étaient les membres des ordres religieux catholiques chargés principalement des travaux manuels et des affaires séculières d'un monastère. Bien que membres de leurs ordres respectifs, ils formaient une catégorie séparée des moines du chœur, qui se consacrent principalement à l'*Opus Dei*, « l'œuvre de Dieu », et à l'étude. Depuis leur abbaye (voir **Chartreuse de Pomier**), ces moines convers ont joué un rôle essentiel dans l'aménagement du Salève.

Maîtres de l'eau et du feu, car ils possédaient les techniques pour fabriquer et faire fonctionner forges et moulins, ces moines convers ont développé au fil des siècles (1170-1793), avec l'aide de fermiers, l'agriculture et l'élevage sur les nombreuses terres léguées aux chartreux sur et autour du Salève. Construisant fermes et granges sur les principaux alpages, mais aussi chemins d'accès, forges et moulins, ils ont ainsi redessiné les paysages du massif tels que nous les connaissons encore aujourd'hui. Comme les Burgondes, ils ont aussi exploité le fer du Salève, extrait des roches sidérolithiques de surface grâce à des bas fourneaux.

Chose rare dans l'histoire des ordres religieux, ces moines-paysans ont même laissé leur nom sur leur territoire de labeur. Le Salève abrite ainsi l'alpage des Convers, situé sur les hauts de la commune de Présilly et doté d'une jolie ferme dont les « pas-de-moineaux » rappellent son ancien toit de chaume. Cet alpage rend un hommage discret mais pérenne au travail essentiel réalisé par ces religieux de l'ombre sur le Salève.

Corot, Hodler, Vallotton…

Depuis des siècles, le Salève sert de décor à Genève et à sa superbe rade baignée par le Léman. Il n'est donc pas étonnant que de nombreux peintres, principalement genevois, mais pas seulement, aient reproduit la Montagne des Genevois dans leurs tableaux. Parmi les maîtres de la peinture suisse, Ferdinand Hodler (1853-1918) a représenté à plusieurs reprises le Salève sur ses toiles, principalement des panoramas du Léman avec la montagne en arrière-plan, mais aussi des vues plus rapprochées, avec prairies, arbres ou étangs, au pied des falaises du massif, le tout avec ces étonnantes couleurs qui sont la patte de Hodler.

Moins intéressé par le Salève, Félix Vallotton (1865-1925) l'a regardé de loin, mais l'a peint au moins une fois, très stylisé, dans son tableau intitulé *Le Salève et le lac*, en 1900. Parmi les peintres genevois les plus connus ayant immortalisé le Salève dans leurs œuvres, citons Adam Töpffer, Henri-Antoine Boissonnas, Jean Dubois, Charles du Bois-Melly, Alexandre Perrier, François Diday, Jean-Antoine Linck ou François Gos. Sans oublier l'auteur de bande dessinée Emmanuel Excoffier, alias Exem, qui a réalisé pour l'hôtel Ibis Styles 100 % BD de Carouge une superbe fresque montrant les héros créés par des dessinateurs suisses planant dans un ciel bleu roi sur fond de Salève.

Finalement, parmi les peintres célèbres, celui qui a le plus et le mieux représenté le Salève, c'est le Français Camille Corot (1796-1875). Gaulois certes, mais un peu helvète tout de même, car sa mère, d'origine fribourgeoise, était fille d'un garde suisse du Vatican ! Celui qui fut l'un des fondateurs de l'école de Barbizon, longtemps considéré comme un dilettante avant de vivre confortablement de son art, a régulièrement séjourné en Suisse. À Genève, il habite chez son ami le peintre Auguste Baud-Bovy. S'il a peint de superbes vues du lac Léman ou de paysages genevois avec le Salève en arrière-plan, Camille Corot s'est aussi aventuré avec son chevalet sur les chemins du massif. Il a ainsi réalisé quelques belles toiles de la campagne de Mornex.

Notons qu'autre peintre français ami de Corot, et également à l'origine de l'école de Barbizon, a signé des tableaux saisissants du Salève et de ses falaises. Il s'agit de Théodore Rousseau, artiste quelque peu maudit ayant eu la mauvaise idée d'utiliser du bitume dans la composition de ses peintures à l'huile. Cette mixture peu stable a, par la suite, détérioré nombre de ses tableaux.

Corraterie (La)

Qui n'a jamais marché sur le vertigineux sentier de La Corraterie ne connaît pas vraiment le Salève, pourrait-on dire en préambule à ce texte. Comme l'a si bien écrit le journaliste genevois Jean-Claude Mayor, « il faut avoir flâné au moins une fois dans sa vie sur ce boulevard-balcon tracé sous une voûte envoûtante et immense. Là, le soleil se fait à la fois plus doux et plus clair, la pierre est presque précieuse dans sa blancheur. Je n'ai pas mesuré. La Corraterie c'est au plus cinquante mètres et c'est pourtant infini ».

Que dire de plus, si ce n'est que ce sentier fait partie de l'emblématique boucle Orjobet-La Corraterie-Grande-Gorge que tout randonneur du Salève se doit de faire un jour pour ressentir l'essence profonde de ce massif. Le nom de ce chemin aurait été donné par des varappeurs de la fin du XIXe siècle. Son cheminement à flanc de roche, étroit et vertigineux, mais ouvert sur un vaste panorama, les ayant amenés à le comparer ironiquement à la large rue de La Corraterie, à Genève ! L'endroit est de plus agrémenté de deux curiosités (voir **Croix suisse** et **Trou de la Tine**) intéressantes.

Courses de voitures

La chose peut paraître surprenante, mais les routes pentues et caillouteuses du Salève semblent avoir rapidement intéressé les professionnels et les passionnés de l'industrie automobile naissante (voir **Expériences d'automobile**). En juin 1912, la section genevoise de l'Auto touring club de Suisse a l'idée originale d'organiser au Salève une audacieuse course pour automobiles et motocyclettes sur la portion de route très raide et tortueuse située entre le village de Monnetier et Les Treize-Arbres.

Au milieu d'une foule massée le long de ces quelques kilomètres tout en lacets, les pilotes font rugir les moteurs de leurs bolides dans une ambiance de folie. Cette première course automobile du Salève est un succès. Aucun accident n'est survenu, et la fête se conclut à midi par un grand banquet réunissant quelque 200 convives au buffet des Treize-Arbres, gare d'arrivée du chemin de fer du Salève.

Fort de ce premier succès, l'équipe de l'Auto touring club de Suisse remet ça l'année suivante, stressant même M. Bain, le maire de Monnetier-

Mornex, obligé d'ordonner de toute urgence la réalisation de travaux de réfection de la route entre Monnetier et Les Treize-Arbres ! Pour cette deuxième édition, les choses se compliquent par la faute d'une météo calamiteuse. Mais malgré de fortes pluies la compétition aura lieu avec succès… et se terminera par un grand banquet.

Durant quelques années, ces courses automobiles du Salève passionneront le public, tout en faisant la part belle aux automobiles et aux motocyclettes fabriquées à Genève, avec des marques comme Motosacoche, Moto-Rêve, Sigma ou la célèbre Pic-Pic, des ingénieurs Paul Piccard et Lucien Pictet. Par la suite, rallyes, courses de côte et autres compétitions automobiles auront sporadiquement lieu sur les routes sinueuses du Salève.

Crépuscule

Fille du naturaliste Horace-Bénédict de Saussure, belle-fille de Jacques Necker, ministre des Finances de Louis XVI, Albertine Necker de Saussure (1766-1841) est issue de la meilleure société genevoise. Biographe de son amie et cousine Mme de Staël, elle est l'auteur de *L'Éducation progressive ou étude du cours de la vie*, ouvrage à la morale rigide qui eut une influence durable sur les théories pédagogiques et les principes de l'éducation des femmes.

De santé fragile à la fin de sa vie, elle fut installée par sa famille « à Mornay [(voir **Mornex**)], dans une de ses petites vallées du Salève qui s'ouvre sur la chaîne des Alpes », où ses proches comptaient sur l'air doux du lieu pour qu'elle se rétablisse. Ce ne fut pas le cas et c'est à Mornex qu'elle mourut le 13 avril 1841, « entourée des soins les plus tendres, et après avoir silencieusement contemplé une dernière fois dans ce monde le grand spectacle du jour qui meurt lentement sur les montagnes ».

Crevin

Vaste secteur de la commune de Bossey au pied du Salève, le site de Crevin fut longtemps propriété du chapitre de la cathédrale Saint-Pierre de Genève. Il sera ensuite acheté par la famille Stoër, célèbre imprimeur genevois, puis par Jacques Grenus, en 1658. Ce docteur en droit, trois fois syndic de la Cité de Calvin, va édifier dans cette paisible campagne avec vue imprenable sur Genève et le Léman le « château de Crevin », une belle et grande demeure bourgeoise agrémentée d'un vaste plan d'eau doté de fontaines. Quant au toponyme Crevin, il pourrait venir du terme latin « Cura vini », un lieu où l'on soigne le vin.

Un état des lieux datant des années 1880, à une époque où la commune acheta une partie du domaine pour y implanter son nouveau cimetière, donne une bonne idée de la qualité de ce site remarquable : « Un domaine de quarante-huit hectares, magnifique résidence d'été, beaux jardins, bosquets, pièces d'eau, vastes dépendances, moulins, artifices, cours d'eau, fontaines, terrains à bâtir. Le domaine compte sept hectares de vignes, treize de prés, vingt de champs, deux de bâtiments et jardins, six de bois. » Par la suite, Crevin passera aux mains de différents propriétaires, souvent genevois, dont François Demole, agronome novateur qui recevra en 1875 la grande médaille d'or du ministère de l'Agriculture français, pour la gestion avant-gardiste de son domaine agricole.

Le site de Crevin est également connu pour avoir été le théâtre d'un duel aussi historique que mortel (voir **Lassalle**) et pour abriter un étang au cœur de sombres légendes (voir **Lac Noir**). Deux faits tragiques ayant servi de trame au livre *Murder-Party ou celle qui n'était pas invitée*, de l'académicien français Henry Bordeaux, prolixe romancier né en 1870 à Thonon-les-Bains. Durant la Seconde Guerre mondiale, le château est occupé par l'armée allemande et sera le théâtre de tirs nourris, le 16 août 1944, lors de la libération de la Haute-Savoie par la Résistance française. En 1985, le château de Crevin est devenu le club-house d'un vaste terrain de golf de 18 trous aménagé sur le domaine.

Croisette (La)

La Croisette est l'unique village situé sur le Grand-Salève. Posé à 1 175 mètres d'altitude, au bien nommé col de La Croisette, ce hameau est le point de jonction des 3 routes du Salève venant de la plaine. Il a également la particularité rare de voir son territoire partagé entre 3 communes : Archamps, Collonges-sous-Salève et La Muraz. Lieu touristique par excellence, La Croisette voit chaque week-end débarquer des flots de voitures et de citadins, surtout si le soleil brille sur le Salève alors que Genève est plongée dans le brouillard. Ce petit village, composé de quelques maisons et fermes, peut aujourd'hui se résumer à une place, avec deux établissements accueillants, sans oublier l'excentré Café des Crêts, et à une esplanade offrant une vue imprenable sur les Alpes. L'endroit comptait autrefois une petite école, mais elle a fermé ses portes en 1960.

Parmi les personnalités locales, il y eut la Mère Brand (Céline Brand, 1870-1945), aubergiste singulière qui n'hésitait pas à enguirlander ses clients discourtois en patois savoyard ! Ces derniers prenaient cher, mais ne s'en rendaient pas compte… Ayant visité La Croisette et rencontré la Mère Brand à l'automne 1907, une célèbre aventurière franco-belge (voir **David-Néel Alexandra**) n'en garda pas un souvenir impérissable : « C'est un assez vilain petit trou dont l'auberge est d'une rusticité peut-être excessive, même en été. » La Croisette a également donné un évêque à la Haute-Savoie en la personne de Claude-Marie Magnin (1802-1879), fils de laboureurs et initiateur de l'Académie salésienne.

Mais La Croisette, dotée autrefois d'un transport par câble (voir **Chemin de fer aérien**), c'est aussi la station de ski du Salève ! Il y a d'abord le petit téléski du Pommier, sur le haut du village. Cet équipement a été installé en 1972 par la municipalité d'Archamps. Un téléski de 650 mètres pour une descente unique, mais idéalement située à deux pas de Genève et d'Annemasse pour apprendre les premiers rudiments de ce sport d'hiver. Arrêté en 2010, le téléski a repris du service en 2015, grâce à une rénovation complète et à une nouvelle équipe de bénévoles. L'endroit dispose aussi d'un foyer de ski de fond, également géré par des passionnés. Avec 26 kilomètres de pistes dans une nature préservée et avec une vue somptueuse sur Genève et le Léman, l'endroit vaut assurément le détour hivernal !

Croix de Monnetier

À plusieurs reprises au fil des siècles, et comme cela s'est fait sur de nombreux sommets alpins, les instances catholiques ont eu le projet d'installer sur les crêtes du Salève une grande croix du Christ qui dominerait Genève, cette « Rome protestante » honnie. Ces projets ayant échoué pour diverses raisons (refus des communes ou des États sarde et français), c'est finalement une croix assez modeste qui sera installée sur le Grand-Salève, en bordure de la voie (voir **Routes**) reliant Monnetier aux Treize-Arbres. Taillée dans un bloc erratique du massif par un graniteur du secteur, cette croix à coins échancrés entre les branches a été inaugurée et bénite le dimanche 21 juin 1874.

Du côté de Genève, on imagine que cette initiative n'a guère été appréciée. C'est en tout cas ce que laisse à penser la lecture du *Journal de Genève* qui, dans son édition du 23 juin, livre un compte rendu pour le moins ironique de cette célébration. « Nous avions parlé de cette "grande manifestation de la foi catholique", organisée dimanche à Monnetier, et qui devait consister en l'inauguration d'une croix de pierre colossale portant le nom de saint François de Sales et installée sur les rochers du Salève, en face de Genève. Est-ce une menace ou un exorcisme ? Nous préférons y voir un simple acte de foi religieuse. »

« Le pèlerinage et la cérémonie ont eu lieu, en effet, dimanche, mais le plaisir spécial que nos voisins et "l'Union des campagnes" de Genève s'étaient promis avec la présence du cardinal Mermillod (voir **Verdi**) leur a été refusé. Ce dernier étant retenu à Lille, ils ont dû se contenter de la bénédiction donnée par l'évêque d'Annecy. Une assez grande foule de dévots et de curieux s'était rendue dès le matin à Monnetier. » Le journal explique ensuite que la cérémonie a eu lieu dans l'après-midi, suivie du défilé de toute la procession autour de la croix, « que chacun des fidèles baisait à son passage ».

Des feux d'artifice ont clos l'évènement. « Mais les visiteurs sont rentrés chez eux avec un souvenir peu agréable de l'hospitalité locale, les habitants de la pittoresque vallée de Monnetier ayant jugé bon de faire payer toutes leurs prestations. C'est ce qui explique pourquoi le verre d'eau claire, par exemple, coûtait dix centimes, quoi qu'il ne fût assurément pas question en cette affaire d'eau de Lourdes ou de la Salette. » En 1889, Joseph Vidonne fera construire en ces lieux un restaurant… le Chalet de la Croix, établissement prisé des touristes du Salève durant des décennies.

Croix suisse

Nous sommes au mois de mai 1967. Un matin, les habitants de la plaine découvrent avec stupeur qu'un drapeau suisse a été peint durant la nuit sur la grande plaque blanche de La Corraterie, barre rocheuse du sommet du Salève ! En quelques jours, l'affaire fait scandale car, déjà à l'époque, les Savoyards apprécient moyennement que l'on appelle le Salève la Montagne des Genevois ! Le jour même des faits, les gendarmes enquêtent sur place.

La croix suisse de 1967 est aujourd'hui devenue une croix de Savoie. Les randonneurs situés en bas à droite de la photo permettent de se rendre compte de sa taille.

Premières conclusions : les auteurs de ce forfait n'ont pas le vertige et ont dû mettre plusieurs heures pour peindre cette gigantesque croix suisse mesurant plusieurs mètres carrés. Ce sont donc des sportifs et des bons connaisseurs des sentiers du Salève, ce qui fait des membres du Club alpin suisse, omniprésents sur le massif, des suspects de premier ordre ! Pour corser le tout, la presse s'empare de l'affaire et fait monter la mayonnaise, tant du côté français que du côté suisse.

Ce crime de « lèse-Salève » est au centre de toutes les conversations, et bientôt le ton monte côté français contre ces satanés Genevois qui, non contents de coloniser le Salève, marquent maintenant leur territoire d'aussi vile manière ! Effrayés par la tournure que prennent les évènements, les coupables de ce peinturlurage décident alors de se dénoncer. Ni Suisses ni Français, les auteurs de ce forfait sont en fait trois étudiants américains qui avaient décidé de fêter de cette étrange façon l'obtention de leur diplôme au Campus adventiste du Coin.

Sportifs et bien équipés, ils étaient montés de nuit en voiture au Salève, avant de gagner le sentier de La Corraterie et de peindre ce gigantesque drapeau suisse sur cette plaque blanche due à un coup de foudre datant de 1912 et visible à des kilomètres à la ronde. Comme la situation sentait le roussi, les trois gaillards ont tenté d'expliquer naïvement que, venant d'un pays aussi vaste que les États-Unis, ils n'avaient pas imaginé une seule seconde que ce Salève si proche de Genève pouvait être français !

Même si l'explication n'a pas vraiment convaincu, les trois jeunes s'en sont sortis sans trop de dégâts tandis que le drapeau suisse fut rapidement recouvert de peinture blanche. Mais ce barbouillage nationaliste avait donné des idées à quelques activistes savoisiens, qui se sont à leur tour rendus à La Corraterie pour peindre cette fois une croix de Savoie, ornée sur sa partie basse du mot « libre ». Depuis les années 1970, cette croix rouge et blanche a été régulièrement repeinte par des anonymes, histoire sans doute de rappeler que le Salève est bien savoyard !

Cromlech

Durant l'été 1990, le chanoine Émile Berthoud, archéologue et spécialiste de l'art chrétien natif du Châble (Beaumont), fait découvrir à quelques membres de la société d'histoire La Salévienne un site du Salève qui pourrait bien être un cromlech, monument mégalithique de pierres levées en forme de cercle. Maurice Baudrion, l'un des participants à cette visite, est très intéressé par cette histoire et va mener l'enquête…

Le voici donc d'abord sur le Grand-Salève, au lieu-dit La Piollire, à 1 275 mètres d'altitude, où il constate que ce possible cromlech est de grande dimension (210 mètres de long sur 130 mètres de large). Bien qu'en partie envahie par la végétation, l'enceinte est formée de 497 gros blocs de calcaire, dont 153 sont encore dressés. Notre homme va poursuivre son enquête dans les archives, les livres et les cartes. Il constate alors que le site de La Piollire est évoqué dès 1867 dans un recueil publié par Albert Naville, le fils du philosophe du Salève (voir **Naville Ernest**), puis dans un ouvrage paru en 1960, sans que l'authenticité historique de l'endroit ne soit formellement validée.

L'étude de cartes anciennes, où cette enceinte est inexistante dans la mappe sarde de la commune du Sappey en 1732, avant d'apparaître dans un plan de cadastre de 1810, va convaincre notre enquêteur du fait que ce cromlech celte pourrait finalement n'être qu'un « simple » enclos à vaches fermé par ces centaines de pierres. Cromlech ? Enclos ? Seule une fouille sommaire du site par des archéologues donnerait une réponse définitive… D'ici là, ce coin tranquille du Salève, avec ses pierres levées et ses faux airs de landes bretonnes, continuera à faire rêver les promeneurs du dimanche.

D

David-Néel Alexandra

La Vie est un roman, le titre du film d'Alain Resnais réalisé en 1983, colle parfaitement à l'étonnant destin d'Alexandra David-Néel (1868-1969), tout à fois orientaliste et spécialiste du Tibet, chanteuse d'opéra et féministe, journaliste et anarchiste, écrivaine et exploratrice, franc-maçonne et bouddhiste française ! Cette aventurière franco-belge qui fut aussi la première femme occidentale à pénétrer à Lhassa, la capitale du Tibet, a séjourné durant quelques semaines au Salève en 1907, installée dans le plus bel hôtel du massif (voir **Grand-Hôtel Bellevue**).

Bien plus tranquille que ses périples en Inde, au Népal ou en Chine, ce séjour salévien a fait l'objet d'une correspondance nourrie avec son époux resté à Tunis, Philippe Néel. Souffrante, Alexandra apprécie le Salève pour son calme et son bon air. Et, à propos de l'hôtel Bellevue, elle indique dans l'un de ses courriers : « C'était le seul à choisir, le seul possible de l'avis de tous les gens de la région. Il faut du feu ici. Il en faut nuit et jour, modérément mais continuellement. Dehors en marchant, l'effort que causent les chemins montueux réchauffe, mais sitôt à l'intérieur, assis, immobile, on est transi. L'hôtel chauffe toute la maison à la vapeur. Cela donne une température douce, égale, très agréable. »

Concernant sa chambre, elle précise : « La tapisserie est blanche avec des pavots bleus disposés en rayure, la fenêtre est garnie de grands rideaux, elle ouvre sur les montagnes et j'y verrai le mont Blanc quand il lui plaira de se montrer. Le service de table est parfait, à part un peu trop de lenteur. Belle vaisselle, couverts reluisants changés à chaque plat. Les menus sont peut-être moins plantureux qu'à Vichy, mais la cuisine est très fine. J'ai mangé hier soir un perdreau délicieux et un potage extra. L'altitude est de 750 m environ, elle est suffisante pour ce que j'en attends. »

L'aventurière visite aussi le village de La Croisette – « un assez vilain petit trou dont l'auberge est d'une rusticité peut-être excessive, même en été » – et descend à Genève : « J'ai fait une course très jolie jusqu'au pont de l'Arve à Étrembières, mais banale et fatigante ensuite sur les pavés et dans la poussière des communes de la banlieue, soit près de 7 kilomètres pénibles à avaler sur les 12 de la promenade entière. Je me suis promenée dans Genève qui m'a paru rapetissée. J'avais gardé un souvenir grandiose des choses que j'ai retrouvées bien mesquines. »

Da Vinci Code

Succès mondial de la littérature et du cinéma, le *Da Vinci Code*, de Dan Brown, évoque le célèbre tableau *la Joconde* de Léonard de Vinci ainsi qu'une mystérieuse société secrète, Le Prieuré de Sion. Mais saviez-vous que ce thriller palpitant trouve en partie son origine au pied du Salève ? Une histoire qui commence en 1956 à Annemasse, où un dénommé Pierre Plantard, 36 ans, dessinateur industriel, fonde avec quelques amis l'association le Prieuré de Sion, dont les statuts sont déposés à la sous-préfecture de Saint-Julien-en-Genevois.

Dans l'esprit de ce monarchiste féru d'ésotérisme, Sion se réfère autant à la Bible qu'au Mont-Sion, colline morainique accolée au Salève, qu'il traverse régulièrement en voiture pour se rendre à Annecy. Ayant fait la connaissance de Noël Corbu, héritier de l'abbé Béranger Saunière, Plantard découvre alors l'étrange histoire de ce curé de Rennes-le-Château, devenu riche en ayant trouvé un trésor dans les souterrains de l'église grâce à un mystérieux parchemin.

Cette histoire enflamme l'imagination de Pierre Plantard qui décide de confectionner de faux parchemins qu'il réunit sous le nom de « dossiers secrets d'Henri Lobineau » et qu'il dépose discrètement sur un rayonnage de la Bibliothèque nationale de France, à Paris. Dans ces parchemins, Plantard ne manque pas d'imagination. Pour commencer, il s'invente une parenté avec le roi mérovingien Dagobert II. Ensuite, il y écrit l'histoire du Prieuré de Sion, société secrète fondée en 1099 par Godefroi de Bouillon et dont les grands maîtres successifs seront Léonard de Vinci, Botticelli, Newton, Victor Hugo, Debussy ou Jean Cocteau !

En 1967, un journaliste, Gérard de Sède, séduit par le contenu de ces « dossiers secrets », publie avec l'aide de Plantard un livre sur le sujet. L'ouvrage connaît un certain succès, mais les deux hommes se fâchent pour une histoire de droits d'auteur, et le mystificateur est alors obligé d'avouer publiquement que les parchemins sont des faux. L'affaire aurait dû en rester là. Mais, en 1982, trois journalistes anglais s'intéressent à leur tour aux « dossiers secrets d'Henri Lobineau ». Extrapolant la pensée de Plantard, ils publient un livre-enquête intitulé *Holy Blood, Holy Grail* qui devient rapidement un best-seller dans le monde anglo-saxon.

Outre l'histoire du Prieuré de Sion et de ces célèbres grands maîtres, ce livre développe une étonnante théorie où l'on apprend que Jésus et Marie-Madeleine auraient eu un fils, né après la crucifixion du Christ. Cet enfant ne serait autre que l'ancêtre des rois mérovingiens, ce qui fait que Plantard, qui se prétendait descendant de Dagobert II, serait un lointain parent… de Jésus-Christ ! C'est cet ouvrage anglais de 1982 qui a servi de base à Dan Brown pour écrire son fameux *Da Vinci Code*, avec à la clé un succès planétaire. Qui sait, sans le savoir, vous avez peut-être croisé Robert Langdon et Sophie Neveu sur les chemins du Salève !

De Beaumont Pauline

Décidément lié à l'art pictural (voir **Bruegel l'Ancien**, **Castres** ou **Corot**, **Hodler**, **Vallotton**…), le Salève est aussi le berceau d'une dynastie d'artistes peintres appartenant à la famille de Beaumont. L'histoire genevoise de cette famille commence à la fin du XVIIe siècle, lorsque Louis Bouthillier de Beaumont, riche négociant protestant du Dauphiné, arrive à Genève à la suite de la révocation de l'Édit de Nantes. En 1710, ce futur bourgeois de la Cité de Calvin achète un vaste domaine au Bourg-d'en-Haut, à Collonges-sous-Salève.

Durant le XVIIIe siècle, les Beaumont poursuivent avec succès leurs activités de négociants et de banquiers. Mais, au XIXe siècle, voici que Gabriel de Beaumont (1811-1887) décide un jour d'abandonner le négoce pour se lancer dans une carrière artistique ! Il ne le sait pas encore, mais il sera à l'origine d'une véritable dynastie de peintres, avec son fils Auguste, sa fille Pauline et son neveu Gustave. Si Gabriel, Auguste et Gustave réaliseront d'honnêtes carrières de peintres, magnifiant notamment les paysages du Salève ou du Léman, c'est surtout Pauline de Beaumont (1846-1904) qui connaîtra un vrai destin artistique.

Au bénéfice d'une solide formation à Genève et à Paris, la jeune femme expose avec succès à l'Exposition nationale de Genève, en 1896, et à l'Exposition universelle de Paris, en 1900. Lors de ces vernissages, ses paysages de vastes horizons et de grands ciels furent remarqués par la critique. « Pauline de Beaumont ne fut l'élève d'aucun maître. Aussi bien le procédé, le métier, la virtuosité pure tiennent peu de place dans son art. À l'exemple de Corot, elle voulut et sut peindre "sentiment sur sentiment". Et dans ses paysages, c'est son âme surtout qu'elle exprime », résumait le critique Gaspard Valette à propos de son art.

Chose plus étonnante, Pauline de Beaumont a également séduit le conseiller fédéral suisse Guy Parmelin ! Dès son entrée au gouvernement, en 2016, cet agriculteur de métier a fait installer dans son bureau *La Pluie et le Soleil*, une grande toile de l'artiste de Collonges. Il a même utilisé cette œuvre pour sa carte de vœux officielle de l'année 2018 !

Ayant eu vent de ce fait, Luc Franzoni, arrière-petit-neveu de Pauline de Beaumont et « mémoire » de la riche histoire familiale, a aussitôt fait parvenir au ministre en charge de l'économie une notice d'information sur son illustre ancêtre. Touché par ce geste, Guy Parmelin a alors invité la famille Franzoni à venir à Berne contempler dans son bureau le tableau autour d'un café. Une rencontre réalisée à l'été 2019.

Notons aussi que les Beaumont ont le privilège rare de posséder leur propre cimetière. Situé à l'ombre du Salève, sur un coin tranquille des terres familiales, ce cimetière privé doté d'une crypte abrite notamment les tombes de Gabriel, d'Auguste, de Pauline et de Gustave de Beaumont. Et, chose étonnante, les actuels descendants de la famille, comme Luc Franzoni, bénéficient d'une autorisation préfectorale leur permettant d'être également inhumés dans ce cimetière singulier.

Delessert Maurice

Ingénieur et géomètre, Maurice Delessert (1876-1937) était président de la Société genevoise des géomètres. Vice-président du conseil d'administration de la Société Anonyme des Chemins de Fer du Salève, il est également l'auteur en 1910 d'un *Panorama des Alpes pris des Treize-Arbres*. C'est ce dessin qui sera utilisé pour la réalisation de la table d'orientation installée aux Treize-Arbres en 1912. Cette table en lave d'Auvergne, qui a donné son nom au restaurant voisin (voir **Bouddha**), a fait le bonheur de milliers de promeneurs, avant d'être vandalisée, puis détruite dans les années 2010.

En 1928, Maurice Delessert se fait construire un superbe chalet dans le secteur des Treize-Arbres. Baptisé « Chant-d'Air » en hommage à son épouse Marguerite, célèbre cantatrice genevoise, ce bâtiment ouvert sur un joli panorama a été réalisé avec des matériaux amenés grâce au chemin de fer. Surnommée « le chalet aux volets bleus » par les habitants du secteur, cette belle bâtisse avait la particularité d'avoir un intérieur entièrement… bleu. Sols, murs, plafonds, piano, tout avait été peint en bleu par Louis Molina, décorateur attitré du Casino-Théâtre de Genève. Lieu de culture et de savoir, ce chalet accueillait souvent des artistes genevois (voir **Maillart**).

Cet administrateur dynamique du chemin de fer du Salève avait aussi émis l'idée en 1912 d'installer un téléphérique entre Veyrier et Les Treize-Arbres, soit beaucoup plus haut que les 1 097 mètres de la gare supérieure actuelle. Dans l'esprit de Maurice Delessert, ce projet n'était pas destiné à concurrencer le train, mais au contraire à lui offrir une complémentarité bienvenue, avec un ticket commun permettant de monter en téléphérique et de descendre en train (ou l'inverse).

Le projet fut déposé en 1923, mais à cause de sa nationalité suisse Delessert n'a pas obtenu les autorisations nécessaires pour tirer les câbles au-dessus de la ligne de chemin fer du PLM (Paris-Lyon-Méditerranée). L'idée sera reprise par le jeune entrepreneur français Auguste Fournier en 1930 (voir **Téléphérique**), avec un projet de câble sans pylônes intermédiaires entre Le Pas-de-l'Échelle et le haut du Salève.

Dénomination

Notre cher Salève est décidément très inspirant ! Si la plupart des villes et des villages du secteur, des deux côtés de la frontière, ont une ou deux rues en lien avec la toponymie du massif, la palme revient à la commune genevoise de Veyrier, qui compte une quinzaine de voies dont le nom s'inspire directement de la Montagne des Genevois.

Le Salève a également donné son identité à un réseau local de banques suisses (Raiffeisen), à un regroupement de paroisses protestantes (Troinex, Veyrier, Carouge, etc.), à un cinéma, à une brasserie, à une école de parapente, à un prix hippique, à un reblochon, à une locomotive, à un chœur mixte, à une maison de retraite ou à un lycée professionnel. Des écoles, des restaurants, une fruitière (fromagerie), une cimenterie, un garage, un pressing, des gîtes ruraux, une unité psychiatrique et un théâtre portent aussi le nom du massif. Sans oublier l'une des deux pompes du jet d'eau de Genève et une veste goretex de la marque Eider !

Dent du chartreux

Évoquée dans le livre *Enfant du Salève* de Claude Girod (voir **Chartreuse de Pomier**), l'histoire de la « dent du Chartreux » est aussi douloureuse que savoureuse ! Nous sommes en l'an de grâce 1724, et le père Ambroise Vial souffre d'une sévère rage de dents. À une époque où les soins dentaires sont assez radicaux – on arrache la dent cariée ! – le chartreux préfère faire appel à un chirurgien genevois plutôt qu'au barbier de Saint-Julien. Il envoie donc un domestique à Genève chez le maître chirurgien Pansier, avec un baudet que ce dernier enfourchera pour se rendre au couvent. Ensuite, les choses ne se sont visiblement pas passées comme l'espérait le religieux, car le 27 janvier il envoyait un courrier courroucé aux édiles de la Cité de Calvin !

« Mes Seigneurs, la Règle ne me permettant d'aller jusqu'à Genève, je prends la liberté d'écrire ces lignes à Vos Excellences pour leur faire connaître un mauvais sujet que vous avez dans votre République, le sieur Pansier, maître chirurgien. Si je m'étais adressé à un Turc, tout ennemi qu'il est de notre religion, il ne m'aurait pas traité aussi mal que le sieur Pansier. Je ne crois pas de le laisser triompher de sa mauvaise action et j'espère que vous lui donnerez la mortification qu'il mérite. J'aurais pu l'enfermer dans nos prisons jusqu'à que j'eusse écrit à nos amis de la Cour de Turin, mais la déférence que j'ai, en bon voisin, à Vos Excellences, m'a porté à le renvoyer largement payé chez lui, en espérant que vous le punirez sévèrement de sa mauvaise action. »

Mais que s'est-il donc passé ? En fait, le sieur Pansier a bien déraciné la molaire douloureuse que lui indiquait le père Vial, mais ensuite il n'a pas arraché la dent cariée, mais sa voisine, parfaitement saine ! Les syndics genevois prirent l'affaire très au sérieux et convoquèrent Pansier, qui jura avoir arraché une dent cariée. Après une longue procédure, un courrier d'excuses fut envoyé au supérieur de la chartreuse de Pomier tandis que le conseil censura (condamna) le maître chirurgien pour avoir « meurtrisé » le père Ambroise Vial. « C'est quand même malheureux de voir jusqu'où peut aller la méchanceté au nom de la religion… », s'exclama ce dernier, en guise de conclusion à cette singulière affaire !

Déraillement

Comme toutes les montagnes, le Salève est régulièrement le théâtre de chutes de rochers, dans la plupart des cas sans graves conséquences. Mais il arrive parfois que le destin en décide autrement, comme ce fut le cas dans la nuit du 11 au 12 décembre 1964, lorsqu'un éboulement de rochers du Petit-Salève heurte la voie de la ligne Bellegarde-Évian, écartant les deux rails. Le drame se produira un peu après minuit, avec le déraillement du train rapide de la SNCF Évian-Paris, lancé à une vitesse de 90 kilomètres/heure dans ce secteur proche d'Étrembières.

L'accident fera un mort et des blessés : André Cheneval, mécanicien de 35 ans, tué aux commandes de la locomotive à vapeur 141 R 744, et Gérard Grépillat, chauffeur de 31 ans, grièvement brûlé. Plusieurs voyageurs installés dans la voiture-couchettes placée en tête de train seront également blessés. Le secteur était visiblement « à risques », car un autre éboulement s'était produit le 31 décembre 1954 au même endroit, arrachant 150 mètres de voie ferrée, sans provoquer d'accident. À l'époque, une purge des rochers instables avait été réalisée par un entrepreneur de la région.

Après l'accident de 1964, des filets métalliques et des poutres en bois seront installés en bas du Salève pour protéger la voie de chemin de fer. Mais leur efficacité semble limitée, car le 15 novembre 1988 de nouveaux rochers dévalent le massif. La chute fut nocturne, ce qui évita sans doute des drames, car certains de ces gros blocs de calcaire ont terminé leur course sur la voie de chemin de fer, sur l'autoroute A40 et sur la route nationale. Dans le même secteur, un rocher de 2 mètres cubes est tombé du massif le 23 mars 2018. Il a pulvérisé la barrière de protection en bois surplombant la voie ferrée, traversé les rails sans faire de dégâts et terminé sa course à quelques dizaines de mètres de l'autoroute.

De Saussure Horace-Bénédict

Grâce à Horace-Bénédict de Saussure (1740-1799), c'est au Salève qu'a commencé la conquête du Toit de l'Europe ! « J'ai eu pour les montagnes, dès l'enfance, la passion la plus décidée ; je me rappelle encore les saisissements que j'éprouvai la première fois que mes mains touchèrent le rocher du Salève, et que mes yeux jouirent de ses points de vue », écrit de Saussure dans son *Voyage dans les Alpes*. On peut ainsi constater l'importance que la Salève a eue dans la vie de celui qui allait inventer l'alpinisme en initiant la conquête du Mont-Blanc.

Par cette conquête et par ses écrits, de Saussure va faire connaître et populariser dans toute l'Europe aristocratique cette pratique qui consiste à gravir les sommets des montagnes dans un but tout à la fois d'exploits et d'études scientifiques. C'est aussi lui qui, à l'époque, fait la renommée d'endroits comme Chamonix (qu'il nomme Chamouni dans ses livres) ou Zermatt.

Désireux d'accéder au sommet du Mont-Blanc, notamment pour réaliser expériences et mesures scientifiques, de Saussure échoue dans ses tentatives. Pour vaincre ce Toit de l'Europe qui se refuse aux hommes depuis vingt-six ans et malgré 14 ascensions, il a alors l'idée d'offrir une récompense. L'exploit sera réalisé le 8 août 1786 par le cristallier Jacques Balmat, qui emmène un médecin chamoniard, le Dr Michel Paccard. De Saussure lui-même, accompagné de son valet de chambre et de dix-sept guides, dont Balmat, avec une grande échelle pour franchir les crevasses, gravira le Mont-Blanc un an plus tard, le 3 août 1787.

Au-delà du pur bonheur ressenti par le savant genevois sur le Toit de l'Europe, le Mont-Blanc est bien sûr escaladé au nom de la science. Sur ce sommet immaculé, le savant fait ainsi monter une tente afin d'être à l'abri du vent pour calculer la hauteur de la montagne. Il trouve comme altitude 2 450 toises, soit 4 775 mètres, au lieu des 4 809 mètres réels, soit une erreur d'environ 34 mètres ! Pas mal pour une mesure effectuée avec des moyens limités en 1787 !

Mais celui qui a inventé le capteur solaire, l'hygromètre ou l'anémomètre fut également un formidable explorateur du Salève. À une époque où ce massif n'est généralement pour les Genevois qu'un but de promenade

ou de pique-nique, ce savant majeur du siècle des Lumières en fera un authentique laboratoire en plein air, notamment sur la géologie alpine, où il échafaudera des théories qu'il vérifiera ensuite lors de ses voyages dans les Alpes.

Arpentant durant des années le Salève en tous sens, il en étudie aussi la faune et la flore ou réalise sur place des expériences de physique ou de chimie.

Le scientifique découvre aussi de nouvelles grottes sur le massif (voir **Orjobet** et **Trou de la Tine**), tout en restant toujours émerveillé par la nature du Salève et par ses paysages : « Tous ceux qui sont sensibles aux beaux points de vue sont curieux de monter au moins une fois jusqu'à Monnetier. On va visiter les ruines du château de l'Ermitage, situé au bord du rocher, dans une des plus belles situations du monde ».

À la lecture de ses ouvrages et de ses théories, des textes qui datent tout de même d'avant la Révolution française, nous ne pouvons être qu'impressionné par la modernité et par l'enthousiasme érudit de ce savant aux multiples centres d'intérêt (étude des glaciers, géologie, minéralogie, physique de l'atmosphère, météorologie, ethnographie, physiologie, etc.).

Dina Assan

Dans la lignée des personnages de légende du Salève, le mystérieux Assan Dina (1871-1928) tient une place de choix ! Sorte de Dr Jekyll et M. Hyde, cet homme était d'un côté un scientifique pragmatique, et, de l'autre, une sorte d'alchimiste des temps modernes. Né en 1871 sur l'île Maurice d'un père hindou et d'une mère française, petit-fils d'un maharajah, cet érudit fut tout à la fois ingénieur en électricité, égyptologue, spécialiste du bouddhisme, d'astronomie ou d'astrologie !

Après avoir voyagé et travaillé à travers le monde, Assan Dina fait la connaissance, en 1913 à Paris, de la richissime Mary Wallace Shillito (voir **Château des Avenières**). Le 22 janvier 1914, Assan et Mary se marient. Si Mary n'est pas un canon de beauté, Assan Dina n'a apparemment rien à lui envier, comme le montre la sinistre description qu'en a faite l'Américaine Mabel Dodge Luhan dans un de ses livres : « Il était très petit, mais plutôt fort, avec un visage aux traits lourds. Les yeux noirs écartés, un peu à la Picasso, brillaient d'un violent et sauvage éclat. Tout au fond de ses prunelles, on aurait dit qu'un feu brûlait en permanence… Il avait une grosse tête enfoncée entre les épaules, le visage pâle au ton d'ivoire, marqué de profondes rides. La bouche, aux lèvres épaisses et pendantes, rappelait quelque monstre marin, avec quelque chose d'Assyrien. »

En totale communion intellectuelle, Assan et Mary filent le parfait amour dans leur château des Avenières qui, malgré son architecture passéiste, est à la pointe du progrès avec son éclairage à l'électricité, son téléphone, son poste de TSF et ses automobiles qui stationnent dans la cour. Pour obtenir de l'électricité, Assan Dina a conçu et fait construire une centrale électrique sur la rivière des Usses, non loin du pont de la Caille. Il a également fait réaliser un réseau d'adduction d'eau qui dessert le château et les hameaux environnants. On voit ici qu'il n'est pas seulement un étrange personnage féru d'ésotérisme, mais aussi un entrepreneur, dont la société – la Compagnie des Avenières – alimenta en électricité plusieurs communes de la région.

Peu de temps après son installation aux Avenières, Assan Dina décide de doter le château d'un jardin à la française. Mais comme souvent chez cet homme, les apparences sont trompeuses, et ce jardin bucolique est en réalité un espace symbolique obéissant à des règles précises. La terrasse du château est en outre ornée de plusieurs statues de sphinx, divinité appréciée par notre homme. À la même époque, il écrit trois livres, *La Chair tangible de l'infini – l'Astre-Dieu, La Science philosophique* et *La Destinée, la mort et ses hypothèses.*

Assan Dina fait également réaménager la chapelle que Mary, très croyante, avait fait construire dans le château. Il conçoit un nouveau décor inspiré de nombreuses doctrines ésotériques ou religieuses. Sur les fines mosaïques de la chapelle, tarots, signes du zodiaque, citations absconses ou symboles alchimiques se côtoient. Tous ces éléments ne sont pas de simples décorations, ils ont permis à Assan Dina de crypter ses connaissances ésotériques, à la façon des alchimistes du Moyen Âge.

Ayant achevé cette singulière chapelle, Assan Dina se lance dans un autre projet, la construction d'un observatoire de premier ordre sur le Salève (voir **Observatoire**). Notre homme contacte les milieux scientifiques français et suscite l'intérêt de ces derniers. Le général Gustave Ferrié, spécialiste de la TSF, rejoint le projet tandis qu'une fondation est créée en 1923. L'année suivante, une route, qui desservira l'observatoire et deviendra plus tard la départementale 41 reliant Cruseilles à La Croisette, est construite par des militaires du génie (voir **Routes**).

Mais les dimensions du projet, son financement quasi inépuisable et les retombées en termes de notoriété excitent les jalousies scientifiques. En clair, la communauté scientifique juge le site du Salève médiocre pour l'observation du ciel et essaie de convaincre le couple de construire plutôt cet observatoire en Haute-Provence. Mais Dina tient à son site du Salève. Il ne veut pas révéler aux scientifiques ses vrais buts, mais, tout comme sa chapelle et ses livres, son projet d'observatoire contient probablement une dimension occulte perceptible seulement par des initiés. Car, s'il a choisi le Salève après avoir parcouru le monde entier, c'est que cette montagne offre des opportunités que l'on ne trouve nulle part ailleurs !

Tandis que le projet s'enlise, Assan Dina est bientôt mis en contact avec Joseph Vallot, un scientifique qui a construit un observatoire situé à 4 365 mètres d'altitude, non loin du sommet du Mont-Blanc. Diminué par son grand âge, Vallot souhaite faire don de son observatoire à l'Académie des sciences, mais cette dernière refuse, jugeant les frais d'entretien démesurés. Fâché, Vallot offre alors son installation du Mont-Blanc à Assan Dina. L'affaire fait scandale, et Dina est accusé de « voler » les installations scientifiques françaises. Dès lors, le projet d'observatoire au Salève est abandonné. Cette affaire ternira considérablement la notoriété de Dina qui, dès lors, cessera de fréquenter les milieux scientifiques français pour poursuivre une existence tranquille au château des Avenières.

En 1928, le couple revient de Ceylan où Dina a fait construire un mausolée à la mémoire de sa mère décédée. Le 23 juin, confortablement installés sur le paquebot de l'Orient Line l'*Orsova* qui fait route vers Toulon via le canal de Suez, Assan et Mary fêtent leurs 14 ans de mariage. Mais dans la soirée Dina décède brusquement dans des circonstances obscures. Il était âgé de 57 ans. Fait troublant lors de l'enquête, les pages du livre de bord du paquebot concernant la journée du 23 juin 1928 ont été arrachées !

Des rumeurs tenaces feront de Mary Wallace Shillito l'auteur de cette mort suspecte, car le couple entretenait depuis plusieurs mois des rapports pour le moins orageux. Mais, faute d'Hercule Poirot à bord, rien ne sera jamais prouvé, et la cause du décès restera incertaine. Tandis qu'Assan Dina est enterré dans le cimetière protestant de Suez, Mary Wallace Shillito regagne bientôt Les Avenières.

Dinosaure

Bien sûr, le site n'a rien à voir avec la magnifique chaussée de Plagne, dans l'Ain, où sur 150 mètres le public peut admirer 115 empreintes d'un gigantesque dinosaure, sans un doute un diplodocus (30 mètres de long, 4 mètres de haut, 20 tonnes). Mais le Salève a aussi ses traces de dinosaure, datant comme à Plagne de 145 millions d'années, à une époque où notre région était recouverte par une mer tropicale peu profonde, ressemblant à l'actuel archipel des Bahamas (voir **Géologie**).

Le dinosaure du Salève était probablement un féroce allosaure, redoutable carnassier (12 mètres de long, 4,5 mètres de haut, 2 tonnes) ayant laissé ici ses empreintes dans la vase marine du jurassique supérieur. Grâce au choc des plaques tectoniques et à la poussée du Salève, ces traces fossilisées ont pris de l'altitude pour se trouver aujourd'hui sur une falaise du massif, à une trentaine de mètres au-dessus de la grotte de la Mule, dans le secteur des Varappes. Elles ne sont donc accessibles qu'aux intrépides grimpeurs bien équipés !

Disparition

Le Salève fut au centre d'une terrible affaire, au printemps 1930, avec la disparition du jeune Guy Neubert, âgé de 7 ans. Fils du directeur de la Société Anonyme des Chemins de Fer du Salève, Hermann Neubert, le garçon a disparu le 24 mars du domicile familial de Villette, près de Veyrier, « un jour d'orage, à l'heure du goûter ». Dès l'annonce de cette disparition, d'importantes forces de police sont mobilisées des deux côtés de la frontière. « Après avoir senti des vêtements de l'enfant, "Wigger", un chien de la police genevoise, est parti du jardin de la villa de Villette, pour filer vers le pont de Sierne, avant de rejoindre Veyrier, le Pas-de-l'Échelle, et de monter à Monnetier », relatait le *Journal de Genève*, dans son édition du 28 mars 1930.

Dès lors, d'importantes opérations de recherches étaient menées entre Monnetier et la Grande-Gorge, sous la conduite de l'expérimenté Félix Genecand (voir **Tricouni**), accompagné des sauveteurs du Salève, des séminaristes du Coin, de 150 scouts venus de Genève et de nombreux habitants de la région. Très vite, le père de Guy offre une récompense de 1 000 francs à toute personne pouvant fournir des informations. Un quartier général des recherches est établi au bureau des douanes suisses de Veyrier tandis que de nouvelles battues ont lieu sur les deux Salève.

Des pêcheurs fouillent les rives de l'Arve, les automobilistes se voient offrir de l'essence par un garage de Genève pour mener des recherches entre Thonon, Annecy et Bellegarde. La presse de l'époque évoqua d'invraisemblables hypothèses : « mangé par des sangliers », « enlevé par des saltimbanques », « kidnappé par une femme sans enfant », « sa noyade aurait été simulée et l'enfant enlevé ». Malheureusement, le jeune Guy Neubert ne fut jamais retrouvé, et sa disparition demeure un mystère.

Dolmen, mégalithes, pierre à cupules...

Parmi les milliers de blocs erratiques déposés par les glaciers du Rhône et de l'Arve sur et autour du Salève il y a quinze mille ans, certains ont été utilisés par nos lointains ancêtres à des fins religieuses, symboliques ou territoriales. Celui qui fut sans doute le monument mégalithique le plus intéressant de ces temps anciens a malheureusement été détruit en 1836. Il s'agissait du dolmen d'Étrembières, situé près de la source des Eaux-Belles. Il était semblable à celui de Reignier, mais avec une table beaucoup plus grande. Les superbes blocs de granite qui le constituaient ont sans doute été transformés en meules de moulins, tours de fenêtres ou fonds de pressoirs, quelle tristesse !

Une autre pierre remarquable se trouvait autrefois sur le piémont du Salève, non loin de l'actuelle limite entre les communes de Bossey et de Troinex. En ces lieux était érigé un superbe menhir de granite en partie taillé mesurant 8 mètres de haut ! Hélas, comme pour le dolmen d'Étrembières, ce mégalithe a été détruit au cours du XIXe siècle. La chose est d'autant plus regrettable que ce menhir avait deux identités, la « Pirra-Grand », la Pierre-Grand qui a donné son nom à ce secteur, mais aussi « Omphalos », mot d'origine grec signifiant le « centre du monde » !

Et ce bout de territoire situé à cheval sur les actuelles communes de Collonges, Bossey et Troinex devait être un lieu où les divinités tenaient une place importante. Car à peu de distance de ce menhir, côté suisse de la frontière, un tumulus trônait au milieu des marais. Détruit en 1877, ce tertre ovale surmonté d'un menhir a fait l'objet de fouilles qui ont révélé la présence de tombes et de squelettes datant de la fin de l'âge du bronze (1 000 ans avant Jésus-Christ). L'endroit abritait aussi un superbe mégalithe avec quatre silhouettes de femmes sculptées. Selon l'archéologue Louis Blondel, auteur d'une étude complète sur le site en 1943, cette « Pierre aux Dames » était un lieu de culte gallo-romain dédié à la fertilité.

Parmi les autres mégalithes remarquables du Salève encore visibles, il y a les pierres à cercles de la Saisiaz (Collonges), roches calcaires aux gravures sans doute celtiques, ou la Plate (Archamps), pierre à cupules en granit de très belle taille, sauvée de la destruction en 1890 grâce à l'action de deux savants genevois (voir **Favre** et **Reber**), la pierre du Mont-Gosse (Mornex, voir **Gosse Henri-Albert**) ou la pierre de Saint-Martin (La Muraz), bloc erratique portant l'empreinte du pied et du bâton de ce saint homme qui donna la moitié de son manteau à un pauvre. Le massif et son piémont conservent aussi quelques pierres croisées, ces blocs erratiques de granite ou de gneiss sur lesquels les moines chartreux de Pomier ont gravé de larges croix marquant les limites de leurs propriétés.

Dreyfus Alfred

Saviez-vous que le célèbre capitaine Alfred Dreyfus avait fait partie des nombreuses célébrités ayant fréquenté le Salève ? À l'origine de cette visite, il y a un théologien et philosophe genevois qui a fait construire en 1853 une maison sur le site de Grange-Gaby (voir **Naville**). En cet hiver 1900, Alfred Dreyfus se repose dans une villa de Cologny, après quatre années de terrible captivité sur l'île du Diable, à Cayenne. Le militaire accusé de trahison, puis innocenté, est l'invité d'Eugène-Alberic Naville, un industriel suisse établi à Paris, qui a pris sa défense en signant notamment des articles dans le *Journal de Genève*.

Le 27 février 1900, les deux hommes prennent le train du Salève pour aller rendre visite à Ernest Naville. Présent lors de cette rencontre, Paul Naville, le petit-fils d'Ernest, évoque ce souvenir dans ses écrits : « Curieux de voir l'homme qui a fait tant parler de lui. Le cousin E. A. Naville est glorieux de nous montrer celui qu'il appelle toujours "capitaine". L'impression produite par Dreyfus est favorable. Il paraît incroyable que ce soit contre cet homme que tant de haine se soit déchaînée. Je ne lui vois pas le type juif, ni, à vrai dire, celui d'un officier. Il est de taille moyenne, plutôt petit, les épaules sont larges, le dos voûté ; le teint est rouge, la moustache couleur châtain, les cheveux peu abondants ; les yeux sont bleus et il porte lorgnon. »

Paul Naville évoque ensuite le dîner à Grange-Gaby. « Dreyfus aime à discuter et est quelque peu agressif, tout en restant parfaitement poli. Il a attaqué Grand-papa sur la proportionnelle et plus encore sur la religion, ce qui a donné lieu à un débat mouvementé. Autant que j'ai pu en juger, il est en philosophie évolutionniste et quelque peu disciple de Renan, pour lequel il professe une grande admiration. J'ai été étonné de la culture philosophique qu'il paraissait posséder. C'est évidemment un homme intelligent et instruit. » C'est ainsi que se conclut ce singulier portrait du capitaine Alfred Dreyfus, dînant en bonne compagnie dans une demeure du Salève.

E

Effrayant !

Si les paysages et les panoramas du Salève ont été magnifiés par nombre d'écrivains et de poètes, quelques rares auteurs ont mis en lumière des aspects plus inquiétants de cette montagne à deux pas de la ville. Les deux visions sont également justes, car si le Salève est, par beau temps, une paisible montagne à vaches ponctuée de superbes panoramas il sait aussi se rendre effrayant lorsqu'un randonneur se perd sur un sentier vertigineux alors que l'orage menace ou que le brouillard efface les reliefs. Deux auteurs ont évoqué avec talent cette version « sombre » du Salève.

William Beckford (1760-1844), critique d'art, homme politique et richissime écrivain anglais, n'a que 17 ans lorsqu'il entreprend, en compagnie de son précepteur, le Grand Tour, soit un voyage de plusieurs mois en Suisse et en Savoie. Séjournant à Genève, Beckford rencontre de Saussure, qui l'encourage à aller explorer les grottes du Salève. Le 12 septembre 1777, il écrit à son ami Alexandre Cozens : « Ce sera la pleine lune cette nuit et je me sens de fortes dispositions à atteindre le sommet de cette gigantesque masse de rochers qui forment le mont Salève. »

Le lendemain, d'un courrier daté « Du sommet du mont Salève, 9 heures, 13 septembre 1777 », Beckford livre une vision surprenante et inédite du massif : « D'où pensez-vous que je date cette lettre ? Pas d'un cabinet soigneusement ordonné avec table d'acajou incrustée, papier à tranches dorées et encrier d'argent. Rien de tout cela. Du sommet d'une haute montagne (le mont Ben Nevis, sommet des îles britanniques, trône à 1 345 mètres, ce qui explique sans doute que notre modeste Salève et ses 1 379 mètres soit une "haute montagne" !), je contemple un assemblage de vapeurs épaisses qui flottent au-dessus, au-dessous et autour de moi.

» Cette feuille de papier qui, sauf accident, vous parviendra, est jetée au hasard sur un fragment rugueux enlevé par l'usure du sommet de la montagne ou arraché à son sein par la main d'un antique Helvète pour défendre sa liberté. Un abri, grossièrement bâti, protège tout juste ma tête contre la vapeur humide qui semble avoir établi sa résidence sur ces hautes éminences. Un troupeau de chèvres et un paysan, dont l'aspect est celui d'un descendant direct de Pan, me fixent de tous leurs yeux et de toutes leurs cornes.

» Pendant cinq heures, j'ai attendu que ce brouillard se dissipe. Puis, tout d'un coup, le vent du nord s'est levé. Quelle majesté dans ces masses de nuages gris qui se poursuivent devant moi. Quels sont ces objets qui en émergent à peine ? Des formes effrayantes, semblables à des bandits crucifiés sortent brusquement de l'ombre ; une autre bourrasque révèle en eux des chênes battus par le vent. Un nuage immense s'ouvre devant mes yeux et livre une longue ligne d'Alpes lointaines. De grands lambeaux de ciel azuré apparaissent tandis que le lac Léman se révèle dans sa gloire bleutée. »

En 1830, Étienne de Jouy (1764-1846), dramaturge et journaliste français, publie un ouvrage intitulé *Observations sur les mœurs et les usages suisses au commencement du XIXe siècle*. Dans ce livre, il évoque avec une certaine noirceur son excursion sur la Montagne des Genevois : « Nous gravîmes successivement le Petit et le Grand Salève, séparés par une vallée où se trouve le village de Monnetier. C'est une excursion que nous conseillons au naturaliste, au géologue, mais qui ne sera que peu intéressante pour le peintre de paysages. Il ne rencontrera guère, sur le Salève, que ces déchirements de rochers, ces grottes, ces rocs escarpés, magnifiques horreurs de la nature, qui effraient, donnent à l'imagination quelque chose de hagard, et dont la vue pourrait être dangereuse pour quelqu'un qui serait sujet au vertige. Et cependant, même dans ces déserts, dans ces affreuses solitudes, retraite de vautours, la nature est encore admirable : Byron et Milton eurent trouvé certainement de sublimes inspirations dans ces lieux, où l'on dirait que le Temps dort sur des ruines. »

Ermites

Aujourd'hui rares, les ermites étaient autrefois plus nombreux et souvent installés dans les grottes des montagnes. Oubliés des historiens de l'Église, ces solitaires prirent pourtant leur part lors de l'évangélisation de l'Occident. À Genève, dès le Moyen Âge, ils sont présents en ville, mais aussi aux Voirons et… sur le Salève. Les archives nous indiquent ainsi la présence d'un ermite vers 1470 dans une grotte au-dessus de Bossey.

Sept ans plus tard, en 1477, un certain Pierre Moine, originaire du Bourbonnais et licencié es décrets, obtient de l'évêque de Genève l'autorisation de se retirer dans un lieu appelé « la balma de Salevoz », une caverne probablement située sur les hauteurs de Collonges ou d'Archamps. L'endroit abritera quelques années après une chapelle sommaire où des messes sont régulièrement dites.

Plus intéressant, car il nous donne l'origine du nom d'un célèbre château du Salève, un ermitage est signalé vers 1530 au bord du vallon de Monnetier, côté Genève. Ce terrain situé près de la falaise se voit doter d'une petite chapelle, avant d'être vendu par la paroisse en 1567 à la famille de Genève-Lullin, qui y construira un castel (voir **Château de l'Ermitage**). Plus récemment, le sentier des voûtes, à flanc du Petit-Salève, a abrité dans les années 1960 la cabane d'un ermite singulier, qui vivait de l'obole des promeneurs.

Escalade

L'escalade n'est sans doute pas née au Salève, mais ce n'est pas une certitude, car il y a 15 000 ans, les hommes préhistoriques (voir **Magdaléniens**) installés dans les abris-sous-blocs du Pas-de-l'Échelle furent sans doute les premiers grimpeurs du massif, voire des Alpes ! Plus concrètement, il semble que l'escalade ait commencé au Salève vers 1862, avec les pionniers genevois Louis Perrin et les frères Paul et Émile Thury, qui vont gravir des voies dans les secteurs du Sphinx, d'Étrembières, de Bossey ou du Pas-de-l'Échelle. Une pratique locale finalement assez tardive lorsque l'on sait que le Mont-Blanc a été vaincu en 1786 par Balmat et Paccard (voir **De Saussure**) et que le Cervin – montagne nettement plus difficile et escarpée – et la plupart des sommets des Alpes étaient déjà gravis en 1865.

Mais très vite – l'escalade et l'alpinisme étant à la mode en cette fin de XIXe siècle – le nombre de grimpeurs va se multiplier, et ces passionnés vont s'attaquer à tout ce que le Salève compte de parois, falaises et autres rochers d'envergure. Ces sportifs sont pour la plupart membres du CAS (voir **Club alpin suisse**), mais aussi de la centaine de clubs d'escalade qui vont voir le jour au fil des ans dans le canton de Genève. Des Joyeux

J. J. 7921 Salève — La Poupée

Montagnards à l'Avalanche, en passant par l'Orchis, les Intimes, le Génépi, la Clochette de l'Alpe, l'Écho montagnard ou le Groupe alpin ouvrier, ces escaladeurs des deux sexes vont ouvrir plus de 400 voies sur les parois du massif.

Et certains de ces grimpeurs du Salève deviendront par la suite de redoutables alpinistes qui vont réaliser nombre de premières difficiles dans les Alpes et aux quatre coins du monde. Parmi ces « artistes de la grimpe », Michel et Yvette Vaucher – le mari ayant ouvert plusieurs voies dans les Alpes et l'Himalaya tandis que son épouse fut la première femme à réussir la face nord du Cervin –, André Roch, Léon Flory ou Loulou (Louise) Boulaz. Il s'en est même fallu de peu que l'un d'entre eux, avec une expédition genevoise (voir **Lambert**), ne soit le premier homme à vaincre l'Everest !

Établissement hydrothérapique

Très en vogue au XIXe siècle, l'hydrothérapie est une méthode thérapeutique consistant à soigner divers maux par l'usage de l'eau, souvent associé à de la diététique, de la phytothérapie (plantes) et de l'activité physique. C'est un Tchèque, Vincenz Priessnitz (1799-1851), qui a théorisé ces pratiques après avoir observé un chevreuil venir soigner une blessure par des bains répétés dans une rivière. Dès les années 1850, de nombreux établissements hydrothérapiques s'ouvrent en Suisse et dans la région de Genève.

À la même époque, un médecin lorrain, Antoine Geoffroy, rachète le Clos des Salèves, une pension de Mornex, pour y installer un établissement hydrothérapique. Les annonces publicitaires paraissant régulièrement dans le *Journal de Genève* sont assez originales, car il y est notamment précisé que « les nombreuses guérisons qui se font journellement dans cet établissement, dont quelques-unes méritent la qualification de cures merveilleuses, dispensent le docteur Geoffroy de justifier l'excellence de sa méthode curative ». Si la clinique de Mornex est réputée et bien desservie en hôtels et pensions (voir **Wagner**), elle doit néanmoins faire face à une sévère concurrence à Genève (Bains de l'Arve, Bains neufs de l'Arve, Bains thérapeutiques de Genève) et dans la région (Bains de Divonne, Bains de la Caille, Saint-Gervais, Lavey-les-Bains, Yverdon, etc.).

Une publicité des années 1850 résume bien les effets très complets que ces soins hydrothérapiques sont censés procurer au corps humain : « Ces eaux laxatives, diurétiques et onctueuses, rétablissent les fonctions de la peau, des organes digestifs et des voies urinaires. Aussi sont-elles d'une puissance admirable pour guérir les affections de l'estomac, des intestins, du foie, des reins, de la vessie et du cerveau. » L'établissement hydrothérapique de Mornex fonctionnera jusqu'en 1861 et sera successivement dirigé par les Drs Godard, Vaillant (vanté en 1854 comme étant le plus ancien médecin hydropathe de France) et Parant.

Expériences d'automobile

De par sa proximité avec Genève, le Salève avec ses chemins pentus et caillouteux fut un endroit idéal pour tester la fiabilité et la solidité de moyens de locomotion novateurs (voir **Motosacoche)**. Adhérant à cette idée que le massif pouvait être une excellente vitrine publicitaire pour démontrer la robustesse de ses nouveaux véhicules à moteur, les responsables de la Société Genevoise d'Automobiles (SAG) convient la presse, en août 1906, pour lui présenter le compte rendu d'une expérience presque digne de la fameuse Croisière jaune (raid Citroën de Beyrouth à Pékin, en 1931).

Au début du mois d'août 1906, une équipe de cette société qui construira notamment les fameuses Pic-Pic (voir **Courses de voitures**) a réussi une expérience intéressante visant à constater le degré d'endurance de leurs véhicules sur un sol accidenté et rocailleux. Le test a été réalisé avec une SAG dotée d'un moteur de 24 chevaux et consistait à traverser le Salève dans toute sa longueur, de Mornex à Saint-Blaise. Cinq personnes, dont une femme, avaient pris place dans la voiture, qui allait affronter des routes et des chemins difficiles, avec virages et fortes pentes, tant en montée qu'en descente. Et c'était sans doute l'une des toutes premières fois qu'une automobile s'aventurait sur les chemins du Salève.

La suite nous est racontée par *Le Cultivateur savoyard*, dans son édition du 7 août 1906 : « Après la montée de Mornex à Monnetier, puis jusqu'aux Treize-Arbres, c'est alors que commence la vraie montagne… La voiture automobile atteint la Grande-Gorge, puis, en suivant la crête, le village de La Croisette, où de nombreux promeneurs attablés n'en croyaient pas leurs yeux. La route se poursuit, et dans un vigoureux effort de ses quatre cylindres, la machine enlève la côte vraiment raide et mauvaise qui mène à la crête de la seconde partie du Salève par laquelle on arrive aux Pitons, à

1 200 mètres d'altitude, et d'où l'on domine la moitié de la Haute-Savoie, ainsi que le canton de Genève et son beau lac.

» Il ne reste plus qu'à redescendre, et c'est par un véritable dévaloir que les excursionnistes arrivent au chalet de La Thuile, d'où l'on gagne Saint-Blaise, terme de l'expédition, par un mauvais sentier serpentant à travers d'épais taillis. La course s'étant effectuée sans aucune panne, ni avarie, il convient d'en féliciter les valeureux participants. Cet essai est intéressant en donnant la mesure du service que l'automobile peut rendre dans le terrain, si elle est conduite par des mains expertes. »

Explosif !

À une époque où la protection de la nature ne voulait pas dire grand-chose, le Salève et ses carrières furent le terrain d'expérimentations très explosives ! En 1894, le physicien genevois Raoul Pictet a choisi un pan de falaise des carrières du Pas-de-l'Échelle pour tester un nouvel explosif de sa composition, la fulgurite. Pour cette expérience, le savant a convié la presse, mais aussi une centaine d'invités, parmi lesquels des hauts gradés des armées française et suisse, des membres du gouvernement genevois, des ingénieurs et des scientifiques.

Comme le relatait *La Tribune de Genève* dans son édition du 12 janvier 1894, l'expérience fut concluante : « Disons tout de suite que ces expériences, dirigées par M. Raoul Pictet lui-même, ont parfaitement réussi malgré des conditions météorologiques plutôt défavorables. Les carriers de Veyrier ont été d'utiles auxiliaires pour M. Pictet, qui avait tenu à montrer, en les employant, qu'on n'avait nullement besoin d'un personnel spécialisé. Le nouvel explosif inventé par M. Pictet ne produit ni odeur, ni fumée. Quant à ses détonations, elles sont analogues à celles de la dynamite. Lorsque la cartouche est placée dans le trou de mine, on complète la charge avec du sable ou, mieux encore, avec de l'eau. L'expérience qui a le plus marqué l'assistance a été faite sur un énorme bloc de trente mètres cubes avec une cartouche de 110 grammes de fulgurite. Suite à l'explosion, le bloc a été fissuré dans toutes les directions et jusqu'à sa base. »

Quelques années plus tard, l'une de ces bruyantes expériences fut même un véritable spectacle, suivi et applaudi par 2 000 curieux ! Nous sommes en février 1904, M. Lasserre, exploitant d'une nouvelle carrière sur le site du Pas-de-l'Échelle, s'apprête à réduire en gravats une paroi du

Salève haute de 35 mètres sur une longueur de 50 mètres ! Comme on l'imagine, la législation de l'époque était alors peu regardante, et l'on pouvait faire exploser des falaises entières sans que personne ne s'en offusque…

« Depuis quelques semaines, les préparatifs sont menés avec opiniâtreté par des coups de mine qui font vibrer les parois de la montagne et trembler les vitres à trois kilomètres », détaille *Le Cultivateur Savoyard* dans son édition du 25 février. « Ils servent au forage d'une galerie de vingt mètres de profondeur, suivie d'une chambre de mine dans laquelle ont été déposés 2 500 kg d'un nouvel explosif, la cheddite, fabriqué à Chedde (Haute-Savoie) et dont une succursale existe dans les bois de Jussy (canton de Genève). Il ne s'agit rien moins que de faire sauter la paroi d'un coup : trente à trente-cinq mille mètres cubes que l'on espère déplacer en une seconde ! »

Deux mille personnes assisteront à ce spectacle insolite, surveillé par un imposant service de sécurité maintenant les badauds à plusieurs kilomètres du site. Le spectacle fut à la hauteur des attentes du public : « À onze heures, l'explosion se produisit, ébranlant le sol et disloquant une énorme masse de parois rocheuses qui vint s'abattre avec un bruit formidable au pied de la montagne. Les représentants de plusieurs écoles d'arts et métiers et du Technicum de Genève se trouvaient sur les lieux, ainsi que de nombreux spécialistes. »

F

Fait divers

Samedi 10 janvier 2015, la gendarmerie de Saint-Julien-en-Genevois reçoit plusieurs appels affolés de personnes signalant la présence d'un groupe d'hommes cagoulés et armés sur les hauteurs du Salève. Deux jours après les attentats de Paris, où des terroristes islamistes ont assassiné une partie de l'équipe de *Charlie Hebdo* et des clients d'une supérette casher, ces appels sont pris très au sérieux par les gendarmes, qui dépêchent sur place des patrouilles bien armées, appuyées par l'hélicoptère du PGHM de Chamonix. Vers midi, 6 hommes sont interpellés par les militaires sur les crêtes du massif.

Munis d'armes factices et de cagoules, ces « terroristes » étaient en fait des jeunes gens qui tournaient un petit film humoristique destiné à la plateforme YouTube ! Auditionnés à la brigade de Saint-Julien, ils ont déclaré « ne pas avoir réfléchi aux conséquences de leurs actes, dans un contexte national très tendu », a indiqué la gendarmerie, en précisant qu'aucune charge n'avait été retenue contre ces « comédiens », qui ont été libérés à l'issue des interrogatoires.

Fanum romain

Si l'archéologie au Salève fut essentiellement consacrée aux vestiges préhistoriques (voir **Art paléolithique**), le pied du massif, du côté de Présilly, a été en 2006 le lieu d'une découverte remarquable : les ruines d'un sanctuaire romain composé de 10 temples et datant du premier siècle de notre ère. Cette découverte ne s'est pas faite sans quelques péripéties. Connu depuis le début du XIXe siècle, puis fouillé préventivement en 1996, car placé sur le tracé de la future autoroute Liane (Saint-Julien-en-Genevois-Allonzier-la-Caille), ce site d'Éccorçon-Les Murailles devait en définitive servir de lieu de stockage pour les déblais du futur tunnel du mont Sion. Mais, grâce à l'intervention d'une société savante très active (voir **Salévienne**) et du Syndicat mixte du Salève, le concessionnaire Adelac a finalement déplacé son lieu de dépôt tandis que le Service régional de l'archéologie (région Rhône-Alpes) demandait la fouille d'une partie des deux parcelles.

Menées par l'archéologue Emmanuel Ferber et son équipe, ces fouilles ont mis à jour les vestiges d'un sanctuaire de 4 550 mètres carrés comprenant 1 fanum principal (temple carré avec un étage mesurant 13,20 mètres de côté), probablement dédié au dieu Hercule, et 9 temples secondaires, le tout fermé par une enceinte sacrée. Par sa taille, ce fanum de Présilly fait partie des plus grands sanctuaires romains découverts en Suisse, en Allemagne ou dans la région Rhône-Alpes (un site de même envergure existe à Faverges). Après la fouille et afin de le préserver, le site a été remis en terre.

Faune d'hier et d'aujourd'hui

Le Salève, cette « île préservée » au milieu d'un territoire fortement urbanisé, est occupé par une faune relativement diversifiée, où se côtoient des espèces emblématiques de deux milieux différents, la forêt et la montagne. La faune des temps anciens nous est connue grâce à l'analyse des ossements retrouvés au Pas-de-l'Échelle, dans les campements des hommes préhistoriques (voir **Magdaléniens**) installés au pied du Salève. Parmi les animaux présents dans ce secteur à cette époque, le renne, le cheval, une sorte d'élan, un gros bovidé, le bouquetin, le chamois, le lynx, la marmotte, le lièvre, le lagopède et le petit-tétras ont été formellement identifiés.

En 1897, dans ses « Notes sur la faune des vertébrés du mont Salève », l'anthropologue suisse Eugène Pitard répertorie 11 espèces d'amphibiens, autant de reptiles, 184 espèces d'oiseaux, dont l'aigle royal, le pygargue, les trois ducs, le faucon pèlerin (l'animal le plus rapide du monde, avec une vitesse en piqué chronométrée à 389 kilomètres/heure) ou le vautour d'Égypte. Il note aussi la présence de 30 mammifères, allant de la musaraigne au chevreuil, en passant par l'hermine, la loutre, le renard ou le sanglier, sans oublier 10 espèces de chauves-souris. Entre ces deux périodes, le territoire du Salève a aussi connu la présence du loup et de l'ours, deux animaux exterminés par l'homme avant 1897.

Quant à la faune du Salève au XIXe siècle, elle reste riche et variée, même si elle est sans doute moins nombreuse et moins diversifiée qu'en 1897. Il est possible de se faire une idée assez précise de sa présence sur le massif, notamment pour les mammifères, grâce à l'installation de pièges photographiques sur la montagne durant le printemps 2012 par des équipes de l'HÉPIA (Haute école du paysage, d'ingénierie et d'architecture de Genève) et du Syndicat mixte du Salève, une opération réalisée dans le cadre d'une étude sur la présence du lynx dans ce secteur. Finalement, les pièges photographiques n'ont pas « capturé » de lynx, mais des images de cerfs, de chevreuils, de sangliers, de blaireaux, de chamois, de renards, de chats forestiers, de fouines, de martres, de lièvres… et d'un loup, de passage dans la montagne durant quelques jours.

Faux-monnayeurs

Tout comme pour la contrebande, le Salève et ses nombreuses grottes se sont révélés être des lieux parfaits pour les faux-monnayeurs en quête d'endroits discrets et abrités à proximité de la frontière genevoise. En cette fin de XIXe siècle où la fausse monnaie est un fléau récurrent souvent évoqué dans la presse, « l'affaire Poulain » (voir **Grotte des faux-monnayeurs**) et ses rebondissements tiendront le haut de l'affiche. Mais, à côté de ce faussaire d'envergure, les faux-monnayeurs régulièrement arrêtés par la gendarmerie – et sévèrement condamnés, car fabriquer de la fausse monnaie est un délit extrêmement grave qui peut porter atteinte au fonctionnement même d'un État – sont plutôt des amateurs travaillant avec du matériel sommaire.

Parmi les nombreux articles évoquant ce fléau, en voici trois, extraits de la presse de l'époque. Dans le *Journal de Genève* en date du 21 août 1858, il est ainsi question de deux enfants de Bossey effrayés par la présence de gens « d'apparence suspecte » dans les bois de Crevin, au pied du Salève. « M. Vuagnat, le syndic de la commune, accompagné de son adjoint, s'est alors rendu sur les lieux, c'est-à-dire au milieu de ce chaos de rochers énormes situé en bas de la Grande-Gorge. Là, ils ont surpris une bande d'individus abrités et cachés. Ils sont parvenus à opérer l'arrestation de deux d'entre eux qui, en les apercevant, s'étaient empressés de briser les moules servant à fabriquer la fausse monnaie. » Deux autres membres de la même bande seront arrêtés quelques jours plus tard.

Un autre article publié le 11 octobre 1879, dans *Le Cultivateur savoyard* montre que la monnaie contrefaite est souvent suisse : « Un sujet italien, du nom de Formentini Frédéric, charpentier de son état et travaillant à Mornex, a été mis à la disposition du Parquet de Saint-Julien, comme inculpé du délit d'émission de fausse monnaie. Un de ses camarades, originaire d'une localité voisine de Mornex, a été arrêté le même jour par la gendarmerie, sous la même inculpation. Il s'agit de monnaies d'argent à l'effigie helvétique. »

Et une affaire de fausse monnaie peut parfois tourner au drame, comme l'évoque ce fait divers détaillé dans le même journal en date du 9 novembre 1885 : « Deux gendarmes de Reignier, en tournée au pied du Salève, ont aperçu un individu dont les allures leur parurent suspectes. Les gendarmes s'approchèrent de cet individu et constatèrent qu'il fabriquait de la fausse monnaie. À l'approche des représentants de la force publique, le faux-monnayeur s'enfuit ; mais, se voyant poursuivi, il se retourna et mit en joue l'un des gendarmes, qui l'ajusta de son côté, fit feu et atteignit le malfaiteur, qui fut grièvement blessé. Conduit à Saint-Julien, on trouva sur lui une centaine de francs, des pièces fausses à l'effigie de l'Helvetia et des cuillères en argent à la marque de l'Hôtel d'Évian. »

Favre Alphonse

Moins connu que Horace-Bénédict de Saussure, Alphonse Favre (1815-1890) est pourtant le savant genevois ayant le plus étudié le Salève. Tout à la fois chimiste, minéralogiste, géologue, paléontologue et cartographe, ce passionné était professeur en géologie et en paléontologie à l'Académie de Genève. Reconnu pour son mémoire intitulé Considérations géologiques sur le mont Salève et sur les terrains des environs de Genève, cet alpiniste aguerri est également l'auteur d'un important travail de recherche sur la géologie des Alpes qui fait encore référence aujourd'hui.

Au Salève, Alphonse Favre fut l'un des pionniers de la découverte du site préhistorique de Veyrier-Pas-de-l'Échelle (voir **Abris-sous-blocs**). Connu pour la rigueur de ses travaux, il fut aussi le premier à réaliser une description juste et précise de la chronologie de ces occupations préhistoriques. Il est également à l'origine de la découverte d'un fossile de gastéropode géant (voir ***Natica leviathan***) dans les roches sédimentaires du Salève. Acteur majeur de la conservation des blocs erratiques du Salève, Alphonse Favre a fait graver en 1877 un grand « F. » sur les plus remarquables de ces rocs (voir **Blocs erratiques**).

Cet amoureux du Salève sera également l'un des fondateurs de la section genevoise du Club alpin suisse, en 1865. Et, en l'honneur de son remarquable travail sur la géologie des Alpes, l'une des pointes du massif des Aiguilles-Rouges (2 788 mètres) a été baptisée de son nom.

Feodorovna Anna

Comment Anna Feodorovna (1781-1860), belle-sœur du tsar Alexandre Ier et du roi de Hollande, Guillaume II, sœur du roi des Belges, Léopold Ier, et tante de la reine Victoria d'Angleterre, s'est-elle un jour retrouvée à habiter sur le Salève ? Née Julienne de Saxe-Cobourg-Saalfeld (un duché situé en Bavière, dont le duc, François, est l'ancêtre de nombreux monarques européens), la jeune femme voit son destin basculer à 14 ans, lorsque sa mère l'emmène à Saint-Pétersbourg, avec l'idée d'un mariage prestigieux !

Le prince héritier Alexandre étant déjà marié, une promesse d'union est célébrée avec Constantin, 17 ans, deuxième dans l'ordre de la succession. Un mariage qui fait de Juliette, en février 1796, la grande-duchesse Anna Feodorovna. Surnommée « l'Étoile du soir » pour sa beauté, la jeune femme découvre, hélas, que son époux est violent et dépravé. En juillet 1801, elle part voir sa mère, en Bavière, et ne remettra plus un pied en Russie. Bénéficiant d'une pension confortable, Anna vit à Cobourg (Allemagne), puis à Berne, où elle partage sa vie entre visites prestigieuses et amants décevants.

Divorcée en 1820, elle s'établit à Genève en 1838, dans une belle maison qu'elle achète à Grange-Canal. Mécène pour la construction de l'église russe, elle vit apaisée dans la campagne genevoise. C'est là qu'elle rencontre un docteur (voir **Gosse Louis-André**) qui devient son médecin et lui vante le climat très sain de Mornex. Durant un an ou deux, vers 1857, Anna Feodorovna va louer le pavillon Wagner, profiter du bon air et se promener en compagnie du Dr Gosse sur les chemins du Salève. En quelques années, ce modeste hôtel des Glycines aura décidément eu des locataires prestigieux (voir **Wagner**, **Ruskin**).

Ferme de l'Hôpital

Quel lien peut donc unir le Salève à la romancière Colette, à l'homme politique français Édouard Herriot ou à l'écrivain Paul Valéry ? Un lien assurément gastronomique, car ces trois célébrités, parmi d'autres et quelques milliers de gourmets anonymes, furent des clients enthousiastes de la Ferme de l'Hôpital, restaurant gastronomique fondé en 1860 à Bossey par les époux Besson.

Comme son nom l'indique, la Ferme de l'Hôpital faisait autrefois partie du patrimoine de l'établissement de soins du canton de Genève qui, dès 1535, regroupait les 7 hôpitaux de la ville. La ferme apparaît dans les livres de comptes de l'hôpital en 1674, avec la mention de l'achat de vaches ou l'approvisionnement en lait, légumes, œufs, etc. Les employés de la ferme avaient aussi en charge les vignobles environnants, qui produisaient notamment le Blanc de Bossey, un vin de qualité (voir **Vigne**). Plantées sur les coteaux bien ensoleillés du piémont du Salève, les vignes de Bossey ont toujours eu la réputation de fournir du bon vin, en grande partie exporté à Genève. Les dernières vignes de la commune ont été arrachées dans les années 1970.

Quant à la carte de la Ferme de l'Hôpital, elle fut visiblement de qualité, car Édouard Herriot, maire de la très gastronomique ville de Lyon, plusieurs fois Premier ministre du gouvernement français, historien et écrivain membre de l'Académie française, indiqua dans le livre d'or que « ce restaurant serait digne d'être lyonnais ». Il espérait même découvrir un jour à Lyon un établissement où il pourrait noter : « ce restaurant vaut presque celui de l'Hôpital de Bossey ! » Quant à Colette, plus légère et peut-être un peu « émotionnée » par l'excellent Blanc de Bossey, elle écrivit dans le livre d'or : « Fouchtri-fouchtra, tout ce qu'on voudra à l'Hôpital, même le pal ! »

Florarina

En 1913, alors que le chemin de fer du Salève connaît une fréquentation record (87 000 voyageurs en 1912), le conseil d'administration de cette société décide de faire réaliser un jardin botanique alpin à proximité de la gare d'arrivée du train, aux Treize-Arbres. Pour concevoir cet équipement attractif qui aura à coup sûr un effet positif sur la fréquentation du chemin de fer, les administrateurs font appel à Henry Correvon, un botaniste suisse reconnu.

Ce dernier, auteur de plusieurs livres sur les plantes alpines, a déjà à son palmarès le parc Floraire, un jardin botanique alpin de 2 hectares à Chêne-Bourg, le jardin alpin d'acclimatation de Plainpalais ou la conception du jardin alpin du village suisse, lors de l'exposition nationale de Genève, en 1896. Henri Correvon évoque avec enthousiasme ce projet de jardin qu'il a baptisé « Florarina » dans l'un de ses ouvrages : « Nous avons, à proximité de la gare des Treize-Arbres, un terrain de 6 000 mètres carrés que nous transformons maintenant en jardin alpin.

» On établira là un bassin qui pourra recevoir 1 000 litres d'eau par jour ; on y construit des rocailles que l'on garnira le plus artistiquement possible. Il y aura la rocaille des plantes jurassiques, celle des plantes de la chaîne alpine ; les plantes du Caucase, de l'Himalaya, des Pyrénées, ainsi que de belles collections de fougères, de lys japonais et d'orchidées de pleine terre. Un petit chalet sera établi, qui nous permettra d'abriter une modeste bibliothèque et une chambre pour les visiteurs du jardin. Il y aura là un gardien-jardinier chargé de conduire les visiteurs, de soigner les plantes, de récolter les graines, etc. Pour éviter l'envahissement, la station des Treize-Arbres étant très visitée, une finance d'entrée de 50 centimes sera réclamée à la porte. »

Malheureusement, l'arrivée de la Première Guerre mondiale va avoir des conséquences catastrophiques pour cette Florarina, comme l'explique Correvon dans un courrier, évoquant avec amertume cette Bérézina floristique au Salève : « Pendant la guerre, nous dûmes nous contenter de visiter de temps en temps ces cultures et, comme nos employés ne pouvaient pénétrer sur sol français, c'est moi-même qui devais monter arroser et entretenir ces plantations. À la fin de la guerre, notre pauvre jardin qui avait tant coûté de peine et d'argent n'était plus qu'une ruine et nous dûmes renoncer, à cause des embarras qu'il causait à la société du chemin de fer, à l'entretenir. »

En effet, car la guerre a porté un coup terrible à l'exploitation du chemin de fer du Salève. Entre la mobilisation des cheminots et la fermeture de la frontière avec la Suisse, la fréquentation est en chute libre. Après quatre années de ce régime, la situation financière de la compagnie est catastrophique. Et, si l'après-guerre et le retour des Genevois offrent des perspectives encourageantes, des investissements importants doivent être réalisés pour remettre à niveau le réseau et le matériel roulant. Dans ces conditions, la réhabilitation d'un jardin botanique en grande partie détruit n'est plus à l'ordre du jour.

Et aujourd'hui, que reste-t-il de cette Florarina ? A priori pas grand-chose. Mais qui sait ? il n'est peut-être pas impossible que des passionnés de botanique retrouvent quelques traces des 6 000 mètres carrés de ce qui fut autrefois le jardin botanique alpin du Salève…

Fontaine de César

Située au pied du Salève, au Pas-de-l'Échelle, la fontaine de César ne manque pas de charme avec son saule majestueux. Sortant du massif par une grotte, l'eau de cette source a la réputation d'être très douce et de ne jamais geler. La fontaine était autrefois couverte d'un toit et accueillait des lavandières. On y lavait le linge d'hôtels genevois, mais aussi les légumes des maraîchers du secteur. L'endroit a même abrité un élevage de truites. Mais ce bassin se veut aussi historique et effrayant, avec la terrible légende des chasses sauvages d'un roi maudit (voir **Hérode**). Quant au nom singulier de cette fontaine, il aurait pour origine le fait que son eau pure aurait désaltéré le cheval de Jules César !

Légende plutôt que réalité, sans doute. Mais qui sait ? Jules César fut présent durant plusieurs mois dans la région de Genève, en 58 avant Jésus-Christ. C'est d'ailleurs lui qui a mentionné pour la première fois le nom de Genève – *Genava* – dans ses écrits sur la guerre des Gaules. Il avait à l'époque fort à faire avec les Helvètes, et il n'est pas impossible qu'il ait alors emprunté avec ses légionnaires la voie romaine passant en partie sur le Salève, par Étrembières, le mont Gosse et Mornex. Bien que située en terre française, cette fontaine de César et la source qui l'alimente sont toujours propriété de la commune suisse de Veyrier.

Foudre

Quand la foudre tombe au Salève, elle ne fait pas les choses à moitié ! Ainsi, le dimanche 24 septembre 1843, il est 6 heures du matin quand un violent orage s'abat sur La Croisette. La foudre frappe un chalet un peu à l'écart du hameau. Entrée par la cheminée, la boule de feu a gravement blessé la femme et le fils du propriétaire, Joseph Vidonne, qui se trouvait devant le foyer, tuant au passage le chien couché entre eux.

Poursuivant son chemin dans le chalet, la foudre a filé vers l'extérieur par une fenêtre, où se trouvaient deux hommes et un enfant. Les domestiques, Jean Baltassat, 17 ans, et Jean-Louis Roguet, 30 ans, ont été tués sur le coup, l'enfant n'a été que légèrement blessé. Un dramatique fait divers relaté par *Le Cultivateur savoyard*.

Fours à chaux

Montagne de calcaire, la matière première indispensable à la fabrication de la chaux, le Salève était autrefois un centre important de production de ce matériau pour toute la région. La chaux, très utile dans la construction pour fabriquer enduits et mortiers avant l'invention du ciment, était obtenue par calcination de la pierre calcaire à environ 900 °C dans un four. Longtemps, le secteur de Monnetier fut le haut lieu des fours à chaux du Salève, avec une vingtaine d'unités sur ce territoire. Au XVIIIe siècle, les habitants de ce village en avaient même gagné le nom de chaufournier (ouvrier en charge du four à chaux).

Il y avait également respectivement 6 et 8 fours à chaux sur les communes voisines d'Étrembières et d'Essert-Ésery (depuis, Essert a été rattaché à Monnetier-Mornex ; et Ésery, à Reignier). Dans ces installations, les chaufourniers effectuaient une soixantaine de fours (cuissons) par an. Lorsque l'on sait qu'une seule cuisson consommait près de 1 200 fagots, soit 3 000 stères de bois (55 mètres cubes), on comprend mieux pourquoi les pentes du Salève descendant dans le vallon de Monnetier étaient autrefois vierges d'arbres ! Un peu plus au sud, sur les terres du domaine de la chartreuse de Pomier (Présilly), des sites de fours à chaux provisoires ont également été repérés.

L'invention du ciment par Louis Vicat au XIXe siècle a sonné le glas de la production industrielle de chaux. Petit à petit, les fours du Salève ont tous cessé leur activité, avant d'être abandonnés. Les deux derniers fours à chaux encore visibles au XXe siècle se trouvaient à Étrembières, près de la source des Eaux-Belles, où la roche était broyée par le battoir à chaux d'un moulin, et au Pas-de-l'Échelle, où un four vertical a fonctionné jusqu'en 1935, avant d'être démoli en 1981.

Fragments de littérature

D'un point de vue littéraire, le Salève est sans doute avec le Mont-Blanc la montagne européenne ayant fait l'objet du plus grand nombre de textes évoquant sa nature, aux sens propre et figuré. Beaucoup de ces écrits, d'auteurs célèbres ou plus locaux, figurent dans ce dictionnaire. Mais, à côté de ces descriptions, chroniques de voyages, poèmes, récits enthousiastes ou comptes rendus critiques, la Montagne des Genevois a aussi fait l'objet de citations plus brèves ou d'initiatives originales, en lien avec un souvenir ou une destinée d'écrivains d'ici ou d'ailleurs.

Nous avons ainsi Hector Malot (1830-1907), célèbre pour son roman *Sans famille*, narrant en 1878 le périple du jeune orphelin Rémi à travers la France. Cet auteur normand devait connaître le Salève, ou du moins avoir lu des guides touristiques sur Genève, car il évoque brièvement ce massif dans deux de ses livres.

« Il entrait dans le plan qu'Adolphe s'était tracé avant de quitter Paris, de rester quelques jours à Genève. De là ils partiraient chaque matin pour faire des excursions dans les environs, à Ferney, au Salève, aux Voirons, à Divonne. Lorsque le train eut dépassé Bellegarde, il commença à expliquer ses projets à Juliette et à lui annoncer à l'avance les curiosités qu'ils verraient : le château habité par Voltaire à Ferney, la vue du Mont-Blanc au Salève, la table de travail de Mme de Staël à Coppet » (*Le Mariage de Juliette*, 1874). « Arrivés à Genève, ils avaient fait l'ascension du Grand-Salève, puis celle des Voirons, et le colonel n'avait pas dit un mot » (*Ida et Carmélita*, 1876).

Plus locale, l'aventurière genevoise Isabelle Eberhardt (1877-1904), décédée tragiquement à 27 ans, semble avoir trouvé sa vocation sur… le Salève ! Une information révélée dans l'ouvrage *La Rose des sables,* de l'écrivain Charles Le Goffic : « "Dans un ksour de l'oued Iguarghar lointain…" C'est un bout de phrase de Pierre Loti. Quelle musique ensorcelante, quel irrésistible charme nostalgique est en lui, qu'il suffit à Isabelle Eberhardt de l'entendre une fois devant les terrasses du Salève pour apercevoir dans un éclair toute sa destinée !… »

Installée dans le désert algérien, la Genevoise semble revoir en mars 1901 son Salève au pied de la montagne du Souf : « Tout reverdit, les arbres sont en fleurs, le ciel d'un bleu d'abîme et d'innombrables oiseaux chantent partout… Là-haut, sur cette montagne qui me rappelait intensément le Jura ou le Salève, les genévriers et les thuyas embaument l'air. »

Pour Nicolas Bouvier (1929-1998), auteur du mythique *L'Usage du monde*, et son complice Thierry Verney, la Montagne des Genevois est plutôt synonyme d'enfermement et de rétrécissement. « Le Salève est à dix mètres du Jura », écrit Verney à Bouvier en juin 1955 afin de relever la petitesse du lieu et de l'inciter à s'extirper du microcosme genevois pour voyager à travers le vaste monde.

Plus contemporain, l'écrivain et aventurier Sylvain Tesson profite généralement de ses passages à Genève pour aller faire un tour sur le Salève. En 2017, dans son livre *Une Légère Oscillation,* alors qu'il se promène sur notre montagne préférée, il songe à Lénine, qui arpenta aussi les sentiers du massif : « Il savait, comme Nietzsche, que les randonnées dans la montagne excitent la pensée. »

Plus loin, il s'étonne d'une mode singulière : « Sur les parois du Salève et dans toutes les montagnes de France fleurit une nouvelle mode. À chaque accident, les proches du défunt scellent des plaques de métal portant le nom du malheureux. Plutôt que de penser à la victime, on prévient le passant que Gégé a glissé et que Mauricette ne l'oubliera pas. Si elles sont bien fixées, ces plaques peuvent toutefois servir au grimpeur à négocier un passage difficile. »

Dans un genre différent, Michel Butor (1926-2016), l'une des figures du nouveau roman dans les années 1950, n'évoque pas le Salève dans les quelque 1 400 ouvrages qu'il a rédigé ou coécrit. Mais depuis sa maison de Lucinges, au pied des Voirons, il avait une vue singulière sur cette montagne : « J'ai, de ce bureau, une vue oblique du Salève ; nous l'avons un peu en écharpe et c'est une façon de l'apprivoiser. Je le connaissais avant d'aller à Albuquerque, au Nouveau-Mexique, où les téléphériques de la montagne dominant la ville, la Sandia Crest, m'ont rappelé celui du Salève. »

Passionné par les livres d'artistes – sa maison est d'ailleurs devenue un musée dédié à cet univers –, Michel Butor a réalisé en 2012 avec sa complice Martine Jaquemet *La Végétation du Salève*, un livre d'artistes sous la forme d'un mince paravent tendu de grandes tiges d'osier.

Quant à Robert Musil (1880-1942), il n'a pas écrit sur le Salève. Aujourd'hui un peu oublié, cet auteur autrichien est surtout connu pour *L'Homme sans qualités*, considéré comme l'un des romans fondateurs du XXe siècle avec *À la recherche du temps perdu*, de Marcel Proust, et *Ulysse*, de James Joyce. Mort à Genève où il s'était réfugié en 1939 quand les nazis ont pris le pouvoir dans son pays, Robert Musil est enterré au cimetière des Rois. Mais son esprit littéraire imprègne sans doute les sentiers du Salève, car ses cendres ont été dispersées par sa veuve sur les pentes de la montagne…

Frankenstein

Mary Shelley.

Si le nom de Frankenstein est connu de tous, notamment grâce aux multiples adaptations cinématographiques s'inspirant du personnage, peu de gens savent en revanche qu'une bonne partie de cette histoire fantastique écrite en 1816 par la jeune romancière anglaise Mary Shelley, 19 ans, a pour cadre notre région. Au fil des pages de ce livre, le lecteur voyage à Genève, mais aussi à Lausanne, au bord de l'Arve, à Chamonix, sur la Mer-de-Glace – superbe site où le monstre retrouve son créateur, le Dr Victor Frankenstein, pour exiger de lui qu'il lui façonne une compagne – et à Évian, cité thermale où Élisabeth, la jeune épouse du médecin, sera assassinée par la créature le jour même de leur mariage.

Rien d'étonnant à cette localisation géographique, car Mary et son futur mari Percy Shelley, ainsi que leur nouvel ami lord George Byron (voir **Lamartine**), sont en villégiature à Genève. Lorsqu'il fait beau, les trois Anglais visitent les sites touristiques de la région. Et quand il pleut ils sont cloîtrés dans la villa Diodati, maison louée par Byron à Cologny. Le 16 juin 1816, il fait très mauvais. Pour occuper ses amis, Byron propose que chacun écrive une histoire d'épouvante. Ainsi va naître la littérature fantastique, avec le *Frankenstein*, de Mary Shelley, mais également avec *Le Vampire*, brouillon de Byron repris et développé par John William Polidori, autre occupant de la villa.

La vie de lord George Byron fut rythmée par l'écriture, les voyages et des amours tumultueuses. Hors norme et sulfureux, cet écrivain prendra fait et cause en 1824 pour le soulèvement grec contre les Turcs (voir **Gosse**), au péril de sa vie. La Grèce l'honore comme l'un des héros de sa lutte pour l'indépendance.

Durant leur séjour, les trois amis ont aussi arpenté les sentiers du Salève. Il est donc assez logique que la Montagne des Genevois soit évoquée dans le livre. D'abord sous la forme d'un superbe paysage vu depuis un bateau sur le Léman. Puis, plus loin dans l'histoire, sous les trombes d'eau d'un terrible orage alors que Victor Frankenstein retrouve sa créature sur un chemin au pied du Salève.

Mais, avant qu'il n'ait pu agir, le docteur voit le monstre s'enfuir en gravissant sans peine la falaise abrupte de la montagne. « Qui pourrait arrêter un être capable d'escalader ainsi les falaises du mont Salève ? », s'interroge alors, atterré, le médecin. Il croit pouvoir encore rattraper sa créature, avant de renoncer : « J'ai pensé à poursuivre le diable ; mais cela aurait été vain, car un autre éclair me le découvrit accroché au milieu des rochers, dans son ascension verticale des flancs du Salève. »

Frein à main

Le Salève, ses routes pentues et ses voitures… Sans compter ses superbes points de vue. De temps en temps, la conjonction de ces éléments peut poser problème, comme en ce dimanche de mai 1952 où un restaurateur de Machilly et deux amis se baladent en voiture sur la route sommitale du massif. Vient le moment de l'« arrêt photos ». Le conducteur et l'un des passagers sortent du véhicule pour immortaliser le paysage. Mais la route est en pente et le frein à main sans doute mal serré. Aïe ! L'auto recule toute seule alors qu'une passagère se trouve encore à l'intérieur. La dame aura juste le temps de sauter de la voiture, en se fracturant la cheville, avant que le véhicule ne bascule dans la pente pour s'arrêter contre des rochers, 20 mètres en contrebas de la route.

Des tôles froissées de cette façon, il y en eut quelques-unes au Salève, ponctuées de comptes rendus mi-compatissants, mi-moqueurs, dans la presse locale. Au hasard, un autre de ces faits divers, survenu en juin 1962, avec une famille fribourgeoise en excursion à Genève. Partis visiter le Salève en voiture, ils s'arrêtent sur le plateau de la Petite-Gorge, où s'ouvre un superbe panorama sur le Léman. Alors qu'ils admirent la vue, ils voient soudain passer leur voiture à côté d'eux, peut-être à cause d'un frein à main mal serré ! Ils ont bien couru après pour tenter de l'arrêter, mais cela n'a pas empêché l'auto de dévaler la pente et d'aller s'écraser dans un ravin, 300 mètres plus bas !

Et nous ne parlerons pas ici d'accidents beaucoup plus graves, où il n'y a pas que de la tôle froissée. L'un des virages les plus dangereux du Salève est certainement celui, en épingle à cheveux, du Chalet-de-la-Croix. En ces lieux, plusieurs voitures, motos et scooters ont effectué le grand saut dans le vide, à cause d'une vitesse excessive, de freins défaillants ou d'une chaussée glissante, avec à chaque fois son lot de morts et de blessés graves.

Fromage

Si aujourd'hui les centaines de vaches présentes chaque été sur les alpages du Salève sont essentiellement des génisses, il fut un temps où la production de lait était directement transformée dans les chalets d'alpage du massif. Et avec un certain talent, comme le relate *Le Cultivateur savoyard* en avril 1897, avec un article consacré à Jean-Antoine Brand (voir **Chalet de La Thuile**). « Lors de l'exposition agricole nationale de Nice, M. Brand s'est vu remettre un grand diplôme d'honneur pour la parfaite fabrication de ses petits fromages fins et de ses beurres de première qualité. Ces récompenses témoignent de la qualité supérieure du lait de son domaine du Salève et des soins persévérants apportés à la perfection de ses produits. »

Sans doute à la suite de la lecture de cet article, un autre fromager du Salève, Arsène Grosjean, informe le journal qu'il a lui aussi obtenu en 1896 un diplôme d'honneur à Bordeaux pour ses fromages à pâte molle dits « tommes du Châble-Beaumont » et qu'il vient de recevoir une médaille d'or à l'Exposition internationale du progrès, à Paris, pour le même fromage. Cette tomme du Salève nous donne l'occasion de présenter ici la formidable réussite d'un paysan de Beaumont, évoquée par Claude Girod dans son livre *Enfant du Salève*.

Une histoire qui commence avec Jérémie Girod, né en 1832 à Beaumont (voir **Chartreuse de Pomier**). Ce cultivateur avait repris avec succès la ferme de son père. À la suite de sa rencontre avec le père Placide, un moine de l'abbaye de Tamier qui n'était autre que le frère de son épouse, il découvre la fabrication du Tamier, célèbre fromage de l'abbaye.

Jérémie décide alors de produire son propre fromage, la tomme de Beaumont, avec le lait de ses vaches, dont certaines estivent au Salève.

Le succès est au rendez-vous, notamment à Genève, ce qui permet la construction d'une fromagerie en face de sa ferme, alimentée par le lait des paysans du secteur. Arrive alors la deuxième génération, avec Henri Girod, qui développe la vente de son Beaumont grâce à de gros clients sur la Côte d'Azur, dans le centre de la France et en Afrique du Nord. Pour suivre ce développement, la fromagerie Girod étend sa collecte de lait et construit une nouvelle fromagerie au Châble. La troisième génération des Girod, avec André et Hubert, installe en 1932 son siège dans un bâtiment situé au bout de la Grand-Rue, à Saint-Julien-en-Genevois. Cet immeuble, qui est aujourd'hui le centre culturel l'Arande, connaîtra de nombreux travaux, avec notamment le creusement de 13 caves d'affinage dans la colline attenante.

Vient ensuite la période sombre de guerre 1939-1945 où l'entreprise voit son activité chuter, mais conserve ses employés. Relancée après-guerre, la production de Beaumont passe de 1 000 tonnes en 1965 à 2 000 tonnes en 1978. Dès 1971, voici la quatrième génération, avec Michel et Claude Girod. Ces derniers devront faire face à d'importantes mutations, tant dans la production que dans la distribution. Avec 25 fruitières et une collecte de 60 000 litres de lait par jour, la construction d'une grande unité au centre de la Haute-Savoie devient nécessaire. C'est à Étaux que cette usine qui traite jusqu'à 120 000 litres de lait par jour sera construite.

Dans les années 1980, la fromagerie Girod poursuit son développement avec le rachat de concurrents et une entrée en Bourse réussie. Mais, face à la pression de la grande distribution qui dicte sa loi, elle n'a d'autre choix que de rejoindre un groupe de taille nationale pour poursuivre son développement. Après cent dix ans d'existence, la fromagerie Girod intègre en 1991 la société Besnier/Lactalis, premier groupe laitier mondial.

G

Gargantua

Saviez-vous que le Salève a été créé par Gargantua ? En effet, c'est lors d'un voyage à pied vers l'Italie que le célèbre géant, rendu populaire par François Rabelais, que cette histoire a commencé. Faisant une pause dans notre contrée, Gargantua a soif. Le Rhône passe à ses pieds, mais pour lui c'est un simple filet d'eau qui n'est de loin pas suffisant pour étancher sa soif légendaire ! Du coup, il se met creuser de part et d'autre du fleuve pour créer un plan d'eau suffisamment vaste pour qu'il puisse boire tout son soûl.

Au fur et à mesure qu'il agrandit ce trou qui allait devenir le lac Léman, Gargantua déverse terre et rochers sur un replat de la rive gauche du cours d'eau. À force de creuser, l'amas de déblais finit par atteindre une taille remarquable qui intrigue et impressionne les habitants de la région. Suivant avec intérêt le développement de ce phénomène, les paysans de ce coin de pays se retrouvent régulièrement à bonne distance du géant pour observer cette montagne qui s'élève petit à petit sur l'horizon. Commentant l'avancement des travaux, ils s'interpellent souvent en disant : « Eh ! Mais regarde donc comme ça lève ! » Et, au fil du temps, le « ça lève » est tout simplement devenu… Salève !

Ce personnage à la force herculéenne et à l'appétit gigantesque a aussi séjourné quelque temps sur le Jura tout proche. Là, en compagnie de ses parents, les bien nommés Grandgousier et Gargamelle, et de son fiston Pantagruel, le géant se serait amusé à un drôle de jeu consistant à jeter sur la ville de Genève de gros blocs erratiques trouvés sur le Jura. Heureusement, les tirs des géants manquaient de précision et ne firent pas grands dégâts à la Cité de Calvin.

Des siècles plus tard, quelques-unes de ces pierres sont toujours plantées là. Il s'agit de la pierre à Bochet et des pierres du Niton, respectivement tombées près de la frontière française, à Thônex, et dans la rade de

Genève. La première aurait la particularité de tourner sur elle-même lors de la nuit de la Saint-Sylvestre ; quant aux deux pierres du Niton, la plus grande d'entre elles a servi de point de référence au général et ingénieur Guillaume-Henri Dufour lors de l'établissement de sa carte de la Suisse au 1:100 000, réalisée en 1864. De nos jours encore, cette pierre est utilisée comme horizon du système géodésique de référence altimétrique en Suisse.

Gautier Théophile

Disciple de Victor Hugo et poète admiré par Charles Baudelaire (qui lui dédia ses *Fleurs du mal*), l'écrivain Théophile Gautier (1811-1872) a fait une vingtaine de séjours en Suisse entre 1850 et 1871. Grand voyageur, érudit, l'auteur du *Capitaine Fracasse* apprécie ce pays qu'il sillonne à pied, à dos de mulet, en calèche, en bateau à vapeur ou grâce au chemin de fer. De passage à Genève en 1865, l'écrivain avait à cette occasion découvert et apprécié le Salève (voir **Saisiaz**). De retour dans la région trois ans plus tard, c'est dans le cadre de son activité de feuilletoniste pour le journal parisien *Le Moniteur universel* qu'il va partir en excursion sur le massif. Son texte, enthousiaste, précis et imagé, est un document intéressant sur ce Salève du milieu du XIXe siècle.

Dans cet article, Gautier résume avec justesse le sentiment qu'inspire le Salève à la plupart des gens qui le fréquentent avec assiduité : « Quand on regarde cette montagne de Genève, dans l'échancrure qui sépare le petit Salève du grand Salève, on distingue un château qui paraît inaccessible, mais auquel on peut arriver en prenant la montagne à revers ; car si le Salève ne montre à la ville de Calvin que ses grandes zones calcaires et ses escarpements dénudés il est sur l'autre face beaucoup moins sourcilleux et beaucoup plus pittoresque. On arrive en voiture (à cheval) jusqu'à cette gorge, où s'abrite le village de Monnetier, entre les deux croupes de la montagne. La route, quoique d'une pente assez raide, est fort belle et, à mesure qu'on s'élève, découvre des points de vue superbes. »

Vingt-quatre ans avant l'arrivée du chemin de fer, nous constatons que Monnetier est déjà une station climatique appréciée des touristes : « On chemine entre de grands arbres d'une verdure touffue et luxuriante, et des maisons coquettement ornées de balcons et vérandas, à demi enfouies dans les lierres, les glycines, les volubilis et autres plantes grimpantes qui éveille des idées de repos, de bien-être et de retraite philosophique. Ce sont des pensions, c'est à dire des hôtels où, pour une somme modique, on peut mener à peu près la vie de famille sans le souci du ménage. Qui a besoin d'air pur, de soleil tiède et d'ombre fraîche n'a qu'à louer une de ces chambres si bien exposées. »

À Monnetier, Théophile Gautier déjeune à l'Hôtel de la Reconnaissance (voir **Incendies**), avant de partir en excursion sur les crêtes du Salève : « Après le déjeuner, on envoya chercher des ânes pour l'ascension au plateau des Treize-Arbres. Nous voilà donc suivant sur les flancs de la montagne les zigzags de la route. Déjà Monnetier et le grand hôtel se montrent rétrécis au fond de leur gorge. Arrivés à un tournant du chemin qui forme une espèce de repos, les ânes rompent les rangs et courent vers le bord du précipice tout à fait à pic, heureusement bordé d'un parapet en pierre. Ils allongent la tête au-dessus du parapet et semblent prendre grand plaisir à contempler l'abîme. »

L'écrivain gagne les hauteurs du massif : « Le chemin cesse d'être praticable à l'endroit où se trouve une chaumière, dont l'hôtesse vend du vin, de la bière, du kirsch et du lait, pour ceux qui ont l'humeur pastorale. Il ne faut plus que quelques minutes pour gagner le sommet de la montagne. Ses treize arbres dessinent en plein air leur silhouette tourmentée près d'un bâtiment qui est à la fois une ferme et une ginguette. Arrivé là, on est comme enveloppé d'un éblouissement d'air et de lumière. L'immensité s'étend autour de vous, et le vaste panorama des Alpes se déploie, avec sa majesté le mont Blanc. Genève apparaît toute petite à l'extrémité du lac. »

Genevois

En dépit de sa situation géographique en territoire français, le Salève est-il genevois ? Vaste question ! À la lecture de ce dictionnaire, vous pourrez constater que, pour la plupart des récits, aventures, découvertes, réalisations ou faits divers concernant ce massif, il y a presque toujours un Genevois qui apparaît à un moment ou à un autre ! Historiquement, le Salève et la ville de Genève ont tout de même fait partie du même territoire durant une dizaine de siècles, au temps des Allobroges, puis des Burgondes, du premier royaume de Bourgogne et des comtes de Genève.

Il aura fallu l'arrivée, vers l'an mil, d'Humbert aux blanches mains, fondateur depuis Belley, dans l'Ain, de la lignée des ducs de Savoie, pour que cet état des choses change. Les seigneurs savoyards rêveront de faire de Genève, ville longtemps située au cœur de leur vaste territoire, la capitale de leur État, mais les Genevois ne l'entendront pas ainsi. Avec opiniâtreté, constance et parfois un peu de chance (l'Escalade, par exemple…), la petite république tiendra tête aux puissants ducs de Savoie, devenant même sans doute protestante en partie pour signifier avec force leur différence face à la très catholique Savoie.

Mais finalement n'est-ce pas par son esprit que le Salève est (un peu, beaucoup…) genevois ? Fréquenté, escaladé, aménagé, sauvegardé, depuis tant de siècles par des milliers (des millions ?) de citoyens de la Cité de Calvin, le massif est sans doute imprégné des valeurs qui ont fait Genève, entre rigorisme protestant et ouverture internationale. Et n'oublions pas non plus que, si l'histoire du Salève est aussi riche, c'est en grande partie lié à sa proximité avec une grande ville comme Genève.

Dans son *Guide raisonné du voyageur et de l'artiste*, paru en 1838, Antoine Claude Pasquin, qui fut notamment bibliothécaire au château de Versailles, remarque en tout cas quelques similitudes entre le Salève et les Genevois : « Le Salève n'est point une belle montagne, et cependant cette roche calcaire est pour les Genevois ce qu'était pour les Romains le Palatin. Cette montagne si rêche au dehors, pour parler genevois, a dans l'intérieur de vastes pelouses, de frais bocages, de riants vallons et de fertiles pâturages ; il me semblait en y pénétrant trouver quelques rapports avec le caractère genevois, âpre au premier rapport, mais rempli de mérite et de qualités réelles. »

Géologie

L'histoire géologique du Salève commence à l'ère jurassique, il y a 200 millions d'années. Pas de chaîne des Alpes à l'horizon ni de Jura ou de Salève, mais une mer tropicale peu profonde ! Bizarre d'imaginer une carte postale des Bahamas pour décrire notre territoire, mais le Genevois est alors situé sous une latitude plus au sud. Cela dit, les prémices du futur Salève sont déjà là ! Car, au fil des millénaires, des couches de sédiments vont se déposer au fond de ces eaux. En partie composés de coraux, ils sont à l'origine du calcaire blanc qui donnera corps à la Montagne des Genevois.

Au crétacé, il y a 140 millions d'années, le Salève commence à apparaître, sous la forme de débris divers et de dépôts de sédiments. Entre 130 et 120 millions d'années, le continent continue son déplacement vers le nord, les eaux deviennent plus profondes et plus boueuses. Le tout début du soulèvement des Alpes date de cette période. De nombreuses oscillations affectent la plateforme continentale tandis que la région du Salève se trouve sur la rive du vaste océan Thétys.

Cet océan va finalement recouvrir la région. Dans le calcaire formé à cette époque par les sédiments, les géologues retrouveront quantité de fossiles marins, des oursins, des ammonites, des huîtres… Lentement, notre territoire commence à émerger. Entre 70 et 50 millions d'années, des dépôts sablonneux forment une couche de grès sur tout le secteur du Salève. Parmi d'autres sites du massif, les rochers de Faverges sont un souvenir de cette période.

Entre 40 et 20 millions d'années avant notre ère, la plaque tectonique africaine exerce une forte pression sur la plaque européenne. C'est de cette poussée que vont surgir les Alpes. Les roches sédimentaires calcaires recouvrant cette surface sont alors déplacées aux marges de ce massif, pour donner naissance au Jura, dont le Salève fait géologiquement partie. Jusqu'à 5 millions d'années avant notre ère, le Salève va continuer à « pousser » pour atteindre sa hauteur actuelle, 1 379 mètres aux Pitons.

Ce qui est aussi amusant qu'imperceptible, c'est qu'aujourd'hui le Salève continue de grandir... mais à raison d'un millimètre par an, une poussée réduite de moitié par l'érosion naturelle. À ce rythme, le massif devrait gagner 1 mètre d'ici deux mille ans ! Quant à sa forme définitive, elle est autant due à ces mouvements sismiques et à diverses fractures qu'à la présence de failles souterraines qui vont provoquer le déplacement de certains secteurs par rapport à d'autres. Citons le décrochement du Coin, qui a fait s'avancer le Grand-Salève et reculer la région des Pitons, ou les failles de Pomier, de l'Abergement et de Cruseilles, à l'origine de trois décalages successifs vers le sud-est.

L'Arve, qui cheminait plus au sud qu'actuellement, entaille au fur et à mesure cette montagne en formation et donne ainsi naissance au vallon de Monnetier, qui sépare le Petit et le Grand-Salève. Mais, comme la croissance du massif s'accélère, la rivière ne peut pas suivre le mouvement et se voit « repoussée » à l'extrémité du Petit-Salève. Dans le même temps, le pli anticlinal (poussée vers le haut) à l'origine du Salève bascule en direction du bassin genevois et prend la forme d'un genou, avec une pente douce du côté des Alpes et des parois plus abruptes sur la face « genevoise ».

Glaciers

Autant que les plaques tectoniques (voir **Géologie**), les glaciers du Rhône et de l'Arve ont modelé le Salève tel que nous le connaissons aujourd'hui. L'histoire de ces glaciers commence il y a 130 millions d'années, avec un fort refroidissement climatique affectant l'Europe. Cet âge de glace atteint son paroxysme lors du dernier million d'années avant notre ère et se compose de quatre épisodes : gunz, mindel, riss et würm (du nom de différentes rivières européennes ayant servi à dater ces époques glacières). La plus importante de ces périodes est le riss (de -370 000 ans à -130 000 ans) qui correspond à la plus grande expansion des glaciers.

À cette époque, les glaciers alpins ont créé un vaste inlandsis (calotte polaire), formé d'une couche de glace dépassant le kilomètre d'épaisseur dans les vallées. Le glacier du Rhône, renforcé par ses affluents, recouvrait ainsi tout le Valais et se séparait en deux lobes au niveau du Léman en venant buter contre le Jura et sa calotte. Une branche de ce gigantesque glacier recouvrait le plateau suisse et s'unissait aux glaciers de l'Aar et du Rhin tandis que l'autre partie descendait jusqu'à Lyon, gonflée par les glaces venues du massif du Mont-Blanc (l'Arve et ses affluents). Un temps où l'étage des neiges éternelles commençait à une altitude de 1 200 mètres. Quant aux températures, elles étaient nettement plus basses qu'aujourd'hui, avec une moyenne de 9 degrés en été et de -21 degrés en hiver.

Et, pour en revenir à notre cher Salève, il est assez impressionnant d'imaginer la plaine du Genevois entièrement recouverte par une épaisseur de près d'un kilomètre de glace, avec seulement quelques parties des crêtes du Salève, du Vuache ou du Jura émergeant comme de petites îles dans cette blanche immensité. Et, pour visualiser à notre époque ce paysage de glace d'il y a 50 000 ans, rien de plus facile... Il suffit pour cela de monter sur les hauteurs du Salève en hiver, quand un beau soleil brille au-dessus de la mer de brouillard recouvrant la plaine du Genevois. De l'Observatoire ou des Pitons, vous aurez alors la chance de découvrir du dessus cette masse brumeuse offrant un panorama assez proche de l'aspect que devait avoir le glacier du Rhône lorsqu'il occupait tout l'espace entre Salève et Jura.

Tout comme les poussées dues aux frottements des plaques tectoniques, ces périodes glaciaires ont aussi sculpté le Salève tel que nous le connaissons aujourd'hui. L'ultime retouche de ce chef-d'œuvre minéral eut lieu à la fin de la période de würm. Il y a 15 000 ans, sur le versant du massif face à Genève, de gigantesques éboulements se sont produits. La faute du retrait des glaciers du Rhône et de l'Arve, avec pour conséquence de voir tomber ces milliers de tonnes de roches qui n'étaient plus soutenues par la masse de glace qui leur avait servi d'étai pendant des millénaires.

Gouffre de Bellevue

Situé dans le parc d'un hôtel de la Belle Époque (voir **Grand-Hôtel Bellevue**), le gouffre de Bellevue a été découvert en 1889, lorsqu'une crue extraordinaire fit jaillir, telle une fontaine, des milliers de litres d'eau de ce trou mystérieux situé à l'entrée du vallon de Monnetier. Sur cette montagne où les sources sont rares, des travaux sont réalisés en 1906 pour maçonner l'entrée du gouffre sur une dizaine de mètres, avec l'espoir de pouvoir exploiter son eau. Mais point de source, ce que confirmera la première exploration du gouffre, menée en 1916 par les sieurs Pinchon et Laplanche, avant que son accès ne soit fermé pour raison de sécurité.

Au cours du XXe siècle, le gouffre de Bellevue sera ponctuellement rouvert (1931, 1951, 1953, 1987) pour permettre à des spéléologues de mener des explorations du site (voir **Amoudruz**). En 1953, un traçage au sel montre que les eaux du gouffre communiquent avec la source des Eaux-Belles, à Étrembières. Durant ces expéditions, les spéléologues, qui recherchent notamment un lac souterrain, descendront à une profondeur de 90 mètres, avant d'être bloqués par un amas de roches obstruant le bas du gouffre. Les choses vont rester en l'état jusqu'aux années 2000 où, sous l'impulsion de deux spéléos de Monnetier (voir **Collin**), de nouvelles découvertes vont révéler un gouffre de Bellevue qui, avec ses galeries, atteint désormais une profondeur de 165 mètres et un développement de 1 598 mètres.

Gogol Nicolas

En août 1836, le grand écrivain russe Nicolas Gogol (1809-1852) séjourne à Genève, l'une des nombreuses étapes de son exil volontaire de douze ans à travers les pays européens. Dans la Cité de Calvin, Gogol rencontre des exilés ukrainiens, fréquente quelques nobles russes et s'en va chasser… au Salève !

L'auteur de *Tarass Boulba* est une fine gâchette, mais heureusement pour les animaux sauvages du massif il se lasse vite de Genève, cette ville « trop bruyante, trop portée vers le plaisir pour y songer à quelque chose de sérieux ». Nicolas Gogol poursuivra donc son voyage à Vevey, cité où il reprendra l'écriture de son chef-d'œuvre, *Les Âmes mortes*, ouvrage majeur de la littérature russe paru en 1842.

Gosse Henri-Albert

Voici un homme que l'on croirait sorti d'un roman, tant la personnalité et le parcours de vie d'Henri-Albert Gosse (1753-1816) furent étonnants. D'origine hollandaise, ce citoyen né à Genève n'a pu accéder à la bourgeoisie de la ville qu'en 1788. Ce statut n'était pas qu'honorifique, car il lui permit d'ouvrir la pharmacie dont il rêvait depuis longtemps à la place de Longemalle. Avant cela, ce passionné de sciences avait pratiqué avec bonheur la botanique, la chimie, la physiologie, la géologie et quelques sciences occultes. Au fil de ses expériences, il aura ainsi cherché à fabriquer des chaussures imperméables, à mettre au point un procédé de dorure moins nocif pour la santé des ouvriers ou à construire un dirigeable. Mais sous son aspect un peu farfelu Gosse était un scientifique reconnu, dont les mémoires sur les maladies des doreurs et des chapeliers ont été couronnés par l'Académie des sciences de Paris.

À Genève, il travaille en 1790 avec l'ingénieur Nicolas Paul et le bijoutier Johann Jacob Schweppe à la conception d'une eau minérale artificielle. Les trois associés inventent la « Machine de Genève », un appareil permettant de dissoudre du dioxyde de carbone, obtenu à partir de craie et d'acide sulfurique, dans de l'eau à l'aide d'une pompe ; une fois purifié et filtré, le gaz est dissous dans l'eau grâce à un agitateur. Mais cette géniale invention qui est à la base de tous les sodas que nous consommons aujourd'hui n'intéresse guère les industriels genevois.

Du coup, le trio s'exile à Londres où il installe une usine de production, la Schweppe, Paul and Gosse society. Le succès de l'entreprise n'est pas immédiatement au rendez-vous, ce qui provoque des tensions entre les trois associés, puis une séparation. Nicolas Paul et Henri-Albert Gosse reprennent leurs billes et se partagent l'actif genevois, tandis que Jacob Schweppe conserve la partie britannique qui produit la Schweppe's water. Sans le savoir, Gosse est passé à côté de la fortune, car cette société donnera naissance à la Cadbury and Schweppes Ltd., entreprise de taille mondiale !

Amoureux du Salève, qu'il arpente régulièrement pour en étudier les richesses géologiques et floristiques, Henri-Albert Gosse décide un jour d'acheter la colline où se situait l'ancien château de Mornex, détruit en 1598 par la troupe genevoise du capitaine Guinet. Mentionnés pour la première fois en 1289, ce château et les terres qui l'entourent seront successivement propriété des comtes de Genève, puis des ducs de Savoie. En 1682, ces terrains deviennent la propriété du comte Thomas Granery, ministre et surintendant général des finances de Savoie. Ce dernier fait construire une vaste bâtisse sur la parcelle. Confisqué lorsque la Révolution française s'exporte en Savoie, en 1793, ce « bien national » est alors racheté en 1794 par l'aubergiste Corajod, de Mornex. C'est lui qui la revend à Henri-Albert Gosse en 1802. Le pharmacien fera ensuite ériger un étonnant temple de la Nature (voir **Société helvétique des sciences naturelles**) à proximité de sa demeure.

Personnage singulier, Henri-Albert Gosse était aussi fier du superbe bloc erratique de granite posé dans sa propriété. D'après le pharmacien, il arrivait que, certaines nuits de pleine lune, cette « Pierre du mont Gosse » se soulève au-dessus du sol pour laisser apparaître un mouton rouge ! Notre homme possédait également une relique exceptionnelle (voir **Momie de saint Benoît**), qui sera très utile à ses descendants pour conserver la propriété de Mornex. Il avait également à son cabinet de la place de Longemalle une collection de curiosités dont le joyau était… un minotaure empaillé ! Très fier de cette pièce unique, il assurait aux rares visiteurs autorisés à voir ce trésor mythologique qu'il s'agissait du fruit des amours défendus d'un paysan de Chamonix et d'une « assez belle génisse » !

À la fin de sa vie, Henri-Albert Gosse se retira dans sa propriété du Salève. Il prit alors beaucoup de plaisir à arpenter les sentiers du massif sur le dos de l'âne *Cousi*, accompagné de son chien *Castor*. Disciple de Jean-Jacques Rousseau, il s'émerveillait de la beauté de la nature et de la sérénité qu'elle apportait à l'âme humaine. Homme généreux, il fit ouvrir une école ménagère pour les jeunes filles de Mornex. Il soigna aussi les gens du lieu et distribua des médicaments, dont le fameux « baume des bergers », un onguent de sa fabrication guérissant de nombreux maux.

Les jours de pluie, il se réfugiait dans son laboratoire où il menait d'inlassables recherches. C'est ici qu'il inventa notamment un astucieux hygromètre. Dans son refuge de Mornex, des gens célèbres lui rendaient visite, tels les scientifiques Alessandro Volta, André-Marie Ampère ou Claude-Louis Berthollet, sans oublier la reine Hortense, mère de Napoléon III.

À son décès en 1816, son corps fut enseveli au cimetière des Rois, à Plainpalais (Genève), tandis que son cœur fut placé dans une urne funéraire en marbre noir où l'on coula du plomb fondu. Deux siècles plus tard, cette urne trône toujours avec majesté au centre de son temple de la Nature.

Gosse Louis-André

Fils d'Henri-Albert, Louis-André Gosse (1791-1873) fut également un personnage « salévien » au destin original. Cet enfant à l'esprit vif, qui a failli mourir noyé à 9 ans dans les douves de la Cité de Calvin, va entreprendre à Paris des études de médecine. Il terminera son cursus à Genève, l'étoffera par des formations dans de grandes facultés en Europe, avant d'ouvrir son cabinet et de créer en parallèle avec deux amis le Dispensaire de Genève, qui soigne gratuitement les pauvres de la ville.

Proche du banquier et pionnier de la photographie Jean-Gabriel Eynard, qui s'enthousiasma en 1824 pour la cause de l'indépendance grecque, il fait sien le combat de son ami. Aventurier dans l'âme, Louis-André Gosse va livrer les fonds importants du Comité genevois philhéllénique aux rebelles se battant contre les Turcs. Il séjournera en Grèce de 1826 à 1829, soignant les malades en pleine épidémie de peste et aidant à mettre en place une administration locale.

De retour à Genève, il reprend son cabinet de médecine, est élu député et part régulièrement pour des missions d'études en Europe (épidémie de choléra en Bohème, amélioration des conditions pénitenciaires, etc.). De santé fragile et sujet à des crises d'insomnie, le médecin passe de plus en plus de temps dans sa propriété du mont Gosse, où le bon air de l'endroit le soulage quelque peu.

Quand il n'envoie pas des personnalités se faire soigner à Mornex (voir **Féodorovna**, **Naville**), il reçoit, comme son père, la visite de célébrités telles que la reine Hortense ou le roi des Belges, Léopold Ier. En 1836, en proie à des procédures visant à remettre en cause ses titres de propriété à Mornex, il va avoir une idée géniale pour se sortir de cette situation difficile (voir **Momie de saint Benoît**). Louis-André accompagne aussi son fils Hippolyte-Jean (voir **Priape de Veyrier**) dans ses recherches archéologiques au Salève et ailleurs.

En 1862, il se lie d'amitié avec un grand écrivain anglais (voir **Ruskin**) en séjour à Mornex. Le vieux sage du Salève alors âgé de 71 ans expliquait avec malice à son nouvel ami, 44 ans et plutôt bon marcheur, qu'il l'attendrait en haut du chemin ! Les deux humanistes aiment la botanique, la nature, le jardinage et partagent la même aversion pour les changements apportés à Genève par l'industrialisation et le mercantilisme. Jusqu'à la mort de Louis-André Gosse, en 1873, les deux hommes échangeront une correspondance nourrie.

Grande-Gorge

Il n'y eut longtemps qu'un chemin officiel pour monter au Salève, le rude sentier du Pas-de-l'Échelle, déjà cité en 1320. Mais à quelques kilomètres de là, au-dessus du village de Bossey, la Grande-Gorge, cette large échancrure partant des crêtes pour rejoindre verticalement le piémont du massif, a toujours attiré les grimpeurs et les amateurs de sensations fortes. Longtemps, cet endroit riche en grottes et en sentes discrètes fut le territoire des contrebandiers.

Mais au XIXe siècle, avec l'avènement de l'alpinisme et de la randonnée en montagne, la Grande-Gorge voit sa fréquentation augmenter. Cette affluence nouvelle a des conséquences sur le nombre d'accidents et de décès dus à des chutes, car ce secteur du massif est truffé de bouts de chemins se terminant en cul-de-sac sur des falaises. À sa manière, le poète genevois John Petit-Senn relate à l'époque cette situation dramatique : « Au flanc du Grand Salève, il s'ouvrait un sentier, dont d'affreux souvenirs attristaient les approches ; là, des yeux paternels avaient dû se mouiller à l'aspect de la gorge où se dressaient les roches qui d'enfants bien-aimés causèrent le trépas ; Là, tous les ans, la mort faisait quelques victimes. »

En 1853, après une série d'accidents graves relatés dans la presse, trois montagnards genevois décident d'agir. MM. Juillard, Faizan et Favon lancent une souscription publique pour financer la réalisation et le balisage d'un sentier dans la Grande-Gorge. L'opération est un succès, et la collecte couvrira la totalité des travaux. Les trois hommes sollicitent également l'autorisation de sa majesté le roi de Piémont-Sardaigne, qui fit répondre par un sous-lieutenant d'Annecy qu'il était d'accord, mais que les Genevois ne devaient pas oublier que le mont Salève faisait partie du territoire sarde !

L'autorisation fut donnée en novembre 1853, et après quelques mois de travaux, avec un peu d'explosifs pour ouvrir un passage dans les rochers du haut, le sentier fut inauguré en septembre 1854. Cette date, le nom de Juillard et la devise « *Labor improbus omnia vincit* » (un travail opiniâtre vient à bout de tout) sont gravés sur la roche. De Bossey au sommet du massif, plus de 200 drapeaux ont été plantés pour baliser ce nouveau chemin. En 1868, la section genevoise du Club alpin suisse, fondée trois ans plus tôt, prendra en charge son entretien. Fréquenté depuis par des centaines de milliers de randonneurs, ce sentier de la Grande-Gorge reste encore aujourd'hui un itinéraire délicat, voire dangereux par temps de pluie.

Grand-Hôtel Bellevue

Situé à une altitude de 750 mètres à l'entrée du vallon de Monnetier, le Grand-Hôtel Bellevue était l'un des fleurons de l'offre touristique du Salève. Cet établissement bénéficiant d'un superbe point de vue sur les Alpes fut construit sur le mont des Ânes en 1890 et ouvert en 1891, quelques mois avant la mise en service du chemin de fer du Salève. Son propriétaire (voir **Bonzanigo**) profita d'ailleurs pleinement de la proximité de la gare principale du chemin de fer pour développer son affaire. Au fil des décennies, l'hôtel s'est agrandi avec la construction de dépendances vers 1905 et d'un court de tennis entre les deux guerres. En hiver, ce court, arrosé d'eau, se transformait en une patinoire appréciée des touristes.

À une époque où l'essentiel des voyages d'affaires et d'agrément s'effectuait par le chemin de fer, cet établissement de première classe recevait

une riche clientèle étrangère, mais aussi le Tout-Paris et les membres de la Société des Nations, à Genève. Parmi les hôtes célèbres ayant paraphé le livre d'or de l'établissement, il y a Aristide Briand, avocat, homme d'État français, 25 fois ministre et Prix Nobel en 1926, Édouard Herriot, maire de Lyon, puis ministre et académicien (voir **Ferme de l'Hôpital**), Édouard Benès, président de la République tchécoslovaque, ou René Coty, président de la République française de 1953 à 1959, sans oublier les Premiers ministres anglais Arthur Balfour et Neville Chamberlain.

Des artistes et des sportifs ont également fréquenté l'hôtel, comme la célèbre comédienne anglaise Ellen Terry, interprète des héroïnes de Shakespeare, la Française Suzanne Lenglen, première star mondiale du tennis féminin, ou l'auteur dramatique Paul Gavault, qui a d'ailleurs en partie situé l'une de ses pièces, *Mademoiselle Josette, ma femme*, au Grand-Hôtel Bellevue.

Tout comme d'autres établissements des villages de Mornex et Monnetier, l'hôtel Bellevue commença à péricliter avec la fermeture du chemin de fer du Salève, en 1935. L'établissement hébergera un centre du Secours national de 1942 à 1946, avant d'être vendu en juin 1948 par la famille Bonzanigo à la Société des Aciéries de Denain-Anzin, qui le transformera en un aérium, en activité jusqu'en 1981. Fermé durant quelques années, Bellevue deviendra ensuite un village de vacances de 1986 à 1992. Les derniers hôtes de l'ex-hôtel furent des réfugiés demandeurs d'asile en attente de régularisation.

N'étant plus depuis longtemps que l'ombre de lui-même, il était écrit quelque part que la fin de cet établissement serait tragique. En effet, occupé sporadiquement par des squatteurs, le bâtiment sera ravagé et en partie détruit par un incendie le 16 octobre 2001. De ce prestigieux passé, il ne reste aujourd'hui qu'un bâtiment saccagé et tagué. À quelques dizaines de mètres de là trône l'ancienne gare de Monnetier-Mairie, elle aussi en piteux état. Ces vestiges, noyés dans la végétation, sont les dernières traces de ce Salève de la Belle Époque qui fut autrefois un haut lieu du tourisme.

Grand Meaulnes (Le)

Saviez-vous que le parfum du *Grand Meaulnes*, livre mythique d'Alain-Fournier (1886-1914), flotta sur les crêtes du Salève durant de nombreux étés ? Une histoire étonnante qui commence en 1903, lorsque deux brillants jeunes Bordelais, Henri-Alban Fournier (Alain-Fournier) et Jacques Rivière (1886-1925), font connaissance, au lycée Lakanal de Sceaux, où ils préparent leur entrée à la prestigieuse École Normale Supérieure de Paris.

Devenus d'inséparables amis, Alain et Jacques vont connaître une destinée littéraire remarquable, le premier signant en 1913 *Le Grand Meaulnes*, roman majeur du XXe siècle, tandis que le second deviendra en 1911 le secrétaire de *La Nouvelle Revue Française* (NRF), éditant à ce titre chez Gallimard des auteurs tels que Marcel Proust, François Mauriac, Paul Valéry, Jules Romains ou Louis Aragon. Le lien entre les deux jeunes hommes sera d'autant plus fort que Jacques Rivière épousera en 1909 Isabelle, sœur et muse d'Alain-Fournier, à qui est dédicacé *Le Grand Meaulnes*.

Devenu l'un des auteurs les plus prometteurs de sa génération, Alain-Fournier verra sa vie brisée par la Première Guerre mondiale. En mission de reconnaissance dans un secteur de la Meuse, le lieutenant Fournier meurt sous le feu de l'ennemi, le 22 septembre 1914. Également mobilisé, le soldat Jacques Rivière est fait prisonnier de guerre par les Allemands en août 1914. Il est incarcéré dans un camp en Saxe, puis, après une tentative d'évasion, dans un camp disciplinaire, à Hanovre. Gravement malade, il est transféré et interné en Suisse pour être soigné, en 1917.

Convalescent, Jacques Rivière séjourne à Genève, où la bonne société est ravie de côtoyer le secrétaire de la prestigieuse NRF. Dans la Cité de Calvin, il donne une conférence sur *Le Grand Meaulnes* et se lie d'amitié avec la famille Cramer. De retour à Paris en 1919, il reprend son poste chez Gallimard et devient un acteur majeur de la vie littéraire française. Avec son épouse Isabelle, il va également se consacrer à assurer la postérité d'Alain-Fournier et de son œuvre. Il décède subitement à l'âge de 34 ans d'une fièvre typhoïde, le 14 février 1925 à Paris.

Depuis 1919, Jacques et Isabelle Rivière séjournaient chaque été au Salève, invités dans le superbe chalet que possédaient les Cramer sur les crêtes du massif. Le lien fort entre ces deux familles qui ont des enfants du même âge perdurera durant des années. Après le décès de Jacques, en 1925, Isabelle continuera de séjourner dans ce chalet avec ses enfants, Jacqueline et Alain. Consacrant plusieurs ouvrages à ses parents et à l'auteur du *Grand Meaulnes*, Alain Rivière y évoquera à plusieurs reprises les séjours au Salève.

Dans *La Trace et le Sillage* (Fayard, 1996), il détaille ce chalet où, lors des soirées estivales, les familles Cramer et Rivière regardent religieusement le crépuscule éclipser le Mont-Blanc. Nous sommes à la fin des années 1920, quand la tribu d'enfants séjournant là-haut accueille des copains genevois venus passer la journée. « Ils sont montés par le funiculaire qui s'accroche à la montagne avec une crémaillère et traverse la forêt pleine d'odeurs fraîches. On organise alors de grandes promenades "sur la crête", c'est-à-dire sur la mince arête qui court le long de la montagne d'où l'on aperçoit à droite la plaine et le lac Léman, et à gauche la chaîne des Alpes.

» On va quelques fois jusqu'aux Rochers de Faverges par des sentiers vertigineux à flanc de montagne, ou bien l'on décide d'aller ramasser des fraises, des framboises sauvages ou des myrtilles sous les grands hêtres. On s'avance, impressionnés par le silence bruissant d'insectes jusqu'à une sorte de nef qu'on appelle "la salle des hêtres", où les arbres semblent des colonnes lisses et grises comme du granit. Au retour, ce sont les succulentes tartes aux myrtilles qui font la bouche et les lèvres noires, et donnent aux visages ainsi fardés une apparence inquiétante. »

Grant Ulysses S.

En 1877, le général américain Ulysses S. Grant (1822-1885) séjourne à Genève, convié par un de ses compatriotes, le colonel James T. Bates, fondateur du journal *La Tribune de Genève*, à venir poser la première pierre de l'église américaine des Pâquis. Cet invité prestigieux – général en chef des armées nordistes, Grant fut le vainqueur de la guerre de Sécession, avant de devenir président des États-Unis de 1868 à 1876 – part découvrir le Salève avec le colonel Bates dans une jolie calèche tirée par deux chevaux.

Ils montent à Grange-Gaby déjeuner chez le philosophe du Salève (voir **Naville**), avant de poursuivre leur promenade vers les hauteurs du massif. Arrivés sur les crêtes, les deux hommes profitent du superbe panorama qui s'ouvre sur le lac Léman, Genève et le Jura. Le général Grant est impressionné, mais pas par la beauté du paysage. Car, en bon militaire, il s'exclame : « Quelle position idéale pour bombarder Genève ! »

Grognards *vs* Autrichiens

Saviez-vous que des grognards de Napoléon et des soldats autrichiens s'étaient affrontés au pied du Salève, à Archamps ? Après bien des défaites, dans une tentative de reconquête désespérée, l'armée des Alpes, commandée par le général Dessaix – le « bayard de la Savoie », né à Thonon –, tente en janvier 1814 de chasser les Autrichiens de l'Isère et de la Savoie. Dans cette remontée victorieuse, les soldats français sont bientôt massés dans le secteur de Cruseilles et envisagent de déloger les hommes du général Ferdinand von Bubna und Littitz de Genève.

Envoyés en reconnaissance vers la Cité de Calvin, plusieurs centaines de grognards sont accrochés par deux bataillons autrichiens dans le secteur d'Archamps. À Genève, les gens sont sur les remparts et regardent de loin, comme au spectacle, l'affrontement. « Nous vîmes un combat vif et opiniâtre, témoignera un Genevois. Archamps fut pris et repris plusieurs fois par les uns et par les autres. Les conscrits français combattaient embusqués derrière les bois, appuyés au flanc du Salève, variant leurs opérations par de vigoureuses charges à la baïonnette. »

Les Français vont finalement parvenir à se dégager en soirée et regagner Cruseilles. De ces combats du 27 février 1814 il reste à Archamps deux vestiges remarquables. Des colonnes de granite marquant la sépulture d'officiers autrichiens, situées près de l'auberge communale, et un superbe chêne, vieux de 400 ans, qui cache encore aujourd'hui des stigmates de cette bataille sous son écorce ! Car, lors des combats, l'un des nombreux boulets tirés par les canons autrichiens ira s'exploser contre le tronc de cet arbre déjà majestueux à l'époque.

Près de deux siècles plus tard, faisant sienne la maxime de Georges Brassens « auprès de mon arbre, je vivais heureux », la propriétaire du terrain, Jacqueline Torche, s'est prise d'une belle affection pour ce vénérable chêne. Après avoir fait confirmer la présence des éclats de boulet sous son écorce par un spécialiste équipé d'un détecteur de métal, elle a entrepris des démarches pour rendre honneur à ce vieillard toujours vigoureux et déjà classé auprès du ministère de la Culture depuis 1984. Grâce à son initiative, le chêne d'Archamps fait aujourd'hui partie du club très fermé des arbres remarquables de Haute-Savoie, qui compte 9 membres.

Quant aux combats d'Archamps, ils seront suivis quelques jours plus tard, le 1er mars 1814, d'une authentique bataille où plusieurs milliers de soldats français et autrichiens s'affronteront à Thairy, aux portes de Saint-Julien. La victoire reviendra aux grognards, ce qui ne changera rien à l'issue de la guerre et à la défaite finale de Napoléon Bonaparte.

Grotte des Faux-Monnayeurs

Cette étonnante histoire a pour théâtre une grotte située au-dessus des carrières du Salève, non loin du tunnel de l'ancien chemin de fer. En ce printemps 1801, des habitants de Veyrier ont été intrigués à plusieurs reprises par des bruits sourds et répétés semblant venir du massif. Prévenu, le syndic du village, Joseph Portier, se rend sur place avec quelques hommes de la Garde nationale. Le groupe s'avance bientôt en direction d'une grotte d'où les coups proviennent. À l'intérieur, ils surprennent un homme tranquillement occupé à battre de la fausse monnaie ! Dans un sac, les soldats trouvent 792 fausses pièces, des batz de Berne, avec un ours côté pile et une croix côté face, datées de 1793.

L'homme est immédiatement arrêté. Il s'appelle Pierre Poulain, originaire d'Yvorne (canton de Vaud), domicilié à Genève où il exerce la profession de pâtissier. Aujourd'hui comme hier, fabriquer de la fausse monnaie est un délit extrêmement grave qui peut porter atteinte au fonctionnement même d'un État, aussi l'homme fut-il rapidement jugé et condamné à quinze ans de bagne.

Nonante ans plus tard, en 1892, cette histoire va prendre une tournure étonnante grâce… au chemin de fer du Salève ! Durant les travaux de construction de la seconde ligne du train, entre Veyrier/Le Pas-de-l'Échelle et la gare de Monnetier-Mairie, la fameuse grotte des Faux-Monnayeurs est utilisée pour y installer une forge. Quelque temps après, les forgerons découvrent par hasard, dans le sol de la caverne, une cache. À l'intérieur de celle-ci, une caissette en bois contenant plusieurs centaines de pièces de monnaies anciennes, des deniers des évêques de Genève datant des XIe et XIIe siècles !

Mais bien sûr, comme l'histoire du faux-monnayeur était encore bien connue de tous les gens de la contrée, les ouvriers du chemin de fer ont pensé qu'il s'agissait là d'un stock de fausses pièces fabriquées par Poulain. Ne sachant pas quoi faire de cette monnaie de singe, ils l'ont distribuée aux enfants ou échangée dans les cabarets de Veyrier au tarif improvisé d'une poignée de pièces pour un verre d'absinthe !

L'affaire aurait pu en rester là si un citoyen plus curieux que les autres n'avait pas eu l'idée de montrer quelques-unes de ces pièces à un numismate de Genève. Après examen, le spécialiste authentifia cette monnaie comme étant de véritables deniers des évêques datant du XIe siècle ! La nouvelle se répandit comme une traînée de poudre, et les mêmes qui les avaient jetées par poignées se lancèrent dans une frénétique course au trésor. Une bonne partie de ces pièces fut récupérée pour le plus grand bénéfice de leurs propriétaires.

Mais là où les choses deviennent savoureuses c'est que des petits malins, sentant la bonne combine, se mirent alors à fabriquer des faux deniers des évêques de Genève, qu'ils revendaient ensuite à des gogos ravis de faire une si bonne affaire…

Grotte Infernale

En 1915, deux habitants de Monnetier, Alfred Hertig et Francis Dunoyer, découvrent une grotte inconnue sur le flanc du Petit-Salève. Cette vaste fissure est presque entièrement comblée par des fragments de roche et de la terre. Grattant un peu le dépôt terreux, les deux hommes y trouvent quelques débris de silex. Il n'en faut pas plus pour que leur imagination s'enflamme et qu'ils voient cette grotte devenir rapidement « l'une des plus intéressantes curiosités du Salève » ! Croisant les découvertes archéologiques remarquables des abris-sous-blocs du Pas-de-l'Échelle (voir **Art paléolithique**), situés à quelques centaines de mètres de Monnetier, et celles du site des Eyzies, en Dordogne, où a été découvert en 1868 l'homme de Cro-Magnon, ils sont persuadés que cette grotte à coup sûr riche en vestiges préhistoriques va leur apporter gloire et fortune.

Il faut dire aussi que ces deux personnages sont assez singuliers dans leur genre. Le Suisse Alfred Herting fut jadis professeur de français à la cour d'Angleterre. Installé à Monnetier, il achète et exploite l'Hôtel du Château de l'Ermitage (1923-1926), puis l'Hôtel des Alpes (1927-1929). Explorateur des grottes du massif, il est aussi journaliste à ses heures (*L'Écho de Savoie*, *Le Progrès du Rhône*) et vice-président du Syndicat d'initiative du Salève. Il s'installera ensuite à Megève, où il ouvrira la première auberge de jeunesse en France, tout en promouvant l'élevage du renne ou la culture du blé d'Égypte en Haute-Savoie.

Trois mariages, 5 enfants et des correspondances épistolaires avec Jean-Baptiste Charcot, Léo Lagrange ou Pierre Loti complètent le portrait de cet homme haut en couleur ! Quant à son compère Francis Dunoyer, il est chevalier du Mérite agricole, propriétaire de l'Hôtel du Belvédère, chef du poste de secours de Monnetier (voir **Société des sauveteurs volontaires du Salève**) et également grand explorateur des grottes du massif.

Portés par un enthousiasme sans faille, les deux hommes commencent à déblayer à la pelle et à la pioche ce souterrain auquel ils donnent le nom de grotte Infernale. Mais, cette désobstruction s'avérant beaucoup plus longue et difficile que prévue, ils chargent bientôt un entrepreneur de Mornex, Joseph Pinchon, de mener à bien ces travaux avec ses ouvriers. Une affaire qui leur coûtera beaucoup d'argent pour un résultat décevant, car désobstruée sur une cinquantaine de mètres cette caverne qui fut surtout infernale pour leurs finances s'avérera bien pauvre en vestiges préhistoriques.

Cartographiée par Georges Amoudruz dans les années 1930, cette grotte va ensuite tomber dans l'oubli, avant d'être redécouverte et topographiée en 1996 par des spéléologues parisiens et locaux (voir **Collin**, **Lepère**).

Guérite de Clarnant

Vestige des années 1930 et de la création de la Petite Zone, la guérite douanière de Clarnant (Le Sappey), sur la route au pied du Salève entre Cruseilles et Mornex, évoque l'époque épique de la contrebande locale. Moins dramatiques que les trafics du temps de la Grande Zone (voir **Contrebande**), les activités illicites concernaient ici surtout des denrées comestibles (beurre, café, sucre, poivre, huile, etc.), vendues très bon marché dans la zone franche, car exemptes de taxes.

Le site internet du Sappey, commune qui valorise avec talent ce patrimoine local, nous apprend ainsi que ce petit bureau de douane situé en rase campagne, entre Les Bornes et le Salève, abritait une brigade de 25 douaniers ! Ces derniers contrôlaient les passages sur la route, mais patrouillaient aussi le long de la frontière de la zone, sur une ligne non matérialisée allant du torrent du Viaizon à la ferme de La Thuile, sur le Salève. Effet direct de cette frontière, le petit village du Sappey comptait à l'époque trois épiceries à l'activité florissante ! Dans ce coin de Salève, petite et grande contrebande se côtoyaient, avec du beurre danois ou argentin arrivant par tonneaux de 50 kilos. Pas facile ensuite de franchir Les Usses à pied avec cette lourde charge pour rejoindre Groisy ou Allonzier-la-Caille.

Dans son édition du 25 avril 1935, *Le Cultivateur savoyard* évoque l'une de ces affaires de contrebande : « Lundi, à 3 h 30 du matin, les douaniers

Regaud, Marchand, Veulley et Pradelle, en surveillance dans les bois du Sappey, ont surpris neuf individus qui transportaient, de territoire zonien en territoire assujetti, plus de 300 kg de beurre danois ainsi que 49 kg de café brésilien et de chocolat belge. Les contrebandiers, à la vue des douaniers, abandonnèrent leurs charges et s'enfuirent. Les fonctionnaires purent cependant appréhender l'un des malfrats, le nommé Émile Barthassat, de Menthonnex-en-Bornes. »

H

Hausermann Pascal

Né à Bienne, en Suisse, Pascal Hausermann (1936-2011) est un pionnier du renouvellement des formes de l'architecture et de l'urbanisme des années 1960. En 1958, il est le premier à mettre au point la technique du béton projeté sur une armature métallique pour la conception d'une maison. Cette mise en œuvre très souple favorise la création de formes variées, généralement ovales, un procédé qui deviendra sa marque de fabrique. Parmi ses réalisations, le Balcon de Belledonne, restaurant de montagne en forme de soucoupe volante, son étonnante maison de Minzier ou la salle des fêtes de Douvaine.

Dans son ouvrage, *Assan F. Dina ou le sphinx des Avenières*, Hausermann raconte comment il s'est décidé à acheter ce château, en 1981. À l'époque l'édifice est fermé, mais on peut discrètement le visiter par une porte dérobée. C'est ce que fait notre homme. À la sortie, il est fasciné par ce qu'il a vu, et notamment la fameuse chapelle (voir **Château des Avenières**, **Dina**). Mais il hésite, car il n'a plus 20 ans, mais une famille, et il y a de gros travaux à faire. C'est alors que son regard se pose sur la statue d'un sphinx ornant la terrasse. Détaillant l'animal mythique, il voit soudain un mot gravé sur le socle : « Oser » !

En achetant le château, Pascal Hausermann sauve sans doute les Avenières, car il va notamment faire rénover les toitures, en piteux état. Passionné d'ésotérisme, il est évidemment fasciné par la personnalité d'Assan Dina et par tous les aspects mystiques du lieu. L'architecte passera même dans l'émission de TF1 *Mystères* en 1994 pour évoquer la présence du fantôme d'Assan Dina dans les couloirs du château la nuit…

Mais Pascal Hausermann est également un homme d'affaires. En 1986, il présente au conseil municipal de Cruseilles le projet immobilier grandiose qu'il entend réaliser aux Avenières. Appuyé par des partenaires financiers solides et épaulé par le célèbre architecte Maurice Novarina, le

Genevois ambitionne de construire une petite ville de 1 500 habitants à la montagne. Avec plus 70 000 mètres carrés de constructions nouvelles sur une centaine d'hectares, l'architecte compte réaliser un vaste complexe comprenant une université dédiée aux technologies de pointe, des appartements de grand standing, un hôtel de luxe d'une centaine de chambres, un héliport et un golf de 18 trous doté d'un club house imposant.

Les élus de Cruseilles sont favorables à ce projet, convaincus par leur maire (et président du Conseil général de la Haute-Savoie), Bernard Pellarin, qui met notamment en avant la création de 150 emplois locaux. Pour Pascal Hausermann, ce projet en lien direct avec la Cité de Calvin permettrait de créer un endroit unique, idéal pour accueillir les élites de la Genève internationale en marge des conférences et réunions officielles.

Ce projet s'inscrit aussi pleinement dans la lignée de Dina. Hausermann a conçu son projet architectural en disposant les différents éléments (université, hôtel, golf, etc.) selon des règles d'harmonie issues de la kabbale, du zodiaque ou des métaux symboliques. Cette réalisation qui entraînera de gros travaux d'infrastructure dans la région a été très sérieusement préparée, mais il semble que son concepteur, pourtant adepte des tarots pour prédire l'avenir, n'ait pas anticipé la réaction d'une partie de la population, très hostile à ce projet dénaturant le Salève.

Lancée par la section locale du Club alpin français, la protestation va bénéficier d'un engagement fort d'associations (nature, chasse, etc.) et de citoyens. Face à cette fronde et aux nombreux recours et procédures, le projet va s'enliser et mettre Hausermann dans une situation financière difficile. Acculé par les banques, il est contraint de revendre le château des Avenières en 1994, au moment où l'autorisation de construire lui est enfin accordée… Cette forte mobilisation de la population aura le mérite de faire comprendre aux élus locaux que ce massif remarquable doit être efficacement protégé (voir **Syndicat mixte du Salève**). Après l'échec de son projet aux Avenières, Pascal Hausermann s'est établi en Inde.

Herborisation

En juillet 1889, des membres de la Société botanique de Lyon arrivent en train à Genève pour aller herboriser sur le Salève. Leur expédition dans la belle nature du massif sera presque aussi gastronomique que floristique ! Le 14 juillet, à 5 heures du matin, nos botanistes lyonnais, guidés par leurs collègues genevois, montent dans deux diligences pour rejoindre Crevin (Bossey), au pied du Salève. Après une collation dans une auberge, les voilà partis herboriser sur le piémont de la montagne. Ils identifient de nombreuses plantes (voir **Sabot de Vénus et flore du Salève**), dont le cyclamen, fleur emblématique du massif, ou des orchidées.

Les savants s'engagent ensuite dans un sentier, « entretenu par un cantonnier qui vit de la rétribution des passants, nous lui versons notre obole », tout en herborisant tant et plus, avant de rejoindre l'entrée de la Grande-Gorge. « L'ascension, quelque peu pénible, est rendue plus difficile encore par des averses. » Après avoir identifié quelques rosiers sauvages (voir ***Rosa salaevensis***), nos botanistes arrivent bientôt sur le plateau des Treize-Arbres, où ils ramassent la rare et vénéneuse *Ranunculus gracilis* (renoncule des montagnes), avant qu'une nouvelle averse ne les force à se réfugier au Restaurant des Treize-Arbres. Une fois séchés et sustentés, ils descendent vers Monnetier, où ils explorent les richesses floristiques du vallon et du Petit-Salève.

La journée se conclut par un copieux dîner dans une auberge du village où moult toasts sont portés aux sociétés botaniques lyonnaise et genevoise ! La descente s'effectue par le sentier du Pas-de-l'Échelle, où (légers) excès d'alcool, herborisation intempestive et passages vertigineux rendent l'exercice délicat ! Mais nos botanistes arrivent finalement entiers à Veyrier et montent dans le tramway qui les ramène jusqu'à Genève. « Là, Genevois et Lyonnais fraternisent dans une dernière libation », avant le retour en train vers la capitale des Gaules.

Hérode (roi)

Avant d'évoquer cette légende terrifiante ayant pour cadre le Salève, il convient de rappeler que le personnage d'Hérode était le roi des juifs à l'époque de la naissance de Jésus Christ. Mis au pouvoir par les Romains, il voyait l'arrivée du divin enfant comme une menace pour son trône. Il décida donc d'éliminer au plus vite ce juvénile rival. Ne réussissant pas à capturer le nouveau-né, Hérode ordonna à ses soldats de tuer tous les enfants de Bethléem âgés de moins de 2 ans. Mais Jésus put échapper au massacre, car il avait fui vers l'Égypte avec ses parents, Joseph et Marie. Ce tragique épisode de la Bible est resté dans l'histoire sous le vocable de « Massacre des innocents ».

Mort peu après ces évènements, le roi Hérode fut maudit et hante depuis des siècles les légendes de nombreuses régions. Les récits mettant en scène ce souverain damné et sa chasse sauvage ont en commun une unité de temps, ils se déroulent presque tous entre Noël et le Jour de l'an. Cette période n'est pas choisie au hasard, elle correspond au jour des saints Innocents, un évènement dont l'origine est… le massacre des enfants ordonné par le roi Hérode.

Dans la région du Salève, nous trouvons des traces de cette légende à Arbusigny, à Cruseilles, à Présilly et à Bossey. Mais c'est dans cette dernière commune que la description de l'apparition de ce terrible fantôme est la plus précise. L'écrivain genevois Henri Bressler-Gianoli l'a évoquée dans un texte publié en 1933 : « Elle était de ténèbres et lente à se parfaire. L'apparition se précisait, s'animait et, soudain, on devinait un chevalier et sa monture dont la silhouette inquiète tourmentait déjà l'ombre de la montagne. Ce fantôme, chacun l'avait reconnu ; tous, de père en fils, l'avaient vu. Sa tête morte, comme dansante, sans cesse le précédait.

» Par-dessus buissons et clairières, une chevauchée diabolique commençait. Par instants, on eût dit que, dans un élan désespéré, le fantôme allait enfin s'emparer de sa proie ; deux bras immenses se roidissaient vers cette tête fuyante, mais, comme une pierre lancée soudain dans la nuit, la tête lui échappait, entraînant vers Étrembières hommes et bêtes dans un galop de plus en plus fou à travers la nuit. Mais lorsque Hérode, sa tête tourbillonnante et son destrier surgissaient à la lueur verdâtre de la lune, ceux qui guettaient n'attendaient pas le retour de cette chevauchée infernale. »

Il valait mieux ne pas rester dehors lorsque passaient ces cavaliers fantômes qui faisaient parfois halte, le temps d'un instant, à la fontaine de César, au bas du Pas-de-l'Échelle, pour faire boire leurs montures décharnées. Certains témoins affirment même avoir été jetés dans le fossé par la folle cavalcade. Mais, de l'avis général, leur chute sur le bas-côté devait plus au dieu Bacchus qu'au roi Hérode !

Homme-chien

En des temps anciens, la région du Salève était peuplée de créatures étranges (voir **Charvan**, **Vouivre**). Parmi celles-ci, l'une des plus effrayantes fut certainement cet homme-chien vu par une habitante du village de Villy-le-Bouveret par un soir d'hiver. Sur cette étrange apparition, voici le témoignage recueilli au pied du Salève en 1964 par l'ethnologue Charles Joisten.

« Une femme du plateau des Bornes, native d'Arbusigny mais vivant depuis son mariage à Villy, se trouvait un soir d'hiver sur le pas de sa porte tandis que son mari "traisait" les vaches à l'écurie. Il lui sembla soudain entendre des voix en provenance d'un chêne qui se trouvait non loin de la maison, et elle pensa immédiatement à la "gogue", cette assemblée nocturne des sorcières, qui avait la réputation de tirer du vin au pied des chênes.

» Le bruit des voix s'amplifia, puis elle aperçut dans la neige un énorme chien blanc et jaune, dont le buste était celui d'un homme, qui s'avançait vers elle. Terriblement effrayée, elle s'enferma chez elle, sans même appeler son mari à l'écurie. Le lendemain matin, on vit de larges empreintes de chien dans la neige, empreintes qui s'arrêtaient devant la porte de la maison. »

Homme grenouille(s)

En 1916, dans le cadre des fouilles archéologiques des carrières du Pas-de-l'Échelle (voir **Art paléolithique**), les archéologues genevois Raoul Montandon et Louis Gay découvrent dans une cavité du lieu-dit Sous-Balme le squelette d'un homme préhistorique. Jusque-là, rien de bien sensationnel, car de nombreux squelettes de Magdaléniens ont été trouvés dans le secteur. Mais dans la grotte, à proximité des restes de cet *homo sapiens*, les archéologues remarquent une grande quantité de débris d'ossements d'animaux, dont 12 000 humérus fragmentés de grenouilles et de crapauds !

Après étude, les scientifiques ont pu déterminer que le sujet était un homme, sans doute mort dans la trentaine. Au cours de sa brève vie, il avait eu le tibia et le péroné gauches fracturés et avait reçu un coup sur la tête à l'origine d'un important traumatisme crânien. Il semble que ce Magdalénien ait survécu à ses blessures, mais en boitant sévèrement, et qu'il se soit par la suite réfugié dans cette grotte, pourtant située non loin d'autres cavités habitées, pour y mener la fin de sa vie en ermite.

Des études complémentaires ont permis de déterminer qu'il n'y avait pas de lien entre le squelette et les ossements de batraciens, car ils ne dataient pas de la même période. Mais une telle quantité d'os à un même endroit pose question : les grenouilles font-elles comme les éléphants lorsqu'elles sentent leur fin approcher, se rendent-elles en un lieu connu d'elles seules pour mourir ? Après le cimetière des éléphants, voici celui des grenouilles ! Quant à cette caverne, qui a depuis disparu sous les pics des carriers, elle portait bien évidemment le nom de « Station des grenouilles » !

Homme qui plantait des arbres (l')

Avec ce titre en clin d'œil à la jolie nouvelle de Jean Giono, nous allons évoquer l'étonnante action d'un théologien et philosophe genevois (voir **Naville**) sur le Salève. Propriétaire depuis 1852 d'un vaste territoire sur le massif comprenant les propriétés de La Pile, de Grange-Gaby et de Grange-Passey, Ernest Naville était désolé par « la calvitie » de ce coin de Salève. Il décida donc de planter, ou plutôt de faire planter, des arbres en grande quantité sur ses terres.

Ne faisant pas les choses à moitié, le philosophe aux invités célèbres (voir **Dreyfus**) commence par la plantation en 1857 de quelque 4 900 mélèzes, 1 000 pins et 800 aroles. Las ! Naville constate l'année suivante que seuls 200 mélèzes, 300 pins et 1 arole ont survécu. Nullement découragé, entre 1858 et 1867, il va faire planter par ses jardiniers (Laruaz, Cotton, Mallet) 12 000 sapins, 5 000 pins, 1 000 mélèzes et une centaine d'Arolles, sans compter d'important semis de graines de sapins et de pins.

Des cultures mises à mal par la légendaire sécheresse du Salève, montagne karstique qui voit l'eau de pluie s'infiltrer rapidement dans la roche calcaire du massif pour ressurgir en sources à son pied (voir **Impluvium**). Néanmoins, nombre de ces conifères ont tout de même survécu, grâce à quelques années pluvieuses. Et, depuis, leurs graines ont fait des milliers de petits pins et sapins qui ont bien recolonisé ce coin de Salève.

Visiblement pas rancunier envers la sécheresse de dame Nature à son encontre, le philosophe Naville écrira en 1880 : « La nature est vraiment une merveille placée devant le regard de notre âme. La croissance d'un brin d'herbe, les démarches d'une fourmi, renferment pour un observateur attentif des prodiges de sagesse. Une goutte de rosée réfléchissant les rayons du matin, le jeu de la lumière entre les feuilles d'un arbre, renferment des trésors de poésie. »

Impluvium

Ce qui a sans doute préservé le Salève d'une urbanisation massive, c'est le manque d'eau sur la montagne. Si les crêtes du massif avaient abondé en sources, il est probable que ces beaux espaces de nature seraient aujourd'hui jalonnés de résidences cossues avec vue imprenable sur Genève, le Léman ou les Alpes. Le Salève, montagne calcaire de type karstique urgonien, a cette particularité de voir presque toute l'eau de pluie ne pas rester dans la partie superficielle du sol, mais s'infiltrer rapidement à travers la roche pour ressurgir quelques heures plus tard par des sources du pied du massif.

Le grand rêve des spéléologues du Salève serait de trouver une galerie débouchant sur la rivière souterraine du massif.

Ce qui est assez impressionnant avec cette montagne décidément particulière, c'est qu'elle est traversée de l'intérieur sur une bonne partie du Grand-Salève par l'impluvium des Eaux-Belles. Cette sorte de rivière souterraine mesure plusieurs kilomètres de long et recueille les eaux de pluie infiltrées sur un vaste secteur allant du décrochement du Coin (La Croisette) jusqu'à la source des Eaux-Belles, à Étrembières. Sachant que ce captage assure un tiers de l'alimentation en eau potable de 160 000 habitants (4 millions de mètres cubes par an), on comprendra que des mesures strictes de protection ont été mises en place sur le massif pour éviter tout risque de pollution.

Le grand rêve des spéléologues fréquentant le massif (voir **Collin**), serait de parvenir par des grottes ou des failles jusqu'à cet impluvium. L'une des portes d'entrée de cette mythique rivière souterraine pourrait bien être le gouffre de Bellevue, dans le vallon de Monnetier, que ces passionnés ont déjà exploré sur près de 1 600 mètres de profondeur.

Impressions d'un touriste

Dans un album illustré de photos d'amateurs, dont une copie est consultable à l'Office du tourisme d'Annemasse, un excursionniste parisien évoque avec truculence une belle randonnée sur le Salève dans les années 1900. Extraits…

« C'est l'ascension d'une véritable montagne que j'entreprends aujourd'hui, montagne qui, vue de Genève, a un aspect assez sourcilleux. Mais il est du Salève comme de certaines coquettes, dont la mine sévère n'a d'autre but que d'en imposer à la galerie, mais se laissent facilement vaincre par qui connaît leurs petites faiblesses. Le côté faible du Salève, c'est son versant est, à pente douce et coupé en écharpe par un chemin qui conduit au sommet. »

Parti d'Annemasse à 6 heures du matin, notre touriste franchit l'Arve à Étrembières pour ensuite gagner Mornex, dont il vante le climat doux et la végétation luxuriante. Poursuivant son périple, le voici à Monnetier, fatigué par la chaleur, où il décide de poursuivre la balade en funiculaire. « Bientôt arrive, avec un bruit de ferraille, le train qui ne comprend qu'une voiture. Je me glisse dans un compartiment déjà en partie occupé et nous voilà, voiture et voyageurs, remorqués le long des pentes abruptes par une force invisible. La sauvage beauté de la nature excite invisiblement notre admiration. »

Arrivé au terminus des Treize-Arbres, notre touriste parisien ira profiter du superbe panorama sur Genève et le Léman, avant de se sustenter dans un restaurant. À l'heure de la digestion, il livre cette sentence définitive : « Quelle intime satisfaction après le repas lorsque, à l'ombre et confortablement assis, on peut, tout en humant un café et fumant un cigare, laisser errer ses regards du Jura aux Alpes, des Voirons au Môle, contempler à ses pieds, Genève et son lac, la vallée de l'Arve avec ses nombreux villages et hameaux. Combien supérieure est cette jouissance, à celle éprouvée sur la terrasse de nos cafés de boulevard, à voir passer sur les trottoirs parisiens une colonne de drôlesses maquillées, suivies d'une meute de pantins au regard terne. »

Subjugué par les différents points de vue qu'il peut découvrir depuis les crêtes du massif, notre excursionniste en oublierait presque l'heure ! « Je m'aperçois, un peu tard, que le soleil va bientôt disparaître derrière le Jura et que j'ai à peine le temps de regagner Monnetier pour le dernier train. Dévalant les pentes de la montagne à travers bois et prairies, en coupant par des raccourcis tous les lacets de la route, j'arrive tout essoufflé à la station de Monnetier, mais à point pour y prendre le funiculaire qui doit me conduire à Étrembières. Adieu ! ou plutôt "au revoir" beau Salève ! »

Incendies

Au printemps 1822, le village de Monnetier est presque entièrement détruit par un incendie. À une époque où les habitations étaient en partie en bois, chauffées avec une cheminée et généralement couvertes de toits de chaume, Monnetier, comme la plupart des villages de la région, avait déjà été la proie des flammes à plusieurs reprises. Mais l'incendie du samedi 30 mars fut sans conteste le plus dévastateur de l'histoire de la commune. Il semble que le feu ait pris vers 17 heures dans une maison adossée au Petit-Salève, avant de se propager rapidement aux autres bâtiments, les flammes étant attisées par un fort vent du sud.

Aux habitants de Monnetier qui tentaient de circonscrire le sinistre s'ajoutèrent tardivement des citoyens venus des villages du piémont du massif, et même du canton de Genève. À Chêne-Bougeries, des volontaires montèrent avec une pompe de type « seringue », datant de 1736, alors que leurs collègues de Veyrier grimpèrent par les hautes marches de l'impressionnante montée du Pas-de-l'Échelle, en tirant et hissant leur pompe à bras. En remerciement, les pompiers de Veyrier recevront un courrier du roi de Piémont-Sardaigne, Charles-Félix, accompagné d'une somme de 115 francs en argent.

Alors que la cure est en feu et que le toit de l'église commence à s'embraser, un dénommé Jean Bérard monte sur l'édifice pour enlever un à un les tavaillons enflammés de la toiture et sauver ainsi la charpente. Ailleurs dans le village, la maison Grilly est également la proie des flammes. N'ayant pas d'eau sous la main, ses propriétaires tentent d'éteindre l'incendie avec du vin ! Au total ce sont 48 maisons et dépendances, soit une grande partie du village, qui seront détruites par l'incendie. Trente-six familles ont tout perdu dans le sinistre, qui n'a heureusement fait aucun mort.

Face à l'ampleur des dégâts, les habitants peuvent heureusement compter sur la solidarité des Genevois. Dans la Feuille d'avis officielle de la République et canton de Genève du 3 avril 1822, un communiqué appelle à la générosité des citoyens du bout du lac. De nombreux dons en argent ou en nature seront transmis aux habitants de Monnetier. Dans cette affaire, les Genevois, frappés par le manque d'eau dans le village, achètent un emplacement sur la place de l'église et y installent une fontaine.

Une bonne partie des fonds collectés servira à construire le bien nommé Hôtel de la Reconnaissance, un nom choisi par les habitants de Monnetier pour remercier les Genevois de leur solidarité. Les familles sinistrées eurent ainsi la possibilité d'habiter dans ce bâtiment en attendant la reconstruction de leur maison. Une fois que tout le monde fut relogé, cet établissement sera racheté par un habitant du village, Eugène Perréard, qui le rebaptisera le Grand-Hôtel du Parc. Après la Première Guerre mondiale, en 1926, l'hôtel sera revendu et deviendra une maison de repos pour jeunes filles (voir **Cognacq-Jay**).

Le samedi 8 avril 1871, C'est le village de La Muraz, sur le piémont du massif, qui est presque entièrement détruit par un incendie. Seules l'église et la mairie échapperont aux flammes, le sinistre ayant détruit 22 maisons et tué 1 enfant. Comme pour l'incendie de Monnetier, en 1822, une souscription sera ouverte à Genève pour venir en aide aux sinistrés.

J

Jacqueries

« Beaumont-sous-Salève, le 6 août 1668, à quatre heures de l'après-midi, les communiers au nombre d'une quinzaine, brandissant gourdins et mousquetons, se rendent dans leur forêt où des bûcherons travaillent à abattre des arbres pour le compte de la chartreuse de Pomier, qui s'en dit propriétaire. Ils frappent les ouvriers, prennent leurs outils et les mettent en fuite. Le procès fera apparaître que tout le village était complice. L'expédition punitive avait été décidée le dimanche précédent au cours d'une assemblée unanime. »

Ces jacqueries sont récurrentes dans la longue histoire de la chartreuse de Pomier. Entre des moines très pointilleux sur leurs titres de propriété et des paysans qui ramassent depuis des temps ancestraux le bois de ces forêts, le dialogue est impossible. Mandatés pour juger ces litiges, les seigneurs locaux peinent à prendre parti et tergiversent souvent, pour ne pas se mettre à dos l'une ou l'autre des communautés. L'exemple le plus fameux de ces conflits d'usage est celui du bois du Ban, à Viry, propriété des chartreux, mais forêt dont les habitants du village de l'Éluiset utilisaient les ressources depuis plusieurs siècles. Un litige qui se réglera en 1385 au bénéfice des Virois, après… cent cinquante-trois ans de procédures diverses et variées !

Jebb Eglantyne

Genève, le 26 septembre 1924, à l'unanimité de ses membres, la Société des Nations (SDN), devenue aujourd'hui l'Organisation des Nations unies (ONU), proclame la Déclaration de Genève sur les droits de l'Enfant. À l'origine de ce texte fondamental, il y a une philanthrope britannique, Eglantyne Jebb, qui a fondé avec sa sœur Dorothy Buxton en

1919 à Londres l'association Save the Children Fund. Cette dame de cœur crée ensuite à Genève l'Union internationale de secours aux enfants (UISE) et le Comité international de secours aux enfants, placé sous le patronage de la Croix-Rouge. Elle décide alors de s'installer dans la Cité de Calvin, où la présence de la Société des Nations et du siège de la Croix-Rouge lui permet de mettre en place un lobbying efficace.

Chose étonnante, c'est sur les sentiers du Salève qu'Eglantyne Jebb semble trouver l'inspiration pour les actions qu'elle mène en faveur des droits de l'enfant. Marc Hélys, chroniqueur au *Figaro*, la décrit ainsi dans son journal au lendemain de sa mort, en décembre 1928 : « Silhouette incroyablement mince et frêle, drapée d'étoffes couleurs de feuilles mortes ou de châtaignes mûres, des cheveux argentés débordant d'un voile brun, l'apparence d'une ombre. » À cette époque, les promeneurs du Salève la croisent souvent sur les chemins du massif. « Une Dame pâle du Salève, blottie au ceux d'une roche ou suivant lentement un sentier », comme l'évoque le journaliste genevois Jean-Claude Mayor. C'est dans le silence amical du Salève qu'Eglantyne Jebb rédige, un jour d'automne 1922, les cinq articles de la Déclaration des droits de l'enfant.

Devenu la Déclaration de Genève, ce document sera aussitôt traduit et publié dans de nombreuses langues. Gustave Ador, ancien président de la Confédération et à l'époque président du CICR (Comité international de la Croix-Rouge) eut alors l'idée de lire, « de sa belle voix chaude », cette Déclaration des droits de l'enfant au poste de radiotéléphonie de la tour Eiffel, à Paris. Il contribua ainsi à faire connaître cette charte adoptée qui compte aujourd'hui 10 articles. Grâce à son engagement et sa ténacité, « la Dame pâle du Salève » aura largement contribué à améliorer la vie de millions d'enfants à travers le monde.

Joffre Joseph (maréchal)

La commune de Monnetier-Mornex a eu le privilège rare de voir un militaire de très haut rang, qui plus est artisan de la victoire alliée lors de la bataille de la Marne, inaugurer son monument aux morts, le dimanche 31 juillet 1921. Cet officier, c'est le maréchal Joseph Joffre (1852-1931). Nous ne savons comment le maire de Monnetier a pu convaincre le glorieux militaire de venir dans sa commune, mais le déroulé de la cérémonie nous est néanmoins connu, grâce au *Journal de Genève* du 1er août 1921 :

« À midi, entrée des automobiles officielles amenant le maréchal Joffre, que le président du comité d'organisation, M. Fauraz, ainsi que M. Eggly, président des volontaires suisses, étaient allés chercher à Saint-Gervais, et réception au château de Monnetier, offerte par le propriétaire, M. Gadet. »

Lors du vin d'honneur, le maréchal a bu dans une coupe ayant appartenu, paraît-il, à Napoléon Ier, coupe que M. Gadet lui a présentée en ces termes : « Le vainqueur d'Austerlitz y a bu, le vainqueur de la Marne a le droit d'en faire autant ! » Un banquet, servi à l'hôtel Trottet, a ensuite réuni une centaine de convives. Au dessert, M. Goy, sénateur, a remercié le maréchal Joffre « d'avoir accepté d'inaugurer le monument élevé à la mémoire des Savoyards tombés au champ d'honneur, aux valeureux du 30e, 50e et à ces vaillants diables bleus du 11e ».

Après le banquet, un cortège, précédé des clairons et tambours de l'Union musicale française de Genève, s'est formé pour se rendre sur la place de l'église, où avait eu lieu l'inauguration du monument. Après la cérémonie, le maréchal Joffre, applaudi sur tout le parcours, est reparti en voiture à 17 heures. Il a ensuite dîné dans la Cité de Calvin avec des membres du gouvernement genevois, avant de regagner sa villégiature de Saint-Gervais en fin de soirée.

Justes

De par sa proximité avec la frontière genevoise, le Salève a été utilisé par des réseaux de résistance pour cacher des réfugiés ou des maquisards avant leur passage en Suisse. Plusieurs curés du massif ont joué un rôle actif dans ces réseaux. À Monnetier, l'abbé Dompmartin (1879-1948) fut de ceux-là. Prénommé Jules-César, un prénom singulier que ses paroissiens n'ont découvert qu'après sa mort, ce curé était proche du mouvement de résistance Témoignage chrétien, comme d'autres hommes d'église du secteur, Jean Rosay, Marius Jolivet, Antoine Veyrat ou Camille Folliet, à Annecy.

Aidé d'habitants du village, Dompmartin a permis à plus de 200 réfugiés juifs de passer en Suisse. Au sein d'une filière bien rodée, les fugitifs arrivaient par le train à la gare SNCF de Mornex, avant d'être cachés chez le curé Veyrat, à La Muraz, à l'Hôtel du Château (Mornex), tenu par la veuve Grisoni ou au Grand-Hôtel Bellevue (voir **Bonzanigo**). Après avoir rejoint dans la nuit le presbytère, à Monnetier, les groupes, emmenés par le curé

Les quatre frères de Gaulle en 1919 ; à côté de Charles (à gauche), Jacques, Xavier et Pierre.

et par des passeurs, descendaient par le sentier du Pas-de-l'Échelle avant de franchir la frontière à Veyrier, grâce à la complicité de douaniers français.

Parmi ces abbés héroïques, il y a aussi le Fribourgeois Jean-Charles Bovet (1900-1952), curé d'Archamps de 1942 à 1944. Il a fait passer des réfugiés juifs en terre helvète, dont un nommé Bernard Blumenkranz, à qui il a même donné un peu de monnaie suisse pour qu'il puisse prendre le tramway jusqu'à Genève ! Mais le plus célèbre de ces hommes d'Église est sans conteste Marius Jolivet, le curé de Collonges-sous-Salève. Avec l'aide de paroissiens, il a permis le passage en Suisse de nombreuses familles de réfugiés juifs, la frontière étant située en bordure de la commune.

Des passages facilités par un couple de maraîchers genevois, Arthur et Jeanne Lavergnat, dont la maison se trouvait tout contre la frontière. Ces derniers avaient creusé un trou sous les barbelés, qui permettait le passage de fugitifs entre deux patrouilles allemandes. Membre du réseau de résistance Ajax, Marius Jolivet était également une « boîte aux lettres » des services de renseignements américains en Suisse, le fameux OSS (Office of Stratégic Services).

Au printemps 1941, le curé Jolivet accueille dans son presbytère Xavier de Gaulle, frère aîné du général, et son épouse. Recherchés par la gendarmerie française, ils ont fui Perpignan et tentent de gagner la Suisse. Grâce à son réseau, le curé fait passer la frontière au couple, qui s'installera à Nyon, où il vivra avec l'argent envoyé par son frère depuis Londres. En retour, Xavier de Gaulle fera parvenir en Angleterre de précieux renseignements collectés à Genève.

En novembre 1943, rebelote ! Le curé Jolivet assure cette fois le passage en Suisse de Jacques de Gaulle. L'exfiltration du frère cadet du général de Gaulle, tétraplégique et recherché par la Gestapo, a été organisée par l'abbé Pierre (Henri Grouès). Ce dernier témoigna de cet épisode : « Grand comme son frère, raidi par son mal, le paralytique n'était pas facile à cacher et à porter. Je réussis, après diverses péripéties, à le conduire avec son épouse depuis Grenoble jusqu'à Collonges-sous-Salève, où le curé Jolivet les cacha dans son presbytère. Et la nuit suivante, grâce au courage et à l'habileté des douaniers français, nous pûmes passer. Avec eux, je portais dans mes bras le malade à travers les barbelés un instant écartés, puis je le déposais dans la Chevrolet que des amis suisses avaient amenée pour le transporter. »

Ces « curés du Salève », comme nombre d'autres hommes d'Église tout autour de la frontière genevoise, ont été honorés pour leur engagement contre la barbarie nazie. La plupart d'entre d'eux, ainsi que plusieurs paroissiens qui les ont aidés, ont été faits « Juste parmi les Nations » par l'État d'Israël. À Paris, au Panthéon, juste à l'entrée de l'allée consacrée aux résistants, il y a une plaque explicative sur les Justes. Elle est illustrée de quelques photographies, dont celle de l'abbé Marius Jolivet, accompagnée d'un texte relatant son parcours et ses actions.

K

Kessel Joseph

Le 29 octobre 1932, l'écrivain, journaliste et grand reporter Joseph Kessel (1898-1979) est au Pas-de-l'Échelle pour embarquer à bord de la cabine du téléphérique du Salève, inauguré deux mois plus tôt. Visiblement enthousiasmé par cette ascension aérienne de quatre minutes, l'auteur du mythique *Chant des partisans* et de *L'Armée des ombres*, a raconté son court voyage dans un texte publié par le journal *Le Messager*.

« Ce fut comme un avion : les maisons s'aplatirent ; le paysage s'élargit de seconde en seconde, le radeau aérien montait, glissant sur cet incroyable fil qui portait notre vie. Grand lac bleu aux courbes sinueuses, campagne d'un vert nourri et tendre, monts qui se découvraient gradin par gradin et, de tous côtés, le ciel, voilé qui s'offrit à moi tandis que couchés sur les planches frémissantes, penché sur un beau gouffre qui se creusait davantage à chaque instant, j'interrogeais l'espace.

» Plus près au sommet du Salève, qui est le premier contrefort dressant à pic ses huit cents mètres de rochers sur la campagne genevoise, on apercevait une masse blanche, un bloc qui se détachait du fond sombre, qui s'enlevait sur lui avec la vigueur et la précision propres aux travaux humains et qui ressemblait à un grand phare aveugle. En vérité la vue de ce monument singulier faisait pour moi tout le prix d'une si belle journée. »

En cette année 1932, ce grand voyageur a posé ses valises à Genève, où sa mère a fait une partie de ses études. Il séjourne notamment un mois entier à l'hôtel Excelsior de Champel, où il va écrire en trois semaines un roman de 192 pages intitulé *Wagon-lit*. Reclus dans sa chambre, Kessel évoque dans ce livre le voyage et les rencontres, entre plaisir, attente et ivresse, de son narrateur entre Berlin et la Lituanie. En mai 1932, Kessel fait venir à Genève Katia, sa femme, et Raïssa, sa mère, pour aller rendre visite à Annemasse au Dr Alexandre Lapiné (1889-1979).

Ce dernier avait 8 ans lorsqu'il a assisté à la naissance de Joseph Kessel, dans la maison de ses parents, au cœur de la colonie Villa Clara, fondée en 1890 en Argentine par des juifs de Russie fuyant les pogroms. Très excité par la venue au monde du nouveau-né, le garçon avait dit à sa maman qu'il serait « le meilleur ami de Joseph, et de toute façon son plus vieil ami ! » La prédiction semble s'être réalisée, car jusqu'à la parution de son dernier ouvrage, en 1975, Alexandre Lapiné a fait partie du petit cercle de gens à qui Kessel envoyait personnellement ses nouveaux livres dédicacés.

Déchu de sa nationalité française par le régime de Vichy en 1942, médecin des résistants dans les maquis de Haute-Savoie, Alexandre Lapiné avait acheté le pavillon Wagner, à Mornex, en 1938. Il est donc probable, même si nous n'en avons pas retrouvé la trace, que Joseph Kessel ait séjourné à plusieurs reprises à Mornex, dans la maison de son grand ami le Dr Lapiné.

Kling Henri

Virtuose du cor, organiste, chef d'orchestre, maître de chapelle, conférencier ou professeur de musique au Conservatoire de Genève, Henri Kling (1842-1918) fut aussi un compositeur aux goûts très éclectiques et à la production abondante, avec plus de 250 œuvres. En 1877, il écrit et compose *Le Salève*, symphonie pittoresque dédiée à la Montagne des Genevois. Cette œuvre se divise en 4 parties aux styles variés (musique religieuse, airs populaires, etc.), elle est ponctuée par des épisodes comme « Le lever de l'aurore », « Le Départ pour la montagne », « L'Orage » ou « Sur les sommets ».

Un an de travail aura été nécessaire à Kling pour réaliser ce poème musical ayant « un goût de terroir », selon des articles plutôt positifs de la presse locale. Cette symphonie sera régulièrement jouée à Genève, au milieu de programmes comprenant des œuvres de Berlioz, Mozart, Haydn, Schumann ou Rossini. Notons qu'un autre musicien genevois, Francis Bergalonne (1833-1907), violoniste et chef d'orchestre au Grand-Théâtre, avait composé en 1864 une œuvre du même genre, intitulée *Les Échos du Salève*.

L

Lac Noir

Dans le secteur du golf de Bossey, il existe une étendue d'eau, l'étang de Crevin, qui portait autrefois le nom de lac Noir. Situé dans une belle clairière au milieu des bois, ce lac ne fut pas toujours noir. En des temps très anciens, le lieu était même superbe et le ciel se mirait dans l'eau claire de ce lac de légende où des nymphes avaient leurs habitudes. Mais un jour un pèlerin vint à passer à proximité du plan d'eau. Il faisait chaud et le marcheur avait soif. Charmé par la beauté du lieu, l'homme s'agenouilla pour boire au creux de sa main la belle eau du lac. À peine l'avait-il portée à sa bouche qu'il la recracha avec force tant l'eau avait un goût infect.

Posément, le pèlerin se releva à l'aide de son bâton et regarda le paisible paysage d'un œil mauvais. Levant ses bras devant lui, mains ouvertes, il prononça une terrible malédiction : « Par la force de Dieu, tu porteras désormais ton âme sur ta face, lac perfide, et tu t'appelleras le lac Noir ! Et que la forêt te cache à jamais aux yeux des humains ! »

D'un coup, alors que l'homme s'en allait pour poursuivre sa route, tous les sapins des environs se rapprochèrent du lac devenu sombre et l'encerclèrent pour le cacher à tout jamais à la vue des hommes et du soleil.

Lamartine et Byron

Alphonse de Lamartine (1790-1869), grande figure du romantisme en France, a également fréquenté les sentiers du Salève. Séjournant à plusieurs reprises dans la Cité de Calvin, il est l'auteur du poème le plus connu sur le Salève, dédié à son épouse, l'artiste-peintre Mary Ann Elisa Birch et publié en 1825 dans le recueil *Dernier Chant du pèlerinage d'Harold*. Dans son poème, « l'étroit sentier qui pend sur un abîme » n'est autre que celui du Pas-de-l'Échelle, dont l'écrivain gardait un mauvais souvenir. Et, sous sa plume, nous remarquons que la nature du Salève connaît une sorte d'exagération romantique, typique du style lamartinien.

Te souviens-tu du jour où, gravissant la cime
Du Salève aux flancs azurés,
Dans un étroit sentier qui pend sur un abîme
Nous posions en tremblant nos pas mal assurés ?
Tu marchais devant moi. Balancés par l'orage,
Les rameaux ondoyants du mélèze et du pin,
S'écartant à regret pour t'ouvrir un passage,
Secouaient sur ton front les larmes du matin ;
Un torrent sous tes pieds, s'écroulant en poussière,
Traçait sur les rochers de verdâtres sillons,
Et, de sa blanche écume où jouait la lumière,
Élevait jusqu'à nous les flottants tourbillons.
Un nuage grondait encore
Sur les confins des airs, à l'occident obscur,
Tandis qu'à l'orient le souffle de l'aurore
Découvrait la moitié d'un ciel limpide et pur,
Et faisait resplendir du feu qui le colore
Des vagues du Léman l'éblouissant azur !
Tout à coup, sur un roc, dont tu foulais la cime,
Tu t'arrêtas : tes yeux s'abaissèrent sur moi ;
Tu me montrais du doigt les flots, les monts, l'abîme,
La nature et le ciel... Et je ne vis que toi !...

Au sommet du Salève, une singulière dédicace est gravée sur le lapiaz entourant la tour Bastian aux Pitons. Avis aux amateurs de littérature, n'hésitez pas à pratiquer la randonnée culturelle et partez à la recherche des noms de Lamartine et de Byron inscrits dans la roche salévienne. Mais, contrairement à une légende tenace, ce ne sont pas ces deux grands poètes du XIXe siècle qui ont laissé là leur empreinte après une longue promenade jusqu'au sommet du massif. La raison en est simple : ils ne se sont jamais rencontrés ! Cela dit, les deux hommes se sont bien promenés sur les chemins du Salève, mais séparément ! Et cette dédicace minérale, plutôt ancienne, car déjà citée au milieu du XIXe siècle, est plus probablement l'œuvre d'un randonneur appréciant les vers de ces poètes majeurs du romantisme.

Dans un texte, Lamartine évoque une « presque » rencontre avec lord George Byron. Jugée peu probable par les biographes du poète français, elle aurait eu lieu lors de l'été 1816 à Genève, au bord du Léman. Observant à distance Byron descendre d'une barque, Lamartine n'aurait pas osé l'aborder, car il était encore un auteur inconnu alors que le poète anglais était déjà une légende. Dans les jours qui suivent, Lamartine découvre quelques fragments traduits de poèmes de Byron (*Le Corsaire, Lara, Manfred).* Sa conclusion est sans appel : « Je devins ivre de cette poésie. J'avais enfin trouvé la fibre sensible d'un poète à l'unisson de mes voix intérieures. Je n'avais bu que quelques gouttes de cette poésie, mais c'était assez pour me faire comprendre un océan. »

Comme on le voit, Alphonse de Lamartine admirait Byron et son œuvre. Son poème sur le Salève est d'ailleurs une sorte de conclusion à un texte majeur de l'auteur britannique : *Le Pèlerinage de Childe Harold*. Lors de son séjour à Genève durant l'été 1816, Byron rencontre un couple d'écrivains anglais, Percy et Mary Shelley, avec qui il se lie d'amitié. Les trois artistes visitent la région – Byron écrira à cette occasion *Le Prisonnier de Chillon*, ode poétique consacrée à François Bonivard –, pratiquent la voile sur le Léman et vont entrer dans la légende littéraire grâce à un été pourri (voir **Frankenstein**).

Lamartine partage avec Guiseppe Verdi l'insigne honneur d'avoir son portrait sculpté sous la forme d'une plaque commémorative fixée sur la façade de l'église de Collonges-sous-Salève. Ces deux personnalités ont également pour point commun le fait de devoir à un curé singulier la réussite de leurs épousailles ! Pour le grand compositeur italien, ce fut l'abbé Gaspard Mermillod (Voir **Verdi**).

Et, pour Lamartine, c'est grâce au curé Jean-François Vuarin, natif de Collonges-sous-Salève, que son mariage avec Mary Ann Elisa Birch, fille d'un gentilhomme gallois, et donc de religion anglicane, a pu se réaliser. Le poète nous donne même le détail de cette affaire dans une lettre adressée à un ami : « Mon contrat est signé, nous sommes fiancés et nous allons nous marier à Chambéry d'ici à huit jours. C'est l'abbé Vuarin qui m'a tiré du bourbier dont je ne pouvais sortir. Au mois d'avril 1820, ma fiancée et moi-même nous sommes présentés chez M. Vuarin, curé de Genève. Celui-ci reçut l'abjuration de ma fiancée dans le secret du confessionnal, lui permettant ainsi de se marier à l'anglaise à l'issue de la cérémonie catholique. »

L'abbé Jean-François Vuarin (1769-1843) était un homme de grande conviction. Nommé curé de Genève en 1806, il ne va ménager sa peine pour défendre la présence catholique au sein de la « Rome protestante ». Ce curé de choc va non seulement préserver les droits des catholiques, mais en obtenir de nouveaux (cimetières, congrégations, enseignement), menant contre le gouvernement genevois une guerre d'usure, dont son œuvre écrite témoigne abondamment. Lorsqu'il a pris son ministère, en 1806, il y avait environ 500 catholiques à Genève. Quand il est décédé, en 1843, ils étaient 10 000 !

Lambert Raymond

Montagne pionnière, le Salève a par son histoire été partie prenante de la conquête du Toit de l'Europe, ce cher Mont-Blanc, mais aussi de celle de l'Everest, le plus haut sommet du monde (8 848 mètres). Pour le Mont-Blanc, ce lien est un savant genevois du siècle des Lumières (voir **De Saussure**) qui a fait ses gammes d'alpiniste au Salève, avant d'initier la conquête du sommet des Alpes, qu'il gravira également. Pour l'Everest, la relation salévienne est personnifiée par un autre Genevois, Raymond Lambert, grimpeur talentueux lui aussi formé sur les falaises du Salève, avant de laisser sa trace sur de prestigieux sommets alpins, andins ou himalayens.

Natif du quartier de Plainpalais, à Genève, Raymond Lambert (1914-1997) commence à grimper très jeune, à une époque où l'alpinisme est encore largement affaire d'amateurs. Le Salève est alors son terrain de jeu et son paradis. À un point tel que, lorsqu'il était adolescent, il racontait à ses parents qu'il allait nager aux Bains des Pâquis, alors qu'en réalité il filait à vélo jusqu'au Salève pour varapper sur les hauteurs du Coin. À son retour, il mouillait son maillot de bain à la fontaine du Molard, histoire d'être un poil crédible !

Autodidacte doué, Raymond Lambert se forme ensuite à l'École des guides du Valais, dont il sort major de promotion en 1937. Dans la foulée, il ouvre avec son copain André Roch une école d'alpinisme au Salève. En février 1938, il fait partie de l'équipe qui réussit la première traversée hivernale des Aiguilles-du-Diable, dans le massif du Mont-Blanc. Lors de la descente, le groupe se retrouve coincé à plus de 4 000 mètres d'altitude à cause d'une tempête. Après cinq jours d'une attente éprouvante, Lambert tente une sortie, retrouve l'équipe de secours et sauve ainsi ses compagnons. Mais le prix de cet exploit est élevé, car notre homme va perdre quatre doigts et tous ses orteils dans l'aventure, emportés par le gel. Force

Massif de l'Everest, 1952. Raymond Lambert, René Aubert, Léon Flory et Tenzing Norgay.

de la nature au tempérament de fer, il continuera néanmoins à pratiquer l'alpinisme, grâce à la confection de chaussures spéciales.

Raymond Lambert entre dans la légende de l'alpinisme au printemps 1952, à l'occasion d'une expédition à l'Everest avec le sherpa Tensing Norgay. Depuis le Népal et grâce au soutien financier de la Fondation suisse pour les explorations alpines, une expédition composée de grimpeurs genevois chevronnés (Raymond Lambert, Jean-Jacques Asper, René Aubert, René Dittert, Léon Flory, Ernest Hofstetter, André Roch ou Gabriel Chevalley) – et presque tous assidus des falaises du Salève – tente d'ouvrir une nouvelle voie jusqu'au sommet de l'Everest (8 848 mètres) par le sud du massif.

Parti de Katmandou, le groupe accompagné par 165 porteurs et 14 sherpas rejoint le camp de base, perché à plus de 5 000 mètres d'altitude. Deux mois plus tard, et au terme d'une lente progression, Lambert et Tensing partent finalement seuls à l'assaut du sommet. À cette altitude, le manque d'oxygène rend les choses très difficiles. Les deux hommes mettent cinq heures pour gravir 200 mètres. Épuisés, ils tentent d'inhaler de l'oxygène, mais leur matériel est déficient. Ils ne sont qu'à 200 mètres du sommet quand le vent se lève. À bout de forces, ils comprennent que, s'ils continuent, ils n'en reviendront jamais.

Ainsi se termine la tentative suisse du printemps 1952, celle qui a exploré le versant népalais de l'Everest et littéralement ouvert la voie vers le sommet de l'Himalaya. Un an plus tard, Tensing Norgay est sollicité par l'alpiniste néo-zélandais Edmund Hillary pour tenter une nouvelle ascension. Après avoir demandé à son ami Raymond Lambert son accord pour accompagner cette expédition anglaise, Tensing Norgay et Edmund Hillary deviendront mondialement célèbres en gravissant victorieusement l'Everest, le 29 mai 1953. Reconnu comme une légende de l'alpinisme, Raymond Lambert écrit des livres et réalise des films sur ses expéditions dans l'Himalaya (1954, 1955) et dans les Andes (1957).

Très attaché au Salève, le Genevois réalisera en 1958 avec André Kern un film sur l'escalade intitulé *Sentes et rocs au Salève*. Il continuera aussi à gravir les nombreuses voies du massif. « Pour les débutants, le Salève est un coin merveilleux, et pour les autres c'est là que l'on maintient son entraînement. Je connais de ceux qui ont pris leurs cours au Salève, et qui se sont révélés grimpeurs de première classe ; et maintenant ils sont connus dans le monde entier. École d'escalade, étude de la technique avec tous les degrés de difficultés d'une course en haute montagne, mais surtout une magnifique ambiance de montagnards satisfaits qui ont passé une journée inoubliable, voilà ce que nous procure le Salève ! » explique Raymond Lambert dans le livre de Jean-Jacques Boimond intitulé *Le Salève, images et anecdotes*.

Le 31 juillet 1953, le sherpa Tensing Norgay fait escale à l'aéroport de Genève. Accueilli par Raymond Lambert et quelques-uns de ses compagnons de l'expédition de 1952, Tensing s'en va varapper avec ses amis sur le Salève. Escaladant quelques voies célèbres de la Montagne des Genevois, le vainqueur de l'Everest boucle ainsi la boucle, commencée en ces lieux dans les années 1920 par Raymond Lambert.

En 1963, Raymond Lambert passe sa licence de pilote d'avion et s'ouvre un nouvel univers professionnel. Il se spécialise dans les vols en haute montagne et cofonde la société Air Léman en 1960, puis la SATA (Société Anonyme de Transports Aériens) en 1966. Il sera ensuite pilote de la compagnie Air Glacier, jusqu'à l'âge de 72 ans.

Lambert Yves

S'entraîner au Salève pour gravir l'Everest, tel fut la philosophie d'Yves Lambert qui, sur les traces de son père (voir **Lambert Raymond**), a conquis le Toit du monde le 16 mai 2002, dans le cadre d'une « ascension du cinquantenaire », en hommage à la mythique expédition genevoise du printemps 1952. Même si conquérir l'Everest aujourd'hui n'a plus la saveur des exploits des années 1950 – le 16 mai 2002, ils étaient 61 alpinistes à vaincre la montagne –, il fallait tout de même à Yves Lambert une préparation intensive pour aller au bout de cette aventure, organisée par le guide genevois Stéphane Schaffter et réalisée en compagnie de Tashi Tensig, petit-fils de Tensig Norgay.

Quelque temps avant l'expédition, Yves Lambert, alpiniste expérimenté, a choisi le Salève comme terrain d'entraînement, à raison d'une montée par jour, en variant les itinéraires. Puis, sachant que l'attaque finale du sommet de l'Everest demandait dix à douze heures de marche, il est parti un jour pour le sommet du Salève à 6 heures du matin, avec l'objectif de ne s'arrêter qu'à 6 heures du soir. Un laps de temps qui lui a permis de gravir 8 fois de suite la montagne ! Et cet entraînement « salévien » fut visiblement efficace, puisqu'il est arrivé au sommet de l'Everest !

Lassalle Ferdinand

Saviez-vous que le golf de Bossey a la particularité d'être sans doute le seul golf au monde à accueillir sur son green une stèle dédiée au fondateur d'un parti socialiste ? Cette étonnante histoire commence en 1862 à Genève, lorsque Ferdinand Lassalle (1825-1864) fait la connaissance de la très belle Hélène von Dönninges, fille du chargé d'affaires de Bavière en Suisse. Peu connu en France et en Suisse, mais vénéré par les partis politiques de gauche en Allemagne, Ferdinand Lassalle est le fondateur du premier parti socialiste d'Europe, l'Association générale des travailleurs allemands (devenu aujourd'hui le SPD). Il est aussi l'un des penseurs du concept de la social-démocratie.

L'idée que sa fille épouse un rouge ne plaît guère à Wilhelm von Dönninges, d'autant plus qu'elle est déjà fiancée à un étudiant roumain, Janko von Racowitza. Au terme d'une violente dispute familiale, la belle Hélène se voit même interdire tout contact avec Ferdinand. Désespéré, ce dernier provoque alors en duel von Dönninges et Racowitza. Prudent, le père d'Hélène décline l'« invitation », mais Racowitz accepte, car il a hâte d'en découdre avec ce rouge qui veut lui voler sa fiancée !

Les deux hommes et leurs témoins se retrouvent au pied du Salève, du côté de Bossey, et s'installent dans une clairière tranquille du site de Crevin. En ce dimanche 28 août 1864, Racowitza et Lassalle sont dos à dos, pistolets en main, quand l'un des témoins commence le décompte mortel. Les coups de feu claquent, et l'Allemand s'effondre. Touché au ventre, Ferdinand Lassalle est transporté à Carouge, où il décédera après trois jours d'agonie.

Quant à Hélène, persuadée par son père que Ferdinand l'avait lâchement abandonnée, elle finira par épouser Racowitza en 1865. Elle connaîtra ensuite un destin singulier. Mariée à plusieurs reprises, cette femme émancipée mènera une carrière d'actrice en Allemagne et en Amérique, avant de publier des livres, dont un sur ses souvenirs de l'affaire Lassalle, puis se consacrera à la théosophie et au monde des esprits.

Deux décennies après la mort tragique de Ferdinand Lassalle au pied du Salève, ses partisans lui élèveront une stèle sur le lieu du duel, aujourd'hui situé sur le green du golf de Bossey. Chaque année jusqu'en 1914, ils organiseront une cérémonie de recueillement sur le site. Renouant avec cette tradition, l'ancien chancelier de la République fédérale d'Allemagne, Willy Brandt, viendra lui aussi rendre hommage à son illustre devancier à Bossey, en avril 1984. Cette histoire a également en partie inspiré le romancier anglais George Meredith pour son ouvrage *Les Comédiens tragiques*, paru en 1880.

Lénine

Parmi les nombreuses personnalités ayant fréquenté les chemins du Salève, il y a Vladimir Ilitch Oulianov, plus connu sous le nom de Lénine (1870-1924). En 1914, arrêté en Galicie, une province du sud de la Pologne, Lénine obtient le droit de pouvoir s'exiler en Suisse avec sa femme et sa mère. Il connaît déjà le pays pour y avoir séjourné à plusieurs reprises depuis 1895. Le couple habite à Berne, Zurich et Genève. Le théoricien politique n'apprécie guère la Cité de Calvin, car il a le sentiment de se trouver « dans un tombeau ».

Avant même de prendre la tête de la révolution en Russie, Lénine va tenter à plusieurs reprises de rallier à sa cause des « camarades » suisses, avec l'ambition de déclencher une insurrection prolétarienne entre lacs et montagnes. Mais c'est l'échec. « La gauche me fuit », écrit-il. C'est néanmoins en Suisse qu'il rédige quelques-uns des ouvrages qui serviront de base à la révolution russe.

S'il n'apprécie que moyennement le pays, Vladimir Ilitch Oulianov est enthousiasmé par certaines institutions suisses comme les bibliothèques, la poste, le système de santé et le fédéralisme plurilingue. Cette admiration fera en partie pénétrer l'esprit suisse au cœur de la révolution russe, car Lénine ordonnera la construction de bibliothèques selon le modèle helvète ! Et ce sont des dirigeants de la gauche helvétique qui vont l'aider à rejoindre clandestinement son pays. Le 9 avril 1917, Lénine monte dans un train plombé à Schaffhouse, direction la Russie, via l'Allemagne. Six mois plus tard, c'est le triomphe de la Révolution d'octobre !

Lors de ses séjours à Genève, Lénine travaille à préparer la révolution, mais visite aussi la région. De la Haute-Savoie aux Alpes vaudoises, il fait de belles excursions avec son épouse, Nadejda Kroupskaïa. Passant sans problème la frontière – car il est jugé « inoffensif » par la police helvétique ! – Lénine se rend aussi souvent à Annemasse, au Café de la Poste, où il participe à des réunions avec des représentants de la gauche radicale européenne.

Depuis Genève, Lénine est allé à de nombreuses reprises se promener sur le Salève. Il prend le tramway jusqu'à Veyrier, avant de monter à pied par le raide sentier du Pas-de-l'Échelle ou d'embarquer, plus rarement, dans le petit train à crémaillère pour gagner les hauteurs du massif. Il aime aussi faire découvrir le Salève et ses superbes panoramas à ses connaissances de passage à Genève. La promenade sur le massif comprend en général un détour du côté de Bossey pour monter à ses amis la stèle dédiée à un pionnier du socialisme (voir **Lassalle**), mort en duel au pied du Salève.

À chacun de ses séjours à Genève, Lénine retrouve avec plaisir les sentiers du Salève. Dans une lettre envoyée à sa mère en 1904, il explique : « La plus belle promenade de mon séjour a été sur le Salève. En bas il y a la mer de brouillard ; partout dans Genève, il fait sombre et sur la montagne il y a un soleil magnifique ; de la neige ; des petits traîneaux, une bonne petite journée d'hiver russe. »

Lepère Gérard

Personnage singulier parmi les passionnés du Salève – il est parisien et non genevois ! –, Gérard Lepère est sans conteste le meilleur spécialiste de l'histoire du mythique train qui a desservi le massif de 1892 à 1935 (voir **Chemin de fer du Salève**). Un intérêt remontant à son enfance et aux nombreux étés passés chez ses grands-parents, dans le village du Pas-de-l'Échelle. Bertrand Cochard, son grand-père, était directeur de l'usine de la Colas située près des carrières, qui fabriquait du goudron à partir de granulats du Salève. « Ma mère me racontait que dans son enfance, un funiculaire gravissait la montagne. Mais ma passion a vraiment commencé fin 1978. J'avais 27 ans, et je cherchais à réaliser une maquette d'une des douze automotrices de l'ancien chemin de fer. Pour créer ce modèle, j'avais besoin d'une documentation importante. Je suis donc parti sur les traces du chemin de fer », explique ce docteur ingénieur en électronique qui a fait toute sa carrière dans... l'aviation (voir **Système anticollision**).

Depuis 1979, Gérard Lepère a entrepris d'importantes recherches sur tout ce qui pouvait se rapporter au chemin de fer du Salève. Il a ainsi rencontré, ou correspondu avec, des dizaines de personnes ayant utilisé ce train ou travaillé pour la compagnie du chemin de fer. Ce train du Salève l'a même initié à la spéléologie ! Persuadé qu'il pouvait y avoir des vestiges ferroviaires dans le gouffre de Bellevue, à Monnetier, il y est descendu avec des spéléos locaux. Bonne intuition, car il a trouvé un morceau de crémaillère au fond du trou ! L'activité lui ayant plu, il réalisera ensuite quelque 390 visites souterraines dans les grottes du Salève et d'ailleurs.

Il a aussi écumé brocantes, ventes aux enchères, puis sites internet pour acquérir toutes sortes de photos et de documents rares sur le sujet. Avec cette importante documentation, Gérard Lepère a rédigé en 1994 un premier livre sur ce train (*Les Échos saléviens* n° 4), épuisé depuis longtemps. Associé à Dominique Ernst, il a publié en 2018 aux éditions La Salévienne *Le Salève et son chemin de fer à crémaillère*, ouvrage très complet de 346 pages (et 484 illustrations) sur cette épopée ferroviaire et ses effets sur le tourisme au Salève.

Outre de nombreuses conférences sur ce sujet, Gérald Lepère organise aussi chaque été une balade sur le tracé et les vestiges de ce chemin de fer. La montée s'effectue en téléphérique, tandis que la descente, avec des pentes impressionnantes, se fait sur le tracé qui reliait autrefois le terminus des Treize-Arbres à la gare de Monnetier-Mairie, puis jusqu'à l'unique tunnel du réseau, le reste de la voie ayant été « mangé » par les carrières du Salève.

Liszt Franz

Saviez-vous qu'un chalet de Monnetier avait abrité les amours clandestines de Franz Liszt (1811-1886) durant plusieurs mois lors de l'été 1836 ? Artiste fécond et pianiste virtuose, ce compositeur majeur du XIXe siècle a influencé des musiciens aussi prestigieux qu'Hector Berlioz, Richard Wagner, César Franck ou Camille Saint-Saëns. En 1833, lors d'un concert donné dans un salon de la noblesse parisienne, Franz Liszt, 22 ans, tombe amoureux de Marie d'Agoult, de six ans son aînée. Malgré leur différente de classe sociale, une folle passion unit le musicien austro-hongrois et la comtesse parisienne, mariée à un colonel de cavalerie.

En août 1835, Marie d'Agoult quitte son mari et s'enfuit avec Liszt pour une sorte de voyage de noces de cinq semaines à travers la Suisse. Arrivés à Genève, où ils vont séjourner durant deux ans, ils vivent quelques mois de bonheur dans un anonymat tranquille, avant que la bourgeoisie calviniste ne s'enthousiasme pour la virtuosité de Liszt, mais réprouve cette liaison clandestine. « La société genevoise, dont nous ne nous occupions pas, s'occupait beaucoup de nous », écrira Marie d'Agoult. Le compositeur installe alors en mai 1836 son amoureuse dans un chalet de Monnetier, prêté par son ami l'écrivain et militaire genevois Adolphe Pictet. Liszt abandonne souvent Marie à Monnetier pour aller donner des concerts dans différentes villes françaises. Le couple aura trois enfants, Blandine, Cosima (qui deviendra la seconde épouse de Richard Wagner en 1870) et Daniel, avant de se séparer en 1839.

En septembre 1836, Franz Liszt et Marie d'Agoult sont rejoints à Genève par George Sand, ses deux enfants et leur nurse. Avec quelques amis, dont Adolphe Pictet, ils vont visiter la région. À « Chamouni », comme on nomme la station à l'époque, leur découverte de la Mer-de-Glace à dos de mulet ne manque pas d'allure ! Imaginez la scène, au cœur des montagnes majestueuses, avec George Sand habillée en homme, cigarette aux lèvres, Franz Liszt en peintre poète, blouse étriquée, chevelure au vent sous un chapeau d'écorce défoncé, Marie, les enfants, la nurse, le jeune maestro

Puzzi et le major Pictet, en uniforme militaire impeccable, qui ferme la marche !

La famille Piffoël et les « fellows » – surnoms inventés par George Sand, soit elle-même et ses deux enfants, qui ont tous trois un grand nez, plus Franz Liszt et Marie d'Agoult – vont poursuivre leur voyage en Suisse. Ils vont visiter le Valais et Fribourg, où le musicien jouera sur le grand orgue de la cathédrale, réputé le plus beau du monde avec ses 4 000 tuyaux.

Très ami avec George Sand, dont il a fait la connaissance en 1834 grâce au poète Alfred de Musset, Franz Liszt échange une correspondance nourrie avec l'écrivaine de Nohant. Dans ses courriers à George Sand, Liszt évoque d'ailleurs à plusieurs reprises « la petite maisonnette de Monnetier ». Marie d'Agoult a aussi des échanges épistolaires réguliers avec George Sand. Une admiration réciproque rapprochait les deux femmes, nées à quelques mois d'intervalle. Devenue auteure, Marie imitera son amie en prenant un pseudonyme masculin, Daniel Stern, pour publier avec succès ses écrits.

En mai 1837, c'est lors d'une balade sur le Salève que Franz annonce à Marie qu'ils vont partir en Italie, loin de cette triste ville de Genève où leur amour s'étiole. Mais, avant l'Italie, Liszt rejoint Paris pour donner des concerts tandis que Marie séjourne chez George Sand, à Nohant. Ils n'arriveront dans la péninsule qu'en août 1837, faisant un crochet par Genève, où Marie retrouve sa fille Blandine, confiée à une nourrice ; la rencontre a lieu le 5 août à Étrembières !

Loti (fils et père)

La résidence Les Hutins est sans conteste la plus maritime des maisons de Mornex ! Construite en 1872 par l'architecte genevois Louis Viollier (transformation du collège Calvin, restauration de la cathédrale Saint-Pierre) pour sa belle-mère Henriette Kunkler-Chastel, cette demeure sera habitée par Adrienne Kunkler et Louis Charlier (1861-1937), qui fut amiral et préfet maritime de Rochefort-sur-Mer. Les époux Charlier, décédés à Mornex et enterrés au cimetière de Monnetier, ont eu deux filles, Dora et Elsie. Cette dernière épousera Samuel Loti-Viaud, fils (légitime) unique de l'écrivain, officier de marine, chantre de l'orientalisme (voir **Fragments de littérature**) et académicien Pierre Loti, qui navigua à la même époque et dans les mêmes océans que Louis Charlier.

Vivant à Paris, Samuel et Elsie Loti-Viaud passaient toutes leurs vacances à Mornex. Nous ne savons pas si Pierre Loti est venu dans la maison de Mornex, mais la chose est peu probable, car il était déjà âgé et malade à l'époque où son fils a épousé Elsie, en 1920. Cela dit, l'auteur de *Pêcheurs d'Islande* aurait pu arpenter le Salève un demi-siècle plus tôt, en 1874. Tombé amoureux d'une femme mariée à un haut fonctionnaire à Dakar, au Sénégal, il vit une liaison passionnée, avant que la belle ne rompe et regagne la France.

Sur ses traces, Loti séjourne à Annecy, avant de venir à Genève. « Il erre le long de quais inconnus, il monte des rues en pente, celles du vieux Genève des Bastions, là il s'arrête, devant un vieil hôtel aristocratique à la porte armoriée. » Lors de cette nuit du 28 octobre 1874, il apprend tout à la fois qu'il est père et qu'il doit oublier son fils, son amour et toute cette histoire, sous peine de scandale qui nuirait grandement à sa réputation ! Désespéré, Loti séjournera à plusieurs reprises dans la région, se faisant même passer pour un paysan de l'Oberland bernois fiancé à la nourrice du bébé afin d'essayer de voir son fils.

Loup

Si le loup au Salève n'a pas la réputation féroce qu'il a acquise sur le Vuache en dévorant une cinquantaine de personnes entre 1748 et 1751, il n'en demeure pas moins que cet animal n'était guère plus aimé ici que là-bas. Bien plus riche en grottes que le Vuache, le Salève a longtemps offert un gîte idéal au féroce animal. Parmi les faits lupins relevés dans ce secteur, notons l'affaire des 11 loups tués en 1732 lors d'une battue aux îles de l'Arve, sous Étrembières.

Il y a aussi de virulents courriers des maires de Villy-le-Bouveret et de Cruseilles, qui somment en 1808 le préfet de faire intervenir au plus vite le capitaine de louveterie et ses hommes pour exterminer « une couvée de loups qui a pris naissance dans la montagne du Salève et qui a déjà fait des ravages considérables dans le voisinage ».

Nous pouvons également remarquer que, lorsque le gouvernement sarde prend des mesures énergiques en 1751 pour lutter contre les loups du Vuache, il inclut dans le périmètre de chasse les baillages de Ternier, de Pomier et de Cernex, signe que ces territoires proches du Salève abritent aussi des meutes de loups. À l'instar d'un autre animal mythique (voir

Ours), le loup a laissé sa trace au Salève. La preuve nous en est donnée avec des toponymes comme le Pont-du-Loup (Monnetier-Mornex), le Creux-du-Loup et la Gouille-au-Loup (Beaumont), le chemin de Passe-Loup (Veyrier) l'impasse de Cacaloups (Bossey) ou le lieu-dit Brameloup (Cruseilles).

Notons enfin qu'après une très longue absence le loup est de retour sur le Salève ! Fin mars 2012, un loup apparaît en effet sur des clichés pris par un appareil photo automatique (voir **Faune**) au-dessus du Sappey, dans le cadre d'une recherche sur… le lynx ! L'animal, qui peut parcourir 60 kilomètres en une nuit, venait probablement du massif des Aravis. Jugeant sans doute notre territoire trop urbanisé, le loup ne s'y est pas installé, mais traverse de temps à autre les forêts du Salève.

M

MacGyver

Saviez-vous que le célèbre MacGyver, l'as de la débrouille au couteau suisse, est lui aussi passé par le Salève ? Dans l'épisode 4 de la saison 5 (1988-1989), intitulé *Cessez le feu*, l'intrigue se déroule en partie à Genève et au Salève. Angus MacGyver, interprété par le dynamique Richard Dean Anderson dans les 138 épisodes de la série, n'a en réalité jamais mis un pied sur le Salève, car cet épisode, comme tous ceux des saisons 3 à 6, a été tourné au Canada (Vancouver et Colombie britannique).

Les images ne trompent d'ailleurs pas longtemps les téléspectateurs de notre région, car le téléphérique du Salève a changé de couleur – avec une belle livrée bleue ! – et les armoiries de Genève trônent sur la façade de la gare d'arrivée, située en France ! Lors de la montée en téléphérique, on aperçoit en arrière-plan Genève et le lac Léman, mais sans jet d'eau ni cathédrale Saint-Pierre. Normal, car la scène a été tournée à Vancouver. Notons tout de même un bel effort de la production, la moto pilotée par MacGyver dans cet épisode possède bien une plaque d'immatriculation genevoise !

Magdaléniens

La présence de nos ancêtres les *homo sapiens* sur le site de Veyrier-Étrembières montre une fois de plus que le Salève est décidément une montagne à l'histoire extraordinaire. Cet épisode préhistorique (voir **Abris-sous-blocs** et **Art paléolithique**), fait du pied du massif l'un des premiers sites d'occupation humaine de la région lémanique et de la Haute-Savoie.

Tout commence il y a environ 15 000 ans avant Jésus-Christ avec le retrait des glaciers du Rhône et de l'Arve. À la suite de ce recul, la végétation recolonise la plaine du Genevois et les abords du Léman. Qui dit flore dit bientôt faune, avec l'arrivée des rennes, des chevaux ou des bisons, pour

Campement des *homo sapiens* au pied du Salève. Dessin d'André Houot, couleurs de Jocelyne Charence, en collaboration avec les archéologues A. Galley et L.-I. Stahl Gretsch. Extrait de l'ouvrage *La Haute-Savoie durant la préhistoire*, édité par le Conseil général de Haute-Savoie en 2012, sous la direction scientifique d'Alain Galley.

ne citer que les plus gros des animaux alors présents sur ces terres. La présence de ce gibier est une aubaine pour les chasseurs-cueilleurs. Suivant à la trace leur « garde-manger », ils ne vont pas tarder à s'installer sur ces terres entre Salève et Léman. À cette époque, il fait encore froid, quelques « icebergs » traînent sur le lac, et ces hommes préhistoriques sont chaudement vêtus pour survivre dans un environnement de toundra.

Leur présence dans la région genevoise date de 13 400 ans avant Jésus-Christ, lorsque nos lointains ancêtres découvrent au pied du massif des enchevêtrements de gros blocs calcaires (voir **Glaciers**) sous lesquels il y a des espaces vides. C'est dans ces cavités que ces Magdaléniens (une période comprise entre 17 000 et 10 000 avant Jésus-Christ ; ce nom vient du site préhistorique de la Madeleine, en Dordogne) vont s'installer. Selon les spécialistes, ils vont rester en ces lieux de 13 400 à 12 900 avant Jésus-Christ soit près de cinq cents ans. Le site connaîtra par la suite d'autres occupations, notamment au néolithique.

À l'abri et relativement au chaud sous les blocs, comme l'attestent de nombreuses traces de foyers retrouvées, ces Magdaléniens cueillaient et chassaient les ressources naturelles nécessaires à la vie de la tribu à proximité de leurs grottes. Grâce aux nombreux ossements retrouvés, les archéologues ont une idée assez précise de la faune de la région à cette époque : renne, cheval, bouquetin, cerf, lièvre, marmotte et lagopède. Bizarrement, aucune trace de poisson n'a été découverte sur le gisement, alors que l'Arve coulait en contrebas du campement.

Les abris-sous-blocs du Salève devaient être en quelque sorte un camp de base, d'où ces chasseurs-cueilleurs partaient pour des expéditions plus ou moins longues destinées à la chasse ou aux échanges avec d'autres tribus. À quelques dizaines de kilomètres de là, entre le Vuache et la rivière des Usses, la grotte des Douattes a aussi abrité une population préhistorique durant une période située entre 13 300 et 12 500 avant Jésus-Christ.

Si rien n'indique que des Magdaléniens des Douattes et de Veyrier-Étrembières aient pu se croiser, la chose semble assez probable. Ce qui est sûr en revanche, c'est que les deux tribus s'approvisionnaient en silex par les mêmes échanges marchands. Car les silex retrouvés sur les deux sites ont les mêmes origines. Ils proviennent de gisements identifiés dans les secteurs de Seyssel, de la Balme-de-Thuy, voire de plus loin, Olten dans le canton suisse de Soleure ou le sud de l'Allemagne.

Maillart Ella

Personnalité genevoise, Ella Maillart (1903-1997) fut l'une des voyageuses les plus étonnantes du XXe siècle. Exploratrice en quête de vérité, photographe, écrivain et journaliste, elle s'épanouira d'abord par le sport, avec le ski, la voile (seule femme de l'équipe suisse au J.O. de 1924) ou le hockey sur gazon, avant de se découvrir une passion pour l'aventure et les voyages aux confins du monde. Pour évoquer Ella Maillart, rien de mieux que deux extraits du livre *J'ai eu au moins cent chats*, publié par l'écrivain français Paul Morand en 1937.

« Genevoise de père et de mère danoise, Ella Maillart est une vraie Nordique. Elle étouffe sous les tropiques et dans les villes capitales. Elle est blonde, rouge de peau, la voix naïve et tendre. Son visage est solidement construit, tels les palais de bonne époque, avec un nez droit, poutre maîtresse, un menton conquérant [...], des pommettes bien sculptées ; ses mains sont viriles et ses grands pieds sont des pieds de coureuse d'univers, des pieds infatigables qui usent les routes et qui ont vu défiler autant de paires de chaussures que les corps des autres femmes ont endossé de robes éphémères. »

Voyant Ella Maillart arriver un jour chez lui, à Paris, dans les années 1930, Paul Morand dresse un portrait saisissant de son amie : « Bien des jours après, je vois débarquer un être informe, aux lèvres gercées, sans couleur, au regard vague, ayant presque désappris de parler, cherchant ses mots comme dans le dictionnaire. Elle demande un bain, une lettre d'introduction pour un éditeur, elle rit de ses belles dents, ses yeux bleus pleins de droiture et de douceur s'allument : c'est Ella Maillart qui émerge à la surface de la civilisation. Une semaine plus tard, la voici récurée, décapée, habillée, décolletée même. »

Dans une interview, Ella Maillart expliquait qu'il y avait trois lieux magiques dans sa vie : le Creux-de-Genthod, où elle a passé son enfance au bord du Léman, Chandolin, village d'altitude valaisan où elle vivait à la belle saison, et… le Salève ! Précisant sa pensée, elle explique, dans un entretien diffusé à la Radio Suisse Romande, que le sommet du Salève est un endroit unique au monde et qu'il se dégage de certains lieux du massif des vibrations bénéfiques pour les humains (voir **Trou de la Tine**). Évoquant les anciens qui ont mis des croix sur les sommets des montagnes, elle pense qu'ils ont instinctivement senti en ces lieux des terres sacrées et que le Salève en fait partie.

C'est d'ailleurs au Salève, dans le chalet Chants-d'Air (voir **Delessert**) situé aux Treize-Arbres, qu'elle séjournera régulièrement et écrira même deux de ses livres. C'est également dans cette maison appartenant à la famille Delessert qu'elle fêtera ses 80 ans, ayant invité pour l'occasion 85 amis venus de toute l'Europe.

Maillot jaune

En juillet 1973, septante ans après sa création en 1903, le Tour de France passe par les pentes du Salève. Et la Montagne des Genevois sera à la hauteur de l'évènement, car c'est dans cette 7e étape que l'Espagnol Luis Ocana va s'emparer du maillot jaune et prendre une option importante pour la victoire finale ! En ce dimanche 8 juillet, les coureurs sont partis de Divonne-les-Bains pour rejoindre Gaillard, avec comme morceau de bravoure ce cher Salève et son col de première catégorie. Arrivés à Collonges, les cyclistes attaquent la montagne, direction La Croisette. C'est sur cette petite route très pentue avec ses virages en épingle à cheveux que Luis Ocana va faire la différence.

Dans la montée, l'Espagnol lâche un à un tous ses poursuivants, Martinez, Van Impe, Fuente, Zoetemelk, Thévenet, Poulidor, et passe en tête le col du Salève (1 283 mètres) avec 40 secondes d'avance. La descente, qu'il effectue prudemment, traverse Monnetier puis Mornex, pour une arrivée singulière sur le parking de l'usine Aspro de Gaillard, où Ocana remporte l'étape. Il portera le coup de grâce lors d'une étape suivante, entre Méribel et Les Orres, jugée dantesque par les puristes, avec un exceptionnel enchaînement de cols : la Madeleine, le Télégraphe, le Galibier et l'Izoard. Vainqueur du Tour d'Espagne en 1970, Luis Ocana remporte en 1973 son premier et unique Tour de France. Par la suite, cette course mythique repassera par le Salève en 1974, 1981 et 1992.

Maison du Salève

Ouverte en 2007, la Maison du Salève présente la riche histoire de ce massif singulier, mais se veut aussi un lieu dédié au développement durable et à la sensibilisation à l'environnement. Le projet de cet écomusée a commencé au début des années 2000, lorsque le SMS (voir **Syndicat mixte du Salève**), présidé par Alain Bullat, décide de la création d'un lieu où le public pourra découvrir l'histoire du Salève au sens large (patrimoine, géologie, nature, sports, loisirs, etc.), mais aussi porter un regard différent sur cette montagne et s'interroger sur son devenir et la préservation de sa biodiversité.

Sur proposition de la Société d'histoire régionale La Salévienne, qui participera aussi au projet, le choix des élus pour cette « Maison du Salève » se porte sur la ferme de Mikerne, une ancienne dépendance de la chartreuse de Pomier construite en 1733 et située sur le territoire de la commune de Présilly. D'importants travaux seront réalisés sur ce bâtiment offert au SMS par un banquier genevois, M. Ormond, avec pour objectif de ne pas modifier son aspect extérieur tout en dotant son intérieur d'une structure moderne et fonctionnelle. Pilotée par l'architecte Philippe Guyard, cette réhabilitation sera une belle réussite, avec une Maison du Salève où l'ancien et le moderne cohabitent en totale indépendance, grâce à une construction gigogne en bois qui s'insère habilement dans le vénérable bâtiment.

Installé dans un environnement remarquable et préservé au pied du Salève, avec un grand jardin accueillant, cet écomusée présente dans un vaste espace une exposition permanente sur la riche histoire du Salève. À cela s'ajoutent des expositions temporaires évoquant différentes thématiques liées au massif ainsi qu'un programme d'animations pour le public et les scolaires mêlant sorties sur le terrain, visites guidées, conférences ou ateliers de découverte de la nature pour les familles.

Les expositions et les animations sont conçues par Estelle Couchouron, directrice de la Maison du Salève, et par son équipe d'animateurs, en étroite collaboration avec les élus du syndicat. Une boutique (livres, artisanat local, produits du terroir) et une salle hors-sac ouverte aux randonneurs complètent l'offre de cet espace culturel et patrimonial qui accueille chaque année plus de 12 000 visiteurs.

Marcheurs

C'est un randonneur que l'on a forcément croisé un jour ou l'autre sur les chemins du Salève. Le Genevois David Viry, infatigable marcheur amoureux du massif, a créé en avril 1996 l'Association genevoise des amis du Salève (AGAS). Notre homme avait l'habitude de se balader sur cette montagne facile à rejoindre en transport public. Un jour, comme il en avait assez de faire ses ascensions en solitaire, il a publié un petit communiqué dans la presse genevoise, donnant rendez-vous à tous ceux qui avaient envie de monter au Salève, deux dimanches par mois, au terminus du bus TPG à Veyrier.

La démarche est un succès, qui donne donc naissance à l'AGAS, dont les statuts sont simplissimes : « Il n'y a rien à payer, il suffit juste de venir à Veyrier avec son casse-croûte et de s'annoncer », explique celui qui arpente avec enthousiasme le Salève depuis plus de cinquante ans. Devant la réussite de son initiative, David Viry étend le rendez-vous à tous les dimanches, avec une affluence variable selon la météo et la saison. La montée se fait généralement par le sentier du Pas-de-l'Échelle, mais des variantes sont possibles par la Grande-Gorge ou Orjobet. La boucle classique passe par Monnetier, puis le Chalet-de-la-Croix, avant de rejoindre le téléphérique et l'Observatoire. La descente s'effectue à pied ou en téléphérique.

Depuis près de vingt-cinq ans – soit plus de mille randonnées ! –, c'est un public des plus variés qui crapahute chaque dimanche sur le Salève. Genevois, Français, familles de la Genève internationale ou touristes de passage, ils sont jeunes ou vieux, mais toujours intéressés par la convivialité de la balade et par les histoires de David Viry, qui connaît le Salève comme sa poche. Désormais octogénaire, ce n'est plus lui qui mène les courses, mais des fidèles ont pris le relais tandis qu'il grimpe à son rythme. Notre homme anime aussi le site internet de l'AGAS. Rustique dans sa forme, il déborde d'informations et d'articles sur la petite et la grande histoire du Salève.

Mayor Jean-Claude

Le journaliste Jean-Claude Mayor (1925-1996) fut longtemps « l'écrivain du Salève ». Natif d'Échallens, il a fait ses premières armes à *La Feuille d'Avis de Vevey*, avant de rejoindre *La Tribune de Genève*, en 1960. Il s'y révèle un fin localier au style original, doublé d'un chroniqueur explorant avec curiosité et talent le patrimoine et l'histoire genevoise.

À côté de sa carrière de journaliste, Jean-Claude Mayor va publier entre 1970 et 1996 une quarantaine de livres, révélant dans un style précis et agréable la petite et la grande histoire de Genève et de sa région. Parmi tous ces ouvrages, principalement édités par Slatkine et Tribune éditions, un certain nombre sont consacrés au Salève, massif que le journaliste aimait à fréquenter. Grâce à ses recherches et à ses rencontres, des pans méconnus de l'histoire salévienne ont ainsi été révélés. Plusieurs de ses livres restent aujourd'hui encore des ouvrages de référence sur le Salève.

Mendès France, de Menthon, enfants juifs

Homme politique français, Pierre Mendès France (1907-1982) fut notamment président du Conseil (Premier ministre) de juin 1954 à février 1955. Durant la Seconde Guerre mondiale, en 1941, le jeune député de l'Eure a quitté discrètement Bordeaux, où s'était réfugié le gouvernement français au moment de la débâcle contre les Allemands, pour tenter d'aller poursuivre la guerre en Afrique du Nord. Accusé de désertion par le gouvernement de Pétain, Mendès France entame alors une vie d'errance clandestine qui le conduit, parmi bien d'autres cachettes, à séjourner brièvement sur le Salève, dans un centre d'accueil géré par la Croix-Rouge (voir **Château des Avenières**). Il parviendra ensuite à rejoindre les Forces françaises libres, à Londres.

L'année suivante, en mai 1942, c'est un autre homme politique français d'envergure qui va séjourner clandestinement au château des Avenières. Grand résistant issu d'une illustre lignée savoyarde, François de Menthon (1900-1984) est menacé par le régime de Vichy. Le 2 mai 1942, ce responsable du réseau Combat est jeté dans la fontaine de l'Hôtel de Ville d'Annecy par des hommes du Service d'ordre légionnaire, avant d'être assigné à résidence et interdit d'enseigner. Basculant dans la clandestinité, François de Menthon se cachera quelque temps dans un château des Avenières vide d'occupants, avant de rejoindre le général de Gaulle, à Londres.

En août 1942, la Croix-Rouge installe aux Avenières une antenne du Secours suisse aux enfants victimes de la guerre. Le château accueille notamment des enfants malades issus de familles pauvres de la région de Marseille. L'établissement, bénéficiant d'un double statut de neutralité, à la fois par la Suisse et par la Croix-Rouge, va aussi abriter durant une bonne partie de la guerre des enfants juifs (voir **Justes**, **Bois-Salève**) en transit vers la frontière suisse toute proche. L'infirmerie de la maison d'enfants soigne également à l'occasion des maquisards blessés ou malades qui, selon un protocole bien établi, arrivent à l'aube, vers 4 heures du matin, et repartent rapidement.

Mesrine, Noiret, Polnareff...

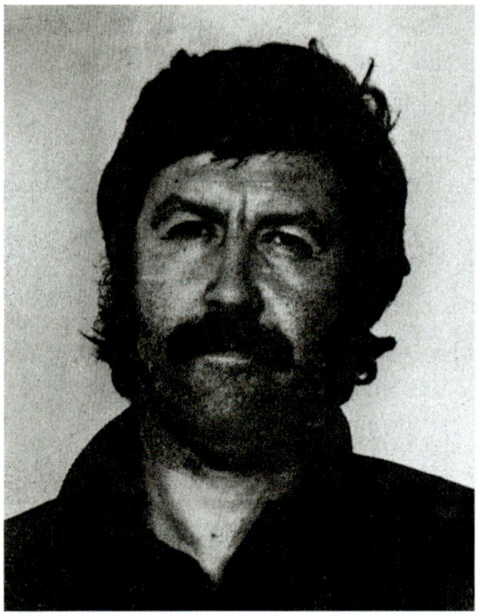

Jacques Mesrine.

Saviez-vous que même l'ennemi public n° 1 de la police française dans les années 1970 a séjourné au Salève ? Bon, d'accord, à l'époque, Jacques Mesrine n'est qu'un garnement en culottes courtes, placé par ses parents au très chic collège à la Montagne des oratoriens de Juilly (voir **Château des Avenières**), sur les hauteurs de Cruseilles. C'est en 1949, que les responsables de cet établissement scolaire catholique prestigieux, fondé en 1638 près de Paris, décident de louer les Avenières, propriété de 60 hectares comprenant 1 château et 5 villas, pour y installer une nouvelle antenne de leur collège.

L'établissement fonctionnera ainsi de 1949 à 1971 et accueillera quelque 4 000 élèves. Certains d'entre eux deviendront célèbres, tels les comédiens Claude Brasseur et Philippe Noiret – dont l'indiscipline et les résultats

Michel Polnareff.

Philippe Noiret.

calamiteux vaudront à ce dernier cette remarque du père Tardiveau : « Noiret, votre suffisance n'a d'égale que votre insuffisance ! » – mais aussi le réalisateur de clips et de pubs Jean-Paul Goude, les chanteurs Jean-Jacques Debout et Michel Polnareff ou l'écrivain Daniel Pennac. Autant de « vedettes » qui, dans leurs jeunes années, ont arpenté les sentiers du Salève !

Mesures

De par sa proximité avec Genève et son accès facile par le dos de la montagne, le Grand-Salève est choisi en 1760 par les frères Jean-André et Guillaume-Antoine Deluc comme une échelle de référence en altitude. Comme l'a indiqué Michel Grenon, de l'Observatoire de Genève, lors de son intervention en 2017 (voir **Colloque**), ils vont ainsi mesurer les altitudes de 15 stations du massif sur un itinéraire de 22 kilomètres grâce à une perche graduée de 36 pieds (11,694 mètres), une lunette à niveau et une chaîne d'arpenteur. Les Deluc découvriront notamment que le rocher du Coin réchauffe l'air et créée des ascendances thermiques.

Le Salève est également de la partie, en janvier 1791, lorsque le physicien genevois Marc-Auguste Pictet propose à sir Joseph Banks, président de la très londonienne Royal Society, de prendre comme point de référence le Grand-Piton afin d'effectuer une triangulation nord-sud et est-ouest destinée à mesurer la longueur au sol d'un arc de méridien de 1°, à mi-distance entre l'équateur et les pôles. Le but de cette mesure ? Vérifier si la forme de la terre est un pur ellipsoïde ou, si ce n'est pas le cas, de combien de degrés elle s'en écarte !

Le Salève aussi un point de mesure lorsque le général Guillaume-Henri Dufour réalisera à Carouge en 1838, avec une équipe de collaborateurs dévoués, le relevé topographique de la Suisse. Travail préalable à la publication de la première carte du pays, sous la forme d'un atlas au 1:100 000, avec comme point de référence les pierres du Niton, situées dans la rade de Genève (376,2 mètres au-dessus du niveau de la mer). En charge des relevés de triangulation sur le Salève, le Neuchâtelois Jean-Frédéric d'Ostervald raconte qu'il passa vingt-neuf jours de suite sur la montagne, « se nourrissant exclusivement de pommes de terre, même sans sel » !

Mires

En 1839, Émile Plantamour, directeur de l'Observatoire de Genève, à l'époque implanté sur le bastion Saint-Antoine, fait installer sur la crête du Grand-Salève une mire. Cet équipement – un poteau en fonte d'environ 6 mètres, avec à son sommet une plaque orientée est-ouest, percée d'un trou et surmontée d'une collerette de pointes – est situé à environ 12 kilomètres à vol d'oiseau au sud de l'observatoire, sur l'alpage de Chavane. Vandalisée à plusieurs reprises, la mire actuelle date de 1913 et marque la trace au sol du méridien de Genève sur le dos du Grand-Salève.

Au XIXe siècle, elle permettait principalement de régler le télescope de l'observatoire, avant qu'il ne déménage de la vieille ville à Versoix. Mais, comme l'indiquait Plantamour dans le compte rendu de ses observations astronomiques de l'année 1841, l'utilisation de cette mire n'était pas toujours chose aisée : « La distance et la position de cette mire permettent rarement de la voir bien et d'une manière favorable, d'abord à cause des nuages et du brouillard, qui couvre fréquemment le sommet de la montagne, ensuite à cause des ondulations considérables qu'elle présente. »

Par la suite, au moins deux autres mires furent installées sur le Salève. La première, une mire géodésique pyramidale en bois, fut placée au sommet du massif, sur la tour des Pitons. Elle y resta jusqu'au milieu du XXe siècle. La seconde a été installée sur les hauteurs du Petit-Salève, côté Genève. Cette mire, tout comme celle de l'alpage de Chavane, est toujours en place aujourd'hui.

Miss Monde

Le 22 février 1954, Hermann Geiger, pilote valaisan de légende spécialisé dans les sauvetages en haute montagne, se pose avec son avion à Genève-Cointrin. Dans les couloirs de l'aéroport, il croise la Française Denise Perrier, jolie brune qui n'est autre que Miss Monde 1953 ! Doté d'un bagout certain, l'Aigle de Sion propose à la jeune femme un petit tour en avion au-dessus du Salève ! Celle qui donna la réplique à Sean Connery dans le septième film de James Bond, *Les Diamants sont éternels*, accepte l'offre avec plaisir. Durant deux bonnes heures, le pilote et la pin-up vont ainsi survoler le massif et la région à basse altitude.

Et, dans le domaine de l'aviation et du Salève, il existe une autre anecdote assez amusante. En juillet 2002, quand la compagnie Swiss naît des cendres de la défunte Swissair, il est décidé de rebaptiser tous les avions du nom de sommets des montagnes suisses. Étonnamment, parmi les *Jungfrau*, *Eiger*, *Matterhorn* et autre *Moléson*, on trouve aussi un *Mont-Salève*, attribué à un Embraer 170 de 76 places. Aucun doute, pour la direction zurichoise de Swiss, le Salève est bien la Montagne des Genevois !

Momie de saint Benoît

Parmi les histoires étonnantes ayant pour cadre le Salève, il y a celle d'une momie qui a permis à une célèbre famille genevoise (voir **Gosse**) de conserver sa vaste propriété sur la colline de Mornex. En 1771, alors qu'il est étudiant en pharmacie à Paris, Henri-Albert Gosse avait exhumé clandestinement la momie de saint Benoît du caveau de l'église du même nom. Après avoir acheté le silence du bedeau-fossoyeur attaché à l'édifice, il aurait même ramené ce singulier colis sur son dos jusqu'à son domicile de la rue des Mathurins ! La précieuse relique, à laquelle il manquait un pied, fut transportée jusqu'à Genève en diligence, pour devenir par la suite la pièce maîtresse du cabinet de curiosités du Dr Gosse, place de Longemalle.

Lorsque Henri-Albert Gosse avait acheté en 1800 la vaste colline de Mornex, il n'y avait pas eu de problème particulier. Il faut dire qu'à cette époque le Salève, la Savoie ou Genève faisaient partie du même pays, la France, car la Révolution était passée par là ! Mais, après la défaite de Napoléon, les cartes sont rebattues, et chaque territoire retrouve sa nationalité d'origine. Du côté du très catholique royaume de Piémont-Sardaigne, à Turin, on ne goûte guère le fait qu'un Genevois protestant ait pu acquérir une aussi grande propriété sur le Salève. Décédé en 1816, Henri-Albert n'est plus concerné par ces problèmes. Mais son fils (voir **Gosse Louis-André**) est régulièrement harcelé par Turin et par diverses autorités locales, ses droits de propriété étant même remis en question.

En 1840, le médecin est en mission à Turin pour étudier les améliorations à apporter aux établissements pénitentiaires du royaume de Piémont-Sardaigne. Lors d'une rencontre avec le comte Avet, ministre sarde des Affaires étrangères, il lui fait part de ses problèmes à Mornex, mais aussi du fait qu'il possède une relique exceptionnelle. Sachant que Benoît est le saint vénéré du Mont-Cassin, dans l'actuelle Italie, il propose à l'évêché de Turin de leur offrir la momie... en échange du règlement définitif de ses problèmes fonciers ! Informé, le roi Charles-Albert donne son accord, et l'évêché annonce à Louis-André Gosse que le marché les intéresse, mais qu'il convient avant de vérifier l'authenticité de la relique. Un chanoine de Chambéry (et futur évêque d'Annecy), Louis Rendu, se déplace alors à Genève et constate que cette momie est bien celle de saint Benoît, déplacée du Mont-Cassin à Paris lors d'une période troublée.

Restait encore à faire sortir la momie de Genève, aussi clandestinement qu'elle y était entrée, ce qui fut fait en février 1841. Arrivé à destination après huit jours de voyage en diligence, Louis Rendu avisa le docteur Gosse en ces termes : « Me voici arrivé à Turin avec mon précieux dépôt ; nous avons, l'un et l'autre, passé les monts et les neiges sans accident. » La momie de saint Benoît restera quelques mois à Turin, puis elle retrouvera son tombeau du Mont-Cassin ; et Louis-André Gosse, sa propriété du Mont-Salève !

Monnetier

Situé entre le Petit et le Grand-Salève, dans un vallon creusé par l'Arve en des temps immémoriaux (voir **Géologie**), Monnetier aurait pu déjà connaître quelques habitants au Ier siècle de notre ère (voir **Allobroges**). Souvent orthographié « Monetier » dans les documents anciens, ce nom pourrait avoir comme origine le mot celte *Munitus*, toponyme lié au camp retranché du sommet du Petit-Salève. Dans une version plus « poétique », le géographe savoyard Jean-François Albanis-Beaumont attribue en 1787 l'origine du nom Monnetier à deux mots celtes, *moun*, signifiant « lune », et *thi*, qui veut dire « hameau ». Ce village au charme certain serait donc un « hameau de la lune ».

Selon un autre récit, Monnetier devrait son origine à un seigneur de la région qui amena un jour un paysan au sommet du Petit-Salève. Montrant le vallon, il dit à l'homme : « Vois, je te donne cette combe, sois courageux et prépare le cimetière ! » Dans cette phrase, nous retrouvons tous les noms des familles historiques de Monnetier : les Vidonne, les Descombes, les Corajod et les Ducimetière…

En 1807, dans son *Dictionnaire historique, littéraire et statistique des départemens du Mont-Banc et du Léman*, Jean-Louis Grillet décrit le village : « Monetier est habité par 425 individus, qui sont en général chaufourniers [(voir **Four à chaux**)], et ont réduit en culture tous les espaces de leur petite vallée, qui n'a pas une demi-heure de longueur, sur un quart d'heure de largeur. On y parvient, du côté de Genève, par un sentier très étroit et très scabreux [(voir **Pas-de-l'Échelle**)]. Par Étrembières, on monte à travers les vignobles de Mornay, qui produisent des vins très estimés. » En 1822, le village est presque entièrement détruit par les flammes (voir **Incendie**). Il sera assez vite reconstruit grâce à la solidarité financière des Genevois.

Site touristique dès le XVIIIe siècle, Monnetier doit son développement à la gourmandise des Genevois ! C'est pour ces promeneurs du dimanche que le village s'est doté de cafés et d'estaminets où l'on pouvait déguster vins frais et tartes aux myrtilles ou aux framboises. Vers 1860, l'écrivain voyageur Francis Wey évoque ainsi l'endroit : « On pénètre dans la ruelle étroite de Monnetier, village alpestre et curieux, dont les maisons s'alignent dans le demi-jour d'une masse d'arbres qui laisse à peine surgir la pointe du clocher. Monnetier, où l'on déjeune sainement dans une hôtellerie primitive, mais accorte et proprette, est une oasis de la société errante ; il y a là, dans la belle saison, une colonie de désœuvrés du genre méditatif et rêveur. »

L'arrivée du train (voir **Chemin de fer du Salève**) à la fin du XIXe siècle va transformer le village et doper son activité touristique, faisant alors du Salève un endroit plus riche en hôtels et en restaurants que la ville d'Annemasse ! Les médecins genevois envoyaient aussi volontiers leurs malades un peu anémiques en cure à Monnetier pour respirer l'air vif de ce vallon ouvert à la bise. Pour les convalescents, les docteurs préféraient les pentes abritées et ensoleillées de Mornex. Se balader aujourd'hui dans le village donne une idée de ce que fut Monnetier autrefois. Si les hôtels et les restaurants ont tous disparu, les imposants bâtiments sont toujours là, trônant tels des témoins muets du Salève de la Belle Époque.

Montant Valéry, Antoine

Personnalité du Salève, Valéry Montant (1974-2006) était un parachutiste et un parapentiste chevronnés, membre des Soul Flyers, l'équipe pro de la marque Salomon. Val, comme l'appelaient ses amis, était une figure du vol libre en Haute-Savoie. Il totalisait 400 sauts d'avion, 700 sauts de *base-jump* (saut extrême) et quinze années de vol en parapente. Avec d'autres parachutistes expérimentés et audacieux, il avait notamment effectué des sauts spectaculaires depuis l'Aiguille-du-Midi, la Dent-du-Géant ou l'Eiger, en Suisse.

C'est au Salève, la montagne de son enfance d'où il avait si souvent sauté en parapente, que Valéry Montant a trouvé la mort en février 2006. Après avoir effectué avec succès un saut depuis les falaises du massif avec le prototype d'une voile de *speed riding* (ski-parapente), il avait décidé de regagner son domicile du Salève à pied, en coupant à travers bois par les pentes. Arrivé presque au sommet, non loin du sentier de La Corraterie, Valéry Montant a, semble-t-il, glissé sur une plaque glacée, avant de chuter d'une vingtaine de mètres dans le vide. Ce n'est que le lendemain que ses amis se sont aperçus de sa disparition. Des équipes de secours sont alors parties à sa recherche et l'ont retrouvé la nuit suivante, décédé.

Famille historique du Salève, les Montant ont également eu la douleur de perdre un autre de leurs fils, Antoine (1981-2011), décédé à la suite d'un accident de *base jump* à Sixt-Fer-à-Cheval. Passionné de vol à voile et accro au Salève comme son grand frère, Antoine Montant avait été le premier champion de France de voltige en parapente, en 2005. Il avait conservé son titre en 2006 et 2007. Antoine était aussi, avec son frère Valéry, l'un des précurseurs de la pratique du *speed riding* en France. Cette spécialisation a valu à Antoine Montant, et à son complice François Bon, de participer en 2008 à une course d'anthologie aux Arcs (*speed riding* contre Audi RS6) pour *Top Gear*, la fameuse émission de télévision de la BBC.

Monte Seleuco

Nous avons déjà évoqué dans ces pages l'origine du Salève (voir **Gargantua**), mais, pour les quelques esprits chagrins doutant de la véracité de la version « gargantuesque » de la création et de la dénomination de notre massif préféré, nous proposons ici une explication plus scientifique du nom « Salève ».

Selon les recherches d'éminents spécialistes, la première mention écrite de ce massif apparaît au IVe siècle de notre ère sous la dénomination de *Monte Seleuco*. Si l'on comprend aisément que *Monte* signifie « mont », le second terme, *Seleuco*, aurait pour racine la contraction de deux mots celtes, *sel*, dérivant du mot « sal » (pente à éboulis), et *leuco* qui veut dire « mont brillant ». Ce *Monte Seleuco* aurait évolué au XIIe siècle pour devenir *Salevus Mons*. Au siècle suivant, la montagne se rapproche de son nom actuel avec un *Mont Salevus* qui se changera en *Montis de Salevu* au XIVe siècle.

Autre version, avec l'historien savoyard Paul Guichonnet, pour qui le terme « Salève » pourrait dériver des mots latins *salire* et *saliens* signifiant « sauter, sortir, jaillir » et désignant un saillant, une hauteur formant saillie, un promontoire rocheux. Dans une troisième déclinaison, donnant au Salève des origines divines, le terme *Seleuco* pourrait être une lointaine déformation du mot celte *sul* signifiant « Soleil ». Avec cette approche, le *Monte Seleuco* voudrait dire « Mont Soleil » et ferait de notre cher Salève une montagne sacrée autrefois dédiée à une divinité gauloise !

Monty

Un peu oublié aujourd'hui, le maréchal Bernard Montgomery, dit Monty, fut un héros de la Seconde Guerre mondiale. Commandant de la 8e armée anglaise en Afrique du Nord, il gagne avec ses « rats du désert » la bataille d'El Alamein, en octobre 1942 en Égypte, contre l'Afrika Korps du maréchal

Rommel. Cette première victoire significative des alliés sur les armées allemandes marquera un tournant dans le conflit. Stratège hors pair, Monty sera de tous les combats jusqu'à la victoire finale contre les nazis.

Le 31 août 1949, cette légende vivante de la Seconde Guerre mondiale est faite citoyen d'honneur de la ville de Chamonix. Le héros de la bataille d'El Alamein et du débarquement de Normandie était ensuite attendu à Chens-sur-Léman, où il devait passer quelques jours de villégiature dans le château du marquis de Beauregard. Mais, entre les hauteurs du Mont-Blanc et les rives du Léman, Monty a fait escale au Salève, le mercredi 31 août 1949 en fin de matinée.

Accompagnés d'un officier anglais, de 2 officiers français et d'une escorte de 8 hommes, soit un convoi de 3 voitures et 2 jeeps de l'armée française, le maréchal et sa suite ont rejoint la gare d'arrivée du téléphérique par la route traversant les villages de Mornex et de Monnetier. Avec une grande simplicité, Montgomery et ses hommes ont ensuite pique-niqué dans un champ voisin, puis le maréchal a visité les installations du téléphérique et admiré la vue sur Genève, le Léman et le Jura, avant de repartir pour Chens-sur-Léman.

Mornex

Cité pour la première fois dans un texte en 1137, Mornex tire son nom du mot « morne » désignant généralement une colline. Bien plus accessible que Monnetier, village qui n'était atteignable autrefois que par le raide et dangereux sentier du Pas-de-l'Échelle, Mornex et sa colline ensoleillée étaient depuis longtemps l'une de ces campagnes appréciées des gens aisés de Genève, qui venaient ici en villégiature estivale. Connu aussi pour son bon air et longtemps surnommé « le Petit Nice des Savoie », ce village blotti autour d'une rue centrale fut un lieu de repos et de cure fréquenté par des foules de convalescents et par quelques célébrités (voir **Amiel**, **Crépuscule**, **Féodorovna**, **Ruskin**, **Sculpteurs**, **Wagner**).

John Petit-Senn, écrivain du Salève, de Genève et d'ailleurs (voir **Vuy, et autres poètes genevois...**), livre dans un poème assez long intitulé *Mornex*, une vision bucolique et apaisante de ce village. En voici la conclusion : « Amis, voilà Mornex ! c'est là qu'on se repose ; c'est là que le destin prend une teinte rose / Qu'il n'est plus décevant ; / C'est là que le génie admire et se recueille, / Qu'à l'album de sa vie on ajoute une feuille, / Où l'œil revient souvent. » *Le Nouveau Guide de l'étranger à Genève et dans ses environs en 1848* décrit avec enthousiasme ce coin de Salève : « De Monnetier, on descend par un fort bon chemin au riant et beau village de Mornex, Nice au petit pied, sur le flanc méridional de la montagne, renommé pour la douceur de son climat et où Genève envoie ses valétudinaires [(malades)]. » Quant au chroniqueur voyageur Francis Wey, il évoque ainsi ce village en 1860 : « Tourné vers l'orient, le bourg de Mornex festonne de ses villas, dévolues aux princes de la finance, le versant fleuri du Petit Salève ; cascatelles de pampres [(voir **Vignes**)], étagées en terrassements. »

Mornex offre aussi une particularité optique assez originale. Lorsque l'on regarde le Mont-Blanc au coucher du soleil depuis ce village, on a l'impression de voir le profil de Napoléon Bonaparte allongé ! Un journal de l'époque donne d'ailleurs une description détaillée de cette création de la nature : « La courbure du chapeau de l'Empereur est formée par le Dôme du Goûter, son œil par les Rochers Rouges, son nez par "l'épaule" du mont Blanc, sa bouche et son menton par les autres escarpements. »

Motosacoche

La première trace d'une balade motorisée sur les chemins escarpés du Salève remonte à l'année 1904 et concerne une bicyclette… à moteur ! Cet engin hybride avait été inventé quelques mois plus tôt par Henri et Armand Dufaux. Issus d'une famille française installée à Genève à la suite de la révocation de l'Édit de Nantes, en 1685, les frères Dufaux développent précocement des talents d'inventeurs et d'entrepreneurs. Henri, l'aîné, artiste diplômé de l'École des Beaux-Arts de Genève, conçoit les inventions tandis qu'Armand, surdoué en mécanique, en assure le développement technique.

En 1898, Henri et Armand, âgés de 19 et 15 ans, inventent ainsi un petit moteur pouvant se fixer avec des sangles sur le cadre d'une bicyclette pour la transformer en motocyclette. Ce moteur (0,25 chevaux, 4 temps, 1 200 tours minute, 18 kg, pour une vitesse de pointe de 21 kilomètres/heures) a pour nom Motosacoche, car il est livré dans un petit sac en cuir. Une fois retiré de la sacoche, ce groupe moteur se montait avec son réservoir, sa batterie d'accumulateurs et toutes ses commandes dans un petit cadre en tubes d'acier, fermé lui-même par deux plaques en tôle et attaché

à la bicyclette avec des lanières. Le nom de ce moteur deviendra également celui de la société qu'ils créent pour fabriquer et commercialiser ce produit.

Après de nombreux essais dans la campagne genevoise, l'engin est au point et peut entrer en phase de fabrication. Avec un sens inné du marketing, Henri et Armand Dufaux ont alors une idée géniale pour faire connaître leur invention. Le 25 juin 1904, les deux hommes convoquent les journalistes de la presse locale, tant genevoise que savoyarde, à un évènement qui va révolutionner les transports individuels !

Afin de démontrer la fiabilité et l'efficacité de leur invention, ils ont choisi la route caillouteuse montant au Salève depuis Étrembières. Et ils vont payer de leur personne, car ce sont Henri et Armand qui pilotent les deux bicyclettes Motosacoche lancées pour une furieuse grimpée qui les mènera jusqu'à la station des Treize-Arbres, gare d'arrivée du chemin de fer du Salève située à 1 142 mètres d'altitude. Et c'est ainsi qu'ils gravissent avec succès et sans fatigue le Salève, au guidon de leurs bicyclettes motorisées équipées de pneus Michelin sur une route empierrée dont la pente oscille entre 12 et 20 % !

L'affaire étant bien lancée, les frères Dufaux vont construire une usine aux Acacias, en périphérie de Genève, où seront produites les

Motosacoche, mais aussi des motocycles de 250 à 1 000 centimètres cube et des moteurs MAG (Motosacoche-Acacias-Genève) destinés à des marques prestigieuses comme Royal Enfield, Ariel ou Triumph. Les deux frères imaginent également en 1905 une sorte d'hélicoptère, le Tiltrotor, qui fonctionnera très bien sous forme de maquette, mais dont le prototype ne réussira jamais à décoller.

Bientôt fascinés par les balbutiements d'une aviation naissante, Henri et Armand décide en 1909 de vendre leur société Motosacoche afin de se consacrer à la conception et à la fabrication d'aéroplanes. Rachetée à plusieurs reprises, l'entreprise construira divers moteurs industriels et même des voitures (la marque suisse Maximag, de 1923 à 1928), avant de cesser totalement son activité en 1992. Fleuron de l'industrie genevoise, Motosacoche reste à ce jour le plus grand constructeur suisse de motos.

N

Natica leviathan

C'est l'une des stars du Salève que l'on peut le découvrir dans les vitrines du Muséum d'histoire naturelle de Genève. Ce gastéropode marin fossilisé, dont la taille pouvait atteindre 30 centimètres de diamètre, c'est le *Natica leviathan*. C'est au cœur de roches sédimentaires datant de 138 millions d'années qu'il a été découvert, et il a été mentionné pour la première fois en 1843 par le géologue Alphonse Favre. Dans le calcaire formé à cette époque par les sédiments (voir **Géologie**), les savants genevois du XIXe siècle retrouveront quantité de fossiles marins, des oursins, des ammonites, des huîtres…

Dans une étude réalisée en 1985, Danielle Decrouez, l'ancienne directrice du Muséum d'histoire naturelle de Genève, a recensé plus de 700 espèces d'invertébrés différentes, uniquement dans les collections de fossiles du Salève propriété du musée. Parmi ceux-ci, le plus impressionnant est sans conteste ce *Natica leviathan,* escargot géant de la mer tropicale qui précéda le Salève sur nos terres. D'autres fossiles inconnus, de mollusques ou d'oursins, découverts en 1913 sur le massif par le géologue Jules Favre, ont été baptisés de noms en lien avec le Salève : *Matheronia salevensis, Cerithium monetierense*, *Pedina salevensis*, etc.

Naville Ernest

Tout comme Henri-Albert Gosse, Assan Dina ou Félix Tricouni, Ernest Naville (1816-1909) appartient à cette race de personnages singuliers qui ont laissé leur trace sur le Salève. Pasteur, théologien, philosophe, écrivain, brillant conférencier, auteur de plusieurs ouvrages sur la morale protestante, il est aussi l'un des penseurs du système politique de la proportionnelle pour les élections, un concept développé en Suisse, puis exporté

dans nombre de démocraties dans le monde. Mais ce personnage qui compte dans la Genève de la fin du XIXe siècle était aussi un homme à la santé fragile.

Comme pour d'autres personnalités, c'est sur les conseils du docteur Louis-André Gosse (voir **Momie de saint Benoît**) qu'il va décider de vivre une partie de l'année sur le Salève. Pour ce faire, Il acquiert ainsi en 1853 un vaste domaine à 1 200 mètres d'altitude afin de profiter de l'air sain du massif. En deux mois, il achète trois fermes, Grange-Gaby, Grange-Passay et La Pilaz, soit 175 hectares de terrain, où il va faire renaître des forêts sur ce coin de Salève (voir **Homme qui plantait des arbres**).

Homme d'action autant que de réflexion, Naville mobilise dès l'aube toutes les forces vives de la propriété (employés, famille, amis) afin de réaliser différents travaux de jardinage ou de tracer les sentiers qui vont desservir ses vastes terres. En 1857, dans le but d'accéder plus facilement à sa propriété, Ernest Naville contacte les autorités sardes pour demander l'autorisation de construire une nouvelle voie entre Monnetier et Les Treize-Arbres. Ce projet va se réaliser, mais il coûtera cher au résident de Grange-Gaby (voir **Routes**).

Sommité intellectuelle de son époque, Ernest Naville a reçu des personnages prestigieux dans sa résidence du Salève (voir **Dreyfus**). Grange-Gaby a ainsi accueilli Edgar Quinet (philosophe français à l'origine du concept de l'école gratuite, obligatoire et laïque), Émile Boutmy (fondateur de l'Institut des sciences politiques de Paris (Science Po)), la grande-duchesse de Hesse et son neveu Guillaume – un garçon turbulent selon Naville qui, à ce moment-là, ignore qu'il a affaire au futur Guillaume II, empereur d'Allemagne ! –, mais aussi un premier ministre russe en devenir, Piotr Stolypine, l'économiste italien Vilfredo Pareto ou un président des États-Unis (voir **Grant**).

En hiver, quittant la grise Genève noyée dans le brouillard pour rejoindre Grange-Gaby, il décrivait ainsi son arrivée sur les hauteurs du Salève : « Bientôt l'air devient pur ; montez encore, voici les Alpes ; sous les feux du soleil brillent toutes les cimes sublimes et les cieux ont tout leur azur. »

Neige

Durant la saison 2019-2020, pour la première fois de leur histoire, les bénévoles du foyer de ski de fond de La Croisette n'ont pas eu la possibilité de tracer les quelque 26 kilomètres de pistes de ski nordique habituellement situés entre ce hameau et le parking de l'ancien Restaurant de la Grotte du Diable à cause d'un manque de neige récurrent qui a touché toutes les stations de ski de moyenne montagne cet hiver-là. Et, si l'on se pose la question de ce à quoi ressemblaient les neiges d'antan au Salève, voici la réponse donnée par *Le Cultivateur savoyard* dans son édition du 22 février 1895.

« Un seul des chalets du Salève est habité durant l'hiver et ce chalet, à l'heure actuelle, est enseveli sous 4 à 5 mètres de neige. Comment les habitants peuvent-ils communiquer avec le dehors ? Comment se rendent-ils de la cuisine à la porcherie, au poulailler ou au bûcher, situé de l'autre côté de cette route qui parcourt la crête de la montagne et qui, passant devant la ferme, conduit les piétons de la gare des Treize-Arbres au village de La Croisette ?

» Le gardien du chalet, les bergers ont creusé, en dessous de cette blanche épaisseur, des tunnels allant des portes de la maison à celles des dépendances, et c'est à la clarté des lanternes que se font toutes les communications. De plus, lorsqu'il est nécessaire d'aller au hangar, c'est par les fenêtres qu'on sort du chalet et l'on pénètre dans les combles du hangar de plain-pied, marchant de l'un à l'autre de ces bâtiments sur la croûte durcie de la neige dont, de mémoire d'homme, on n'a vu pareille accumulation en ce lieu. »

Nostalgie contrariée

Un 31 juillet, le correspondant genevois de *La Gazette de Lausanne* livre un joli texte sur le Salève. Détail amusant, alors que nous sommes en 1902, le rédacteur s'inquiète de la « modernisation » du massif et regrette déjà le bon vieux temps du Salève d'autrefois !

« Il n'y a pas plus genevois que le coin de montagne savoyarde d'où je vous écris. Le Genevois a toujours aimé passionnément le Salève. La croupe sèche, qui bouche son horizon comme un mur, peut sembler laide à l'esthète ; à lui, elle a toujours paru admirable. A vrai dire, la montagne genevoise est si genevoise qu'elle a autant changé que la cité elle-même. Le Salève s'est civilisé comme tout le reste. Un petit chemin de fer y fait grincer en tous sens sa crémaillère, des breaks y charrient des fournées de touristes de l'entreprise Cook. De beaux hôtels, munis de tout le confort moderne, pratiquent la table d'hôte. Quelque part, une chapelle anglaise s'est implantée. Et au lieu du beau feu de broussailles que notre jeunesse allumait dans la nuit, c'est une étoile de lumière électrique qui se pose chaque soir au front des Treize-Arbres [(voir **Phare**)].

» Où est l'omelette savoureuse servie dans une vieille assiette à fleurs ? Où sont les sentiers minuscules qu'on gravissait à la clinquette [aube] ? Et où sont, sur l'herbe rase piquée de gentianes, les bonnes siestes méritées par tant de fatigue et douces comme une récompense ? Il me prend quelquefois l'envie d'apostropher les étrangers que le chemin de fer dépose frais et tristes au pied de la terrasse d'un hôtel. Malheureux, leur dirais-je, vous croyez, parce que vous avez pris un billet aller-retour et choisi sur la carte le menu de votre déjeuner, connaître le Salève ? Quelle erreur est la vôtre ! À la vérité, vous n'en savez rien ! Ni ses recoins intimes, ni ses accidents charmants, ni ses fleurs, ni ses rêves !

» Il reste que les étrangers me prendraient pour un fou. Cependant, tout n'est pas irrémédiablement anéanti du cher paysage qui a entendu tant de chansons, écouté tant de causeries, accueilli tant de songes. Il y a toujours la vue que Ruskin tenait pour l'une des plus incomparables qui fut au monde, il y a encore des masures branlantes, des courtils fleuris, des jolies expressions de langage. Il y a encore le "Temple de la Nature" cher au docteur Gosse. Et tout en haut demeure encore notre philosophe [(voir **Rousseau**)]. Il est au-dessus des chemins de fer, des hôtels, des jeunes femmes en culottes courtes ou des lampes électriques. Dans l'espace, dans la paix et dans le ciel, là il habite et il persiste, comme au bon vieux temps. Et de le sentir au sommet de la montagne, la montagne nous semble mieux à nous ! »

Noyer (de Rousseau)

Il est des arbres du Salève qui ont une histoire singulière (voir **Arbres remarquables**). L'un des plus illustres est sans conteste le noyer d'un célèbre écrivain et philosophe genevois (voir **Rousseau**). Jean-Jacques n'a que 10 ans lorsqu'il est confié en octobre 1722 avec son cousin Abraham

aux bons soins éducatifs du pasteur Lambercier, en charge du temple de Bossey. Un jour, ce dernier décide de planter un noyer au bord de la terrasse du presbytère, histoire d'avoir un peu d'ombre en été. Dans la foulée, les deux garnements vont repiquer leur propre arbre, un jeune saule, à quelques mètres du noyer. Pour assurer son approvisionnement en eau, ils creusent une rigole, qui amène discrètement l'eau donnée au noyer vers la bouture de saule !

La réaction du pasteur Lambercier nous est racontée par Rousseau lui-même dans *Les Confessions* : « Frappé de voir l'eau se partager entre deux bassins, il regarde, aperçoit la friponnerie, se fait brusquement apporter une pioche en criant à pleine tête : Un aqueduc ! Un aqueduc ! Il frappe de toutes parts des coups impitoyables. En un moment, les planches, le conduit, le bassin, le saule, tout fut détruit, tout fut labouré. »

Bien qu'il en ait émis l'envie, Jean-Jacques Rousseau, devenu adulte, ne reviendra jamais à Bossey pour voir comment a poussé ce noyer cher à son enfance. D'ailleurs l'arbre a depuis longtemps été coupé par l'un des successeurs du pasteur Lambercier, un fait qui désole les nombreux amateurs de Rousseau venus faire le pèlerinage de Bossey. Pour l'anecdote, notons qu'en 1828 un menuisier genevois, M. Martine, passa une annonce dans le *Journal de Genève* indiquant qu'il avait acheté le noyer de Rousseau et qu'il avait fait des meubles avec son bois. De mémoire d'ébéniste, jamais un arbre n'avait donné autant de meubles que celui de Jean-Jacques !

Observatoire(s)

Le Salève a toujours intéressé les passionnés d'astronomie. Au cours du XXe siècle, il fut d'ailleurs à deux reprises question de construire un observatoire astronomique sur le massif. Mais des circonstances assez étonnantes ont fait échouer ces tentatives. Le premier projet a été lancé en 1912 ; le second, en 1923 (voir **Dina**). Celui de 1912 débute lorsqu'un riche Genevois passionné par les astres, Henri Honneger, s'associe avec l'astronome Émile Schaer pour construire un observatoire sur le Salève. Homme d'affaires entreprenant, Honneger obtient rapidement du conseil municipal de Monnetier-Mornex un bail de location pour une parcelle située sur le plateau de la Petite-Gorge.

Cet observatoire comprendra une tour circulaire abritant la coupole du télescope et un laboratoire de 10 mètres sur 5, l'ensemble étant destiné principalement à accueillir 2 appareils, 1 spectrohéliographe et 1 réflecteur Cassegrain doté d'un miroir de 1 mètre de diamètre, taillé par le professeur Schaer. Dans un article publié par *La Tribune de Genève* en décembre 1913, l'astronome explique que ces équipements lui permettront d'entreprendre l'étude approfondie de phénomènes méconnus, comme le spectre des nébuleuses ou les étoiles de première grandeur. Soutenu par le Saint-Juliénois Fernand David, alors ministre de l'Agriculture, et par le Conseil d'État à Genève, ce projet se réalise rapidement.

Le bâtiment est terminé au début de l'année 1914 et accueille son télescope à miroir. C'est alors qu'un évènement extérieur, le déclenchement de la Première Guerre mondiale, va singulièrement compliquer les choses. De par leur nationalité suisse, les deux hommes se voient interdire l'accès au site. Quelques mois plus tard, l'observatoire est saisi par le gouvernement français et placé sous scellés, car une rumeur persistante laisse entendre que sa construction aurait été en partie financée par les Allemands, dans un but d'espionnage.

Laissé sans surveillance, l'observatoire est vandalisé à plusieurs reprises et même en partie incendié. Si une bonne partie du matériel scientifique a été saccagée ou volée, le miroir du télescope a échappé par miracle à la destruction. Il eut une destinée étonnante : transféré et mis en service à l'observatoire de la Jungfraujorg (Suisse) en 1927, il fut ensuite installé dans celui de Saint-Michel, dans le sud de la France, avant de finir son existence à Trieste, en Italie !

Aujourd'hui, l'observatoire est un restaurant. Le bien nommé Restaurant de l'Observatoire a été ouvert en 1949 dans le bâtiment construit par Émile Schaer. Après l'avoir acheté à la commune, Auguste Calloni a réalisé d'importants travaux pour transformer l'édifice, avant d'en faire un établissement très fréquenté. Plus de septante ans après son ouverture, ce café-restaurant existe toujours. Repris par une nouvelle équipe depuis quelques années, ce lieu décalé au look vintage connaît encore un joli succès.

Odeur et souvenirs…

En 1912, Jean Desterreaux, chroniqueur du *Journal de Genève*, livre un joli texte nostalgique intitulé *L'Odeur du Salève*. Évoquant les Genevois privés de vacances, il explique qu'il leur reste heureusement le Salève. « Les géographes, gens précis, le situent au sud-est de Genève. Relevons vite cette erreur grave : le Salève n'est pas en un point défini ; il nous entoure, il nous domine. Cercle, centre et pôle d'attraction, il est partout, et tel qui croit le fuir foule déjà son herbe rase… Pour tout dire, il est La Montagne.

» Dans la nostalgie des Genevois en exil, quelle part est celle du Salève ? Un toit fume ? C'est Bossey… Un âne brait ? c'est Monnetier… Des frites grésillent, et voici surgir, du pavé même du boulevard, la silhouette de la Mère Brand (voir **La Croisette**). C'est que dès notre premier âge la chère montagne nous accueille. L'écolier ne rêve pas meilleure récompense. Lentement, le Salève s'insinue en nous… à la fois couleur, saveur, odeur, il pénètre au plus profond de notre sensibilité, s'y installe et s'y carre.

» Comment déloger un si vieil ami ? Comment ne pas ressentir une tendresse passionnée, exclusive, pour ce témoin de nos premiers enthousiasmes, de nos premiers émois, ce compagnon de tous nos dimanches. Comment, surtout, ne pas s'abandonner, lorsqu'une odeur vient évoquer le Salève ? Car il exhale un parfum certain, fait de cent parfums divers et parfois malodorants. Mais au bout de l'odeur, toujours, on trouve la montagne ; bien mieux, tel sentier précis, avec la teinte des feuilles et le piquant de l'air.

» Ainsi, la seule odeur du bois brûlé ramène à fleur de mémoire nos impressions d'enfance, les situe en les renouvelant. Et combien d'autres parfums évocateurs ? Muguet, violette, cyclamen, et le foin en cuchets [meule], et le moût dans les cuves… Au fond de chacun de nos souvenirs dort une pierre du Salève, avec un peu de sa terre rouge et parfumée. C'est pourquoi nous aimons le monstre au dos pelé ; pourquoi, les narines dilatées, nous humons avec délice son odeur complexe : l'odeur même des dimanches ».

Ogre, espions, policiers, les romans du Salève…

Si de nombreux livres ont été écrits sur le Salève, son histoire, ses légendes, sa géologie, sa faune ou sa flore – à un point tel que l'historien savoyard Paul Guichonnet estimait qu'il était sans doute le massif le plus étudié en Europe, après le Mont-Blanc –, cette montagne est aussi le théâtre et le décor de romans (voir **Crevin**) ou de livres pour enfants. Nous vous proposons ici un petit inventaire non exhaustif de ces ouvrages, où policiers et thrillers semblent se tailler la part du lion.

Chronologiquement, nous avons ainsi *Morts au Salève*, d'Olivier Carzon, où il est question de décès mystérieux, d'un médium, de fantômes, et de l'étrange manoir de Saint-Massié, perché sur la montagne (autoédition, 2009). En 2014, Michel Turk publie *À l'ombre du Salève*, roman transfrontalier sur les traces d'une policière française au cœur d'un trafic de drogue (Éditions Cabédita). La même année, Olivia Gerig signe *L'Ogre du Salève* (Encre Fraîche). Des jeunes femmes disparues dans les environs du massif, un dangereux psychopathe, l'enquête s'annonce difficile pour le commissaire Rouiller….

Autre roman policier, avec *Tue LEM, l'affaire du mont Salève*, d'Emmanuel Condemine, sixième enquête du commandant Etcheverry, dans les arcanes d'une terrible vengeance… (Éditions Sydney Laurent, 2018). Avec le romancier Mark Zellweger et ses *Espionnes du Salève*, c'est une trilogie que les éditions Eaux Troubles proposent aux lecteurs. Genève, 1940-1944, cet îlot neutre aux portes d'une France occupée par les nazis est un véritable nid d'espions. Entre trahisons et sombres affaires, les espionnes du Salève auront fort à faire dans *L'Envers du miroir* (2017), *Bletchley Park* (2018) et *Le Pacte Allen Dulles* (2020).

Le massif est également le décor de livres pour enfants, avec *La Grotte perdue du Salève*, de Madeleine Covas (Éditions Cabédita, 2009), ou *L'Étrange Varappe*, signée Corinne Jacquet (Éditions Slatkine, 2015). Dans des genres différents, signalons aussi *Les Orphelins du rail*, récit où Yves Jobert évoque, dans un style *guerre des boutons*, son enfance à Bois-Salève, maison d'accueil de la SNCF située au Pas-de-l'Échelle (Éditions Cabédita, 2010), et *Les Arbres du Salève racontent leur histoire*, de Pierre Schaeffer, 29 contes illustrés de superbes photos (autoédition, 2014).

Ordre du Temple solaire

Tout le monde connaît la sinistre affaire de l'Ordre du Temple solaire (OTS), cette secte dont les suicides collectifs ont fait 74 morts, entre 1994 et 1997, en France, en Suisse et au Canada. Fondée à Genève en 1984 par Luc Journet et Joseph Di Mambro, cette secte à la « filiation templière bricolée », selon un sociologue, avait pour but de rassembler une élite spirituelle qui pourrait survivre à l'apocalypse dans un lieu spécialement aménagé à cet usage. Durant plusieurs années, le cocktail « mystico-ésotérico-religieux » servi par Di Membro et Jouret à grand renfort d'effets spéciaux séduira quelque 450 adeptes de l'OTS.

Mais une condamnation au Canada pour détention illégale d'armes va dérégler la belle machine et titiller la curiosité des Renseignements généraux français. Des financiers de l'ordre prennent leurs distances, et l'argent commence à manquer. Voyant les choses leur échapper, les maîtres de la secte préparent alors l'adieu à ce monde, qu'ils nomment « transit vers Sirius » et qui aboutira à ces tragiques suicides collectifs.

Si cette histoire est bien connue, ce que l'on sait moins, c'est que Jo Di Mambro avait quelques années plus tôt choisi le pied du Salève pour y fonder le Centre de préparation à l'âge nouveau (CPAN), première mouture de l'OTS. En 1976, il achète une ferme sur les hauteurs de Collonges-sous-Salève, qu'il baptise « la Pyramide ».

Durant deux ans, il va régner là en « Grand Maître », avec une vingtaine d'adeptes qui assurent son luxueux train de vie, tandis que certains week-ends sont consacrés à des séminaires ésotériques en habits de templiers auxquels de riches Genevois participent. La présence de l'Ordre du Temple solaire au Salève s'achèvera brusquement en 1979, lorsqu'un incendie ravage la ferme, bizarrement inoccupée ce jour-là. L'OTS déménagera et prospérera alors dans le canton de Genève, jusqu'à sa fin tragique, quinze ans plus tard.

Orjobet

À quoi tiennent les choses ! En cette fin d'année 1778, François Orjobet, paysan du hameau du Coin, sur les hauteurs de Collonges-sous-Salève, croise par hasard le chemin d'un grand savant genevois (voir **De Saussure**), alors en promenade géologique sur le piémont du massif. Les deux hommes engagent la conversation, et Orjobet raconte à de Saussure qu'il connaît l'entrée d'une caverne perdue dans la montagne, sur une parcelle dont il est propriétaire. C'est cette discussion anodine qui va faire passer François Orjobet à la postérité !

Car de Saussure prend rendez-vous avec le paysan pour aller découvrir cette mystérieuse caverne dès les beaux jours de l'année suivante. Et c'est ainsi que, le 4 mars 1779, les deux hommes s'engagent sur un sentier très raide qui les conduira jusqu'à un couloir échancré situé aux deux tiers de la montagne. De là, ils aperçoivent à travers la végétation l'entrée de la grotte. Après une dernière grimpée, Orjobet et de Saussure pénètrent dans la caverne. Ils découvrent alors un grand boyau grimpant dans les entrailles du Salève, avant de déboucher au grand jour quelques dizaines de mètres plus haut.

Très impressionné par ce qu'il vient de voir, le savant réalise un croquis précis de la grotte et décide de la baptiser du nom de son guide ! Il décrit ainsi l'endroit : « C'est une espèce de puits immense, de plus de 30 mètres de diamètre. J'ai observé qu'il est cannelé du haut en bas de sillons larges et profonds, et ces sillons règnent dans toute la circonférence intérieure, et sur toute la hauteur qui va à 160 pieds. »

Restée longtemps le domaine des varappeurs, la grotte d'Orjobet va s'ouvrir aux randonneurs en 1905, lorsque la section genevoise du Club alpin suisse lance une souscription pour aménager un itinéraire balisé reliant Le Coin à La Croisette. Le sentier passe bien sûr par la caverne, où des marches sont taillées dans la roche calcaire. L'équipe du CAS va tout naturellement le baptiser du nom d'Orjobet, tout comme la grotte. Et il est depuis cette lointaine époque l'un des sentiers les plus fréquentés de la montagne.

Cent ans plus tard, en 2005, le CAS remet officiellement le sentier d'Orjobet au Syndicat mixte du Salève, la collectivité territoriale française en charge de la protection du massif et de l'entretien de ses chemins balisés. Mais il y a un problème, des chutes de pierres se produisent de temps à autre dans la grotte, avec le risque de blesser les nombreux randonneurs qui le visitent. Renouant avec la tradition, le SMS (voir **Syndicat mixte du Salève**) lance alors avec succès une nouvelle souscription qui permettra de financer en partie les travaux de sécurisation de la caverne.

Ours

Les récits concernant la présence d'ours au Salève sont plutôt rares. Pourtant, jusqu'au début du XIXe siècle, cet animal est bien présent dans le Vuache, et surtout dans le Jura, sur les pentes du Pays de Gex. Des chasseurs se sont même spécialisés dans sa traque, vendant ensuite sa fourrure et sa viande à Genève, où elle est, paraît-il, fort appréciée.

En 1821, un ours est aperçu à plusieurs reprises sur le Salève, du côté de Cruseilles. D'où vient-il ? Peut-être du Vuache, où 4 ours ont semé une belle pagaille en 1818 dans le village de Savigny. Deux d'entre eux ont été tués, mais les 2 autres se sont évaporés dans la nature. Cet ours salévien est peut-être l'un des rescapés de Savigny ?

Une chose est sûre, sa présence suscite une vive inquiétude dans la population et une forte excitation chez tous les chasseurs de la région, qui s'imaginent déjà être celui qui abattra le dernier ours du Salève ! Face à une telle détermination, les jours de cet animal sont évidemment comptés et il est abattu par un fier Nemrod le 17 novembre 1821, non loin de Saint-Blaise.

L'évènement fait à l'époque grand bruit. Le Dr François Mayor, l'un des conservateurs du Muséum d'histoire naturelle de Genève, lance même une souscription publique afin d'acquérir pour son établissement la peau de l'animal. Près de deux siècles plus tard, le dernier ours du Salève, dûment empaillé, trône toujours avec majesté dans les vitrines du Muséum d'histoire naturelle.

Cela dit, il n'est pas impossible que cet ultime ours du Salève ait une origine géographique plus éloignée qu'on ne l'imagine. En effet, l'écrivain et journaliste Jean-Claude Mayor a retrouvé en 1975 un article paru dans

Le dernier ours du Salève, tué en 1821, trône aujourd'hui dans les vitrines du Muséum d'histoire naturelle de Genève.

La Revue Genevoise au printemps 1819. Il y est relaté un fait divers intéressant : « Il y a environ deux mois qu'un jeune ours brun qui faisait partie d'une ménagerie ambulante s'échappa des mains de ses gardiens sur la route de Genève à Annecy, et alla se réfugier dans les bois qui sont au pied de la montagne du Salève. On l'a vu plusieurs fois rôder dans les communes de Collonges, d'Archamps, de Beaumont, etc., où il paraît avoir endommagé les récoltes. »

Par la suite, ce plantigrade se fit plus discret et l'on pensa qu'il avait émigré vers d'autres cieux. Mais qui sait, peut-être était-ce finalement ce fameux ours du Salève qui passa de vie à trépas à l'automne 1821 ?

En conclusion, nous pouvons remarquer que, si l'on a peu de traces d'ours au Salève, l'animal a néanmoins marqué les imaginations et laissé sa griffe dans la toponymie du massif. La montagne abrite ainsi une grotte de l'Ours et un plateau de l'Ours (Bossey), un pas de l'Ours (Collonges) ou un creux de l'Ours (Le Sappey).

Ouvroir du Fer à Cheval

En 1906, une illustre famille de Collonges-sous-Salève (voir **De Beaumont**) fait construire au Bourg-d'en-Haut le petit bâtiment du Fer-à-Cheval. Ce nom singulier a été trouvé par Blanche de Beaumont, qui marcha sur un… fer à cheval alors qu'elle cherchait comment appeler l'endroit ! Sa première vocation fut la lutte contre l'alcoolisme dans les familles, fléau important à l'époque. En 1931, les propriétaires font don du Fer-à-Cheval à la commune, qui l'utilisera comme salle des fêtes, bien que l'alcool y soit totalement prohibé ! Et c'est dans ce bâtiment que Renée Franzoni va créer en 1939 l'un des premiers ouvroirs de guerre en France. Dans cet endroit, des dames de Collonges se réunissent pour tricoter des vêtements et préparer des colis pour les soldats de la commune mobilisés au front. Par la suite, des centaines d'ouvroirs de ce type seront installés dans toute la France.

Un témoignage intéressant sur cet ouvroir arrive le 28 janvier 1940 à Collonges, sous la forme d'une carte envoyée du front par un soldat. Cet homme, c'est le comte Basil Chéréméteff, descendant d'une riche famille proche de la cour impériale de Russie et exilé au pied du Salève suite à la Révolution d'octobre en 1917. « Mesdames, je viens vous remercier de tout cœur pour toutes les choses magnifiques que ma femme m'a envoyées de votre part. Deux paires de chaussettes, trois mouchoirs, un passe-montagne et une paire de mitaines. Tout cela m'a été plus qu'utile pendant la période de froid par laquelle nous venions de passer. Le sentiment que j'ai laissé ma famille parmi vous tous m'est d'un grand réconfort, car Collonges est notre seconde patrie, et je tiens à vous dire toute notre reconnaissance pour la manière dont vous nous avez adoptés et je ferai tout mon devoir envers la France que j'aime et que j'aimerai toujours. Veuillez recevoir, Mesdames, l'expression de mes sentiments respectueux et reconnaissants. »

P

Panthéon

Saviez-vous que le Panthéon, ce temple républicain dédié aux grands personnages de l'histoire de France, accueillait un peu de terre du Salève dans sa crypte ? Avant d'évoquer cette information étonnante, il convient de resituer le passé de cet édifice, construit à l'origine pour accueillir la châsse de sainte Geneviève, patronne de la ville de Paris ayant empêché par ses prières, en l'an 451, Attila et ses Huns d'envahir la cité. Inspiré du Panthéon de Rome, ce monument symbolique de la République française abrite aujourd'hui les dépouilles de personnalités telles que Voltaire, Rousseau, Hugo, Zola, Jaurès, Dumas, Pierre et Marie Curie ou Malraux.

En 2015, François Hollande, président de la République, décide que 4 résistants illustres, dont 2 femmes, seront inhumés au Panthéon. Parmi ces héros de la Seconde Guerre mondiale, Geneviève de Gaulle-Anthonioz, la nièce du général. Engagée dans la Résistance après l'appel du 18 juin 1940, la jeune femme de 23 ans est arrêtée par la Gestapo en juillet 1943. Déportée en février 1944 au camp de concentration de Ravensbrück, elle frôle plusieurs fois la mort, avant d'être mise au cachot sur ordre d'Himmler, qui souhaite l'utiliser comme monnaie d'échange.

En avril 1945, elle est accueillie à Genève, presque aveugle et ne pesant plus que 44 kg. C'est durant sa convalescence qu'elle va rencontrer Bernard Anthonioz, fils d'un sculpteur de Collonges-sous-Salève, résistant savoyard, éditeur, ami d'Aragon et de Malraux. Ils se marient le 28 mai 1946 à Bossey. Après avoir organisé la convalescence en Suisse de 500 de ses compagnes de déportation, Geneviève de Gaulle-Anthonioz va faire la connaissance du père Joseph Wresinski et s'engager à ses côtés au sien de l'association ADT Quart-monde.

Décédée en 2002, la nièce du général de Gaulle repose auprès de son mari, dans le petit cimetière de Bossey. Contactés par la présidence de la République, ses enfants, comme ceux de Germaine Tillion, n'ont pas souhaité que leurs mères soient séparées de leurs époux pour entrer au Panthéon. À défaut de corps, ce sont quelques pelletées de la terre du Salève, prélevées autour de la tombe de Geneviève de Gaulle-Anthonioz, qui ont été déposées dans le cercueil transféré au Panthéon.

Pas-de-l'Échelle (Le)

Sentier historique permettant d'accéder de la plaine (400 mètres) au vallon de Monnetier (750 mètres), entre Petit et Grand-Salève, le Pas-de-l'Échelle existait déjà au XIVe siècle. Cité en 1320, il est nommé « Scalam de Munetier ». En latin, *scalam* signifie « escalier » ou « échelle », d'où sans doute l'erreur originelle de dénomination d'un chemin qui aurait plutôt dû s'appeler « Le Pas-de-l'Escalier », car il est formé dans ses parties les plus raides de marches directement taillées dans le calcaire de la montagne. C'est par cet itinéraire que les paysans du massif allaient vendre leurs produits sur les marchés de Genève et que les premiers excursionnistes gravissaient la montagne pour profiter de ses superbes points de vue.

Ce n'est de loin pas le plus agréable des sentiers pour monter au Salève, car il est très fréquenté, grimpe sec, peut être glissant, avec en prime le bruit incessant des véhicules circulant sur l'autoroute qu'il surplombe. Déjà en 1533, le grand géographe flamand Gerardus Mercator évoquait avec peu d'enthousiasme le sentier du Pas-de-l'Échelle : « Et a un millier de Genève, y a un mont qu'aucuns montent avec peine et horreur par degrez et eschellons estroits, presque innumerables, taillez par artifices plus que de nature ; et y en a qui prest à mettre le pied sur le dernier, s'en sont retirez par l'aspect et consideration du grand precipice. »

Décidément mal-aimé, ce chemin n'a pas non plus les faveurs du *Nouvel Ebel*, un guide de voyage incontournable au XIXe siècle : « On n'y parvient, du côté de Genève, que par un sentier très-étroit et très-scabreux appelé le pas de l'Échelle. » Plus indulgent, Willy Aeschlimann, l'auteur de l'*Almanach du Vieux Genève*, évoque, lui, la coutume du Jeûne fédéral, puis du Jeûne genevois, « journée réservée pour la promenade au Salève par le Pas de l'Échelle, avec une longue colonne de citadins qui déambulaient sur le flanc de notre montagne préférée, cueillant des cynorrhodons ». C'est en tout cas par cet itinéraire que les pompiers volontaires de

Veyrier sont montés à pied, en hissant avec des cordes leur pompe à bras, le 30 mars 1822, lorsque le village de Monnetier était la proie des flammes (voir **Incendie**).

En septembre 1837, ce sentier fut le théâtre d'un étonnant fait divers. Deux dames avec un enfant descendaient du Salève, lorsqu'elles tombèrent, au bas des marches taillées dans le roc, sur un sinistre individu. Ce dernier saisit l'enfant et le tint à bout de bras au-dessus du vide, exigeant l'argent et les bijoux des deux femmes. Mortes de frayeur, elles obtempérèrent immédiatement, avant de se hâter pour regagner Veyrier avec l'enfant. Informé de leur infortune, des citoyens se lancèrent aussitôt à la poursuite du malfaiteur. « Celui-ci, qui trouvait le métier profitable, était resté là et venait d'arrêter une autre dame lorsque la troupe arriva. Aussitôt on le saisit et on l'emmena à Saint-Julien, où il fut incarcéré », indiquait *La Gazette de Lausanne*.

Formé à l'origine de 120 marches, en majorité taillées dans le roc, ce sentier en compte aujourd'hui 240. Lors de la construction de la seconde ligne de chemin de fer, en 1893, la compagnie a en partie utilisé l'ancien chemin pour installer la voie entre le tunnel et le vallon de Monnetier. En compensation, les ouvriers ont réalisé à côté des rails un nouvel itinéraire formé de 120 marches, taillées dans la roche ou, pour celles en granite, apportées et fixées là. Des mains courantes ont aussi été installées dans les secteurs les plus escarpés. Ce sentier offre en outre le plaisir de passer près de l'entrée de l'unique tunnel du regretté petit train (voir **Chemin de fer du Salève**), dont l'accès est aujourd'hui interdit, à cause d'un risque de chute de pierres.

Pasteur Louis

Louis Pasteur (1822-1895), l'homme qui a découvert le vaccin contre la rage, ne s'est, a priori, jamais promené sur le Salève. Mais il est tout de même lié à cette montagne par une histoire authentique et tragique. Elle a pour cadre une époque heureusement révolue, celle où des gens mouraient de la rage lorsqu'ils étaient mordus par un chien contaminé. Parmi ces nombreux cas de rage, il en est un qui a pour cadre le village de Vovray-en-Bornes, sur le piémont du Salève.

Nous sommes le 9 octobre 1885, lorsqu'un chien enragé vient de mordre un enfant, Jean-Marie Lugaz, ainsi que son père, Jean, venu à son secours. Appelé en toute hâte, un médecin de Cruseilles, Louis Bouchet, désinfecte les blessures, mais ne peut hélas guère faire plus. Le père décède en premier, rejoint dans la tombe par son fils quelques jours plus tard. Jean Lugaz laisse une jeune veuve, Céline, et une petite orpheline.

L'affaire soulève une grande émotion dans la région du Salève. D'autant plus que Céline Lugaz semble être également contaminée par la rage. Mobilisés, des habitants de Vovray lancent une collecte pour récolter des fonds afin que la jeune veuve puisse aller à Paris se faire soigner chez le célèbre savant Pasteur. Car, en cet automne 1885, Louis Pasteur est au cœur de l'actualité. Le 6 juillet 1885, il a vacciné avec succès le jeune berger alsacien Joseph Meister, mordu par un chien enragé.

Touché par la détresse de cette femme, l'instituteur Bourgraux a contacté la rédaction du *Cultivateur savoyard* : « Monsieur le Directeur, je vous prie d'ouvrir dans vos bureaux une souscription en faveur de l'infortunée veuve Lugaz. De mon côté, j'intéresserai à son malheureux sort les habitants de Cruseilles et du canton. M. Dusonchet, conseiller général, s'inscrit pour 40 francs et ouvre une souscription à Genève. » Des dons affluent bientôt de toute la région, rendant possible le voyage de la jeune femme vers la capitale.

Arrivée à Paris en train au début du mois de novembre 1885, Céline Lugaz est admirablement accueillie par le savant. Il semble que son physique avenant fasse un certain effet au grand homme, à l'époque déjà âgé de 63 ans. Du côté médical, elle reçoit chaque jour une injection du vaccin dans les hanches. Mais le journal relate aussi qu'elle est fort bien logée dans un hôtel, ayant à chaque repas « potage, deux viandes, légumes et dessert ». M. Pasteur l'entoure de toutes sortes d'égards, « lui faisant les honneurs de son parc, de ses fleurs et de ses animaux domestiques » !

Après quinze jours de soins, Louis Pasteur annonce à Céline qu'elle est totalement guérie et qu'elle peut rentrer chez elle. Alors qu'elle souhaite payer son traitement, le grand savant refuse : « Ma brave petite Savoyarde, vous avez déjà eu trop de chagrins et supporté trop de dépenses pour que je vous demande quoi que ce soit. Adieu, et bon voyage ! » De retour dans son village de Vovray-en-Bornes, la veuve Lugaz est bientôt entièrement remise de ses terreurs. Elle a même reçu par la poste quatre portraits photo d'elle-même, car le célèbre docteur se passionnait pour cet art naissant et réalisait parfois des clichés de ses patients.

Pêche miraculeuse (La)

Konrad Witz (1400-1446) est un peintre suisse dont la carrière a été courte, dix ans, mais elle lui a permis d'acquérir une grande réputation. Cela dit, cet artiste installé à Bâle ne serait peut-être pas entré dans l'histoire de l'art s'il n'avait été le premier peintre au monde à avoir intégré un paysage réel dans une scène biblique. Et que voit-on dans ce tableau peint en 1444 pour la cathédale de Genève et intitulé *La Pêche miraculeuse* ? Rien de moins que le Salève !

Certes, il n'y a pas que le Salève (en fait le Petit-Salève) sur cette toile représentant un Christ marchant sur l'eau du Léman face à des pêcheurs, qui ne sont autres que les apôtres remontant un filet rempli de poissons. Dans ce « premier portrait topographique » de la peinture médiévale, il y a aussi les Voirons, le Môle ou les Alpes enneigées, avec sa majesté le Mont-Blanc. Grâce à cette œuvre, Konrad Witz est considéré par les spécialistes comme le maître qui a fait évoluer la peinture de l'époque, passant des paysages symboliques du Moyen Âge à une représentation de la nature plus réelle.

MAH Musée d'art et d'histoire, Ville de Genève, provenant de la cathédrale Saint-Pierre de Genève.

Petite-Gorge (la)

Plus modeste que la Grande-Gorge, la Petite-Gorge, avec sa forme de triangle parfait, est facilement identifiable depuis la plaine, car elle se trouve à l'aplomb de l'émetteur du mont Salève qui diffuse les programmes des chaînes de télévision et de radio. Dominé par un vaste plateau et offrant une vue somptueuse sur Genève et le Léman, cette esplanade située à quelques centaines de mètres au-dessus de l'arrivée du téléphérique est assurément l'un des espaces les plus fréquentés du Salève.

C'est sur ce plateau dégagé que deux Genevois installèrent en 1913 un imposant télescope (voir **Observatoire**) au destin contrarié. Plus de cent ans après sa construction, le bâtiment de cet observatoire est toujours là, il abrite l'un des derniers restaurants du massif, qui connaît de belles affluences chaque week-end.

Cette Petite-Gorge fut le théâtre d'un fait divers aussi tragique que peu commun. Le dimanche 8 avril 2018, en fin de soirée, une famille médusée vit passer devant elle une rutilante Porsche Macan roulant à pleine vitesse sur le plateau habituellement inaccessible aux voitures, avant de plonger dans le vide et de s'écraser, 150 mètres plus bas, au fond de la Petite-Gorge.

Son conducteur, un Genevois de 72 ans qui n'avait pas attaché sa ceinture de sécurité, semble s'être suicidé de cette singulière façon. Intervenant rapidement, les gendarmes du peloton de haute montagne de Chamonix n'ont pu que constater le décès de l'homme à la Porsche. Quelques semaines plus tard, un hélicoptère de grande taille a été nécessaire pour retirer la carcasse du véhicule des tréfonds de la Petite-Gorge.

Phare des Treize-Arbres

En 1902, dans le but de promouvoir le chemin de fer du Salève, les administrateurs de la société font installer sur la crête du massif, aux Treize-Arbres, un éclairage-réclame constitué par un puissant phare électrique visible depuis la plaine et alimenté par un câble depuis la voie du train.

En 1913, Albert Vassalli, entrepreneur genevois prospère dans le domaine des pétroles et membre du conseil d'administration de la société du chemin de fer, décide de moderniser cet équipement en faisant installer un autre projecteur, plus puissant et donc immanquable depuis Genève et le Jura. Ce nouveau phare était constitué de 20 lampes de 120 volts installées dans une armoire de bois et de tôles, fixée sur 2 poteaux en fer à une hauteur de 1,40 mètre. Chaque soir, Joseph Roguet, le propriétaire de l'Hôtel des Treize-Arbres, allumait ce phare qui, trouant la nuit, rappelait aux Genevois l'existence du petit train touristique du Salève.

Pictet de Rochemont Charles

Saviez-vous que la Montagne des Genevois aurait pu être en partie genevoise à deux reprises ? Et ce grâce au même homme, l'écrivain et diplomate Charles Pictet de Rochemont (1755-1824). Ce propriétaire d'un domaine agricole novateur de 75 hectares à Lancy, qui élève avec succès des brebis mérinos après avoir introduit le maïs à Genève, voit sa carrière politico-diplomatique débuter avec la défaite des armées napoléoniennes et la restauration de la République de Genève, le 31 décembre 1813. À la recherche d'un avenir plus serein, la Cité de Calvin souhaite être rattachée à la Confédération helvétique. La chose est jugée possible du côté des Suisses, pour autant que le futur canton se dote d'un territoire plus cohérent.

C'est dans ce cadre que Pictet de Rochemont est nommé ministre plénipotentiaire de la République de Genève et de la Confédération helvétique en 1814 afin d'aller plaider la cause de Genève auprès des souverains alliés victorieux des armées françaises. Le diplomate propose alors une « frontière militaire », située sur les crêtes du Jura, du Vuache, du Mont-Sion, du Salève, des Voirons et de la colline de Boisy, d'où elle rejoindrait le lac Léman à Coudrée (Sciez-sur-Léman).

Si sa proposition est acceptée par les grands d'Europe, c'est localement que ça coince ! En effet, ni Genève, qui craint que les protestants soient mis en minorité par un afflux de nouveaux « Genevois » catholiques, ni la Suisse, qui redoute la formation d'un grand canton de Genève au détriment du Pays de Vaud n'accepteront ce redécoupage cohérent et qui aurait rendu le Salève à moitié genevois !

Charles Pictet de Rochemont est déçu, bien que ces discussions soient finalement fructueuses, puisque le 19 mai 1815 Genève devient le vingt-deuxième canton suisse. Restait encore à régler le sort d'un certain nombre de communes savoyardes et genevoises plus ou moins entremêlées. Pictet de Rochemont reprend du service et entame des négociations avec le royaume de Piémont-Sardaigne. Habile et pragmatique, il obtient des concessions intéressantes… et tente à nouveau de fixer la frontière sur les crêtes du Salève ! Mais les Sardes refusent et exigent une frontière au pied du massif, car ils ont absolument besoin d'une route directe sur leur territoire entre Collonges-sur-Salève et Annemasse.

Puisqu'il n'est pas possible d'y arriver légalement, Pictet de Rochemont va tenter la ruse… Lors de la rédaction du protocole d'accord, Francis d'Ivernois, proche collaborateur de Pictet, glisse discrètement à propos de la frontière, un « sur la montagne du Salève » au texte initial qui, s'il n'avait pas été remarqué, aurait changé la face des choses et fait à nouveau un Salève à moitié genevois et suisse ! Mais le négociateur sarde, l'avocat fiscal général Louis de Montiglio, ne se laissera pas berner. Finalement, le Traité de Turin du 16 mars 1816 détermine avec précision le tracé de la frontière. Le Salève sera territoire du royaume de Piémont-Sardaigne jusqu'en 1860, date à laquelle il redeviendra français (il l'avait déjà été de 1793 à 1813).

Pierre à bâtir

Saviez-vous que le Salève est concrètement présent au cœur de Genève ? Cette réalité singulière s'explique par le fait que les carrières du massif ont fourni au fil des siècles des dizaines de milliers de tonnes de pierres de taille et de matériaux pour construire bâtiments et infrastructures dans la ville du bout du lac. Ainsi, la carrière de Verrières (Neydens), adossée au flanc du Salève, est à l'origine du grès utilisé pour la construction du palais Eynard (1821), qui abrite aujourd'hui le conseil administratif de la Ville de Genève, et du Musée Rath (1824). Cette carrière a également livré les pierres de taille qui ont permis la construction de l'église de Saint-Julien-en-Genevois (1862).

Selon les spécialistes de l'époque, il semble que la meilleure pierre à bâtir du Salève soit celle située dans le chaos de rochers de la Grande-Paroi, au-dessus de Beaumont. En 1714, pour l'édification du temple de la Fusterie, les maîtres maçons Péchaubeis et Favre ont convenu avec deux habitants de « Beaumont-sous-Salève » que ces derniers « leur livreront en la place de la Fusterie 1100 quartiers de grès, à trois florins et demi le quartier, pour pouvoir les employer à la construction du temple qui se fait sur la dite place ».

La construction du pont de Carouge sur l'Arve, en 1807, a aussi été faite avec des pierres provenant d'une carrière du Salève, « moins chère que

celles de Crozet, dans le Pays de Gex, mais aussi de moins bonne qualité ». Plus récemment, la construction de la nouvelle plage des Eaux-Vives, l'agrandissement du port de la Nautique ou la création d'une roselière au bord du Léman ont été aussi en partie réalisés grâce à des pierres provenant des carrières du Pas-de-l'Échelle. Dans les années 1960, ces dernières alimentaient d'ailleurs en pierres du Salève l'usine de fabrication de ciment de Vernier, avec une noria de camions encombrant la circulation en ville de Genève.

Plus original, les blocs de calcaire extraits des carrières du Salève ont également été une matière première de choix pour fabriquer des centaines de « pierres à eau », ces ancêtres de nos éviers en inox qui équipaient au XIXe siècle la plupart des cuisines dans les maisons bourgeoises de Genève. Et n'oublions pas non plus le monument dédié au pharmacien Henri-Albert Gosse dans le parc des Bastions, un bloc erratique descendu du Salève et orné d'un médaillon rendant hommage au fondateur de la Société helvétique des sciences naturelles.

Piston dans le brouillard…

En janvier 1902, le journal *La Suisse* relate la mésaventure tragicomique survenue à deux artistes genevois partis se balader au Salève. M. Gayral, violoniste dans l'orchestre du Casino de l'Espérance, et M. Mouganet, comique dans le même établissement, se perdirent dans les brumes du massif, du côté de la périlleuse Petite-Gorge. Gayral conseilla alors à son compagnon, qui ne connaissait pas la montagne, de rebrousser chemin, tandis que lui-même continuerait à suivre le sentier.

Les heures passèrent, et les amis de Gayral, inquiets de ne pas le voir revenir de son excursion, décidèrent en soirée de gagner le Salève pour partir à sa recherche. Parmi les secouristes, il y avait un dénommé Dérouan, piston dans l'orchestre du Casino de l'Espérance, qui souffla vaillamment à de nombreuses reprises dans son instrument pour signaler la présence de ses amis au violoniste disparu. Malgré ce concert improvisé dans les brumes du Salève, les recherches restèrent vaines.

Perdu dans le brouillard et épuisé, Gayral fit une chute de 10 mètres, avant d'être miraculeusement stoppé par un buisson à quelques centimètres d'un précipice. Sans doute porté par l'énergie du désespoir, le violoniste réussit à remonter la pente rocheuse pour rejoindre un chemin situé non loin de là. À bout de forces, il s'endormit dans une grange, avant de pouvoir regagner Genève à pied le lendemain. Quant au comique Mouganet, sa longue marche l'avait mené jusqu'au chalet des Treize-Arbres, où il était entré par effraction pour se mettre à l'abri. Il put regagner la plaine le lendemain, grâce au petit train du Salève.

Pittard Jean-Jacques

À l'instar de Jean-Claude Mayor, Jean-Jacques Boimond, Georges Amoudruz, René-Louis Piachaud ou Alfred Tonneau, Jean-Jacques Pittard (1904-1985) fait partie de ces journalistes et écrivains qui ont beaucoup fait pour la notoriété du Salève. À des époques différentes, ils ont tous publié des articles et des livres sur ce massif et son histoire singulière. Ingénieur et géologue, le fils du célèbre anthropologue suisse Eugène Pittard est notamment l'auteur de l'ouvrage *Le Salève souterrain*, publié en 1979 par Tribune Éditions.

Dans ce livre, ce spéléologue passionné a fait découvrir à des milliers de lecteurs les entrailles du Salève, ce massif riche de près d'une centaine de grottes. Jean-Jacques Pittard a aussi beaucoup travaillé sur les croyances et les légendes liées au massif et à ses habitants. Des histoires qu'il a régulièrement détaillées dans d'autres ouvrages et dans sa chronique hebdomadaire publiée dans le journal haut-savoyard *Le Messager*. Personnalité genevoise, Jean-Jacques Pittard est enterré avec ses parents au cimetière des Rois, à Plainpalais.

Plateau de l'Ours

Situé au-dessus de Bossey, à une altitude de 600 mètres, le plateau de l'Ours est constitué d'une vaste terrasse dominant la plaine. Bordé de rochers, ce retranchement appelé par les anciens « le Château » a probablement été aménagé à l'âge du fer (voir **Allobroges**). Bénéficiant d'une vue dégagée sur la plaine alentours, ce grand refuge forme une sorte de large bastion dominé par 3 grottes, celles du Seillon, de l'Ours et du Sablon.

Fouillés dès le début du XXe siècle, ce plateau de l'Ours et ses grottes ont permis d'intéressantes découvertes archéologiques datant de l'âge du fer, de l'âge du bronze et de la période gallo-romaine. Parmi les centaines d'objets trouvés en ces lieux, point d'os ou de dents d'ours, mais des silex, des pierres travaillées, un poignard, des poinçons et un ciseau en os, des fragments de poteries, des objets en bronze (lames de couteau, épingles, ciseaux, anneaux, bracelets, pointes de lance), des perles en verre bleuté, des pièces de monnaie romaine, sans oublier les restes osseux de 23 espèces de mammifères, allant du cerf au chat sauvage.

Comme l'a indiqué l'ethnologue Jean-Claude Spahni lors de ses recherches sur le site en 1947, le plateau de l'Ours offrait des conditions idéales pour les populations de l'âge du bronze. Il est vrai qu'avec ses grottes pouvant servir d'habitation, sa position aisée à défendre ou la présence d'eau et d'un gibier abondant ce site fut sans doute un refuge idéal pour les populations locales durant les périodes troublées de ces époques lointaines. D'autres grottes du Salève ont également servi de refuges aux populations gallo-romaines, car des fragments de poteries datant de l'âge du fer ont été découverts dans au moins une dizaine d'entre elles.

Premiers voyages

Le 1er décembre 1892, la Société Anonyme des Chemins de Fer du Salève met en exploitation la ligne Étrembières-Monnetier-Les Treize-Arbres. Comme il y a encore de petits réglages à faire, la compagnie n'a fait aucune publicité et il n'y a donc que quelques voyageurs pendant les deux premières journées. Mais ce train du Salève va vite connaître le succès, comme nous le montre cet article du *Journal de Genève* publié le 22 décembre 1892.

« Dimanche 18 décembre, pendant qu'un épais brouillard couvrait notre ville, bon nombre de promeneurs sont montés sur le Salève, la plupart profitant des trains du chemin de fer électrique. Ils ont joui là-haut non seulement d'un gai soleil, mais d'un spectacle incomparable. Toutes les vallées d'alentours étaient couvertes d'épaisses vapeurs, formant une mer immense d'une éclatante blancheur et légèrement moutonnée, sur laquelle on voyait émerger comme des îles quelques sommets.

» Les Alpes et le Jura se dessinaient au-dessus de cet océan avec un merveilleux relief sur un ciel pur. Le buffet installé à la gare des Treize-Arbres et tenu par M. Trottet a hébergé de nombreux hôtes. On informe que la Compagnie, vu l'affluence des voyageurs pendant les jours de soleil aux Treize-Arbres, s'est mise en mesure d'augmenter le nombre de ses trains. Des billets pour toutes ses stations sont délivrés au bureau des tramways du Molard où, dès le matin, elle annoncera, au moyen d'une affiche, s'il y a du soleil aux Treize-Arbres. »

À la lecture de cet article, deux remarques viennent à notre esprit. La première est d'imaginer la divine surprise qu'a pu représenter pour les populations citadines l'ouverture de cette ligne du Salève. En hiver, quand la région est noyée sous le brouillard, voilà soudain que les habitants de Genève et des environs pouvaient facilement et sans fatigue gagner le sommet du Salève, son soleil et son ciel bleu.

Il est également amusant de constater que, bien avant l'ère de l'internet, des webcams et des smartphones, nos ancêtres pouvaient savoir à Genève le temps qu'il faisait au sommet du Salève, et cela grâce à une simple feuille placardée sur le mur du bureau des tramways, place du Molard !

Priape de Veyrier

Les carrières du Pas-de-l'Échelle, berceau de l'homme préhistorique dans le Genevois, furent autrefois un site archéologique remarquable (voir **Magdaléniens**). Ce chaos minéral fut aussi le terrain d'affrontement des deux archéologues genevois les plus célèbres du XIXe siècle : François

MAH Musée d'art et d'histoire, Ville de Genève.

Thioly (1831-1911) et Hippolyte-Jean Gosse (1834-1901). Ce dernier, médecin, était le fils et petit-fils de personnages emblématiques du Salève (voir **Gosse**).

Les deux hommes se détestent ! Ils ont souvent été en concurrence lors de fouilles. L'*Almanach du Vieux Genève* de l'année 1958 relate même qu'à

Veyrier ils en sont venus aux mains le jour où leurs souterrains respectifs dans la carrière Fenouillet se sont rejoints ! François Thioly, l'homme à l'origine de la découverte du fameux bâton perforé en bois de renne gravé (voir **Art paléolithique**), ne digère pas le fait que Gosse ait été nommé conservateur du Musée archéologique de Genève.

C'est dans ce contexte tendu que l'affaire du Priape de Veyrier commence. Nous sommes le 11 février 1892 et Hippolyte-Jean Gosse est à la tribune de la Société d'art et d'histoire de Genève. Il présente fièrement à l'assemblée sa dernière trouvaille, une curieuse statuette en fer d'une quarantaine de centimètres de hauteur avec un homme au pénis gigantesque et une femme aux appâts plantureux. « Cette statuette en fer a été trouvée par un paysan cet été, dans les éboulis des carrières de Veyrier, explique le Dr Gosse. Elle représente évidemment un culte phallique et appartient à l'époque gauloise. Comme la tête de la femme est entourée d'un soleil, on peut admettre que cette statue proviendrait de Gaulois d'origine germanique, car chez eux la lune est masculine ; et le soleil, féminin. »

Tout ce que Genève compte d'archéologues applaudit l'orateur pour cette découverte majeure. Placée sur un piédestal au centre de la pièce, la statue est examinée avec intérêt par les savants présents. Tout à son triomphe, Hippolyte-Jean Gosse ne remarque pas le regard amusé de François Thioly qui, dans son coin, pressent que ce Priape va lui offrir une belle vengeance archéologique ! Dès le lendemain, il se rend à Veyrier. Offrant quelques tournées générales dans les cafés du village, il apprend assez vite que la statuette n'est guère ancienne, car elle a été fabriquée par un forgeron du village.

L'histoire est assez croquignolette ! Le dénommé Ducimetière, surnommé Ragot, tenait avec sa femme le café Au Bon Coin à Veyrier. Un jour, dans un élan créateur, Ragot forgea la fameuse statuette représentant le dieu Priape, avec son sexe gigantesque, et sa compagne aux charmes suggestifs. Pour donner un peu de patine à son chef-d'œuvre, le forgeron le laissa mariner quelques mois dans la fosse d'aisances du bistrot ! Ayant récupéré et nettoyé la statuette, il ajouta sur le dos de l'homme une sorte de hotte en fer-blanc, ce qui fit de l'objet une extraordinaire carafe à absinthe d'où l'eau claire coulait goutte à goutte par le pénis du Priape !

Ulcérée, la mère Ducimetière profita d'une période où son mari était malade pour cacher la statuette. Mauvaise idée, son homme lui flanqua une raclée et lui fit promettre non seulement de la remettre sur le comptoir, mais aussi de la placer dans son cercueil lorsqu'il serait mort ! L'alcool aidant, Ragot cassa bientôt sa pipe. Sa veuve voulut suivre ses instructions, mais un client indélicat avait volé le Priape. Quelques mois plus tard, l'auteur du larcin s'empressa de la vendre pour un très bon prix à Hippolyte-Jean Gosse, lui certifiant bien sûr qu'il l'avait trouvée dans les éboulis des carrières !

Nous connaissons la suite et nous imaginons volontiers l'intense satisfaction de François Thioly, qui s'empressa de diffuser toute l'histoire auprès de la presse et de la communauté scientifique genevoise. Gosse fut non seulement ridiculisé, mais aussi attaqué en justice par la veuve Ducimetière pour recel de vol ! Redevenue propriétaire de la statuette, elle tenta de faire rouvrir le cercueil pour y glisser l'objet, mais le curé lui opposa un refus ferme. Elle revendra finalement le Priape à un archéologue genevois (voir **Reber**) en 1896. Ce dernier léguera à sa mort cette étonnante statuette au Musée d'art et d'histoire de Genève.

Protection

Le Salève bénéficie de plusieurs mesures de protection assurant la préservation de sa riche biodiversité et de ses paysages (voir **Syndicat mixte du Salève**). Depuis 2003, le massif fait partie du réseau Natura 2000, avec un classement de quelque 4 500 hectares justifié par le fait que le massif abrite 17 habitats naturels (hêtraies, pelouses, sèches, grottes, falaises, etc.) et 10 espèces (triton crêté, sabot-de-Vénus, grand rhinolophe, etc.) rares au niveau européen.

En 2008, le Salève a également été le deuxième massif à profiter de la directive de protection et de mise en valeur des paysages de France. S'imposant aux documents d'urbanisme, cette directive permet de maintenir le Salève en tant qu'espace naturel et pastoral qui ne sera plus construit, excepté à La Croisette de façon limitée. La gestion des forêts et des routes et l'urbanisation sur le piémont doivent aussi se faire dans le respect de la préservation des points forts et identitaires du paysage.

Au niveau départemental, le Salève est reconnu dans le cadre d'un contrat de territoire comme un espace naturel sensible, ce qui garantit une protection de son patrimoine naturel, et notamment de ses alpages et de ses vergers haute tige. Deux des alpages emblématiques du massif, le Plan et les Convers, sont d'ailleurs propriété du Conseil départemental (voir **Alpages**).

Pygmées du Salève

Dans quelque région de France que ce soit, toute personne s'intéressant aux légendes locales travaillera forcément à un moment donné sur des textes d'Arnold Van Gennep, car cet homme érudit a passé sa vie à étudier les légendes et le folklore français. Parmi les nombreux écrits de Van Gennep – qui fut brièvement titulaire de la chaire d'ethnographie de l'Université de Neuchâtel, avant d'être chassé de ce poste en 1915 après avoir évoqué dans un texte le soutien caché de la Suisse à l'Allemagne –, il y a une chronique publiée en octobre 1909 dans la revue *Le Mercure de France* et intitulée « Les Pygmées du Salève, et les crétins du Valais et de la Savoie ».

Après un séjour dans la région du Salève et de la vallée de l'Arve, le savant s'est intéressé à une spécialité locale : « les crétins des Alpes ». Dans son texte, l'ethnologue et folkloriste qui parle 18 langues explique qu'il y a « crétin et crétin » et qu'il ne faut pas confondre le dégénéré – bossu, tordu, goitreux – et l'homme de très petite race, bâti normalement. Pour ce dernier, qu'il nomme « Pygmée du Salève », il donne une description précise : « Ce sont des hommes et des femmes très petits, de 1 m 30 à 1 m 50 ; les bras sont relativement longs, la marche est très balancée ; la mâchoire inférieure est carrée et avance assez, le haut de la tête est large, le cou est court : bref, toute l'apparence, jusqu'au regard même, a quelque chose d'un peu bestial. »

Poursuivant sa théorie, Van Gennep explique que ces individus sont les derniers survivants, plus ou moins métissés, d'une race déterminée, antérieure aux grands blonds nordiques (Germains), aux grands bruns (Méditerranéens) et aux petits bruns *(homos alpinus)*, qui se côtoient actuellement en Savoie. « Cette race était, je pense, celle dont on a trouvé des restes près de Genève ; celle des "Esquimaux ou des Lapons du Salève". Elle aura sans doute colonisé la vallée de l'Arve, puis certaines vallées latérales du Rhône dans le Valais, et aura ensuite été repoussée dans les vallées les plus reculées par de nouveaux venus, vallées malsaines, bois impénétrables, régions marécageuses, hauts plateaux isolés. L'endogamie et des conditions de vie insalubres auront contribué à la dégénérescence générale et à la formation localisée du crétinisme. »

Pour Van Gennep, les « crétins des Alpes » sont directement issus de la race des « pygmées du Salève ». Il en donne pour preuve le fait que des régions comme les Pyrénées, les Carpates ou le Caucase ont aussi des vallées où le soleil ne pénètre que très rarement, des eaux de glacier mal aérées ou une endogamie forcée. Pour autant, ces territoires n'ont pas donné naissance à ces « petits hommes dégénérés » que l'on trouve en Savoie et dans le Valais. Par la suite, aucune caution scientifique n'est venue confirmer la singulière théorie de Van Gennep.

Q

Quidde Ludwig

Nous connaissions Rousseau, Lamartine ou Lénine en balade sur le Salève, mais nous ignorions qu'un Prix Nobel s'y était promené, et même perdu ! Ce Prix Nobel aujourd'hui quelque peu oublié, c'est Ludwig Quidde (1858-1941), écrivain et homme politique libéral allemand. Peu connu en France, mais vénéré en Allemagne, ce fils de famille aisé s'est fait un nom en 1894 avec la publication d'une satire sur Guillaume II, la fortune héritée de ses parents lui permettant de se consacrer entièrement à sa vision politique de la société, avec des visées antimilitaristes, antiprussiennes, démocratiques et pacifistes.

Visionnaire, il fonde en 1898 avec sa femme Margarete l'Association munichoise contre la vivisection. À partir de 1899, Quidde mène la délégation allemande lors des congrès mondiaux pour la paix et organise même la seizième édition de ce congrès, en 1907 à Munich. En 1913, il publie un projet de traité international pour la cessation de l'armement. Son engagement incessant en faveur de la paix lui vaut de recevoir en 1927 le Prix Nobel de la paix, conjointement avec le pacifiste français Ferdinand Buisson, cofondateur de la Ligue des droits de l'homme.

Menacé par l'arrivée des nazis en Allemagne, Ludwig Quidde émigre en Suisse en 1933 et s'installe à Genève. Dans la ville du bout du lac, il poursuit son combat pour la paix, tout en appréciant d'aller randonner sur le Salève. C'est dans ce cadre qu'il raconte en octobre 1935 dans le *Journal de Genève* une aventure qui lui est arrivée sur ce massif. Quelques jours plus tôt, notre Prix Nobel était parti se balader sur la Montagne des Genevois avec deux jeunes femmes. Malgré ses 77 ans, le gaillard est encore vert, et le groupe rejoint rapidement Monnetier.

De là, le trio veut gagner les crêtes du massif, mais à un moment deux chemins s'offrent à eux. « Au bout de deux minutes, deux sentiers ! Le premier est raide, rocheux, et trop escarpé pour mes vieilles jambes. Mais mes compagnes veulent le suivre, et faible comme l'est si souvent le sexe fort je les laisse partir, pensant les retrouver un peu plus haut », explique Quidde, qui prend le second chemin. Mais il est bientôt perdu, qui plus est sur un sentier vertigineux. Il progresse alors à quatre pattes, avant de chuter de 4 mètres dans des buissons.

La nuit commence à tomber, il fait froid. Vêtu d'habits légers, notre Nobel glisse sous sa chemise le *Journal de Genève* et la *Neue Zürcher Zeitung* qu'il avait emportés ! Pour lutter contre le froid, il pratique une gymnastique forcenée tout en déclamant à haute voix des poèmes allemands ! Au matin, une pluie glacée le réveille, avant qu'il ne soit retrouvé par un employé du téléphérique du Salève. Après un café bouillant, c'est par le téléphérique qu'il regagne Genève, épuisé mais vivant. Nul doute que, depuis ce jour, il a regardé le Salève d'un œil différent, car cette gentille montagne à deux pas de Genève n'est pas si inoffensive qu'elle en avait l'air. Une sentence d'hier toujours valable aujourd'hui !

Ayant perdu sa fortune et sa citoyenneté allemande, il finira sa vie à Genève dans des conditions difficiles, avec comme seuls revenus une bourse octroyée par le comité Nobel et quelques travaux d'écriture et de… jardinage. Ludwig Quidde est enterré au cimetière des Rois.

R

Rails mortels

Les trains du Salève (voir **Chemin de fer du Salève**) étaient alimentés par une usine hydroélectrique implantée à Arthaz, au bord de l'Arve. L'énergie produite était transmise à la gare centrale de Monnetier-Mairie par une ligne à moyenne tension. Sur le réseau, l'électricité était apportée aux automotrices par un troisième rail, avec une tension d'environ 600 volts. Un système pratique, mais dangereux, car le moindre contact avec ce rail électrifié pouvait s'avérer mortel !

Malgré les barrières le long de la voie et les consignes de sécurité largement diffusées, ce rail électrifié faisait du chemin de fer un danger permanent pour le personnel et pour les promeneurs. Durant la période d'exploitation du chemin de fer du Salève (1892-1935), plusieurs personnes furent blessées par électrocution, mais il n'y eut que 3 accidents mortels. Ces drames ont bizarrement eu lieu dans les dernières années de fonctionnement du train, comme si la fin annoncée du chemin de fer du Salève avait inconsciemment amené un relâchement de la vigilance des gens.

La première victime de ce rail « diabolique » fut Alexandre Rivollet, 46 ans, chef d'exploitation du chemin de fer. Le mardi 2 janvier 1934, ce cadre était monté à la gare de Monnetier-Mairie pour apporter la paye des ouvriers. Il effectuait le retour sur la plate-forme de l'automotrice lorsque, non loin du tunnel, il se pencha pour voir la voiture suivante qui tardait. À cet instant, il tomba brusquement sur le rail conducteur, peut-être à cause du loquet du portillon qui aurait cédé. Il mourut instantanément, électrocuté.

La deuxième victime fut Charles Descombes, dit Carlo, habitant de Monnetier âgé de 35 ans qui s'était illustré dans le sauvetage de plusieurs varappeurs du Salève. Le 14 août 1934, il était allé aux champignons avec un cousin sur le Grand-Salève. Sans doute pour éviter un détour, Carlo Descombes enjamba la barrière et traversa la voie de chemin de fer au lieu-dit Frévuaz. Mais il pleuvait ce jour-là, et son pantalon mouillé entra en contact avec le troisième rail, électrocutant mortellement le pauvre Carlo. Sa veuve n'a pas touché d'indemnité de la compagnie, car il était dans son tort, puisqu'il avait traversé « une voie ferrée clôturée et interdite ».

Quant à la troisième victime, le jeune Marcel Perréard, 14 ans, c'est un terrible concours de circonstances qui lui a coûté la vie. Nous sommes en août 1936, et l'exploitation du chemin de fer du Salève est arrêtée depuis plus d'un an. Pour démonter le réseau, le courant électrique vient d'être rétabli afin de permettre aux automotrices et aux wagonnets de circuler pour transporter les rails et traverses démontés, destinés à un ferrailleur. Dans ces circonstances, voici maintenant les faits, tels qu'ils furent relatés dans *La Gazette de Lausanne* du 29 août 1936.

« Le jeudi 27 août à 15 h 30, les ouvriers travaillant à l'enlèvement de la voie de l'ancien chemin de fer à crémaillère d'Étrembières à Monnetier ont trouvé, renversé sur le rail conducteur de courant, le corps affreusement brûlé d'un jeune Parisien, Marcel Perréard, âgé de 14 ans, en villégiature dans la commune avec sa mère. D'après l'enquête, le jeune homme est parti à la cueillette des cyclamens sur le Salève. Longeant, avec un petit panier au bras, un sentier étroit à quelques dizaines de centimètres des rails du chemin de fer, et persuadé qu'il n'y avait pas de courant, il s'est assis sur les rails pour se reposer. L'infortuné jeune homme fut alors électrocuté par 500 volts et mourut quelques minutes après, de ses affreuses brûlures. »

Une croix de pierre gravée *« In memoriam Marcel Perréard »* indiqua pendant des années le lieu du décès, à un demi-kilomètre environ de la gare d'Étrembières, jusqu'à ce que quelqu'un ne fasse basculer le modeste monument dans le ravin.

Ravel Maurice

À Collonges-sous-Salève, il y a la rue Verdi, car le musicien s'est marié dans l'église de la commune en 1859. Mais il y a aussi une rue Maurice-Ravel. Si le génial compositeur italien n'a séjourné que quelques heures dans le bourg, son homologue français a un lien à la fois plus distant et plus profond avec ce village du pied du Salève. Une histoire qui remonte à l'année 1800 dans une maison des hauts de Collonges, où la famille Ravex, un nom typique du secteur, vient de s'agrandir avec la naissance du jeune Aimé.

Devenu boulanger, ce dernier déménage à Versoix, dans le canton de Genève, et transforme, on ne sait pourquoi, Ravex en Ravel. Il sera le père de 5 enfants, dont Pierre-Joseph, né en 1832. Après des études d'ingénieur, ce brillant jeune homme quitte la Suisse pour Paris en 1868, ce qui ne l'empêche pas de revenir parfois se balader sur les sentiers du Salève. Dans la capitale, il se découvre une passion pour l'automobile naissante et invente bientôt un moteur surcomprimé à 2 temps qu'il adapte à un véhicule baptisé, en toute modestie, la Ravel !

Comme pour nombre de pionniers de l'époque, le succès n'est pas au rendez-vous, et Pierre-Joseph change de voie pour aller diriger la construction de la ligne de chemin de fer Madrid-Irun, en Espagne. C'est là-bas qu'il rencontre une jeune femme basque, Marie Delouart, qu'il épouse en 1874. De cette union naîtront 2 garçons, Maurice et Edouard.

Pierre-Joseph inventera encore d'étonnants véhicules, dont une voiture qui faisait des sauts périlleux, achetée par le cirque Barnum pour ses tournées mondiales ! Mais son plus grand fait de gloire reste d'être le père d'un certain Maurice Ravel, né le 7 mars 1875 à Ciboure (Pyrénées-Atlantiques), génial compositeur qui fut le plus classique des musiciens modernes français et l'inoubliable auteur d'un célèbre *Boléro*...

Reber Burkhard

Singulier personnage que ce Burkhard Reber (1848-1926), parfait résumé de ces grands bourgeois genevois à l'origine de nombreuses découvertes scientifiques et archéologiques, au Salève et ailleurs. À côté d'une honorable et lucrative activité professionnelle, ces messieurs s'improvisaient avec talent archéologues, géologues, ethnologues ou botanistes, avant de se lancer dans de passionnantes recherches, souvent sur le Salève, massif ayant l'avantage d'être situé aux portes de Genève.

Né en 1848 en Argovie, Burkhard Reber suit des études de pharmacie, avant de s'établir dans la Cité de Calvin en 1876. En quelques années, il devient un pharmacien réputé et ouvre une officine au boulevard James-Fazy. Boulimique de travail, l'homme est aussi rédacteur pour une revue internationale de pharmacie, membre de plusieurs commissions fédérales d'examens et fondateur, en 1887, de la Société de Crémation de Genève. À ce titre, on lui doit la construction du crématorium du cimetière Saint-Georges.

Reber fut également pharmacien chef à l'hôpital cantonal de Genève, conseiller municipal, député au Grand Conseil et conservateur du musée épigraphique (écritures anciennes gravées dans la pierre ou le métal) cantonal. L'activité de cet homme dans le domaine archéologique est plutôt vaste, puisqu'il s'est notamment intéressé aux stations lacustres, aux grottes préhistoriques, aux monnaies celtiques ou aux monuments mégalithiques.

Au Salève, Burkhard Reber fut un archéologue très actif sur plusieurs sites, dont celui des carrières du Pas-de-l'Échelle (voir **Art paléolithique**). Il a également découvert des tombes burgondes au pied du massif, en 1892. Auteur d'une abondante littérature sur ses recherches et ses découvertes, dont plusieurs articles sur le Salève préhistorique (station de Veyrier, pierre aux Dames de Troinex, etc.), il s'est aussi régulièrement mobilisé pour tenter de protéger les sites archéologiques ou les blocs erratiques du massif, témoins d'un riche passé historique menacés par le vandalisme et l'affairisme.

Résumé

Ce qu'il faut savoir sur le Salève, en quelques phrases et chiffres ! Âgé de 2 à 5 millions d'années (voir **Géologie**), ce massif rattaché géologiquement à la chaîne du Jura – ce fameux pli jurassique datant du dernier soulèvement des Alpes – constitue un anticlinal faillé, divisé en plusieurs tronçons délimités par des failles et des décrochements. Pour faire simple, nous pouvons dire que le vallon de Monnetier et le col de La Croisette tranchent en 3 parties le massif.

Situé sur le territoire de 14 communes, le Salève mesure 21 kilomètres de long pour 3 kilomètres de large, il sépare la plaine du Genevois et le plateau des Bornes. Le massif est recouvert à 70 % par des forêts et compte 1 013 hectares d'alpages. Le Grand-Piton (1 379 mètres d'altitude) est son point culminant, avec un dénivelé d'environ 900 mètres par rapport au piémont du massif. Plus modeste, le Petit-Salève mesure 898 mètres à son sommet (voir **Allobroges**). Dernier maillon de la chaîne du Jura, le Salève fait partie d'un ensemble comprenant aussi La Mandallaz (La Balme-de-Sillingy) et la montagne d'Âge (au sud-ouest d'Annecy).

La description la plus ancienne du Salève date de 1635 : « La montagne de Salève renommée pour le bon fruit entre toutes celles de Savoie. Et de laquelle on voit Genève à plein est en partie dans ce mandement laquelle peut avoir trois lieues de longueur et environ une petite lieue de large peuplée de quantité de granges pour la retraite du bétail, abondante en bons foins et pâturages à laquelle se tirait anciennement des mines de fer, fertile et labourable en divers endroits abondante en bois de haute futaie comme encore en gibiers, cerfs, sangliers, ours, loups cerviers (lynx), lièvres, renards, blaireaux quantité de faisans, gélinottes, perdrix, bécasses et autres oiseaux communs. » Un texte extrait d'un mémoire sur les droits des ducs de Genevois et de Nemours.

Rochers de Faverges

C'est l'un des endroits du Salève préférés des enfants, car les rochers de Faverges (du latin *fabrica*, la forge), forment un chaos de gros blocs de grès datant de l'éocène (40 millions d'années) se prêtant bien à l'escalade et aux parties de cache-cache. De plus, il flotte en ces lieux un parfum d'étrange et de mystère qui fait que l'on ne serait guère surpris de tomber sur un troll ou un lutin (voir **Charvan**) au détour d'un rocher.

Les filons d'oxyde de fer observables sur ces grès ont été exploités à l'époque gallo-romaine (voir **Burgondes**). Des bas fourneaux, dans lesquels on faisait fondre la roche riche en minerai de fer, ont été localisés sur

Les rochers de Faverges, chaos de blocs de grès vieux de 40 millions d'années et terrain de jeu apprécié des enfants.

les pâturages autour du site, ainsi que dans d'autres secteurs du massif. La petite mare située à proximité des rochers était probablement à l'origine un trou résultant de l'extraction de cette roche ferreuse.

L'endroit abrite aussi une petite forêt de pins sylvestres, arbres plutôt rares au Salève, mais qui trouvent ici un sol acide, fait de sable siliceux, convenant bien à leur développement. Ces blocs de Faverges sont les ultimes témoins de la couche de grès qui recouvrait autrefois tout le Salève. Ces grès ont été dissous au fil des millénaires par l'érosion, laissant alors apparaître cette couche de calcaire urgonien (100 millions d'années) dont est constitué le massif.

Rosa salaevensis

Le Salève peut non seulement s'enorgueillir de posséder sa tulipe sauvage (voir **Tulipe de Neydens**), mais aussi sa rose, superbe églantier répondant au nom de *Rosa salaevensis* ! Une découverte évoquée en 1894 dans le bulletin de la Société botanique de Genève, par François Crépin. Ce dernier, grand spécialiste des roses, était un botaniste belge de renommée internationale qui fut notamment directeur du Jardin botanique de l'État belge, à Bruxelles.

Pour rédiger son article sur les roses du Salève – nous parlons bien sûr ici de rosiers sauvages –, le botaniste a lui-même herborisé sur le massif, mais il s'est aussi appuyé sur les recherches et les herbiers d'une dizaine de botanistes genevois : Guinet, Rapin, Reuter, Chavin, Fauconnet, Buser, Godet, Puget, Favrat, Buser et Schmidely. Sa quête n'a pas été vaine, car il a répertorié pas moins de… 26 espèces de roses différentes sur le Salève ! Ces rosiers sauvages semblent être très nombreux sur la montagne au XIXe siècle, car François Crépin précise dans son article que, « si le Salève est devenu célèbre par ses roses, ce n'est pas à cause du nombre des espèces mais plutôt par l'abondance de leurs buissons et surtout de la présence d'un grand nombre d'hybrides ».

Parmi ces 26 espèces de roses, dont 10 hybrides, il y a donc la rose du Salève, cette *Rosa salaevensis* qui fut identifiée par le botaniste vaudois Daniel Rapin. Cette découverte, tout comme celle d'une autre espèce inédite trouvée au Salève, la *Rosa sabauda*, fut publiée dans le bulletin de la Société hallérienne de botanique (l'ancêtre de la Société botanique de Genève) en 1853. « Rapin semble avoir été le premier qui se soit occupé sérieusement de l'étude des Roses du Salève. C'est dans la deuxième édition du catalogue de Reuter (1861) que nous voyons le premier résultat de ses investigations spéciales », détaille François Crépin dans sa préface. Le botaniste belge précise aussi que l'on trouvait autrefois cette *Rosa salaevensis* au-dessus de Saint-Blaise et de Pomier, près du piton des Convers et sur les alpages des hauteurs d'Archamps.

François Crépin décrit ainsi cette rose du Salève : « Cet hybride est très variable et se rapproche tantôt du *rosa glauca*, tantôt du *rosa alpina*. Ses dents sont simples, doubles ou composées-glanduleuses ; sa corolle est d'un rose assez vif ou parfois d'un rose foncé. » Plus de cent cinquante ans après cette belle découverte botanique, une seule question se pose : existe-t-il encore aujourd'hui des buissons de *Rosa salaevensis* sur le Salève ?

Rousseau Jean-Jacques

Tout le monde connaît bien sûr Jean-Jacques Rousseau (1712-1778), le grand écrivain et philosophe né à Genève. Ce que l'on sait moins, c'est que cet illustre personnage a vécu une partie de sa jeunesse à Bossey. Isaac, son père, ayant dû fuir Genève à la suite d'une querelle, Jean-Jacques est alors confié, en compagnie de son cousin Abraham, au pasteur Lambercier qui officie dans ce petit village du pied du Salève. Le futur écrivain et philosophe est âgé de 10 ans et il séjournera presque deux ans en ces lieux, d'octobre 1722 à l'automne 1724.

L'apprentissage des matières scolaires, la pédagogie du pasteur Lambercier, les leçons de catéchisme, la découverte de la nature, de la vie en plein air ou du rythme des saisons lui procurent des joies et des émotions qui auront une grande influence sur sa vie d'adulte et sur son œuvre littéraire et philosophique. Ces années passées à Bossey sont d'ailleurs évoquées à plusieurs repises dans son ouvrage *Les Confessions*.

À propos de son séjour au pied du Salève, Jean Jacques Rousseau écrira : « N'hésitez pas pour votre bonheur à emprunter les chemins de Bossey, là où la terre commence à verdir, les arbres à bourgeonner, les fleurs à s'épanouir. » Ajoutant même : « La manière dont je vivais à Bossey me convenait si bien qu'il ne lui a manqué que de durer plus longtemps pour fixer absolument mon caractère. »

Mais Bossey est aussi l'endroit où le jeune Rousseau découvre de nouveaux sentiments. Le courage, quand il doit surmonter sa frayeur pour aller chercher au cœur de la nuit la grosse bible laissée dans le temple. Mais également une singulière sensualité, avec le fameux épisode de la « fessée » donnée par la troublante sœur du pasteur, Gabrielle. Des années plus tard, il évoque ce souvenir avec une certaine nostalgie : « Ce qu'il y a de plus bizarre est que ce châtiment m'affectionna davantage encore à celle qui me l'avait imposé. Il fallait même toute la vérité de cette affection et toute ma douceur naturelle pour m'empêcher de chercher le retour du même traitement en le méritant ; car j'avais trouvé dans la douleur, dans la honte même, un mélange de sensualité qui m'avait laissé plus de désir que de crainte de l'éprouver derechef par la même main. »

Et ces deux années furent aussi pour Jean-Jacques la révélation de sentiments tels que l'injustice et le mensonge, lorsqu'il est accusé à tort d'avoir cassé un peigne appartenant à Gabrielle Lambercier. Cet épisode, arrivé à la fin de son séjour au pied du Salève, marque une certaine désillusion : « Ce fut le terme de ma sérénité enfantine. Dès lors, je cessai de jouir d'un bonheur pur, et je sais que le souvenir des charmes de mon enfance s'est arrêté là. » Enfin, Bossey sera aussi le lieu où se déroula l'histoire du mythique noyer de Rousseau (voir **Noyer**), chère à tous les amateurs du philosophe genevois. La commune a d'ailleurs rendu hommage à son illustre citoyen en faisant ériger en 2013 au centre du village une statue du jeune Jean-Jacques s'élançant vers le Salève. Une œuvre réalisée par le sculpteur Robert Vernet.

Routes

Nous ne savons pas si ce cas de figure existe dans d'autres massifs, mais deux routes publiques importantes du Salève ont été en partie financées par des propriétaires privés ! Le premier cas concerne la route entre Monnetier et Les Treize-Arbres, empruntée chaque année par des milliers de voitures pour rejoindre les crêtes du massif et ses superbes panoramas. Une histoire qui commence en 1857, lorsque le propriétaire de Grange-Gaby (voir **Naville**) sollicite les autorités sardes pour demander l'autorisation de construire une nouvelle voie afin d'accéder plus facilement à sa demeure. L'administration de Turin donne son feu vert et, compte tenu de l'utilité de cette route pour les gens du Salève, accepte même de rembourser une partie importante des travaux, une fois qu'ils auront été réalisés.

Elle demande aussi à la commune de se charger de l'acquisition des terrains nécessaires.

Dans un rapport publié en 1855, l'agent voyer du secteur (fonctionnaire en charge des chemins et des voies) évoque avec enthousiasme l'utilité de cette future route : « Les terrains de cette montagne seront mieux cultivés. Le nombre des étrangers augmentera en facilitant l'accès de ce pittoresque massif qui offre les plus beaux points de vue du pays ; on sait que Monnetier-Mornex et le Salève sont le rendez-vous de la ville de Genève entière, mais jusqu'ici ce beau pays a pu être interdit à l'âge, aux infirmes et au sexe faible à cause des difficultés que présentaient les chemins. Le vieillard infirme sera heureux de mourir après avoir vu les sites qu'il avait foulés dans son jeune âge. De nouvelles carrières pourront encore s'ouvrir sur le parcours de cette nouvelle route. »

Ernest Naville va finalement débourser 30 000 francs pour la construction d'un large chemin bien empierré – joliment dénommé aujourd'hui la route des Trois-Lacs –, où chevaux et chars pourront circuler aisément dès 1858. Mais malheureusement pour lui, en 1860, le remboursement n'a toujours pas été effectué alors que la Savoie devient française. Malgré les multiples démarches engagées par Ernest Naville, ni le gouvernement français ni le nouvel État italien n'honoreront la dette sarde !

La seconde affaire date de 1922 et concerne un autre personnage emblématique du Salève (voir **Dina**). Voulant construire un observatoire de premier ordre sur le massif, ce dernier a écrit aux autorités françaises qu'il était prêt à financer en partie la construction d'une route pour desservir depuis Cruseilles les crêtes de la montagne. Une proposition qui n'est pas tombée dans l'oreille d'un sourd…, car le projet va se réaliser en 1924, avec une belle route de 24,6 kilomètres, la départementale 41, construite par les sapeurs du 4e régiment du génie de Grenoble et reliant Cruseilles à La Croisette. Budgétée à 1 536 000 francs, cette voie sera financée par l'État (798 720 francs), par le Département (483 150 francs) et par le couple Dina (254 130 francs), sachant qu'en réalité c'est madame (voir **Wallace Shillito Mary**) qui paye !

Ruskin John

Sa notoriété s'est bien estompée aujourd'hui, mais au XIXe siècle John Ruskin (1819-1900) était sans doute l'Anglais le plus célèbre après la reine Victoria ! Cet écrivain, essayiste, poète, peintre et critique d'art a eu par ses textes une influence déterminante sur des personnalités aussi différentes que Marcel Proust ou le Mahatma Gandhi. Le premier, qui maîtrisait peu l'anglais, a traduit en français deux de ses livres, tandis que le second déclarait avoir instantanément changé de vie après avoir lu *Unto This Last*, un essai sur l'économie qui inspirera le jeune Parti travailliste anglais.

Homme riche et cultivé, John Ruskin traverse une passe difficile à la fin des années 1860. En août 1862, après un été de travail en Italie sur les peintres de la Renaissance, il est à Genève, dépressif, et recherche un endroit propice au repos et à la réflexion. C'est lors d'une balade sur le Salève qu'il prend la décision de s'installer à Mornex, village connu pour son air sain. Comme l'explique sa biographe, Chris Pool, Ruskin loue bientôt le pavillon de l'hôtel des Glycines (voir **Wagner**), enthousiasmé par la vue que ce bâtiment offre sur la chaîne des Alpes. Impressionné aussi par le fait que cette demeure a été occupée précédemment par celle qu'il croit être l'impératrice de Russie (voir **Feodorovna Anna**), il rebaptise l'endroit « le cottage de l'Impératrice ».

Censé se reposer à Mornex, Ruskin va en réalité se monter très actif. Outre des travaux manuels avec l'aide de son valet (jardiner, paver une cour, défricher des sentiers sur le Salève, etc.), il va peindre plusieurs tableaux (dont *Une vue de ma fenêtre à Mornex*) et rédiger des essais sur l'économie politique et la géologie. Prévue pour juin 1863 à Londres, la préparation d'une conférence intitulée « Sur les formes des Alpes stratifiées de Savoie », va occuper presque tout son séjour à Mornex. Pour ce projet, il va arpenter la montagne de long en large et réaliser une étude méticuleuse de la géologie du Salève.

Sur le massif, il rencontre aussi un docteur (voir **Gosse Louis-André**), avec lequel il a de grandes conversations lors de balades dans la belle nature du Salève. Pour soigner sa mélancolie, Gosse conseille à Ruskin d'habiter au moins trois mois par an dans « la zone des gentianes » (à la montagne). L'écrivain anglais quittera Mornex en mai 1863 pour rejoindre Londres et préparer sa grande conférence sur la géologie des Alpes.

S

Sabot-de-Vénus et flore du Salève

C'est la plus grande et la plus spectaculaire des orchidées sauvages présentes en Haute-Savoie et dans le canton de Genève. Elle a pour nom sabot-de-Vénus – *Cypripedium calceolus*, en latin – et peut être observée sur deux petites stations de la partie basse du Salève. D'une taille pouvant aller jusqu'à 60 centimètres, avec des fleurs de belle taille jaunes et brunes, le sabot-de-Vénus fait partie du club select de la flore patrimoniale du Salève.

Lors d'une belle journée consacrée au Salève, le 18 octobre 2017 à la chartreuse de Pomier (voir **Colloques**), le botaniste Denis Jordan a

présenté un exposé sur la flore patrimoniale du massif. Précisant en préambule que la première herborisation sur le Salève datait de 1562 (le Bâlois Jean Bauhin) et fut suivie par beaucoup d'autres : John Ray, Albrecht de Haller, Georges-François Reuter, John Briquet, Denis Jordan ou André Charpin (qui fut tout à la fois directeur du Jardin botanique de Genève et maire de la commune de Monnetier-Mornex-Essert dans les années 1990 !). Le naturaliste a ensuite indiqué que l'on comptait plus de 1 000 espèces de plantes différentes sur le massif (montagne et piémont). Parmi ces dernières, 150 plantes constituent la flore patrimoniale du Salève.

Dans son intervention, Denis Jordan s'est limité à évoquer les 27 plantes de cette flore patrimoniale bénéficiant d'un statut de protection, dont 10 seulement ont encore pu être observées après 1980. Il s'agit du sabot-de-Vénus, bien sûr, mais aussi de raretés comme le cynoglosse d'Allemagne, l'épipactis à petites feuilles, la gagée jaune, l'iris jaunâtre, le lycopode inondé, l'œillet superbe, l'ornithogale penché, la pyrole intermédiaire et la tulipe sauvage (voir **Tulipe de Neydens**).

Concernant les particularités floristiques du Salève, notons la présence sur le massif du pin à crochets au pied de la Grande-Varappe (630 mètres), alors que l'aire normale de cet arbre se situe entre 1 300 et 2 200 mètres. Et au rayon des plantes disparues il est intéressant de savoir que le Dr François-Isaac Mayor (voir **Art paléolithique**) a découvert en 1837 sur la surface d'une roche de Mornex une fronde de palmier fossilisée. Une trouvaille qui rappelle que notre région était encore une vaste zone alluviale sous un climat tropical il y a 28 millions d'années seulement.

Saint François de Sales

Saint patron des journalistes et des écrivains, François de Sales (1567-1622) est un prêtre catholique savoyard. Celui qui fut l'un des théologiens les plus écoutés de son temps est surtout connu pour avoir mené, seul, puis avec d'autres prêtres, la contre-réforme du Chablais, terre catholique aux portes de Genève devenue protestante après l'occupation bernoise des années 1535-1564. Utilisant comme armes son calme, sa douceur, son éloquence et sa force de persuasion, François de Sales va réussir en trois ans (1594-1597) à restaurer le catholicisme dans le Chablais.

Nommé évêque de Genève en 1602, il ne put, comme ses prédécesseurs, prendre possession de son siège au sein de la « Rome des calvinistes » et s'installa à Annecy. Ayant l'oreille des souverains savoyards comme des rois de France, cet intellectuel à l'œuvre littéraire importante est considéré comme l'un des derniers grands auteurs spirituels de langue française. Son procès en béatification a été ouvert par le Vatican en 1626, seulement quatre ans après sa mort. Il fut déclaré bienheureux en 1661, puis saint en 1665.

Henri IV aurait aimé en faire l'évêque de Paris, mais François de Sales était trop attaché à Annecy et à sa chère Savoie. Son lien avec le Salève est ténu mais concret. C'est en tant qu'évêque qu'il a gravi la montagne pour visiter, le 30 septembre 1607, les paroisses de Mornex, de Monnetier et d'Essert-Salève. Un séjour qui a dû rester dans la mémoire du religieux, car c'est à la chapelle Saint-Georges de Mornex qu'il a appris la mort de sa sœur Jeanne.

Saisiaz (La)

Vaste demeure dans un parc de 3 hectares situé sous les rochers de la Grande-Gorge, La Saisiaz est l'un de ces improbables endroits du Salève où des auteurs de renom ont trouvé l'inspiration ! Construite au milieu du XIXe siècle par un maçon italien, La Saisiaz est la propriété du Dr Joseph Roussel. En août 1865, ce médecin accueille dans sa demeure Théophile Gautier (1811-1872). Visiblement inspiré par les lieux, l'auteur du *Capitaine Fracasse* décrit ainsi La Saisiaz : « De quelque côté que l'on se tourne, la vue est magnifique et nous contemplons ces grands aspects avec une nonchalance songeuse, rafraîchissant dans un bain de nature notre esprit un peu surchauffé par l'art. »

Écrivain prolixe, Gautier a aussi terminé à La Saisiaz l'écriture de sa nouvelle fantastique *Spirite*, d'un autre texte intitulé *Le Chalet du docteur*, et rédigé un poème, *Le Ruisseau*, dont nous vous livrons ici l'entame : « Du creux de la roche moussue, la petite source jaillit. / Du Grand Salève elle est issue, / et deux brins d'herbe font son lit », et la conclusion : « On n'a que quatre pas à faire pour trouver au bord du ruisseau, / le cyclamen que Sand préfère et la pervenche de Rousseau. » Il semble que l'écrivain parisien ait apprécié les paysages et l'ambiance du Salève, car il reviendra se promener sur le massif en 1868 (voir **Gautier).**

Douze ans plus tard, Joseph Roussel héberge dans sa demeure une autre pointure littéraire en la personne de Robert Browning (1812-1889).

Considéré comme l'un des plus grands poètes de l'Angleterre victorienne, Browning a inspiré des écrivains aussi divers que Jorge Luis Borges, Henri James, T. S. Eliot, Issac Asimov et Stephen King, sans oublier John Lennon ou Freddy Mercury ! Mais cet endroit inspirant et paisible sera le lieu d'un drame pour le poète anglais.

À l'aube du 14 septembre 1877, Robert Browning s'apprête à gravir le Salève pour aller admirer la vue sur les Alpes et le Mont-Blanc, accompagné de sa sœur et d'une amie chère, Anne-Elisa Egerton, âgée de 50 ans. Soudain, cette dernière s'effondre, victime d'une mort subite. Ce drame marqua profondément Browning. Quelques jours après, il fit seul l'ascension du Salève, en pensant à l'amie disparue, à leurs projets, à leurs souvenirs communs, à leur séparation éternelle. Une randonnée inspiratrice, puisqu'il rédigera ensuite un poème de 700 vers intitulé *La Saisiaz*. Dans ce long texte publié en 1878, il évoque le sens de la vie, ses sentiments mystiques, son séjour et les paysages du Salève ou la tendre amitié qui le liait à miss Egerton.

Signalons pour être complet que le Dr Joseph Roussel ne fut pas seulement un ami de la littérature et des poètes, mais aussi un médecin entrepreneur qui installa un sanatorium dans sa vaste demeure. Visionnaire, il avait également le projet, à l'époque jugé très farfelu, d'installer un téléphérique pour relier directement sa propriété aux hauteurs du Salève ! Notre homme fut aussi un compagnon de route des savants Hippolyte-Jean Gosse et Burkhard Reber, auteurs d'heureuses découvertes archéologiques en différents lieux du Salève (voir **Art paléolithique** et **Priape de Veyrier**).

Salévienne (La)

En 1984 à Présilly, dans la maison de François et Marielle Déprez, quatre passionnés, Marielle, Claude Mégevand, Claude Barbier et Donald Stämpfli, fondent la société d'histoire régionale… La Salévienne ! Au fil des décennies, cette petite équipe va s'étoffer et entreprendre un impressionnant travail de recherche et de publication sur le patrimoine et l'histoire du Genevois haut-savoyard. Et lorsque l'on s'appelle La Salévienne il est bien sûr normal que le Salève soit au cœur de nombreux articles, études et publications.

Sans entrer dans un inventaire exhaustif – l'association étant régulièrement citée dans les notices et la bibliographie de ce dictionnaire –, notons plusieurs sujets (le Salève dans la littérature, les fermiers des Chartreux, le téléphérique, Ruskin, Verdonnet, Griaule, un cromlech, etc.) dans la revue annuelle *Les Échos saléviens*, mais aussi des livres (les légendes, le chemin de fer, le château des Avenières), des monographies (Beaumont, Andilly), des atlas historiques ou des conférences. Sans oublier la participation active de La Salévienne à la création de la Maison du Salève, inaugurée en 2007, ou à un colloque sur le massif, en 2017.

Sarcophage

Parmi les monuments historiques classés en Haute-Savoie, il y a un sarcophage gallo-romain situé sur le Salève ! Sa fiche technique précise que ce tombeau, classé depuis le 7 août 1947, est « en calcaire à gryphées, probablement du Salève, roux » et qu'il se trouve dans le parc du mont Gosse. Toujours visible et intact en ce début de XXIe siècle, ce sarcophage est situé dans la propriété privée des descendants d'un célèbre et singulier pharmacien genevois (voir **Gosse**), qui acheta en 1800 une vaste colline de Mornex devenue aujourd'hui le mont Gosse.

Ce sarcophage a été découvert au XVIIe siècle à Annemasse et inséré dans la base du clocher de l'église Saint-André. Hippolyte-Jean Gosse, le petit-fils d'Henri-Albert, l'a acheté pour 200 francs à la commune d'Annemasse lors de la démolition de l'église, en 1873, avant de l'installer dans la propriété familiale de Mornex. Ce tombeau de belle taille (2,37 mètres de long sur 1,17 mètre de large et 1,52 mètre de haut) a la particularité d'être gravé d'une mystérieuse inscription : *« D. M. et Memorie Aeterne Tiberie Maxsime Avrelvis Rom Anvs Protector Dvc Enarivs Coivgi Incomparabili »* (Aux dieux Manes et à la mémoire éternelle de Tiberia Maxima, Aurelius Romanus, garde du corps ducénaire, à son épouse irremplaçable).

Dans son ouvrage sur l'histoire d'Annemasse, Guy Gavard donne quelques précisions intéressantes sur cet étrange monument qui semble être l'hommage d'un officier romain à son épouse décédée. Ce vestige date probablement de la seconde moitié du IIIe siècle. Aurélius Romanus était un soldat de métier. La fonction de *Protector* indique qu'il était officier et commandait un détachement de 200 cavaliers, chargé notamment d'assurer la protection de l'empereur. Le terme « *Ducenarius (Dvc)* » précise qu'il recevait un salaire de 200 000 sesterces.

La datation de ce sarcophage a pu être effectuée par Guy Gavard grâce au terme « *Protector* », un titre militaire créé par l'empereur Galien entre 235 et 268, puis supprimé par l'un de ses successeurs, Constantin, en 312. Bien qu'abîmé par le poids des siècles et par quelques arbustes envahissants qui lui disputent son territoire, ce sarcophage « salévien » reste le superbe témoignage d'une belle histoire d'amour datant de l'époque gallo-romaine !

Scie (ou Grande-Arête)

« De toutes les voies de descente existant au Salève, il n'en est pas une qui puisse rivaliser avec la Scie, pour la variété des passages et l'impression d'isolement sauvage qu'elle laisse. Ses difficultés réelles sont, si l'on ose dire, amoindries par la présence du vide et des dangers auxquels on est exposé. » C'est ainsi qu'Henri-Charles Golay présente l'itinéraire de la Scie, devenue aujourd'hui la Grande-Arête, dans son *Guide pratique du Salève* publié en 1928. Et l'homme qui le premier a vaincu ce monument n'est autre qu'une légende du massif (voir **Tricouni**).

En 1905, Félix Genecand, alias Tricouni, 27 ans, va tenter la descente de la Scie, sur la grande falaise du Coin, avec un jeune étudiant en médecine autrichien, Otto Reich. Depuis le plateau sommital, à gauche de La Corraterie, les deux hommes attaquent leur descente de la falaise en enchaînant les rappels ; Tricouni ouvre la voie tandis que Reich le sécurise. La progression se fait dans la fluidité, jusqu'au moment où les deux hommes sont coincés sur une arête. La faute de Tricouni qui, tout audacieux qu'il est, a mal préparé son affaire et manque de corde.

Face à cette situation où tout alpiniste responsable aurait rebroussé chemin, le téméraire Félix décide simplement de se décorder et d'y aller au feeling, progressant à la force des bras sur la paroi, sans se soucier du fait que la moindre glissade serait assurément mortelle ! Un peu plus loin, sous le regard effaré de Reich, Tricouni taille avec son marteau une prise à même le roc – il n'employait jamais de piton ! – pour assurer la corde de la descente en rappel à l'intérieur de la faille à pic.

Arrivé sain et sauf en bas de la paroi avec son compagnon, Tricouni effectue dans la foulée la remontée de la Grande-Arête, histoire d'ajouter encore un peu plus de panache à son exploit ! Ce grand sportif est aussi « l'ouvreur » de deux passages dans les Petites-Varappes qui portent aujourd'hui son nom. Ce sont le Tricouni-Inférieur, passage délicat situé sous le Corridor, et le Tricouni-Supérieur, fissure verticale que cet artiste de l'escalade a vaincue en chaussures de ville et, bien sûr, sans utiliser de pitons !

Sculpteurs

Si le Salève fut une terre féconde pour les peintres, les écrivains, voire les musiciens, il sera aussi un lieu de vie et de création pour quelques sculpteurs intéressants. Il y a ainsi le Genevois John-Étienne Chaponnière (1801-1835), artiste doué, mort trop tôt des suites de la tuberculose. Ce pionnier du romantisme en sculpture et des statuettes-portraits – un genre qui fera son succès – est notamment l'auteur de l'un des bas-reliefs de l'arc de triomphe, à Paris. Affaibli par la maladie, Chaponnière séjourne plusieurs mois à Mornex, village réputé pour son air sain, durant l'été 1833. Il y revient en avril 1934 pour sculpter son chef-d'œuvre, *David triomphant de Goliath*, statue exposée au parc des Bastions, à Genève. Sa maladie s'aggravant, il s'installe à nouveau à Mornex, où il décède le 19 juin 1835.

Dans un genre très différent, voici Charles Anthonioz (1877-1937), Français de Genève, sculpteur et marbrier établi à Carouge, puis à Collonges-sous-Salève, où il dessine lui-même les plans de sa maison, Les Collongettes. Gravement blessé durant la Première Guerre mondiale, l'artiste va rendre hommage à ses camarades en réalisant dès 1919 une vingtaine de monuments aux morts en Haute-Savoie, dont ceux de Collonges, de Valleiry, de Cruseilles ou d'Évian. Membres de plusieurs sociétés savantes, il est aussi l'auteur d'ouvrages, agrémentés de superbes dessins, sur les maisons savoyardes, les châteaux de Haute-Savoie ou les clochers des Savoie. Chevalier de la Légion d'honneur, père du résistant Bernard Anthonioz (voir **Panthéon**), il est décédé en 1937 des suites de ses blessures de guerre.

Plus contemporain, il y a enfin Jo Brand, natif de Pomier, où sa grand-mère habitait l'unique cellule des moines chartreux ayant échappé à la destruction des révolutionnaires en 1793. Après une vie de bâton de chaise, cet artiste autodidacte installe au Châble (Beaumont) son atelier de ferronnerie. Créant d'étonnantes réalisations avec des objets en fer récupérés ici et là, Jo Brand est notamment l'auteur d'une statue très originale de saint Jacques de Compostelle placée en bordure de l'allée des Chartreux, dans les bois de Pomier. Cette création qui voit passer chaque année des centaines de pèlerins a été forgée à partir d'éléments aussi disparates qu'un soc de charrue, un rabat de faucheuse, une boule de pétanque ou une pelle, devenue le chapeau du saint. Décédé en 2015, Jo Brand a demandé que ses cendres soient répandues au pied du Salève, aux alentours de sa statue.

Sentiers

Autrefois, il y avait deux types de sentiers au Salève. Les chemins permettant aux habitants de la montagne de gagner la plaine ou les alpages, en général bien tracés, et les autres, fréquentés par les grimpeurs, les chasseurs, les curieux de nature ou de géologie, les aventuriers du dimanche. Souvent situés sur le versant du Salève regardant Genève, ces sentiers traversaient des endroits grandioses, mais proches des falaises et diablement dangereux ! C'est en général sur ces itinéraires que les accidents mortels au Salève avaient lieu, à raison de deux ou trois par an, sans compter des dizaines de blessés.

En 1935, la revue du Syndicat des instituteurs de Haute-Savoie publie le compte rendu d'une sortie scolaire résumant bien les dangers, les plaisirs et les singularités du Salève : « Nous grimpons un sentier abrupt à même la falaise de calcaire jaune, friable, traître au pas et qui fit du Salève une alpe plus homicide que bien d'autres montagnes plus élevées. Nous voici dans les prés. Quel admirable belvédère, avec à droite la plaine du Léman, et à gauche les Alpes et les Bornes, aux mamelons semblables à des taupinières. On arrive à Cruseilles, tout étonné, car cette montagne étrange, pareille à nulle autre, finit alors qu'on s'y attend le moins. »

Si aujourd'hui les randonneurs du Salève sont beaucoup plus nombreux qu'autrefois, les accidents mortels sont heureusement devenus rares. Il faut dire aussi que grâce au SMS (voir **Syndicat mixte du Salève**), les quelque 250 kilomètres de sentiers balisés que compte le Salève et son piémont sont équipés et sécurisés. Et il y en a vraiment pour tous les goûts, de la petite balade familiale du dimanche après-midi à la solide boucle au dénivelé costaud et aux passages vertigineux sur les sentiers d'Orjobet, de La Corraterie et de la Grande-Gorge.

Se promener au Salève, c'est aussi souvent effectuer une balade culturelle, en mettant ses pas dans ceux d'une foultitude d'écrivains, de musiciens, d'aventuriers ou de célébrités, qui ont un jour arpenté ces sentiers au cœur d'une nature préservée. De Jean-Jacques Rousseau à Alphonse de Lamartine, de Richard Wagner à Franz Liszt, d'Alexandra David-Néel à Ella Maillart ou de Lénine à Philippe Noiret, ils ont tous tracé leur bout de chemin sur le Salève ! Nombre de ces sentiers sont évoqués dans ce dictionnaire, tout comme les sentiments qu'ils ont inspirés à des écrivains et des poètes, de Genève et d'ailleurs, toujours sensibles à la petite musique singulière de cette vraie montagne à deux pas de la ville.

Dans le topoguide *Pays du Salève et du Vuache… à pied* (qui comprend aussi 15 balades côté Vuache), ce sont 22 itinéraires de randonnée balisés qui sont proposés aux amateurs de marche, de montagne et de beaux paysages. « N'hésitez pas, pour votre bonheur à emprunter les chemins du Salève, là où la terre commence à verdir ; les arbres, à bourgeonner ; les fleurs, à s'épanouir », pourrions-nous écrire, en nous inspirant d'un célèbre promeneur solitaire…

Shah de Perse

En juillet 1873, c'est le shah de Perse en personne qui s'offre une balade sur le Salève. Entre de grandes visites protocolaires en Grande-Bretagne, en Russie ou en France, ce monarque qui, s'inspirant de l'Europe, équipera son pays d'une poste moderne, d'un réseau de transport ferroviaire ou d'un système bancaire, fit également une courte halte à Genève en juillet 1873. Hôte d'honneur d'un repas officiel à l'Hôtel de la Paix en compagnie du gouvernement genevois et de conseillers fédéraux, Nassereddin Shah émit alors le souhait de partir en excursion visiter cette étrange montagne à deux pas de Genève.

La suite nous est racontée par le *Journal de Genève* : « Accompagné d'une trentaine de personnes, dont certaines à cheval, le Shah s'est rendu en voiture jusqu'à Mornex, où il est monté sur son fier cheval persan pour rejoindre le village de Monnetier par une petite route tout en virages. Arrivé à la hauteur de la maison d'école, le Shah a tout à coup aperçu devant lui la cime du Petit Salève. Aussitôt, il a lancé son cheval, d'abord à travers champs, puis sur les pentes de plus en plus rapides et rocailleuses de la montagne, poussant droit devant lui sans s'inquiéter des obstacles et suivi par tout son cortège qu'il n'avait nullement consulté sur le choix de ce singulier chemin. »

Arrivé au sommet du Petit-Salève, le shah de Perse a pu admirer le splendide panorama sur la chaîne des Alpes qui s'offrait à lui. Sans descendre de son cheval, le monarque a également visité les vestiges de l'ancien oppidum allobroge. Alors qu'il songeait à gagner le village de Monnetier, quelques enfants qui se trouvaient là lui indiquèrent le meilleur chemin et reçurent pour leur peine une belle récompense. « La descente se fit sans autre accident que la chute d'un cheval moins bien habitué que ses camarades persans à ses rudes escalades et qui entraîna avec lui son cavalier, mais sans qu'il en soit résulté rien de fâcheux. »

Quelques instants plus tard, le shah et sa suite se retrouvaient à Monnetier où une collation leur était servie dans les jardins de l'Hôtel de la Reconnaissance. Le shah et sa suite regagnèrent Genève en soirée, enchantés de cette excursion sur le Salève. « Son escapade du Petit Salève comptera certainement dans ses souvenirs de voyage et peut-être contribuera-t-elle à lui faire aimer et regretter notre pays », écrit le journaliste en conclusion de son article.

Simon Michel

Saviez-vous que Michel Simon (1895-1975), monstre sacré du cinéma et du théâtre, fut un éphémère troglodyte du Salève ? Ce fait étonnant nous est rapporté par l'écrivain Paul Guth dans la biographie qu'il a consacrée au comédien genevois. En 1907, alors écolier plutôt dilettante, le jeune Michel, 12 ans, a un jour la mauvaise idée de répondre « Merde » à son institutrice ! Puni, il doit recopier cent fois « je suis un misérable ». La sanction paraissant injuste à ce révolté de nature, il s'enfuit de chez lui, quitte Genève et gagne les pentes du Salève avec dans sa besace du pain et du gruyère.

Il va rester trois jours dans la montagne, dormant dans une grotte et rêvant que des romanichels allaient l'emmener dans leur roulotte loin de ce monde sinistre. Finalement, à court d'argent et de nourriture, c'est en fait un gendarme français qui le ramènera à son père, au poste frontière de Veyrier ! Cet épisode, parmi d'autres, nourrira son côté anarchiste, mais il n'en voudra pas au Salève, appréciant quelques années plus tard d'aller boire un verre ou deux au Café de l'Union, à Monnetier.

Sissi l'impératrice *vs* roi du Siam

Née à Munich, Élisabeth de Wittelsbach (1837-1898), plus connue sous le nom de Sissi, devint impératrice d'Autriche en épousant François-Joseph de Habsbourg-Lorraine (1830-1916). Une série de tragédies familiales la poussa à voyager à travers l'Europe, en particulier sur les bords du lac Léman où elle fit de fréquents séjours. C'est d'ailleurs lors de l'un de ses passages en terre romande qu'Élisabeth de Wittelsbach fut assassinée à Genève, le 10 septembre 1898, par l'anarchiste italien Luigi Luccheni.

Un an plus tôt, le 29 avril 1897, Sissi avait pris le train du Salève pour découvrir la Montagne des Genevois. Son excursion fut relatée par *Le Cultivateur savoyard* dans son édition du 6 mai 1897 : « Jeudi, l'impératrice d'Autriche, qui était en villégiature à Genève, est montée au Salève par le chemin de fer électrique. Partie d'Étrembières à 1 h 40, où elle était arrivée en landau à deux chevaux, elle est rentrée par le train quittant Les Treize-Arbres à 4 heures et demie. Le moment était vraiment bien choisi, car la vue était des plus belles, et à plusieurs reprises S. M. a exprimé sa plus complète satisfaction. »

Ces quelques lignes parues dans le « Cucu », surnom affectueux donné par ses lecteurs à cet hebdomadaire édité à Saint-Julien-en-Genevois de 1877 à 1963, suscitèrent l'ire d'un proche de l'entourage du roi du Siam, car Sa Majesté avait elle-même pris le train électrique du Salève quelques semaines plus tard, mais sans bénéficier de la même couverture médiatique que l'impératrice d'Autriche !

« On a passé un peu sous silence la visite de S. M. le roi du Siam au Salève. Le roi a cependant laissé sur le livre des étrangers, au buffet de la station, quelques lignes de son admiration pour le paysage du Salève, ces lignes venant dans le registre juste après la charmante appréciation de S. M. l'impératrice d'Autriche. Nous savons, d'autre part, que le roi s'est montré enchanté de l'excellente et distinguée réception que lui ont réservée Mme et M. Hercourt, les aimables propriétaires du restaurant le Buffet des Treize-Arbres », indiquait cette personne dans un courrier publié dans *Le Cultivateur savoyard* du 8 juillet 1897.

En visite officielle à Genève, Rama V (1868-1910), roi du Siam, avait fait l'excursion du Salève le 25 mai 1897. Le lointain ancêtre de l'actuel roi de Thaïlande, Rama X – le dirigeant politique le plus riche du monde, avec une fortune estimée à 23 milliards d'euros – avait voyagé à bord d'un train spécialement affrété depuis la gare de Veyrier par la compagnie du chemin de fer du Salève.

« Le roi a été reçu par M. d'Everstag, président du conseil d'administration, M. Dapple, directeur de la Compagnie, et M. Desgouttes, secrétaire du département du commerce et de l'industrie, faisant fonction d'interprète. Ces deux derniers ont accompagné le roi pendant toute sa course. La Compagnie avait mis en marche un train spécial ; inutile de dire que tout a parfaitement marché. Le roi, qui était accompagné d'une douzaine de personnes de sa suite, a beaucoup admiré la ligne en montant, et s'est félicité d'être venu.

» Aux Treize-Arbres, il s'est fait servir un thé complet, auquel il a invité tous ceux qui l'accompagnaient. Puis il a enfourché un des ânes qui se trouvaient là, et, avec sa suite, qui avait imité son exemple, il est allé contempler la vue sur la plaine, qu'il a trouvée superbe, et a poussé jusqu'à la Petite Gorge. Cette cavalcade de princes et d'altesses parcourant à dos d'âne le sommet du Salève ne manquait ni de pittoresque, ni d'imprévu. Le roi regrettait beaucoup de ne pas apercevoir le Mont-Blanc, enseveli sous les nuages. » C'est ainsi que le *Journal de Genève* a relaté cette visite royale sur le Salève dans son édition du 29 mai 1897.

La descente du massif s'est effectuée par la voie desservant Étrembières. Le roi s'est aussi informé sur les conditions de vie et les occupations des habitants de Monnetier. « Il a été surpris de se savoir sur terre française, et d'avoir ainsi si aisément et sans s'en apercevoir franchi la frontière suisse. Il a demandé si les populations suisse et française habitant près de la frontière se distinguaient l'une de l'autre de quelle manière, si elles étaient soumises aux mêmes lois et s'il ne se produisait pas des conflits de législation ou des difficultés entre les deux pays. »

De retour à Genève, le roi du Siam était convié par le gouvernement genevois à participer un grand banquet au restaurant du parc des Eaux-Vives, banquet auquel assistait le Conseil fédéral *in corpore*. Les représentants de la Confédération helvétique ont offert au roi un fusil Schmidt-Rubin, un mousqueton de cavalerie et un revolver d'ordonnance, avec 1 000 cartouches par arme.

Société des sauveteurs volontaires du Salève

C'est un fait peu connu, mais notre paisible Salève est un massif plutôt dangereux, où les accidents, souvent graves et parfois mortels, sont

Descente acrobatique d'un blessé sur un brancard le long d'une falaise.

nombreux. Et cette inquiétante réalité ne date pas d'hier, comme le montre la lecture d'anciens journaux, où les comptes rendus d'accidents sont légion. Jusqu'au début du XXe siècle, les sentiers du Salève ne sont pas balisés, malgré une forte fréquentation de promeneurs et d'escaladeurs en tous genres. Les drames sont donc nombreux ; et les secours, peu performants, en général organisés par la famille du disparu, avec des recherches aléatoires, et même parfois une victime qui ne sera retrouvée que plusieurs mois plus tard… par hasard et sous la forme d'un squelette.

Face à cette situation dramatique que les autorités françaises ne semblent pas vraiment prendre en compte, un groupe de citoyens décident de réagir. Ils vont créer, en juillet 1897, la Société des sauveteurs volontaires du Salève (SSVS). Ces pionniers qui ont pour noms Jules Guy, Ferdinand Crochet et François Pisteur, côté français, et Edmond Lardy (voir **Brancard Lardy**) et Ernest Siegenthaler, côté suisse, ne le savent sans doute pas, mais ils sont à l'origine d'une première mondiale, qui fera vite des émules dans les Alpes et ailleurs.

À cette époque, la SSVS compte une quarantaine d'hommes et dispose de 8 postes de secours, situés au Coin, à Bossey, à La Croisette, aux Crêts, à l'Observatoire, à la Croix, à Monnetier et aux Treize-Arbres, où se situe la gare d'arrivée du chemin de fer, qui permet de descendre ensuite les blessés vers Annemasse et Genève. Ces sauveteurs habitent tous la région du Salève. Et, si le matériel est financé par des dons et des subventions, ces hommes bien formés sont des bénévoles, lâchant qui son atelier, qui son restaurant, qui ses cultures pour aller porter secours à un blessé, dans des conditions souvent difficiles.

Jusqu'à la fin des années 1950 et à l'affaire Vincendon et Henry – deux jeunes alpinistes morts de froid en 1956 lors de leur ascension du Mont-Blanc ; les tentatives de secours menées par les guides de Chamonix ayant été calamiteuses, l'État français créera alors les pelotons de gendarmerie de haute-montagne –, les hommes de la SSVS effectueront un travail remarquable, secourant des centaines de personnes sur le Salève. Et, plus d'un siècle après sa création, la Société des sauveteurs volontaires du Salève existe toujours. Elle porte aujourd'hui le nom de Comité de secours en montagne du Salève. Si ces hommes n'interviennent plus en première ligne comme il y a cent ans, ils restent néanmoins des auxiliaires précieux pour guider et seconder le PGHM dans ses sauvetages sur le massif.

Société helvétique des sciences naturelles

Le 16 octobre 1815, dans la propriété du Petit-Salève d'un personnage original (voir **Gosse**), une petite troupe de savants helvètes vient d'arriver sur cette colline qui prendra bientôt le nom de mont Gosse. Ils sont une bonne trentaine, principalement genevois, mais aussi bernois, vaudois, neuchâtelois, et même deux « étrangers », à avoir répondu à l'invitation du pharmacien Gosse et du pasteur Jakob Samuel Wyttenbach, pour fonder ici et maintenant – et en terre étrangère ! – la Société helvétique des sciences naturelles.

Les savants pénètrent bientôt dans le temple de la Nature, construction de style antique qu'Henri-Albert Gosse a fait édifier à proximité de sa maison. Ce « temple » est soutenu par 8 colonnes, chacune flanquée d'un acacia, arbre maçonnique s'il en est. Les invités prennent place autour d'une table heptagonale. Derrière eux, les bustes des savants que Gosse admire et considère comme les pères des sciences naturelles : Vauquelin, Linné, de Haller, Rousseau ou de Saussure.

Étonnamment, c'est par un copieux repas que commence la cérémonie. Langues de bœuf, canards rôtis froids, puddings, miel, raisin et fruits de saison. Le déjeuner n'est pas terminé, mais Henri-Albert Gosse, très ému, monte sur une chaise et, s'adressant autant au ciel qu'à ses camarades, prend la parole : « Être suprême, sublime intelligence qui a été, qui est et qui sera, Créateur et conservateur incompréhensible de tout ce qui existe ! Toi qui es la source intarissable du vrai bonheur, accepte l'expression profondément sentie de notre admiration sans borne pour tant de perfection, tant de puissance, tant de bonté dont tu nous rends sans cesse les témoins. »

Après avoir repris son souffle, le pharmacien poursuit son discours : « Et toi, immortel Linné, toi dont l'âme bienfaisante plane peut-être sur cette intéressante réunion, puissent les lumières que tu as répandues sur les œuvres de la Création nous pénétrer et nous animer du feu de ton divin génie ! Puisse la présence de ton image et celle des quatre illustres compatriotes qui nous entourent, nous remplir d'enthousiasme pour les connaissances sublimes dont ils ont enrichi l'espèce humaine, à notre chère et commune patrie ! »

Le discours de Gosse est salué par un tonnerre d'applaudissements. Émus et conscient de vivre une journée historique pour les sciences helvétiques, les convives portent alors des toasts aux savants suisses présents et passés. La Société helvétique des sciences naturelles (SSH) fut une première en Europe, bientôt imitée en Allemagne, en Grande-Bretagne et en France. Son objectif était de faire progresser la science et de se mettre au service de la Suisse sur les plans politique, économique et philanthropique. La SHSS se chargea d'emblée de tâches importantes au niveau national.

De ses commissions sont issus divers organismes fédéraux, dont les services de topographie, d'hydrologie, de géologie et l'Institut suisse de météorologie. En 1909, elle crée la Ligue suisse pour la protection de la nature (Pro Natura dès 1997) et le parc national (loi fédérale de 1914). Devenue l'Académie suisse des sciences naturelles (ASSN) en 1988, cette institution créée au Salève en 1815 continue aujourd'hui à jeter des ponts entre la science et le public. L'ASSN est reconnue par la Confédération comme l'autorité compétente pour la recherche, les contacts et la coordination interdisciplinaires dans de nombreuses commissions, comités et groupes de travail, tant sur le plan national qu'international.

Sorcière(s)

Au Salève, il semble bizarrement que presque toutes les histoires de sorcellerie se situent dans le secteur de Saint-Blaise. Certes, il y a bien le cas d'un nommé Béjaunet, paysan de Beaumont, qui fut accusé d'être un sorcier. L'homme avait ses bons côtés – il savait retrouver les objets perdus – mais aussi sa face sombre, avec le pouvoir de faire périr les vaches et de jeter des mauvais sorts. Soumis à la question des inquisiteurs, il avoua avoir rencontré le diable, sous la forme « d'un bouc bleu dont les cornes formaient un cercle, les extrémités étant soudées naturellement l'une à l'autre ». Comme nombre de ses congénères, il fut brûlé vif.

Les grottes de Saint-Blaise, avec leur curieuse position en ligne à une même altitude ainsi que leur aspect un peu inquiétant, ont été, paraît-il, autrefois le théâtre de « gogues », ces assemblées nocturnes de sorciers et de sorcières. En 1930, un grand ethnologue genevois (voir **Amoudruz**) a recueilli le témoignage d'une vieille femme du village sur les faits et gestes de cette redoutable assemblée à laquelle, à cette époque, beaucoup de gens croyaient encore. De ces récits, il résulte qu'il ne faisait pas bon d'aller se promener dans les bois de Saint-Blaise lorsque la « gogue » y tenait ses assises.

C'est ainsi qu'une nuit de la Saint-Martin, soit un 11 novembre, un bûcheron eut la mauvaise idée de vouloir assister à une de ces réunions sataniques. L'homme était costaud et avait emporté avec lui sa cognée. Pourtant, on ne l'a jamais revu dans le village ! Peut-être a-t-il refait sa vie dans une autre contrée... Mais, pour l'interlocutrice de Georges Amoudruz, il est plutôt probable que ce bûcheron a été transformé en renard et qu'il habite depuis dans les grottes de la commune, refuge qu'il ne quitte que pour aller hanter avec succès les poulaillers de Saint-Blaise !

Si aujourd'hui plus personne ne croit plus à l'existence de ces manifestations sataniques, il arrive parfois que des anciens du village montrent un de ces « pots de la gogue », vestiges d'une intrusion au cœur de ces assemblées nocturnes. Passant par hasard ou par curiosité à proximité de ces sabbats, le malheureux promeneur était alors fermement invité à boire un pot de vin avec les sorciers. Si, au moment de trinquer, il avait l'idée salvatrice de prononcer dans une phrase quelconque le nom de Dieu, l'assemblée s'évaporait alors comme par magie, et l'homme restait seul en ces lieux avec à la main son pot vide, vestige qu'il conservait précieusement en souvenir de cette soirée diabolique !

Le diable était-il plus présent à Saint-Blaise qu'ailleurs au Salève ? La question mérite d'être posée, car le 17 juillet 1753, en fin de journée, la foudre tomba sur le clocher du village, tuant sur le coup le curé de la paroisse, Claude-François Girel, et détruisant entièrement l'édifice.

Plus statique, la Sorcière est également un rocher emblématique du Salève, situé sur son sommet, près de la tour des Pitons. Posé à flanc de falaise, ce gros bloc calcaire dont la forme évoque le visage sévère d'une sorcière regardant la plaine est un endroit prisé des grimpeurs. Nombre de cartes postales anciennes du Salève ont d'ailleurs immortalisé ces varappeurs posant fièrement sur la tête de la Sorcière.

Sports d'hiver

L'expression « sports d'hiver » prend naissance à la fin du XIXe siècle, lorsque des hôteliers de Saint Moritz réussissent à faire revenir des touristes anglais pendant la morte-saison en leur proposant de faire de la luge, du patin à glace ou du ski. Au Salève, la première mention de ces pratiques date de l'hiver 1893-1894, avec un dénommé Georges Thudichum, pionnier dans l'utilisation de ces sortes de « longs patins norvégiens ». En quelques années, la pratique du ski, de la luge et d'autres sports de glisse plus audacieux encore (voir **Bobsleigh**) va se développer.

Le succès de ces sports d'hiver précoces au Salève s'explique sans doute par la disponibilité des moyens de locomotion qui permettent aux Genevois de rejoindre facilement les hauteurs du massif. Des lignes de tramway relient en effet Rive à Veyrier, Bossey et Collonges. En 1892, la mise en service du chemin de fer électrique à crémaillère du Salève, qui part d'Étrembières, puis de Veyrier/Pas-de-l'Échelle, pour arriver à la gare des Treize-Arbres, offre aux promeneurs, mais aussi aux skieurs et aux lugeurs, un formidable moyen de transport pour rejoindre les pentes enneigées du massif.

Un petit guide illustré intitulé *Le Salève – Sports d'hiver*, publié en 1933 par le Syndicat d'initiative de Collonges-sous-Salève, détaille avec enthousiasme les atouts du massif pour la pratique des sports de neige : « Les sports d'hiver, si à la mode, ont, au Salève, un champ d'action incomparable. Les pentes des Treize-Arbres, de La Croisette, des Crêts, des Pitons, de La Thuile, sont de plus en plus fréquentées pendant la saison hivernale. Les concours organisés chaque année obtiennent un succès de plus en plus grandissant. »

Malgré une altitude relativement modeste, 1 379 mètres aux Pitons, le Salève offrait des conditions idéales de proximité pour la pratique de la luge et du ski, avec de longues pistes qui utilisent les routes, non goudronnées à cette époque, desservant le massif et enneigées en hiver. Les deux plus fameuses sont la piste La Croisette-Le Coin, très pentue et d'une longueur de 4,8 kilomètres, qui peut se prolonger sur près de 2 kilomètres jusqu'à Collonges, et la piste reliant Les Treize-Arbres, terminus du train à crémaillère, au village de Monnetier.

Pour parfaire leur offre, les hôteliers et restaurateurs du massif ont fondé en 1906 la Société des Sports d'Hiver au Salève (SSHS). Ils proposent des tremplins pour faire des sauts à ski, 3 patinoires – 2 à Monnetier, 1 à Collonges –, et même la possibilité pour les amateurs de bobsleigh de hisser leurs lourds engins jusqu'aux hauteurs du massif grâce à des câbles aériens ou en utilisant les services du train du Salève. Lors des concours hivernaux, la Société Anonyme des Chemins de Fer du Salève et la Compagnie Genevoise des Tramways Électriques (CGTE) transportent même gratuitement les skis, les luges et les bobsleighs, pour autant qu'ils soient déposés aux stations de Rive, de Veyrier et d'Étrembières.

Ces « Coupes du Salève » ont lieu sur la route enneigée entre Les Treize-Arbres et Monnetier deux ou trois dimanches en janvier et février, avec des compétitions de ski, de luge et de bobsleigh, pour les messieurs

Affiche publicitaire réalisée par le peintre genevois François Gros en 1927.

et pour les dames. Ces courses vont connaître un joli succès durant une bonne vingtaine d'années, de 1905 à 1929, et attirer un public nombreux pour le plus grand bonheur des cafetiers et des restaurateurs du massif.

Station « climatérique »

Station « climatérique » (l'adjectif changera en climatique vers 1900) depuis le XVIIIe siècle, le Salève est un endroit où les médecins genevois envoyaient volontiers leurs malades convalescents profiter des vertus curatives de son climat. Que ce soit à Collonges (air pur), à Monnetier (air vif) ou à Mornex (air doux), le massif a tout d'abord développé son offre touristique sur cet aspect, complétée par ses remarquables panoramas sur Genève ou les Alpes. À ces séjours « médicaux » s'ajoutait un important tourisme de proximité, avec chaque week-end des hordes de citadins genevois venant prendre le bon air et déguster omelettes, beignets aux pommes de terre et autres tartes aux fruits dans les nombreux cafés et restaurants du Salève.

Cette activité portée par des professionnels dynamiques et inventifs va être littéralement dopée par l'arrivée du chemin de fer en 1892. Des palaces (voir **Château de l'Ermitage**, **Grand-Hôtel Bellevue**) aux plus modestes pensions de famille, ce sont ainsi une quarantaine d'établissements qui vont prospérer durant plusieurs décennies dans le sillage du train du Salève. À cette époque, il y a ainsi plus d'hôtels sur le Salève que dans la ville d'Annemasse !

Cette manne est également bénéfique à l'emploi local, car entre le chemin de fer, les hôtels, les restaurants, les locations de chambres chez l'habitant, les transports, les excursions, les balades à dos d'âne et toutes les activités annexes ce sont des centaines de personnes, essentiellement des habitants du Salève, qui travaillent de près ou de loin pour cette industrie du tourisme. Dans les années 1900, les affiches et les prospectus du chemin de fer du Salève ou des syndicats d'initiatives locaux expliquent aussi que, grâce à la ligne PLM (Paris-Lyon-Méditerrannée) Paris-Évian-Chamonix, le Salève ne se trouve qu'à dix heures de voyage de Paris, à quatre heures de Lyon et à trois heures d'Aix-les-Bains ou de Chambéry !

Stendhal *vs* Victor Hugo

Il est amusant de constater que deux écrivains majeurs du XIXe siècle ont une vision diamétralement opposée du Salève ! En 1830, Stendhal (1783-1842), de passage à Genève, livre une description peu flatteuse du massif : « Je me promène longtemps sur la Treille. Il y a là un rocher pelé exactement vis-à-vis et à une lieue de distance que je voudrais faire sauter ; ce vilain rocher s'appelle les montagnes du Salève. » Quelques années plus tôt, en 1819, l'archéologue français Désiré Raoul-Rochette n'était guère plus tendre avec notre montagne préférée : « Le Salève, qui borne l'horizon, à peu de distance de la ville, est un mont aride et pelé, d'une forme lourde et d'une élévation médiocre. » Quant à l'académicien Victor Cherbuliez, il livre en 1871 cette sinistre description du massif : « Il est près de Genève une montagne pelée, abrupte, formée de longues bandes parallèles de rochers gris que séparent d'humbles broussailles ! On dirait un grand corps, rongé par les années et dégarni de chairs, qui livre aux regards son squelette desséché. »

Heureusement, nous pouvons compter sur Victor Hugo (1802-1885) pour nous rassurer sur la pérennité du Salève ! En 1877, dans le volume de *La Légende des siècles* consacré aux montagnes (le texte « Désintéressement »), l'auteur des *Misérables* évoque le Mont-Blanc et écrit : « Il a, comme son dogue, à ses pieds le Salève. » Dans un autre texte, publié en 1839, Victor Hugo s'inquiète des transformations que subit la Cité de Calvin : « Genève depuis quinze ans a été raclée, ratissée, nivelée, tordue et sarclée de telle sorte qu'à l'exception de la butte Saint-Pierre et des ponts sur le Rhône il n'y reste plus une vieille maison. Maintenant, Genève est une platitude entourée de bosses. Mais ils auront beau faire, ils auront beau embellir leur ville, comme ils ne pourront jamais gratter le Salève, recrépir le mont Blanc et badigeonner le Léman, je suis tranquille. »

Dans une lettre envoyée de Genève à Juliette Drouet, qui fut pendant un demi-siècle sa maîtresse, Victor Hugo écrit : « Je m'extasie devant les cimes majestueuses et la chaîne du mont Blanc ; cet ensemble est prodigieux, plein de choses harmonieuses et magnifiques, empreint de la grandeur de Dieu. Les femmes de cette ville sont belles et le Salève imposant. » En séjour dans la région, Victor Hugo serait descendu du train PLM (Paris-Lyon-Méditerranée) à la gare de Mornex pour ensuite gagner l'Hôtel du Château, à Monnetier. Ses bagages auraient même été perdus durant le voyage en train, et le grand homme se serait fendu d'une lettre de réclamation, malheureusement aujourd'hui égarée, à l'attention du chef de gare de la station de Mornex !

Syndicat mixte du Salève

Montagne en partie préservée de l'urbanisation par le manque d'eau sur sa partie sommitale (voir **Impluvium**), le Salève a néanmoins échappé à quelques grands projets au potentiel dévastateur pour son environnement et sa biodiversité. Citons, en 1924, le gigantesque projet du plus grand golf de France, assorti d'un village hôtel, sur le plateau Grillet (entre les Pitons et la pointe du Plan), qui n'a finalement pas pu être financé, ou, en 1987, celui d'un vaste complexe de haut standing aux Avenières (voir **Hausermann**), comprenant un hôtel, des résidences de luxe, une université, un golf de 18 trous et un héliport.

C'est ce projet et la forte mobilisation citoyenne à l'origine de son échec, qui vont favoriser la création du Syndicat mixte du Salève (SMS), en 1994. Certains élus des communes du massif ont alors pris conscience que la préservation de ce massif remarquable n'était pas assurée sans la mise en place de mesures de protection contraignantes par l'État et les collectivités locales. Né de ce constat, le SMS regroupe aujourd'hui 27 communes : Cruseilles, Copponex, Cernex, Vovray-en-Bornes, Le Sappey, Menthonnex-en-Bornes, Villy-le-Bouveret, Saint-Blaise, Andilly, Présilly, Beaumont, Neydens, Feigères, Saint-Julien-en-Genevois, Archamps, Bossey, Collonges-sous-Salève, Étrembières, Annemasse, Monnetier-Mornex-Esserts, La Muraz, Reignier, Arbusigny, Arthaz-Pont-Notre-Dame, Scientrier, Nangy, Pers-Jussy.

Les principales missions du SMS sont la préservation du patrimoine naturel et culturel et des paysages du Salève (voir **Protection**) ; la sensibilisation à l'environnement et au développement durable ; la valorisation du Salève comme poumon vert « nature » pour la population de proximité ; la pérennisation de l'activité agricole de pastoralisme sur les alpages sommitaux (voir **Alpages**) et la découverte du patrimoine naturel et culturel du massif, notamment grâce à un écomusée (voir **Maison du Salève**).

Nous retrouvons avec le SMS ce paradoxe du Salève, Montagne des Genevois située en territoire français. Alors que le massif est majoritairement fréquenté par des habitants de la Cité de Calvin, le financement du SMS n'est assuré que par les collectivités françaises. Les nombreuses tentatives des élus du SMS pour impliquer le canton de Genève ou les communes genevoises proches du massif dans un partenariat financier ont été des échecs, si ce n'est pour quelques projets particuliers (voir **Orjobet**, **Téléphérique**). La chose est d'autant plus regrettable que le SMS a un budget plutôt limité, qui ne lui permet pas de déployer pleinement ses possibilités.

Système anticollision

Si les avions de ligne ne s'écrasent plus sur les montagnes, c'est en partie grâce au Salève ! Jusqu'aux années 1990, les avions des compagnies aériennes étaient équipés d'un système basé sur la mesure permanente de la hauteur de l'appareil par rapport au sol à l'aide d'un radar. D'une efficacité limitée, cet équipement avait comme principal inconvénient de ne pas « voir » devant l'avion et donc de ne pas anticiper efficacement un risque de collision avec une montagne en cas de mauvaise visibilité.

C'est pourquoi dès 1992, parmi d'autres industriels européens, Dassault Électronique travaille sur un nouveau système anticollision avion-sol, dont la principale qualité est d'anticiper ce qui se passe devant l'appareil, grâce à une modélisation informatique du relief de la terre, couplée aux paramètres de l'avion (vitesse, coordonnées, etc.). Pour faire simple, ce nouveau concept baptisé GCAS (Ground Collision Avoidance System) élabore en permanence la future trajectoire de l'aéronef et la compare aux dangers du sol. Une alerte sonore prévient le pilote en cas de risque de crash contre un relief.

Et c'est là qu'intervient notre cher Salève, grâce à un informaticien passionné par l'histoire de son chemin de fer (voir **Lepère**). Employé à l'époque chez Dassault Électronique, dans la région parisienne, Gérard Lepère fait partie de l'équipe d'ingénieurs qui a développé ce programme GCAS. Et c'est lui qui a proposé et modélisé une partie des falaises du Salève pour figurer comme exemple de relief dangereux pour l'aviation. Ainsi, le tout premier brevet (n° 92 04245) déposé le 7 avril 1992 contient deux figures (n°s 19 et 20) montrant le Salève associé à des trajectoires d'aéronef.

Pour cette modélisation, l'informaticien a retenu la coupe nord-ouest/sud-est du Grand-Salève, située entre le trou de la Tine et les Crêts. Un choix qui ne devait rien au hasard, car ce secteur avait déjà connu deux crashs (voir **Accidents aériens**) en 1938 et 1974. Ce qui est plus étonnant, c'est qu'en 2004 un nouvel avion a heurté le Salève exactement à l'endroit dessiné douze ans plus tôt sur le brevet du système destiné à éviter ce type d'accident ! Hélas, en 2004, le nouveau système anticollision prédictif n'était obligatoire que pour les avions de plus de 30 places, et ce petit appareil de tourisme n'en était donc pas équipé.

T

Tapponnier Paul

Éternel amoureux du Salève et de son histoire, Paul Tapponnier (1884-1970) fut un soldat valeureux durant la Première Guerre mondiale, avant de devenir député de la Haute-Savoie (1919 à 1924), puis maire de son village de Collonges-sous-Salève (1934 à 1941). Écrivain et journaliste prolixe, membre de plusieurs sociétés savantes de Haute-Savoie, ce juriste est l'auteur de centaines d'articles et de textes sur les sujets les plus divers. Personnage enthousiaste qui a laissé son nom à la bibliothèque et au stade de football de sa commune, Tapponnier, qui signait souvent sous les pseudonymes de Paul du Salève ou de Pierre d'Orjobet, a détaillé le passé de sa montagne favorite dans *Les Échos saléviens*, revue qu'il créée en 1950 (la société d'histoire La Salévienne a repris ce titre en 1984 pour sa publication annuelle).

D'Archamps, patrie de son père, il écrira : « Un pittoresque village savoyard blotti sur les derniers contreforts du Salève aux mamelons successifs. De rustiques maisons, bâties en pierres du pays, enguirlandées de glycines et couvertes de vieilles tuiles rousses. » Comme l'a relevé l'historienne Georgette Chevallier, le bourg de Collonges est aussi régulièrement évoqué dans ses textes, avec un enthousiasme bien compréhensible : « Au bas du Grand Salève qui, tel un fier monarque, domine la vallée du Léman, parmi les villages dont se couronnent pittoresquement les riants coteaux criblés de gais cottages, l'un des plus sympathiques et des plus attirants est Collonges. »

Téléphérique

De la plaine (432 mètres d'altitude, gare de départ du Pas-de-l'Échelle) à la montagne (1 097 mètres, gare d'arrivée) en quatre minutes, qui dit mieux ? Personne ! Depuis 1932, le téléphérique du Salève offre aux habitants et aux touristes l'opportunité de gagner en un temps très court les hauteurs du massif et ses somptueux panoramas. Bien avant cette date, le téléphérique du Salève était déjà une idée évoquée en 1912 par l'un des administrateurs du chemin de fer (voir **Delessert**). L'idée deviendra un projet en 1923, refusé par la préfecture de Haute-Savoie, peut-être à cause de sa nationalité suisse. Un jeune entrepreneur français, Auguste Fournier, 28 ans, va reprendre ce projet à son compte pour en faire une réalité au début des années 1930.

Inauguré en août 1932, le téléphérique du Salève fut à l'époque salué comme une réalisation d'avant-garde, tant sur le plan technique qu'au niveau de son architecture. Ce projet industriel est le fruit d'une brillante collaboration entre deux Genevois, un architecte (voir **Braillard**) et un ingénieur civil, Georges Riondel, associés à l'ingénieur parisien André Rebuffel, spécialiste des transports par câble. Trois hommes réunis par l'entrepreneur haut-savoyard Auguste Fournier, lui-même soutenu par 300 actionnaires.

Mais les études préliminaires vont réserver une mauvaise surprise, la roche ne permet pas un ancrage classique des piliers. C'est de cette contrainte technique que naîtra le superbe projet architectural de gare d'arrivée dessiné par Maurice Braillard. Côté technique, l'ingénieur Rebuffel a doté le téléphérique d'un système innovant de 2 nappes superposées de 3 câbles, à la fois tracteurs et porteurs. Ce système avait un grand avantage : regrouper l'ensemble des installations mécaniques dans la gare de départ. Mais aussi des inconvénients comme la limitation de la vitesse des cabines ou l'usure prématurée des câbles.

Cela dit, le chantier sera mené de main de maître en seulement quatorze mois. La réalisation de ces transports aériens par câble est alors à la mode, car outre celui du Salève les téléphériques du Brévent, à Chamonix, et de Veyrier-du-Lac, près d'Annecy, seront construits à la même époque. Dès son inauguration, le 29 août 1932, le téléphérique du Salève connaît un énorme succès. Même un grand écrivain français est sous le charme (voir **Kessel**). Les cinq premières années d'exploitation sont exceptionnelles. Le dimanche, il n'est pas rare que le public doive patienter plus d'une heure avant de pouvoir embarquer dans les petites cabines de 30 places.

Mais cette belle euphorie va brusquement cesser avec l'arrivée de la Seconde Guerre mondiale. Dès 1939 le téléphérique est arrêté. Il ne reprendra du service qu'en 1947, alors que l'automobile connaît un formidable développement et lui fait une sévère concurrence. En 1962, le

téléphérique fête ses 30 ans d'existence et ses 3 millions de passagers. Mais, derrière les discours enthousiastes, l'inquiétude règne, car les comptes d'exploitation sont moroses. En 1973, le restaurant de la gare d'arrivée ferme ses portes. Pour tenter d'éviter la faillite, la ville d'Annemasse rachète le téléphérique en 1975. Mauvaise idée, car l'exploitation est suspendue en 1976 pour des raisons de sécurité.

Ne voulant pas être celui qui a condamné le téléphérique, Robert Borel, maire d'Annemasse nouvellement élu, prend alors son bâton de pèlerin pour tenter d'obtenir les financements d'un projet de rénovation devisé à 15 millions de francs français. L'édile va solliciter les communes françaises, le département et l'État, mais sans grand succès. Il se tourne alors vers les élus du canton de Genève, qui promettent une participation de 30 % aux travaux.

Au début des années 1980, le téléphérique du Salève est toujours à l'arrêt. Comme le relève Christian Vellas dans son livre *Le Salève autrement* (Éditions Slatkine), c'est grâce à Edmond de Rothschild qu'il va être sauvé. Lors d'un dîner, le baron, qui gère déjà les remontées mécaniques de Megève, se dit prêt à mettre la main à la poche pour assurer ce sauvetage, pour autant que des collectivités genevoises et françaises l'accompagnent dans cette opération. Ces dernières acceptent le deal, et le téléphérique voit ses installations rénovées en 1984, avec des cabines dont la capacité passe de 30 à 60 personnes, soit 900 passagers par heure.

Mais cette rénovation, tout comme la réalisation par l'ATMB (Autoroutes et Tunnel du Mont-Blanc) d'une vaste aire de repos sur l'A40, à côté de la gare de départ du téléphérique, ne permettent pas de vraiment relancer la fréquentation. Les années passent, et les déficits s'accumulent, en partie comblés par une subvention franco-suisse de 160 000 euros. Année après année, la société d'exploitation du groupe Rothschild perd de l'argent, mais persiste à assurer sa mission. Une générosité sans doute due à l'attachement du baron pour le Salève.

Face à cette situation, des élus français et suisses vont trouver la solution en créant en 2006 un GLCT (groupement local de coopération transfrontalière) qui va prendre en charge la destinée du téléphérique. Financé à parité par la Suisse (canton de Genève) et la France (48,5 % pour Annemasse-Agglo et 1,5 % pour la commune de Monnetier-Mornex), ce GLCT va gérer l'entreprise du téléphérique et choisir son exploitant. Dès 2008, la gestion est confiée à des sociétés privées (Veolia, puis RATP Dev, avec la COMAG et les TPG) qui vont se montrer efficaces, puisque la fréquentation va passer de 92 000 passagers en 2006 à quelque 290 000 passagers en 2018 !

Une étude menée par Veolia en 2010 indique une répartition très équitable de l'origine des passagers : 50 % de Suisses et 50 % de Français (dont 60 % de Haut-Savoyards). Si au printemps la clientèle est essentiellement composée de sportifs locaux (randonnée, VTT, parapente, etc.), en été, elle vire franchement à l'international, et l'anglais devient alors la langue officielle du Salève !

Au printemps 2023, le téléphérique du Salève aura bénéficié d'un lifting complet devisé à 9,1 millions d'euros. Dans ce projet conçu par le cabinet Devaux & Devaux Architectes, les gares vont être rénovées, et celle située sur le massif sera dotée d'un restaurant panoramique ainsi que d'un belvédère avec une vue à 360°. Le site disposera aussi de nouveaux équipements : un mur d'escalade, un espace muséographique de 150 mètres carrés conçu par la Maison du Salève et un jardin botanique sensoriel.

Töpffer Rodolphe

Considéré comme « l'inventeur » de la bande dessinée avec ses « histoires en estampes » (*Histoire de monsieur Jabot, Les Amours de monsieur Vieux Bois*, etc.) publiées dès 1833, Rodolphe Töpffer (1749-1846) fut l'un des Genevois les plus brillants de son siècle. Dans les années 1820, ce fils d'un peintre reconnu, Adam Töpffer, ouvre, grâce à la dot de sa femme, un pensionnat pour jeunes garçons au cœur de Genève. Cette institution sera le point de départ de la gloire de ce pédagogue enthousiaste qui n'hésite pas à emmener ses élèves visiter à pied le Salève, les Alpes ou les cantons suisses.

C'est aussi pour les distraire et les instruire qu'il rédige des nouvelles ou des histoires dessinées narrant ces excursions, mais aussi les péripéties de personnages imaginaires. Visiblement doué dans les deux domaines, Rodolphe Töpffer est publié à Paris et connaît vite le succès. Admiré par Goethe – « C'est étincelant de verve et d'esprit » – ou par Sainte Beuve – « Il nous semble retrouver dans ces pages quelque chose de l'air vif et frais des montagnes » –, le Genevois évoque bien sûr le Salève dans ses textes.

Le massif est ainsi décrit dans *Le Presbytère*, roman épistolaire publié en 1832 : « Cette montagne du Salève, Louise, est un charmant but de promenade ; je veux vous y conduire un jour. Elle est peu élevée et cependant abrupte : au sommet, ce sont des croupes désertes, sans arbres, sans habitations, d'où la vue se promène d'un côté sur le majestueux amphithéâtre des Alpes, de l'autre, sur les plus doux paysages qui puissent enserrer des montagnes. Au fond du bassin, le lac, tranquille comme une glace. ».

Celui qui fut aussi un politicien conservateur nous donne une description originale de Mornex, village presque mondain sous sa plume : « Nous nous sommes arrêtés pour dîner à Mornex ; il y a là de jolies maisons, où des familles de Genève viennent passer quelques mois d'été. Aussi, on y rencontre des citadins qui lisent sous l'ombrage, on y croise des caravanes de dames montées sur des ânes, des messieurs en frac, des demoiselles en parures de ville, des sociétés babillardes et folâtres, et toutes ces personnes sont là pour se guérir d'une multitude de maux. »

Tour de la télévision

Au même titre que les carrières, la tour hertzienne de télévision située au-dessus de la Petite-Gorge défigure la belle silhouette du Salève. Bien que nécessaire pour diffuser les programmes de télévision et de radio, il eut été souhaitable qu'elle se fasse plus discrète dans le paysage. Inaugurée en 1977, cette tour de 62 mètres de hauteur appartient à TDF (TéléDiffusion de France jusqu'en 2004), une filiale de France Télécom. Elle diffuse les chaînes françaises tandis que les chaînes suisses sont relayées depuis un émetteur situé dans la gare d'arrivée du téléphérique.

En 1910 déjà, un projet de construction du poste de TSF « le plus puissant du monde » avait été envisagé au sommet du Salève, sur le site des Pitons. Il ne sera heureusement pas réalisé. Mais dès 1947 le massif est choisi par Radio Genève pour faire, avec l'aide de la télévision publique française, des essais de diffusion d'images télévisées sur la ville du bout du lac. L'expérience étant concluante, les autorités genevoises vont financer la construction d'un studio technique, à l'origine de l'éphémère Télévision Genevoise qui diffuse sa première émission le 1er février 1954. Sept mois plus tard, cette télévision locale est reprise par la SSR (Société Suisse de Radiodiffusion et Télévision) et devient la Télévision Suisse Romande.

En septembre 1988, le Salève va être le lieu d'un essai de diffusion de signaux numériques qui va révolutionner la radio et la télévision ! En effet, à l'occasion d'une conférence mondiale de radiocommunications à Genève, ville où se situe le siège de l'Union européenne de radio-télévision, les délégués présents sont invités à monter dans des véhicules circulant dans la ville. Équipés de casques audio qui leur restituent le signal envoyé depuis l'émetteur TDF du Salève, ils vont être impressionnés par la qualité parfaite de la transmission.

Cette démonstration, qui aura un impact fort sur les administrations des pays représentés et sur les industriels du secteur, est à l'origine de l'adoption en 1990 de la technologie ODFM (Orthogonal Frequency-Division Multiplexing). Ce procédé de codage de signaux numériques est aujourd'hui utilisé dans le monde entier pour la diffusion de la télévision, de la radio et de l'internet.

Tour des Pitons

Elle trône à 1 379 mètres, sur le Grand-Piton, point culminant du Salève offrant aux promeneurs un point de vue somptueux sur Genève, le Léman et le Jura. C'est en ce lieu unique que fut érigée, vers 1820, une tour par Claude-François Bastian (1764-1838), notaire de Frangy. Considéré alors comme « l'homme le plus riche de la Savoie du Nord », cet administrateur très compétent était également un fervent partisan du rattachement de cette région à Genève. Le sieur Bastian avait acquis l'alpage du Petit-Pommier, sur lequel se trouve le site des Pitons, le 18 mai 1795, lors de la

vente des biens « nationalisés » de la chartreuse de Pomier par les autorités issues de la Révolution française.

Avant la construction de cette tour, ce petit plateau en bord de falaise qui présente les plus beaux lapiaz du Salève abritait au XIVe siècle un poste de guet. Sur ce site se trouve également un rocher emblématique du massif (voir **Sorcière(s)**) apprécié des grimpeurs en tous genres. Selon une vieille légende, Claude-François Bastian aurait choisi ce lieu pour bâtir une tour, car c'était le seul endroit de la région d'où il pouvait contempler l'ensemble de ses propriétés du Genevois, au nombre de 37 fermes et de 4 châteaux !

Abîmée par le poids des ans et par les dégâts causés par quelques vandales, la tour Bastian fut achetée et restaurée en 1984 par la commune de Beaumont, avec l'aide du Conseil général de Haute-Savoie. Parmi les nombreux promeneurs qui pique-niquent sur ce joli coin du Salève, les plus curieux auront sans doute remarqué sur une roche située à proximité de la tour un cartouche avec deux noms gravés : Lamartine et lord Byron.

La légende prétend que ce sont ces deux grands poètes eux-mêmes qui auraient ainsi marqué la roche du Salève de leurs patronymes dans les années 1816-1820. La réalité est sans doute différente, mais ce qui est sûr c'est que ces artistes ont arpenté les sentiers du massif (voir **Lamartine**).

Tramways

À une époque où l'automobile était encore réservée à quelques élites fortunées, le *Journal de Genève* publie dans son édition du 29 mai 1920 une rubrique intitulée « Où irons-nous dimanche ? » S'adressant aux habitants de la ville du bout du lac, cet article semble aujourd'hui délicieusement prémonitoire, car il évoque une sortie réalisée uniquement avec les modes de déplacements « doux » que sont en ce début de XXe siècle le vaste réseau des transports publics genevois et la marche à pied ! Dans cette neuvième et dernière série des promenades recommandées aux familles par l'Association des intérêts de Genève, l'itinéraire n° 36 nous intéresse particulièrement…

« En tramway du quai de la poste à Saint-Julien par la ligne n° 13 (se munir du passeport). De Saint-Julien à Pommier en autocar par le Châble. Monter à l'abbaye de Pommier. Peu après Pommier, monter un sentier à flanc de la montagne jusqu'à la Pointe du Plan, en passant par le chalet Convers (dernier sommet sud du Salève). Magnifique vue sur les Alpes et le lac d'Annecy, flore magnifique au mois de juin. De la Pointe du Plan par la crête aux Pitons (1 368 mètres, point culminant du Salève et on se croirait souvent reporté en pleine alpe). Des Pitons descendre par un sentier à la ferme des Beulets, et de là à Archamps et Collonges. Tramway pour Carouge par Croix-de-Rozon ou pour le Cours de Rive par Veyrier et Florissant. »

Notons que le rédacteur de ce texte orthographie « Pomier » avec deux « m », ce qui était courant autrefois. Mais il commet un acte beaucoup plus grave, il vole 11 mètres au Salève, dont le sommet culmine en réalité à 1 379 mètres !

Treize-Arbres (Les)

Dans son *Guide pratique du Salève*, publié en 1928, Henri-Charles Golay évoque Les Treize-Arbres en ces termes : « Le Grand Salève (1 308 m) est la partie de la chaîne la plus visitée. Aux Treize-Arbres, à quelques minutes de la station terminus du funiculaire, la situation est unique, elle permet d'admirer toute l'étendue de la Haute-Savoie et des Alpes au levant et le canton de Genève au couchant. » Cette description paysagère explique pourquoi les concepteurs du chemin de fer du Salève ont choisi cet endroit pour y installer la gare d'arrivée du train. Ils se sont hélas arrêtés à quelques centaines de mètres des plus beaux points de vue, sans doute pour des raisons de coût du terrain.

Avant la construction du chemin de fer, l'endroit abritait déjà l'Hôtel-Restaurant des Treize-Arbres, belle maison dont les murs du rez-de-chaussée atteignant les 90 centimètres d'épaisseur. Agrandi dans les années 1920, cet établissement a connu peu ou prou le même sort que la plupart des restaurants sur le Salève. Après des décennies de bonnes affaires, ces établissements ont commencé à péricliter dans les années 1960, avant de cesser leurs activités. L'Hôtel-Restaurant des Treize-Arbres a fermé ses portes en 1964, puis le bâtiment a été détruit en 1973.

Quant au toponyme singulier de ce coin de Salève, il aurait pour origine le nombre d'arbres de belle taille – des hêtres, soit des fayards en patois savoyard – bien visibles depuis la plaine, qui ornaient cette crête. Selon les versions, il y aurait eu 13 arbres ou seulement 3, et c'est une déformation de langage qui aurait fait du *treis* savoyard un treize français !

Trésors

Le Salève est-il un territoire riche en trésors ? La réponse pourrait être positive si l'on évoque l'affaire Poulain (voir **Grotte des Faux-Monnayeurs**) ou la belle histoire du trésor des chartreux de Pomier… En 1792, les moines ont vite compris que l'arrivée des révolutionnaires en Savoie représentait une grave menace pour leur sécurité et pour leur vie. Ils décident alors de quitter l'abbaye du pied du Salève pour se disperser vers différents lieux, dont la chartreuse de Collegno, près de Turin, où ils seront à l'abri des affres de la révolution. Comme ils doivent agir rapidement et ne peuvent emmener que peu de choses avec eux, le prieur confie alors à deux moines la délicate mission de cacher le trésor de l'abbaye en un lieu sûr à proximité du domaine.

D'anciens textes indiquent que ce trésor, composé de pièces d'or, d'objets religieux exceptionnels et de pierres précieuses, était si important qu'un homme debout pouvait se cacher derrière ! Les deux moines s'acquittèrent de leur mission, mais on ne sait pas s'ils ont pu traverser les Alpes et rejoindre leurs camarades à Collegno. Deux siècles plus tard, il semble que ce trésor n'ait jamais été retrouvé. Selon la légende, il serait toujours enfoui quelque part, sous les pieds des nombreux randonneurs qui arpentent les tranquilles sentiers de ce joli coin de Salève.

Et avez-vous déjà entendu parler de l'or du Salève ? Le massif est source de nombreux ruisseaux qui coulent dans la plaine du Genevois. Certains sont réputés aurifères, comme les Usses ou l'Aire, cours d'eau connus pour transporter de fines paillettes d'or arrachées aux entrailles du Salève lorsque de fortes pluies déferlent sur la montagne, avant de ressurgir à son pied. Plus haut dans le massif, une famille d'Archamps s'est livrée sur plusieurs générations à d'intenses mais hélas vaines recherches d'un filon d'or dans la grotte des Trois-Fées.

Certains vieux ouvrages évoquent aussi une petite mine d'or à proximité du Grand-Piton et un gisement d'argent et d'antimoine dans une roche située derrière La Croisette. Et dans son ouvrage *Le Salève souterrain*, Jean-Jacques Pittard explique que la grotte des Sablons pourrait bien abriter un filon d'or et serait riche en… pierres précieuses ! Hélas, de très petites tailles, ces tourmalines, zircons, rutiles et autres staurolites alpines auraient pour origine une moraine laissée à cet endroit, au-dessus de la caverne, par le glacier du Rhône lors de son retrait.

Tricouni (Genecand Félix dit)

Félix Valentin Genecand (1879-1957), plus connu sous le surnom de Tricouni, est l'un de ces personnages emblématiques du Salève, au même titre que de Saussure, Gosse ou Lambert. Né à Genève le 22 septembre 1879, ce colosse exerçait la profession de bijoutier sertisseur. Passionné de montagne, c'est au Salève, comme tout bon Genevois qui se respecte, qu'il fit ses premières escalades avec son père à l'âge de 5 ans ! Les principales falaises du massif n'ont bientôt plus de secrets pour ce grimpeur émérite qui signe aussi quelques premières dans les Alpes (la pointe nord du Grépon, le trou et le doigt de la Pointe-Percée). Connaissant le Salève comme sa poche, il est souvent sollicité lorsqu'il s'agit d'aller secourir un disparu dans le massif.

Quant à l'origine de son surnom, elle remonte à ses premières années de grimpe. Déjà brillant dans l'escalade, Félix Genecand rencontre un jour sur une paroi du Salève un alpiniste italien dénommé Tricouni. Le gaillard est filiforme, mais fait preuve d'une impressionnante dextérité lorsqu'il escalade une falaise. Très impressionné, Genecand parlait de cet Italien avec une telle admiration que ses camarades le surnommèrent par dérision… Tricouni !

En 1898, un concours est lancé par le Club alpin suisse à la demande du Dr Golay. Ce médecin, qui a perdu son fils lors d'un accident d'escalade au Salève, espère ainsi offrir plus de sécurité aux grimpeurs. Tricouni, qui a lui aussi perdu des amis d'escalade sur le massif et ailleurs, a l'idée de créer des clous spéciaux à fixer sous les chaussures de montagne afin d'avoir une meilleure adhérence sur les parois. Autodidacte, il dessine et forge lui-même ses premiers clous, qu'il va ensuite tester au Salève. Cette invention remporte le concours et offre l'opportunité à Félix Genecand de perfectionner son système avant de commercialiser ces clous qu'il décide d'appeler des… Tricouni !

Le succès étant au rendez-vous, notre homme fonde alors à Carouge la Société Tricouni SA. Au fil des ans, ces ferrages pour chaussures à semelles de cuir seront fabriqués par millions et vont équiper les montagnards du monde entier ainsi que les armées suisse, française, américaine ou canadienne. En 1911, cette invention reçoit même la médaille d'or lors de l'Exposition universelle de Turin. Et, en 1934, Tricouni inventait la chaussure sans lacet, avec une fermeture à boucle qui sera à l'origine de nos actuelles chaussures de ski.

Pilier de la section genevoise du Club alpin suisse, chanteur et auteur de chansons à ses heures, Félix Genecand était aussi un skieur doué qui fit ses premières descentes au Salève en 1902, avant de battre le record du monde de saut à ski à Chamonix avec un bond de 22 mètres ! Celui qui a ouvert plusieurs voies d'escalade au Salève (voir **Scie**) fut un montagnard vénéré par des générations de grimpeurs. Il a notamment été honoré au Canada – une chaîne de montagnes a été baptisée Monts-Tricouni – et dans l'Antarctique où un sommet répond au nom de Mont-Genecand.

Le clou Tricouni est entré dans les dictionnaires en 1925 tandis qu'un petit monument à sa gloire orne l'entrée du bien nommé chemin Tricouni, situé face au Salève, à Veyrier. Et les automobilistes observateurs auront aussi remarqué un discret Félix Genecand gravissant le rocher synthétique installé sur le rond-point de la RD 1206, à Collonges-sous-Salève.

Trois projets de chemins de fer

En décembre 1892, les trains du Salève (voir **Chemin de fer du Salève**) transportaient leurs premiers passagers. Mais, avant cette réalisation magistrale qui allait marquer l'histoire du massif, 3 autres projets ferroviaires avaient été présentés aux autorités françaises. En 1874, c'est un Français, M. de Chaboulon, associé à l'ingénieur genevois Ernest du Roveray, qui fait une demande de concession au Conseil général de la Haute-Savoie.

Équipé de petites locomotives à vapeur, son projet de chemin de fer d'une longueur de 16 kilomètres (contre 8,7 kilomètres pour le réseau construit en 1892) partait d'Étrembières (au rond-point Annemasse, Mornex, Reignier, au pied du massif) pour rejoindre Mornex puis la mairie de Monnetier, avant de grimper sur le Grand-Salève pour une longue traversée des crêtes jusqu'à La Croisette et les Pitons, point culminant du massif. Le décès prématuré de l'ingénieur du Roveray sera fatal à ce premier projet.

Plus original, le deuxième projet, porté en 1886 par un entrepreneur genevois, Ferdinand Petit, et un ingénieur français né à Carouge, Anatole Mallet, était un chemin de fer d'une longueur de 1 kilomètre seulement, montant sur une pente à 26 % du Pas-de-l'Échelle au vallon de Monnetier. Écologique avant l'heure, ce funiculaire aurait fonctionné grâce à l'eau chargée dans un réservoir qui faisait descendre une cabine et entraînait l'autre (au réservoir allégé) dans la montée. Un projet abandonné sans qu'on en sache la raison.

Quant au troisième projet, il est déposé en 1890 par 4 entrepreneurs genevois, dont Ferdinand Petit. D'une longueur de 7,5 kilomètres, cette ligne serait partie de Collonges-sous-Salève pour rejoindre La Croisette, avant de filer jusqu'au Grand-Piton, où un hôtel devait être construit. Ces entrepreneurs, qui avaient déjà à leur actif la réalisation du réseau de tramway du canton de Genève, demandaient également au Conseil général de la Haute-Savoie une concession pour une seconde ligne allant de La Croisette aux Treize-Arbres.

Dans ce projet, qui fut accepté par le ministère des Travaux publics et par les communes concernées, puis abandonné sans que l'on sache pourquoi, ce chemin de fer aurait eu la forme d'une longue ligne à voie unique et à crémaillère desservie par de petites locomotives à vapeur poussant une seule voiture.

Tropon

Tous ceux qui montent au Salève à vélo reconnaîtront que l'exercice n'est pas facile et demande une belle débauche d'énergie. Et pourtant, à lire un article paru dans le *Journal de Genève* du 11 mai 1899, il semble évident que gravir les pentes de ce massif est une douce plaisanterie pour les cyclistes ayant pris soin d'avaler quelques cuillères de Tropon, un fortifiant à base d'albumine, dont le très sérieux quotidien conservateur vanta régulièrement les mérites dans les années 1900.

Le journal nous apprend ainsi que Charles Bastard, président de la commission technique du Touring Club Suisse, a fait, « à moitié à bicyclette et à moitié en poussant sa machine », une impressionnante balade sur le Salève, reliant depuis Genève la tour des Pitons via Saint-Blaise, pour rejoindre ensuite Les Treize-Arbres, Monnetier et Mornex, avant de regagner la ville du bout du lac. « Parti à six heures du matin de Genève, Charles Bastard était à La Croisette à 12 h 20, ayant fait une marche effective de 5 h 50 sans autre nourriture qu'un petit déjeuner avant de partir. »

L'article précise que cette collation matinale fut plutôt frugale, puisqu'elle se composait de 2 cuillères à café de Tropon, de 2 cuillères de sucre en poudre, de 2 tasses de thé froid et d'un petit morceau de pain beurré. Le tout étant complété par… un demi-litre de vin rouge, consommé durant le périple. « À aucun moment Charles Bastard n'éprouva le sentiment de la faim. Après un très léger repas à La Croisette, il acheva tranquillement sa course, rentrant à Genève vers 18 heures, sans être fatigué et sans avoir plus faim qu'à l'ordinaire », concluait avec une grande objectivité le journaliste du quotidien !

Trottet Émile

À travers Émile Trottet, c'est un hommage à tous ces hôteliers et restaurateurs du Salève – dont beaucoup étaient issus de familles paysannes locales, les Bain, Perréard, Trottet, Vidonne ou Grobon – qui ont fait l'histoire touristique du massif. Une femme est à l'origine de la dynastie des hôteliers Trottet, Péronne Laruaz, qui ouvrit en 1811 l'Auberge de la Petite-Bossue. Ce nom étrange n'était autre que le sobriquet dont les gens du village affublaient Péronne, qui visiblement ne manquait pas d'humour !

Péronne eut une fille, Jeannette, qui épousa Pierre Trottet. Le couple exploita l'établissement familial, avant d'en confier les rênes à leur fils Émile (1846-1924). Avec ce dernier, les Trottet entrèrent dans une autre dimension. Émile et sa femme, Joséphine, vont rebaptiser leur affaire Hôtel Trottet et en faire l'un des établissements les plus renommés de Monnetier (voir **Shah de Perse**, **Cohen**) : « On y parle anglais, on y paie cinq francs par jour tout compris ; et la maison, reconstruite à neuf, se recommande par son ancienneté et sa bonne tenue. » Le couple eut 4 enfants, dont Léon, qui exploita l'Hôtel de l'Europe, à Paris. Très attaché à son village, il possédait une maison à Monnetier et fut actionnaire et administrateur de la Société Anonyme des Chemins de Fer du Salève.

Le fils de Léon, Pierre Trottet, héritier de l'Hôtel de l'Europe et de la maison de Monnetier, est à l'origine d'un document remarquable. Durant l'été 1928, il a réalisé un petit film familial montrant notamment l'arrivée de l'automotrice n° 11 en gare de Monnetier-Mairie. Ce rare témoignage cinématographique du chemin de fer du Salève, tourné avec une caméra Pathé-Baby et d'une durée de deux minutes et deux secondes, peut être visionné sur le site internet de La Salévienne.

Le 3 octobre 1907, Émile Trottet fait don d'un superbe bloc erratique de 6 mètres cubes situé sur une de ses propriétés à la section genevoise du Club alpin suisse, dont il était membre depuis vingt-cinq ans. L'hôtelier avait modestement baptisé ce granite *La Pierre à Trottet*. Cette donation fut l'occasion d'une petite fête bien arrosée rassemblant une trentaine de randonneurs genevois sur ce site offrant une vue remarquable sur Genève et le Léman. Sur l'acte notarié, il est précisé : « Et avec ce bloc, l'emplacement sur lequel il repose et l'espace nécessaire pour circuler librement, soit une superficie de treize mètres et trente centimètres sur douze mètres et dix centimètres. »

Sans doute pour ne pas faire de jaloux, notre homme – un fameux marcheur qui descendait à pied avec sa hotte sur le dos pour vendre ses produits au marché de Genève et remontait souvent de la même manière par le Pas-de-l'Échelle, lorsqu'il avait raté le dernier funiculaire au retour – décida d'offrir en 1908 une « deuxième » *Pierre à Trottet*, posée naguère comme sa congénère par le glacier du Rhône ou de l'Arve quelques dizaines de mètres en dessous de la première, à la section Mont-Blanc du Club alpin français, dont il était également membre !

Ces deux blocs gravés d'un « CAF » et d'un « CAS, section genevoise » sont situés sur les hauteurs du sentier montant de Monnetier au Chalet de la Croix, à quelques mètres de la falaise.

Trou de la Tine

Cette grotte à 2 ouvertures, l'une donnant sur la plaine du Genevois et l'autre vers le ciel, est l'une des plus emblématiques du Salève. Elle fut découverte en 1760 par un grand savant genevois (voir **de Saussure**) lors d'une promenade matinale sur les crêtes du massif. Alors que le grand homme admire la ligne très nette dessinée par l'ombre du Salève dans la plaine, il remarque soudain une petite tache plus claire dans l'ombre. Curieux de nature, de Saussure se place alors entre le soleil et la lueur et découvre cette grotte étrange percée de deux ouvertures. Il va lui donner le nom de creux du Briffaut, car vue de la plaine l'ouverture inférieure de cette caverne paraît petite comme l'entrée d'une niche de chien.

Creux du Briffaut devenu on en sait comment trou de la Tine, cette curiosité géologique est une sorte de tonneau creux de 60 mètres de hauteur, à la base duquel apparaît une vaste ouverture sur la plaine du Genevois. Le promeneur peut accéder facilement à cette grotte depuis le sentier de La Corraterie. Une caverne qui aurait aussi la particularité d'être traversée du haut en bas par un puissant courant magnétique. D'après des spécialistes, il suffit, paraît-il, de se placer au bon endroit, c'est-à-dire contre la paroi et face au courant magnétique, pour être littéralement rechargé en énergie bénéfique ! Selon l'historien Jean-Jacques Pittard, cette grotte aurait aussi pu être le théâtre, en des temps très anciens, de cérémonies liées au dieu Mithra, divinité perse très populaire à l'époque romaine.

Trou du Diable

Depuis des siècles, ce gouffre situé sur le Petit-Salève, à une quinzaine de mètres en-dessous des célèbres voûtes, a alimenté bien des légendes. Certains ont prétendu qu'il reliait le château de Monnetier à celui d'Étrembières par des cavités souterraines équipées d'échelles. D'autres ont affirmé que, par ce gouffre, on pouvait rejoindre le mythique souterrain entre Veyrier et Genève, creusé sous l'Arve. Il était également question d'un puits sans fond, car lorsque l'on jetait une pierre dans le trou du Diable aucun son ne remontait jamais des profondeurs du Salève...

Le premier être vivant à avoir pénétré dans le trou du Diable, en 1878, n'est autre qu'un malheureux âne, que des crétins enivrés avaient cru bon d'affubler de grosses bottines et d'un chapeau haut de forme. Affolée, la pauvre bête s'est enfuie et a fini sa course par une chute au fond du sinistre gouffre. Quelques décennies plus tard, en 1910, un mystérieux Russe prétend dans les cafés de Monnetier avoir passé un jour et demi à l'intérieur de la cavité. Une exploration du gouffre est réalisée en 1922 par MM. Francis Dunoyer et Charles-Élie Ducommun, qui retrouvent les ossements de l'âne et annoncent fièrement que la profondeur de la cavité est de 215 mètres.

À cette époque, le trou du Diable semble même être vu comme une possible attraction touristique par les membres du Syndicat d'initiative du Salève, comme l'indique un article paru dans *Le Cultivateur savoyard* en août 1922 : « Grâce à un don du Syndicat d'initiative d'Annemasse, le sentier qui conduit aux cascades des Eaux Belles a pu être enfin complètement aménagé, aussi nous ne saurions assez le recommander à tous les amis du Salève. C'est du reste par ce sentier que l'on visite le fameux Trou du Diable et que l'on se rend aux Balmes de Satan, de même qu'à la Grotte Infernale. La flore sur ce parcours est très riche à cette époque de l'année. Il y a en outre quelques jolis fours à cristaux qui méritent bien une visite et les cascades sont particulièrement belles à cette époque. »

Mais ce n'est qu'en 1931 que l'on en saura vraiment plus cette cavité, grâce aux spéléologues du Club des Boueux de Genève (voir **Amoudruz**). Équipés d'un matériel important, ces passionnés vont entreprendre une exploration méthodique de ce gouffre légendaire. Au final, ils ont été plutôt déçus de constater que ce trou du Diable ne faisait « que » 70 mètres de profondeur ! Mais ils ont tout de même découvert sur une paroi de la salle la plus profonde du gouffre des inscriptions à l'encre de chine et en caractères cyrilliques : « Ô horreur du silence ! Insondable mystère des secrets ! » Cette calligraphie souterraine fut la preuve que l'énigmatique et inconnu Russe de 1910 était bien le premier explorateur de ce trou du Diable aujourd'hui obstrué par un éboulement.

Tulipe de Neydens

Elles sont devenues infiniment rares, les tulipes sauvages de Neydens qui, il y a encore un siècle, poussaient en abondance sur le piémont du Salève. Il y a cent ou deux cents ans, de nombreux Genevois venaient en famille au printemps sur les terres de Neydens pour cueillir de gros bouquets de ces liliacées. Variété locale de la tulipe sauvage, la *Tulipa silvestris* que l'on trouvait un peu partout en Europe, la tulipe de Neydens était encore abondante au début du XXe siècle, avant de connaître un déclin inévitable dû à l'évolution des pratiques agricoles.

« Les enfants d'entre les deux guerres en cueillaient encore des bouquets, mais les grands-mères de l'époque disaient déjà en soupirant : il n'y en a plus guère, ils labourent tout ! » rappelle un joli texte publié sur le site internet de la municipalité de Neydens.

Dans un autre ouvrage intitulé *Un Livre de famille protestant*, paru à Genève en 1891, un certain John Peter évoque également cette tulipe sauvage, qu'il situe principalement aux alentours du village de Neydens. À leur sujet, parti herboriser dans la campagne du pied du Salève, entre Archamps et Neydens, Peter note dans son carnet : « Le mois de mai voit croître en abondance la *Tulipa sylvestris*, à la fleur jaune. De Genève au Mont de Sion, on la trouve seulement là et dans les replis d'un vallon, près du pont de Sierne, à côté de Villette. »

Aujourd'hui, c'est le jaune des pissenlits qui a remplacé celui des tulipes dans les prés de Neydens, et il ne subsiste de la belle que quelques rares spécimens sur des talus ou dans des « ripisylves », ainsi que dans quelques biotopes protégés du canton de Genève. Mais heureusement cette tulipe restera dans les mémoires, car elle a été choisie comme emblème, avec une croix de Savoie, pour le blason de Neydens. Bonne pioche pour les élus municipaux, car en héraldique une tulipe d'or symbolise l'inspiration heureuse !

U

Ultra Montée du Salève

Le Salève, c'est aussi le paradis des sportifs, qu'ils soient coureurs, marcheurs, grimpeurs, skieurs (alpins, mais surtout nordiques), parapentistes, vététistes ou cyclistes. La proximité de Genève fait du massif un vaste terrain d'entraînements, de pratiques et de compétitions sportives. La plus folle de ces compétitions est sans conteste l'Ultra Montée du Salève (UMS), une course de six heures non-stop où les concurrents doivent effectuer le plus grand nombre possible d'ascensions du massif. Une épreuve très exigeante où les participants gravissent la montagne par le sentier du Pas-de-l'Échelle (3,2 kilomètres, 663 mètres de dénivelé positif !), avant de redescendre avec le téléphérique… et de remonter illico en courant.

Nouveauté mondiale à l'époque, l'Ultra Montée du Salève a été créée en 2010 par deux passionnés de course à pied, Gérard Brouard et Francesca Sacco, sous l'égide du club de l'Athlé Saint-Julien 74. Rapidement devenue une épreuve culte pour tous les fondus de parcours extrêmes, cette course accueille chaque année au mois d'avril quelque 440 compétiteurs particulièrement affûtés. L'UMS est aussi l'une des courses à pied les mieux dotées de France, avec un plateau de 34 000 euros de primes. Rien de surprenant donc au fait que le record de la compétition soit détenu depuis 2019 par la star norvégienne Stian Angermund-Vik, avec 9 montées, en 4 heures, 39 minutes et 14 secondes. Chez les femmes, c'est la Genevoise Élise Chabbey qui a signé le meilleur temps de l'épreuve en 2018 (huit montées en 4 h, 41' et 7").

Union internationale des associations d'alpinistes

Fondée en 1932 à Chamonix, l'Union internationale des associations d'alpinistes (UIAA) représente plusieurs millions d'alpinistes et de grimpeurs, ainsi que 88 associations d'alpinistes en provenance de 76 pays. Reconnue par le Comité international olympique comme la fédération internationale de l'alpinisme et l'escalade, l'UIAA a son siège à Berne, en Suisse. En octobre 1972, la commission technique de cette association se réunit au Salève pour vérifier l'efficacité du nœud dit « demi-cabestan » et lui accorder le label UIAA s'il confirme, à l'issue d'une série de tests, les qualités qu'on lui prête.

Durant une semaine, sur le site de la Roche-Fendue, non loin du Coin (Collonges-sous-Salève), les équipes de l'UIAA installent un équipement composé d'une potence, d'un treuil et d'une corde pour réaliser ce test. Le dimanche 29 octobre, 14 célébrités de l'alpinisme mondial, dont Reinhold Messner, René Desmaison ou André Roch, se rendent sur le site pour assister aux essais et délivrer leur verdict.

Mais, arrivés en bas des Étiollets, les experts et les nombreuses personnes présentes découvrent avec stupeur un homme pendu à la corde de la potence installée pour le test ! Sur ordre de Jean Juge, président de la commission technique, un grimpeur monte aussitôt sur la Roche-Fendue pour aller couper la corde. Le corps tombe dans un silence de mort. En s'approchant, les alpinistes découvrent avec soulagement qu'il s'agit en fait d'un mannequin !

Le temps pour l'assemblée de se remettre de ses émotions et de commenter cette farce macabre, les experts prennent place tandis que l'on remplace la corde. Un pneu de camion est hissé grâce à la potence avant d'être brusquement lâché, simulant ainsi la chute d'un grimpeur de 80 kilos. Après des dizaines d'essais, où le nœud « demi-cabestan » tient bon et arrête la chute, le label UIAA fut accordé par un aréopage d'alpinistes célèbres tel que le Salève n'en avait jamais connu !

V

Varappe

Décidément singulier, le Salève, très modeste montagne par rapport aux majestueux sommets des Alpes ou de l'Himalaya, est à l'origine du mot « varappe » et du verbe « varapper », deux termes qui ont trouvé leur place dans les dictionnaires et sont utilisés par les alpinistes du monde entier. Cette histoire de varappe commence en 1875 sur les hauteurs de Bossey, où un groupe de fervents grimpeurs genevois s'escrime à escalader toutes les voies possibles de la Grande-Varappe, secteur formé d'une gorge et de vastes parois verticales. Malgré tout le talent de ces jeunes alpinistes, une voie résiste à leurs tentatives. Les mois passent, et leur échec demeure, ce qui amuse le petit monde des montagnards du Salève.

Et voici qu'un jour, devant leur impuissance à vaincre cet itinéraire, ils se voient affublés de différents sobriquets, « varappeux », « varappois » ou « varappiste ». Mais c'est finalement le terme « varappeur » qui va rester dans les esprits et se répandre bientôt au-delà du cercle des escaladeurs du Salève. Et c'est ainsi qu'est inventé un nouveau mot, et même le seul terme spécifique aux alpinistes, qui désigne l'action de grimper.

Quant à la notoriété de ce néologisme, elle viendra d'un exploit réalisé en 1883 par les alpinistes Güttiger, Thury, Wanner et Coquoz. Réussissant une première absolue, la conquête du sommet des Aiguilles Dorées, dans les Alpes, ce quatuor genevois baptise cette pointe désormais vaincue l'aiguille de la Varappe. Le large écho donné à cet exploit dans la presse, et notamment dans *L'Écho des Alpes*, la revue officielle du Club alpin suisse, va répandre ce mot dans le vocabulaire des alpinistes. Et c'est en 1920 que « varappe » et « varapper » feront leur entrée dans le dictionnaire Larousse.

Verdi Giuseppe

Il n'a passé que quelques heures au pied du Salève, et pourtant son portrait sculpté trône, en compagnie d'un grand poète (voir **Lamartine**), sur la façade de l'église de Collonges. En 1859, Giuseppe Verdi (1813-1901), 46 ans, est au sommet de sa gloire. Il a écrit la plupart de ses chefs-d'œuvre, et nombre de ses concitoyens voient dans ses opéras comme des métaphores de la lutte des Piémontais pour chasser les Autrichiens du nord du royaume.

Plusieurs années après la mort de son épouse, Margherita Barezzi, Verdi devient en 1847 l'amant de Giuseppina Strepponi, célèbre cantatrice qui partagera ensuite sa vie. Quand le couple séjourne à Genève, durant l'été 1859, Giuseppe Verdi a dans l'idée de régulariser sa situation par un mariage qui donnera le statut d'épouse légitime à Giuseppina. Pour la cérémonie, qui doit être discrète, il s'est arrangé avec l'abbé Gaspard Mermillod.

D'origine savoyarde, recteur de Notre-Dame de Genève, ce futur évêque et cardinal – il a laissé son nom à une avenue de la ville de Carouge – est un militant zélé de la cause catholique dans la Cité de Calvin. Ce mariage secret a lieu le 19 août 1859 en l'église de Collonges-sous-

Salève. Cette union est donc célébrée par l'abbé Mermillod, que Verdi a amené avec lui en calèche de Genève et qui n'est pas peu fier de « faire rentrer au bercail cette illustre brebis ».

Après avoir éloigné le curé de la paroisse, Jean-Claude Maistre, l'abbé célèbre le mariage en toute discrétion, sans personne dans l'église, mais avec le cocher et le sonneur de cloches en guise de témoins officiels ! Après la cérémonie, le couple et l'abbé regagneront immédiatement Genève. À cette époque, porté par sa popularité auprès des futurs Italiens, Verdi s'apprête à entrer en politique aux côtés de Cavour – il deviendra député dans le tout nouveau royaume d'Italie – et composera encore quelques chefs-d'œuvre comme *Aïda*, *Othello* ou *Falstaff*.

Verdonnet Jean-Vincent

Si Bossey est, d'un point de vue littéraire, renommé pour avoir abrité une partie significative de la jeunesse de Rousseau, ce village niché au pied de la Grande-Gorge est aussi le lieu de naissance d'un illustre poète du XXe siècle. Peu connu des citoyens de la région du Salève ou de Genève, Jean-Vincent Verdonnet (1923-2013) est pourtant une figure majeure de la poésie contemporaine française. Cité de son vivant dans *L'Anthologie de la poésie française du Moyen Âge au XXIe siècle*, cet auteur a notamment été lauréat du Prix Guillaume Apollinaire – l'équivalent du Goncourt dans la poésie – pour *Ce qui demeure*, et du Prix Paul Verlaine de l'Académie française pour l'ensemble de son œuvre.

Poète du lien unissant la terre, l'homme et le cosmos, Jean-Vincent Verdonnet fut aussi un résistant engagé, avant de réaliser une belle carrière dans l'industrie. Héritier de l'école de Rochefort, il a publié une trentaine de recueils. Bien qu'il fût attaché à la nature et au Salève, il y a peu de textes dédiés à la montagne de son enfance dans son œuvre. Mais, grâce aux recherches de sa biographe, Marie-Claire Bussat Enevoldsen, voici deux courts poèmes « saléviens » bien révélateur de son style épuré.

À propos du sentier de la Grande-Gorge, Verdonnet écrit : « Ici la patience des arbres se mesure à la profondeur de chaque racine à l'écoute. Le vent nourrit ses oraisons de la méditation des rocs au bord de cet à-pic sauvage où le temps qui a fait le vide retrouve sa virginité. » Dans un autre texte, il évoque la célèbre grotte des Faux-Monnayeurs : « Sentier chaud parmi les rochers. La grotte étroite mène au plateau. Halte près de la grotte aux relents de fausse monnaie. Du même goulot l'alcool de gentiane a coulé brûlant de bouche en bouche. Avec une dernière balle de contrebande ils ont passé la frontière sans retour des décennies épaisses. Mais leurs gestes se répètent à chaque irruption du bleu. »

Verre et sable

Saviez-vous que l'on pouvait fabriquer du verre avec le sable du Salève ? La chose est peu connue, mais le massif est en certains endroits riches en grès siliceux, un sable notamment utilisé pour la fabrication du verre. Plusieurs de ces carrières ont ainsi été exploitées jusqu'aux années 1960 dans les secteurs de Cruseilles et de Vovray-en-Bornes. Historiquement, ces grès sidérolitiques de sable du Salève étaient destinés à différents usages selon leur couleur, qui varie en fonction de la teneur en oxyde de fer des différents gisements.

Le sable ocre, très riche en fer, a été exploité pour forger outils et armes (voir **Burgondes**), tandis que le sable jaune, contenant peu de fer oxydé, était lui utilisé pour la confection de mortiers et d'enduits. Dans les années 1920, ce sable fut aussi employé comme matière première pour une usine de briques à Annecy. Quant au sable blanc, presque uniquement composé de quartz, il servait principalement à la fabrication du verre. De 1766 à 1807, les Verreries de Sales, près de Thorens-les-Glières, avaient ainsi le monopole pour l'utilisation de ce sable blanc du Salève, qui permettait la fabrication de cristaux fins de grande qualité.

Ces sables étaient également utilisés pour récurer les cuivres des fruitières, ce qui donna l'idée à deux habitants de Cruseilles de fabriquer une crème à récurer connue sous le nom de BD. Le slogan publicitaire de cette société était assez amusant : « Tout ce qui brille n'est pas de l'or, mais, pour faire briller, BD vaut de l'or ! »

Dans les années 1940, une petite carrière d'exploitation de ce sable blanc s'est ouverte au-dessus du village de Vovray-en-Bornes. À l'occasion d'une Journée du patrimoine, en juin 2011, la Maison du Salève avait proposé une visite commentée de ce site abandonné. Un habitant de Vovray, Bernard Lugaz, ancien employé dans cette carrière, avait ainsi évoqué cette époque révolue où des ouvriers – essentiellement des paysans des villages voisins, plus ou moins déclarés – officiaient ici dans des conditions plutôt difficiles.

« Nous travaillions sans ancrage dans la paroi, détachant des blocs de grès friables à l'aide d'une barre à mine de trois mètres de long, expliquait Bernard Lugaz. Dans les parties plus dures, l'artificier utilisait des explosifs. Les blocs étaient ensuite cassés à la masse au pied de la falaise. Pour transporter le sable jusqu'au silo situé au bord de la route, le propriétaire de la carrière avait installé un câble muni de deux godets. Le système était simple, mais ingénieux : en descendant, le godet plein de sable faisait remonter le godet vide ! Avant de remplir le godet, les ouvriers utilisaient un crible pour séparer les petits cailloux du sable. Au bord de la route, le silo d'une capacité de 14 mètres carrés était rempli par les godets. Il était vidé deux fois par jour par un camion qui a livré ce sable siliceux aux verreries de Saint-Prex, en Suisse, de 1946 à 1960. »

Durant cette période, plus de 100 000 mètres cubes de sable ont ainsi été exploités dans cette carrière équipée sommairement d'une cabane pour ranger les outils et d'une poudrière – sorte de coffre-fort encastré dans la roche – servant à stocker la poudre et les détonateurs un peu à l'écart.

Vieillard héroïque

Activité aujourd'hui très sécurisée, l'exploitation des carrières au Salève était autrefois moins encadrée, avec pour conséquence plusieurs accidents mortels, à cause d'explosifs mal dosés, de mauvaises manipulations ou de chutes de pierres. Dans un cas de figure un peu différent, c'est un véritable miracle qui s'est produit en août 1923 dans la carrière du mont des Ânes, à Mornex. Le propriétaire du site, Joseph Pinchon, entrepreneur à Mornex, venait d'installer dans une profonde galerie une mine de belle taille pour détacher 4 000 mètres cubes de pierres de la falaise. L'explosion a lieu, des tonnes de roches s'écrasent lourdement sur le sol, et tout semble aller pour le mieux. Une fois la fumée dissipée, 13 personnes, dont M. Pinchon et son fils Marcel, pénétrèrent dans la galerie.

À une cinquantaine de mètres de là, un vieillard qui travaillait dans le voisinage remarque avec stupéfaction que ces hommes s'évanouissent les uns après les autres aussitôt qu'ils ont pénétré dans la galerie. Face à cette situation dramatique, le vieil homme réagit très vite. Après s'être protégé la bouche et le nez avec un foulard, il pénètre à son tour dans la cavité. Rassemblant toutes ses maigres forces, il réussit à sortir un à un tous les corps de la galerie, en les tirant par les pieds.

Dehors, l'alerte a été donnée. Deux médecins arrivent rapidement sur les lieux et donnent les premiers soins aux asphyxiés, sans doute victimes des gaz toxiques provoqués par la déflagration de la poudre. Grâce à l'intervention miraculeuse du vieillard, ils réussissent à réanimer 12 personnes. Seul Marcel Pinchon, 23 ans, sorti le dernier de la galerie, ne put être ramené à la vie.

Vignes

Vieille histoire que celle de la vigne dans le Genevois, puisque l'on a retrouvé des pépins de raisins fossilisés lors de fouilles archéologiques sur des sites lacustres datant du néolithique (4 000 ans avant J.-C.). Au Salève, la culture de la vigne était surtout présente sur le piémont du massif, du côté d'Archamps, de Collonges ou de Bossey, mais également plus en hauteur, sur les flancs ensoleillés des collines de Mornex. Les cartes postales de ce village au début du XXe siècle montrent de vastes vignobles sous le village. Les plants cultivés à Mornex étaient presque exclusivement du chasselas, avec une production abondante d'un vin blanc de qualité.

La commune de Bossey produisait également de belles quantités de vin blanc. Il est difficile aujourd'hui d'imaginer ce petit bourg très chic en village viticole. Et pourtant, en 1903, on dénombrait 93 viticulteurs pour une population de 341 habitants ! Et la production viticole devait être rentable, car la surface des vignobles dans la commune est passée de 42 hectares en 1862 à 101 hectares quarante ans plus tard. Issu comme à Mornex du cépage chasselas, le Blanc de Bossey était plutôt un vin de qualité (voir **Ferme de l'Hôpital**), en grande partie exporté vers Genève. Les dernières vignes ont été arrachées dans les années 1970.

Dans son ouvrage sur l'histoire de Bossey, Guy Rébois raconte que le Salève posait problème aux viticulteurs du village. Non pour son ombre – bien qu'en hiver il faille parfois patienter jusqu'à midi pour avoir le soleil –, mais par le fait que les promeneurs traversaient souvent les vignes pour rejoindre les chemins menant aux hauteurs du massif. Et ils n'hésitaient pas au passage à se servir parmi les grappes de raisins bien mûrs ! En août 1894, des habitants du village excédés ont même organisé des patrouilles nocturnes d'hommes armés pour lutter contre les maraudeurs jusqu'aux vendanges !

Si certains crus de Mornex ou de Bossey étaient réputés, l'essentiel de la production viticole du piémont du massif tenait plutôt de la piquette, car on privilégiait la quantité à la qualité. Ces vins faiblement alcoolisés (8° à 10°) étaient principalement consommés sans retenue dans les nombreux cafés et estaminets de chaque village. Ces vignes autrefois présentes dans toutes les communes de la région ont aujourd'hui disparu. Notamment à cause du phylloxera, terrible puceron venu des États-Unis qui ravagea les vignobles européens à la fin du XIXe siècle, mais aussi du fait du développement du chemin de fer qui permettait d'importer massivement du vin du Midi, bon marché, de meilleure qualité et plus riche en alcool.

Village suisse

Grand évènement à Genève en 1896, avec la ville qui accueille à Plainpalais et aux Vernets l'Exposition nationale suisse. Ouverte du 1er mai au 15 octobre, cette manifestation connaîtra un succès phénoménal, avec 2,3 millions de visiteurs (la Suisse compte alors 2,9 millions d'habitants). L'une des attractions principales de cette expo est le Village suisse, composé de 56 maisons, chalets, fermes, mazots et d'une église, le tout animé par 350 figurants-paysans et disséminé sur une montagne artificielle dotée d'une belle cascade. Détail amusant, les moulages du relief de ce faux sommet avaient été réalisés sur les parois du Salève, avec l'étonnant paradoxe de voir un massif français donner corps à la montagne suisse, symbole s'il en est de l'âme helvète !

Deux ans plus tard, en 1900, à l'occasion de l'Exposition universelle de Paris, ce concept de village suisse ayant connu un grand succès à Genève est transposé dans la Ville lumière. Également conçu par les architectes paysagistes Charles Henneberg et Jules Allemand, ce village suisse va là aussi connaître un formidable succès. Et comme à Genève, le Salève est en quelque sorte associé au projet, car ce sont des wagons entiers de rochers de la Montagne des Genevois qui sont livrés dans la capitale française, pour rendre plus authentique le massif artificiel créé pour l'occasion !

Vipère au diamant

C'est sans conteste l'une des plus belles légendes du Salève ! En ce milieu du XIXe siècle, un jeune berger rêve de fortune en gardant ses moutons sur un pâturage proche du site des Pitons (voir **Tour des Pitons**). En ce mois d'août, une lourde chaleur accable bêtes et hommes. Dégoulinant de sueur, le jeune homme s'approche de l'abreuvoir pour se désaltérer. Mais, alors qu'il s'apprête à boire, il fait un bond en arrière en hurlant. Devant lui, un serpent de belle taille semble prendre le frais dans l'eau claire du bassin. Effrayé, le berger saisit un bâton pour frapper le reptile. Mais il voit soudain que cet étrange animal porte à son cou un diamant « plus brillant que le soleil ».

Euphorique, le jeune pâtre se dit que c'est la chance de sa vie et tente de frapper le serpent pour l'assommer. Mais, en une seconde, la grande vipère jaillit hors du bassin et disparaît dans les buissons. Fou de rage, le berger se lance à sa poursuite. Mais il a beau faire, le serpent a toujours quelques mètres d'avance sur lui. Il semble même l'attendre, avec ce diamant brillant de mille feux, pour soudain esquiver les coups de bâton et filer plus loin. Alors qu'il croit enfin pouvoir l'atteindre, le jeune pâtre voit le serpent disparaître dans le grand trou noir de la grotte du Diable !

Cette caverne assez profonde ne porte pas ce nom par hasard, et les habitants du village voisin du Sappey évitent même de passer à proximité du lieu dès la nuit tombée. De vieilles légendes prétendent aussi que trois enfants du village se seraient autrefois aventurés dans cette caverne... et qu'on ne les a jamais retrouvés ! Toutes ces raisons font que le jeune homme n'ose pas entrer dans cette grotte qui, pourtant, pourrait faire sa fortune.

Mais, sans pénétrer dans la caverne, il y a peut-être une autre solution pour s'emparer du trésor... Après avoir longuement réfléchi, le garçon a une idée ! il récupère un tonneau vide, qu'il garnit de clous, la pointe vers l'extérieur. Le voici devant la grotte, il s'installe dans son tonneau hérissé de pointes avec pour toute compagnie une gourde d'eau fraîche et son gourdin.

Le berger était prêt à patienter l'éternité, mais bientôt voici que l'étrange pensionnaire de la grotte daigne montrer le bout de sa langue fourchue. Avant que le jeune pâtre n'ait pu esquisser le moindre geste, le grand serpent au diamant a bondi – tel un diable ! – contre le tonneau pour le faire tomber et rouler, avec le pauvre berger dedans, dans la méchante pente de ce coin du Salève ! Après une terrible descente, le tonneau se brise sur le tronc gris d'un fayard de belle taille, laissant sur le sol le berger tout à la fois meurtri, étourdi et furieux !

De retour au Sappey, le pauvre garçon s'en va noyer sa déception dans un café du village. Un verre en appelant un autre, notre berger est bientôt ivre et raconte à qui veut l'entendre sa mésaventure. Comme il se doit, cette étrange histoire fait bientôt le tour du village et déclenche des rêves de fortune… Les esprits s'échauffent et une partie des villageois décide alors d'aller trouver le curé au presbytère pour lui soumettre leur projet : organiser une procession dans la fameuse grotte, histoire d'en chasser le diable et, éventuellement, de retrouver le serpent au diamant !

Après réflexion et consultation des voies divines, le curé donne son consentement. Quelques jours plus tard, armée de torches, de cierges et d'eau bénite, la petite troupe avec à sa tête l'homme d'Église pénètre dans la grotte. Les hommes avancent péniblement, scrutant sol et parois à la recherche de l'étrange reptile. Ils ont beau arpenter la grotte en long et en large, ils ne voient ni démon ni serpent et encore moins de diamant ! Portés par leurs rêves de fortune, ils cherchent encore et encore, jusqu'à ce que l'un d'eux glisse lourdement sur l'argile humide de la caverne et laisse échapper un chapelet de jurons que n'aurait pas renié le capitaine Haddock ! Le charme était rompu ; et la vipère au diamant, disparue à tout jamais.

Vol libre

Terrain de nombreuses premières (voir **Chemin de fer**, **Société de secours en montagne**, **Art paléolithique**, par exemple) le Salève fut également, dans le domaine de l'aviation, le lieu du premier vol libre international de l'histoire ! Un récit qui commence en 1909, année où l'aviation balbutiante est dans l'air du temps. À Viry, non loin de Saint-Julien-en-Genevois, faute d'avoir trouvé un terrain dans le canton de Genève, les frères Dufaux s'associent avec le comte du lieu pour fonder, en décembre 1909, la Société Anonyme de l'Aérodrome de Viry, où un meeting d'aviation réunira 50 000 spectateurs en août 1910.

Plus modeste, le piémont du Salève est le terrain de jeu d'une bande de Genevois passionnés par le vol plané. Ils fondent en septembre 1909 le Club genevois d'aviation (CGA), comme l'explique Jean-Claude Cailliez sur son site internet Pionnair. Après quelques essais laborieux – le planeur biplan *Vol-au-vent*, tracté par une voiture, fait un vol de quinze secondes sur une trentaine de mètres –, David Deluz (1889-1977), un habitant de Veyrier, construit en 1910 avec son frère une version améliorée du planeur américain Montgomery. Leur engin (7,5 mètres de long pour une envergure de 7 mètres et un poids de 28 kilos), réalisé avec du bambou, des cordes de piano et de la toile de lin imbibée de paraffine, se révèle fiable et fait bientôt l'objet d'essais concluants.

Dans la matinée du 3 septembre 1911, sur les hauteurs de Bossey, entre Crevin et les carrières de Sous-Balme, David Deluz enfourche son planeur et s'élance, sous le regard de ses amis du CGA et de quelques paysans du secteur. « Je me suis lancé du haut de la pente et au bout de quelques pas d'élan, assis sur un bambou, l'appareil m'emporta dans les airs pour un vol de plus de 100 mètres, à 5 ou 6 mètres au-dessus du sol, ceci naturellement et sans aucune aide extérieure. L'atterrissage se fit normalement », expliquera le jeune pilote. Si la performance est modeste – environ 100 mètres dans les airs –, le fait que ce planeur soit parti de France pour atterrir sur le sol suisse vaut à David Deluz l'insigne honneur d'être l'auteur du premier vol libre international de l'histoire de l'aviation !

Le succès de ce vol et des suivants mettent en évidence les qualités de cet appareil. En 1912, le Club genevois d'aviation décide de construire le Montgomery-Deluz en série sous la dénomination de planeur type Genève. L'entreprise est un succès, et l'engin est alors acheté en Suisse, en France, mais surtout aux États-Unis, où les amateurs de vol libre lui reconnaissent de « merveilleuses qualités de stabilité et de manœuvrabilité ». Illustrant quelques décennies plus tard le proverbe « bon sang ne saurait mentir », le Veyrite Henning Deluz, petit-fils de David, signera également un bel exploit en 1980 au-dessus du Salève, en étant le premier Suisse à réussir un looping avec son aile delta souple !

Délaissé au Salève pendant une longue période, le vol libre retrouvera des couleurs dans les années 1970 avec l'arrivée des ailes delta, dont le pionnier local sera le Genevois Marcel Lachat. Après quelques essais du côté de Chambésy, c'est depuis les Crêts que cet audacieux jeune homme fait en 1972 ses premiers vols au feeling, sur une aile souple. Maîtrisant son sujet, il ouvre en 1974 une école de vol en aile delta et se spécialise dans les baptêmes de l'air. À son palmarès, quelques octogénaires – la doyenne étant Andrée de Nottbeck, 87 ans ! – et le Japonais Soichiro Honda, 71 ans, président-fondateur de la marque… Honda, qui décolla en 1979 depuis le Salève en deltaplane biplace, au grand désespoir de ses gardes du corps !

À la fin des années 1970, l'aile delta est supplantée par le parapente, « inventé » du côté de Mieussy par le Genevois André Bohn et les

En septembre 1911, David Deluz va réaliser depuis le pied du Salève le premier vol libre international de l'histoire de l'aviation.

Savoyards Jean-Claude Bétemps et Gérard Bosson. Plus léger et moins encombrant, ce dérivé du parachute devient le roi du Salève (voir **Montant**). Le massif abrite aujourd'hui quatre sites d'envol : les Crêts, la table d'orientation, la Petite-Gorge et l'aire située près de la gare d'arrivée du téléphérique. Le plus fréquenté est celui des Crêts, où un public nombreux vient admirer la virtuosité de ces « bouffeurs de vent ».

Les sites d'envol du Salève sont renommés, des compétitions y ont été organisées. En 1999, le Genevois Martin Muller s'est même élancé du massif pour voler jusqu'à Meiringen, dans le canton de Berne (169 kilomètres en ligne droite et 370 kilomètres avec les changements de cap). Cela dit, le vol libre au Salève est limité par rapport à d'autres montagnes, en raison de contraintes liées à l'aéroport de Genève et à ses couloirs aériens. L'altitude maximum pour les parapentes et les deltaplanes est ainsi plafonnée à 1 700 mètres.

Vols de granites

Saviez-vous que ces gros rochers de granite posés sur le Salève (voir **Blocs erratiques**) ont été l'objet d'une sorte de spectacle, en 1878, applaudi par un public nombreux ? Pesant souvent plusieurs tonnes, ces blocs erratiques n'ont guère l'habitude de bouger. Sauf en cette unique occasion, relatée avec talent par le chroniqueur du *Journal de Genève* le 10 décembre 1878 : « Une annonce insérée à notre quatrième page avait attiré, dimanche, malgré la neige, de nombreux curieux au pied du Petit Salève. Il s'agissait de voir précipiter dans l'abîme une dizaine de blocs de granite déposés par les anciens glaciers sur les pentes de la montagne ; or la nature humaine est ainsi faite qu'une chose qui tombe, qu'il s'agisse d'un rocher, d'un grand empire ou d'une colonne commémorative, ne la laisse jamais indifférente.

» Les blocs dont il s'agit étaient perchés sur la crête d'une paroi de roche qui domine la pension-hôtel du Château de Monnetier. Des ouvriers carriers au service de la compagnie du chemin de fer PLM avaient tout préparé d'avance pour que la chute eût lieu à heure fixe, sans emploi de poudre et par le simple jeu de crics et de leviers. Et le programme a été exécuté de point en point ; en effet, deux heures sonnaient encore au clocher de Veyrier que le premier de ces colosses se détachant, au milieu des hourrah, décrivait par-dessus le sentier des Voûtes une immense parabole, tombait en soulevant un énorme nuage de poussière, tantôt roulant, tantôt bondissant, dépassait la grande route et venait terminer dans les prairies voisines cette course folle, en labourant profondément la terre pour s'y creuser un nid de repos.

» Il était suivi à de cours intervalles par tous ses compagnons d'infortune qui, chacun à son tour, donnait lieu aux mêmes manifestations enthousiastes et suivait le même chemin. Encore quelques pittoresques témoins de la période glaciaire qui disparaissent. La plupart de ceux que, dans notre enfance, nous avons vu couvrir de leurs masses pareilles à des monuments druidiques les pentes des deux Salève, ont déjà été débités en bahut de quai et en pierres de taille. Rendons grâce à la prévoyance de quelques amis de la science [(voir **Favre**)] qui ont du moins mis un petit nombre de ces blocs erratiques à l'abri pour les générations futures. »

Au Salève, les granites n'avaient pas l'exclusivité du vol libre, il arrivait parfois que des blocs de calcaire les imitent ! Ainsi, en février 1903, au Pas-de-l'Échelle, des ouvriers sont occupés à extraire de grosses pierres destinées à l'endiguement des bords de l'Arve. Mais il semble que les explosifs aient été mal dosés, avec pour conséquence de voir un gros bloc littéralement décoller pour s'offrir un vol plané de plus de 200 mètres ! Dans sa trajectoire, le rocher passa au-dessus de la voie du train du Salève et de celle du chemin de fer PLM de la ligne Bellegarde-Évian, avant de retomber avec fracas sur le toit d'une maison située près du café Dunand. Les tuiles volèrent en éclats, les lattes furent brisées, la pierre troua ensuite le plafond pour tomber sur un lit, heureusement inoccupé à l'heure de l'impact. Comme quoi, faire la grasse matinée peut nuire gravement à la santé !

Voltaire, Balzac, Dumas…

Point de longs textes de ces trois géants de la littérature sur le Salève, mais ces écrivains ont en commun d'avoir séjourné quelque temps à Genève. Et, comme il semble que notre massif favori fasse partie de l'ADN de la ville du bout du lac, ces auteurs ont tout de même évoqué brièvement le Salève dans leur prose, au détour de considérations plus générales.

Nous ne savons si Voltaire (1694-1778) s'est aventuré sur les chemins du Salève. Mais la chose est fort possible, vu sa domiciliation à Ferney et le fait que cette montagne était bien visible depuis la terrasse de son château. Dans son œuvre, l'auteur de *Zadig* et de *Candide* évoque le massif à deux reprises. La première fois, dans un long courrier adressé en 1764 au Genevois Robert Covelle, à qui il a conseillé de tenir tête aux religieux de la Cité de Calvin.

Dans cette missive, le philosophe détaille avec humour et férocité ce qu'il faudra faire lorsque l'on se moquera de cet homme important devenu âgé : « Quand vous aurez atteint une honorable vieillesse dans votre poste important, vous deviendrez chauve. Si alors quelques enfants d'un conseiller ou d'un procureur général vous appelle tête blanche, soit sur le chemin de Chesne [Chêne], soit sur la voie de Carouge, vous ne manquerez pas de faire descendre de la montagne du Salève deux gros ours, et vous aurez la satisfaction de voir dévorer les enfants de vos magistrats ; ce qui doit être une saine consolation pour tout véritable prêtre. »

La deuxième fois, dans un poème en vers intitulé *La Guerre civile de Genève* (1768), Voltaire cite le Salève, mais sans le nommer : « Au pied d'un mont que les temps ont pelé, / Sur la rive où, roulant la belle onde, / Le Rhône échappe à la prison profonde, / Et court au loin par la Saône appelé, / On voit briller la cité genevoise, / Noble cité, riche, fière et sournoise, / On y calcule, et jamais on y rit. »

Quant à Alexandre Dumas (1802-1870), c'est pour fuir une épidémie de choléra et des complots royalistes qu'il quitte Paris en mai 1832 pour un voyage en Suisse. Arrivé à Genève, première étape de son périple helvète, le prolixe écrivain cite le Salève dans son éloge de la Cité de Calvin : « Genève est, après Naples, une des villes les plus heureusement situées du monde : paresseusement couchée comme elle l'est, appuyant sa tête à la base du mont Salève, étendant jusqu'au lac ses pieds que chaque flot vient baiser. »

Pour Honoré de Balzac (1799-1850), c'est une histoire d'amour qui va le mener à Genève et sur les sentiers du Salève ! En cette veille de Noël 1833, l'auteur de *La Comédie humaine* (90 ouvrages…) vient rejoindre ici Ewelina Hanska, une comtesse polonaise polyglotte et mariée qu'il a rencontré trois mois plus tôt à Neuchâtel et dont il est éperdument amoureux. Cette belle dame sera la muse de son œuvre et il vivra avec elle à Genève des instants de grâce qui marqueront durablement son existence. Dans son ouvrage *Voyageurs illustres en Suisse*, Charles Gos évoque ainsi le séjour d'Honoré de Balzac dans la Cité de Calvin : « De Genève, il vit très peu de choses, et très peu de gens ; il parle de Ferney et du Salève, parce qu'il s'y est promené avec sa belle amie, mais la ville est trop grave pour lui. »

Vouivre

La vouivre est une sorte de serpent bien présent dans les légendes alpines. Effrayante par son aspect, sa taille et sa grande force, la vouivre excitait néanmoins la convoitise des humains, car elle portait généralement dans un repli osseux de son front une fabuleuse pierre précieuse. Le seul moment où ce diamant quittait sa place inaccessible, c'était lorsqu'elle se baignait dans un lac ou une rivière. Elle avait alors coutume de le déposer sur un rocher au bord de l'eau. C'est en général à ce moment-là que les hommes les plus audacieux tentaient de lui dérober son trésor. Mais dans la plupart des cas la vouivre, dont l'odorat est très développé, sentait la présence des humains et se jetait sur l'infortuné voleur pour le déchiqueter avec une rare sauvagerie !

Dans la région du Salève, c'est à L'Abergement, près du château des Avenières, qu'une vouivre sema un certain effroi il y a de cela fort longtemps. Lors d'une nuit d'hiver, deux femmes, domestiques chez un fermier du secteur, dormaient dans une grange à proximité du village. Soudain, elles furent réveillées par un bruit étrange et strident, une sorte de sifflement désagréable. Au même instant, une lumière intense enveloppa la grange, dont les poutres se mirent à craquer tant la toiture semblait soumise à un poids inhabituel. Des rais de lumière aveuglante passaient par les interstices des murs de bois.

Terrorisées et pensant leur dernière heure venue, les deux femmes se mirent alors à prier avec une grande dévotion. Comme souvent avec les êtres surnaturels, suppliques et signes de croix eurent un effet salvateur immédiat, la vouivre disparut alors aussi vite qu'elle était apparue. Collées à une paroi de la grange, les deux femmes la virent à travers les interstices s'envoler en direction du val des Usses en laissant derrière elle une puissante traînée de lumière.

Informé le lendemain de cette incroyable histoire par ses deux domestiques, le fermier monta sur le toit de sa grange et découvrit avec étonnement sur les ardoises de larges traces de brûlures qu'il interpréta comme étant les empreintes que la vouivre avait laissées.

Voûtes de l'Ermitage

Au Petit-Salève, les voûtes de l'Ermitage, cheminement reliant Étrembières et la source d'Aiguebelle au vallon de Monnetier, offrent une insolite balade surplombée par d'impressionnants rochers. Celui qui a le mieux décrit cet endroit, c'est encore Horace-Bénédict de Saussure. « On va voir ces roches saillantes et horizontales, sous lesquelles deux ou trois cents personnes pourraient se mettre à l'abri ; on admire ces grandes masses, qui depuis tant de siècles sont suspendues sans autre appui par la force seule de leur cohérence. On aime à respirer là, au plus fort de l'été, un air toujours vif et frais, à jouir du contraste de l'aspect sauvage et resserré de ces grottes avec la vaste et brillante étendue que l'on a sous nos pieds », écrit l'illustre savant dans son ouvrage *Voyages dans les Alpes* (1779-1796).

J. J. 156 Les Voutes (Salève)

Les parois de ces voûtes sont marquées par de nombreux graffitis gravés ou écrits sur la roche calcaire. Et le phénomène n'est pas récent, car déjà vers 1800 l'écrivain genevois Jean-Aimé Gaudy-Le Fort indiquait que dans les voûtes « on va graver son nom et consigner la date du voyage ». Son collègue Charles du Bois-Melly évoque dans les années 1850 ces graffitis avec une pointe de nostalgie : « Les inscriptions innombrables qui recouvrent ici la roche, ces dates anciennes, ces chiffres entrelacés sont les seuls vestiges de leur gai pèlerinage… Où sont-ils tous ces enfants joyeux, que ces voûtes séculaires ont vu passer au printemps de la vie ? »

À proximité de ces voûtes, au-dessus du château d'Étrembières, se trouve le trou de Tarabara, curiosité géologique ayant la forme de deux longs boyaux verticaux dans la roche avec à sa base une ouverture située au milieu de la falaise. Fermé par une grille en fer pour éviter les accidents, ce trou de Tarabara, toponyme singulier, aurait une origine celtique signifiant « sommet percé » (*tarrar* : percer, *bar* : montagne).

Vuy, Petit-Senn, Gaudy-Le Fort et autres poètes genevois…

Si la poésie n'est plus guère présente dans la littérature d'aujourd'hui, elle occupait autrefois une place importante dans la vie intellectuelle et dans les livres. Il n'est donc pas étonnant que ce cher Salève, situé à deux pas de Genève, ait été le sujet de moult poèmes écrits par des auteurs de la ville du bout du lac. Si ces derniers sont aujourd'hui bien oubliés, ils étaient au XIXe siècle des gens qui comptaient, comme le prouve le fait que nombre d'entre eux ont laissé leur nom à des rues de Genève.

Le plus connu est certainement John Petit-Senn (1792-1870) ; ce poète estimé par Victor Hugo, Lamartine ou Châteaubriant a donné son nom à une école et à une avenue de Chêne-Bourg. De Mornex, il a écrit : « Mais quel est ce joli village, au bas du Salève étalé ? C'est Mornex, ce séjour champêtre abrité des souffles du nord, où le malade trouve un port et dans lequel il sent renaître des jours qui coulent sans effort. » Et, à propos du séjour de Rousseau à Bossey, Petit-Senn déclame : « Ce village, heureux séjour, frais et tranquille, où l'auteur de l'*Émile* trouva dans son enfance un verdoyant abri. De Jean-Jacques, Bossey, tes toits virent l'aurore, son bel âge a coulé dans tes prés, dans tes bois. »

Indissociable de Mornex, mais un peu plus alpin, le village de Monnetier a lui les honneurs facétieux du poète Jean-Aimé Gaudy-Le Fort (1773-1850) : « Venez ; suivons cette troupe joyeuse qui, serpentant par cet étroit sentier, grimpe au vallon du riant Monnetier. Dans le hameau, la grange spacieuse d'un déjeuner nous offre les apprêts. Le vin du lieu, salutaire piquette, un beurre exquis, des œufs, une omelette. Point de contraintes, on y choque, on y chante ; le froid jargon, l'épigramme méchante, n'y viennent pas effaroucher les rires… »

Autre écrivain avec Jules Vuy (1815-1896), notable genevois né savoyard à Copponex, au pied du Salève. Avocat, notaire, maire de Carouge et conseiller d'État, ce docteur en philosophie est le fondateur d'une singulière association sur les éboulis du Salève (voir **Académie de Corbaz**). Il décrit ainsi le massif : « Quel spectacle riant et pur, se montre à moi comme en un rêve, / Soudain m'apparaît le Salève, qui se dessine dans l'azur. »

Georges Favon (1843-1902), conseiller d'État radical, était lui aussi poète à ses heures. Très attaché au Salève, voici la vision émue qu'il livre de sa montagne préférée : « Que j'aime mon Salève et sa cime rocheuse ! Chaque pierre à mon cœur retrace un souvenir. Quand je vois son sommet grandiose et sévère se teindre en violet aux derniers feux du jour, et couvert un instant de pourpre et de lumière, recevoir du soleil comme un baiser d'amour. Ou, la nuit, quand la neige à sa cime restée, se détachant au loin sur le ciel sombre et bleu, brille sous les rayons de la lune argentée, pudique et blanc manteau jeté par le Bon Dieu, des larmes de mes yeux coulent en abondance. »

Quant au jeune poète Jacques-Imbert Galloix (1807-1828), mort à 21 ans à Paris, et en qui Victor Hugo voyait l'artiste romantique par excellence, il fait du Salève le théâtre de sa mélancolie passée : « Son souvenir est gravé dans mon cœur, dans ces beaux vallons du Salève, où le riant Mornex s'élève, je promenais sans but mon errante douleur. » Et à propos de la chartreuse de Pomier, il écrira ces vers : « Ô Pomier, vieille abbaye, adossée aux forêts, tombeaux longtemps déserts, et qu'un fermier cultive ! Cloîtres froids et muets d'où s'exhale plaintive, je ne sais quelle voix de néant, de regrets ! Tabernacles des bois où l'âme est attentive ! Oratoires déserts, murs croulants, autels nus, niches vides de saints et cellules sans moines ! » La publication d'un recueil de ses poésies, en 1834 à Genève, apportera à cet artiste une discrète, mais durable consécration posthume.

W

Wagner Richard

C'est un Richard Wagner (1813-1883) au sommet de son art qui débarque à Mornex le 10 juin 1856. Engagé depuis 1848 dans l'écriture de son chef-d'œuvre, inspiré de la *Chanson des Nibelungen*, il travaille dès 1853 à la composition de cette tétralogie (quinze heures de concert !). Intitulée *L'Anneau du Nibelung*, cette œuvre comprend quatre opéras : *L'Or du Rhin*, *La Walkyrie*, *La Mort de Siegfried* et *Le Crépuscule des dieux*. Après avoir achevé la musique de *La Walkyrie*, en mars 1856, c'est un Wagner fatigué, malade et déprimé qui décide de venir se reposer à Genève. Après un éprouvant voyage en diligence depuis Zurich en compagnie de son chien *Fips*, le compositeur loge à l'Hôtel de l'Écu et consulte le Dr Jean Charles Coindet. Après l'avoir ausculté, le médecin l'envoie se faire soigner à Mornex, chez son collègue le docteur Vaillant (voir **Établissement hydrothérapique**).

Installé dans le pavillon de l'hôtel-pension des Glycines pour être plus tranquille, il entre en cure le 16 juin 1856. Le traitement va durer deux mois ; il est soigné avec une eau très pure venant d'une source de Saint-Gervais, près du Mont-Blanc, stockée dans des citernes souterraines. Plusieurs fois par jour, Wagner est vigoureusement frictionné avec des serviettes mouillées tièdes, puis froides, avant de prendre des bains de pieds froids. Le reste du temps, il se promène avec son chien sur les sentiers du Salève. Il a emporté avec lui un recueil du poète Byron (voir **Lamartine**), mais il lui préfère le romancier Walter Scott, qu'il lit dans son pavillon en prenant le thé. Contrairement à une légende tenace, Wagner n'a pas composé au Salève. Mais, qui sait, peut-être a-t-il réfléchi à quelques petites modifications pour ses partitions de *La Walkyrie* ou de *Tristan et Iseult*…

Un régime strict et un repos total complètent cette cure qui viendra à bout de ses problèmes de mauvaise digestion et d'érysipèle tenace. Le 16 août 1856, c'est un homme guéri qui quitte le Salève et va attaquer la composition du premier acte de *Siegfried* dès septembre. Le séjour de Wagner à Mornex fut visiblement agréable, car dans une lettre à son ami et futur beau-père (voir **Liszt**), il vante « l'air délicieux du Salève » et, dans un courrier à sa femme, Minna, il explique : « Ici, tu te croirais quelques fois au paradis. »

Outre Richard Wagner, l'hôtel-pension des Glycines a aussi accueilli un célèbre critique d'art, peintre et écrivain anglais (voir **Ruskin**) durant neuf mois, d'août 1862 à mai 1863. Si les deux bâtiments, l'hôtel et son annexe, sont aujourd'hui des maisons privées, le fronton situé sous le balcon du pavillon conserve ces souvenirs glorieux sous la forme d'une jolie plaque de marbre installée en 1898. Cette plaque indique : « *La Walkyrie* fut composée ici » et « Ici vécurent deux immortels, Richard Wagner – 1856 – John Ruskin – 1863-1864 ». Outre le « mensonge » concernant *La Walkyrie* composée à Mornex, la date du séjour de Ruskin est également inexacte, mais grâce à cette plaque la trace du passage de ces artistes majeurs au Salève se perpétue !

Weber Claude

Par la centaine d'articles qu'elle a publiée depuis 1989 dans la revue *Salèves*, bulletin d'information de la commune de Monnetier-Mornex-Essert-Salève, Claude Weber (1922-2011) peut être considérée comme l'une des historiennes majeures du massif. Singulier destin que celui de cette femme dynamique au caractère bien affirmé ! Née à Paris en 1922, arrivée à Genève en 1940, elle se marie en 1944, divorce en 1952, avant de devenir gouvernante, puis de partir pour les États-Unis. Là-bas, elle est successivement employée, puis étudiante de l'Université de Harvard, où elle fut l'une des premières femmes à obtenir en 1963 son doctorat en botanique.

De retour à Genève, elle s'installe à Mornex et enseigne comme professeur de sciences naturelles au cycle d'orientation. Également guide historique de la Cité de Calvin, cette polyglotte parlait couramment l'anglais, le russe, le japonais, l'espagnol et l'italien, sans compter qu'elle avait une bonne connaissance du patois savoyard... En 1966, elle publie le *Catalogue dynamique de la flore de Genève*, qui est encore aujourd'hui un ouvrage de référence. Passionnée de voyage, elle visitera une centaine de pays et fera deux fois le tour du monde, devenant même présidente de la Société de géographie de Genève en 1983.

À une époque où internet n'existe pas, Claude Weber écume les mairies, les bibliothèques et les archives de Genève et de Haute-Savoie pour documenter ses articles sur la petite et la grande histoire de Monnetier-Mornex et du Salève. Ses textes précis et complets, avec souvent des informations inédites, ont contribué à nourrir nombre d'articles de ce dictionnaire. Membre éminente de la Société d'histoire régionale La Salévienne, Claude Weber était une fidèle des conférences de l'association. Toujours installée au premier rang, elle n'hésitait jamais à poser des questions, voire à reprendre l'intervenant sur des points obscurs ou imprécis. L'esprit vif et l'argument imparable, elle était la terreur des conférenciers négligents !

Weidner Jean

En 2019, le séminaire adventiste du Coin (voir **Campus adventiste**) inaugurait un nouvel internat pour les garçons baptisé du nom de Jean Weidner (1912-1994), ancien élève de l'école et authentique héros de la Seconde Guerre mondiale. Né à Bruxelles, Jean Weidner est le fils d'un pasteur hollandais qui enseigne le grec et le latin au séminaire adventiste. Interne dans cette école durant une dizaine d'années, le jeune homme connaît bientôt les chemins du Salève comme sa poche et la géographie particulière de cette zone frontalière avec le canton de Genève.

Devenu adulte, Jean Weidner travaille comme voyageur-représentant de commerce en développant dans le sud de la France et dans la région de Genève l'activité de la société d'import-export de textile créée par son frère Johan. Après l'invasion de l'armée allemande, en 1940, il s'installe à Lyon. Dans un premier temps, cet homme très religieux vient en aide à ses compatriotes hollandais, avant d'étendre son action à tous les persécutés.

En 1941, il organise avec des amis un groupe œcuménique des Amitiés chrétiennes à Lyon pour secourir les personnes internées dans les camps. Soutenu par le cardinal Gerlier et par la hiérarchie protestante, il met sur pied en 1942 le réseau Dutch-Paris, vaste organisation de résistance qui va faire passer vers la Suisse et l'Espagne plus de 800 réfugiés juifs et 200 à 300 aviateurs alliés. Nombre de ces clandestins utiliseront les sentiers du Salève pour rejoindre la frontière genevoise.

Pour justifier ses allées et venues dans la région, Jean Weidner a ouvert des magasins à Annecy et à Collonges-sous-Salève. À Cruseilles, il est arrêté par des policiers français, avant d'être libéré grâce à un juge de Saint-Julien-en-Genevois membre de la Résistance. À Toulouse, il va échapper à la milice la veille de son exécution, en sautant par la fenêtre du troisième étage de la prison. La Gestapo met sa tête à prix pour 5 millions de francs. Des membres de son réseau paieront de leur vie cet engagement, dont sa sœur, Gabrielle, morte en déportation.

Après la Libération, Jean Weidner devient membre du corps diplomatique hollandais et assiste la justice de son pays dans la traque des criminels nazis. En 1955, il quitte l'Europe pour s'installer en Californie.

X

X (grotte de l')

C'est en 1955, à 1 150 mètres d'altitude dans le secteur de Pomier, que fut découverte par les spéléologues genevois Martini, Grosrey et Vergain la grotte de l'X. Au départ, ces passionnés souhaitaient explorer la caverne du Chaos, cavité d'une centaine de mètres de profondeur à l'époque peu connue. Mais l'aventure s'avéra rapidement dangereuse, tant la caverne recelait un chaos de rochers branlants (d'où le nom de la grotte) et de pierres instables. Déçus, les trois spéléos poursuivirent néanmoins leurs investigations dans le secteur et eurent la bonne surprise de tomber bientôt sur une ouverture inconnue au pied d'une barre rocheuse.

Cette petite cavité allait-elle leur offrir l'opportunité de découvrir une nouvelle grotte du Salève aux dimensions importantes ? Plein d'enthousiasme, ils n'hésitèrent pas une seconde à pénétrer dans cet antre auquel ils donnèrent le nom de grotte de l'X, ne sachant pas où leurs pas allaient les conduire. Les trois hommes descendirent le long d'un talus d'éboulis recouvrant les calcaires du Portlandien, jusqu'à un gros rocher dominant dangereusement une autre excavation. Une fois l'obstacle difficilement franchi, ils tombèrent sur un pierrier dont la masse remplissait un vaste abîme. Dans l'impossibilité d'excaver la cavité, ils renoncèrent. Dommage ! Jusqu'où allait cette profonde galerie ? Grotte de l'X...

Y

Yin et Yang (voies du)

Parmi les quelque 400 itinéraires d'escalade que compte le Salève, il y a les voies du Yin et du Yang, ouvertes le même jour, le 21 novembre 1978, dans le secteur des Balmes (partie de droite des falaises de La Corraterie) par l'alpiniste genevois Philippe Chabloz. Nul doute que ces deux voies se complètent, étant sans doute parfaitement équilibrées entre plaisir et difficulté. Ce varappeur et les dizaines d'autres qui ont ouvert depuis les années 1860 (voir **Escalade**) des centaines de voies sur les falaises du massif ont aussi eu le privilège de baptiser ces passages d'escalade. Et le moins que l'on puisse dire c'est qu'ils ont fait preuve d'une imagination débridée !

Dans cet inventaire que n'aurait pas renié Prévert, on trouve ainsi les voies de l'Allumeur de réverbères, d'Alibaiseur et les 40 nanas, de Corto Maltese, des Anarchistes, des Assoiffés, du Bal des grenouilles, de la Ballade pour un cercueil, de la Carte du tendre, du Chemin dans les nuages, du Croque-mort, de l'Enfer vert, du Facteur Cheval, de Frankenstein, du Gazomètre, de la Gourmandise, du Lapin rose, du Piège à cons, de la Semaine des quatre jeudis, du Songe d'une nuit d'été ou de Waterloo morne plaine…

Z

Zayed (cheikh)

C'est en 1986 que l'épouse du cheikh Zayed (1918-2004), fondateur et président de la Fédération des Émirats arabes unis, achète la propriété Grillet, située sur le mont Gosse, à Mornex. Après d'importants travaux d'agrandissement et de rénovation, le cheikh, son épouse et une suite nombreuse passeront tous les étés dans cette résidence très sécurisée offrant un superbe point de vue sur les Alpes. Outre les convois de grosses Mercedes aux vitres teintées, les habitants de Mornex verront parfois la reine Cheikha Fatima bint Mubarak Al Ketbi se promener dans le village, accompagnée de ses servantes portant un long voile noir et des masques or ou argent dissimulant leurs visages.

En 1987 et 1988, la reine invitera avec faste les épouses des conseillers municipaux de la commune à venir prendre le thé dans sa demeure. En août 1996, c'est le président de la République en personne, Jacques Chirac, qui rend visite à son ami le cheikh dans sa propriété salévienne afin de finaliser l'achat par les Émirats arabes unis de 33 avions de chasse Mirage 2000 à la France.

Parmi les visiteurs du cheikh à Mornex, l'ancien président algérien Abdelaziz Bouteflika, qui commença dans les années 1980 une thèse sur le « groupe des 77 » (coalition de pays en développement) en compagnie de Jean Ziegler à l'Université de Genève, ou la reine Rania de Jordanie, venue en 2004 soutenir le vieux souverain malade. La villa du mont Gosse est aujourd'hui propriété de l'un des fils du cheikh, Abdallah ben Zayed Al Nahyane, ministre des Affaires étrangères des Émirats arabes unis.

Bibliographie

BOIMOND Jean-Jacques, *Le Salève, images et anecdotes*, autoédition, 1987.

COLL., *Les Échos Saléviens*, revue de la société d'histoire La Salévienne.

COLL., *Le Grand livre du Salève*, Tribune Éditions, 1988.

COLL., *Le Salève, 30 ans de préservation*, SPHN, 2018.

GIROD Claude, *Enfant du Salève*, La Chartreuse de Pomier, 2018.

GOLAY H.-C., Guide pratique du Salève, Éditions Écho montagnard, 1928.

MAYOR Jean-Claude, *Le Salève à la Belle Époque*, Éditions Slatkine, 1996.

MAYOR Jean-Claude, *Légendes et visages du Salève*, Éditions Slatkine, 1997.

PIACHAUD René-Louis, Le Salève, Ciana, 1924.

PITTARD Jean-Jacques, Le Salève souterrain, Tribune Éditions, 1979.

REGAT Christian, *L'étrange histoire du château des Avenières*, La Salévienne, 2014.

VELLAS Christian, *Le Salève autrement*, Éditions Slatkine, 2012.

Presse locale : *Le Journal de Genève, Le Cultivateur Savoyard, L'Écho du Salève, Le Journal du Commerce, La Tribune de Genève.*

Remerciements

L'auteur tient à remercier chaleureusement Gérard Lepère pour sa relecture attentive.

Merci également à ce dernier, ainsi qu'à Claude Girod, Henning Deluz et à la Mémoire de Veyrier, pour l'autorisation de reproduction de photos, cartes postales ou documents illustrant cet ouvrage.

Ma gratitude va aussi aux personnels des Archives départementales de la Haute-Savoie et des Archives d'État de Genève, ainsi qu'à la Société d'histoire régionale La Salévienne, au Syndicat mixte du Salève et à la Maison du Salève.

Crédits Photographiques

Dominique Ernst : couverture et quatrième de couverture ; pages 45, 52, 59, 65, 73, 80, 85, 106, 139, 147, 155, 213, 223, 239, 245, 257, 271, 275, 290, 304.

Droits réservés : pages 24, 34, 38, 87, 95, 115, 122, 128, 135, 162, 171, 177, 182, 188, 189, 198, 202, 205, 279, 307.

Henning Deluz : pages 15, 299.

Association Mémoire de Veyrier : page 32.

Famille Girod : page 53.

Gérard Lepère : pages 21, 263.

Musée d'art et d'histoire, Ville de Genève : pages 219 (photographe : Flora Bevilacqua), 227 (photographe : Jean-Marc Yersin).

Table des matières

La conception graphique et la mise en page de cet ouvrage
ont été réalisées en 2021 par l'imprimerie Slatkine
à Genève (Suisse).

Imprimé en UE.